朱文

看女人

重庆大学出版社

目 录

去赵国的邯郸

……

最大的欲望是变成一头
水牛，一口气喝光河里的水
让河床上升，成为道路

———《邯郸的欲望》

我们说好了的，地滚球才算进

下午两点半。周围没什么高建筑，一片阴影都没有，水泥球场亮得耀眼。也没有风吹过，只有交叉跑动时才会带来一阵短暂的疾风。健营从老远的枯得发脆的草堆里，把球捡回来，一个大脚就传过来。这一脚踢得实在太高了。场内的三个人只有小丁仰起脖子来看，还跟着球跑了几步，其他两个都待在原地。他觉得眼前直冒金星，另外球鞋也热得烫脚。那只黑白相间的足球失重一般缓缓划过篮球场的上空，远远地落在另一侧开水房的墙根下。这一次该乙方的人去捡。相对位置比较靠后的田勇很不情愿，拖着步子向足球一顿一顿地走去。他个子不高，人长得胖，也壮实。这会儿他的皮肤被晒得黝黑黝黑的，让小丁很自然地想到一只正在烤的烤鹅。田勇脚下盘着球过来，没有传给他的队友——来自安徽清水的茂华，又是一大脚把球踢到他能踢到的最远的地方。看得出来，他是蓄意的。

小丁喘着气，很漠然地盯着他看了一会儿。田勇有些尴尬地笑了笑，连忙说，进啦，进啦。他是想说，他并不在操蛋，刚才那一脚只是一记出人意料的远射。这一球还真说不定是以一个刁钻的角度破网而入的呢，如果有球门的话。小丁没答理他，跑起来，抢在健营前面去捡球。他没必要跑这么快，但他愿意。另外他知道他跑步的样子一定是很好看的，虎虎生风。小丁用左脚尖轻轻一挑，球就平地腾空而起，他用手接了，然后又马不停蹄地跑了回来。

"听着，我们说好了的，只有地滚球才算进。来！现在比分多少？"

"五比四。"田勇急忙说，他掀起变得油迹斑斑的文化衫的下摆，抹了一把脸上的汗水，同时露出他浓密的胸毛。

小丁把球轻轻地向右边一叩，健营马上出现在应该出现的位置。两个人立刻往对方阵营渗透过去。茂华大喊着，让田勇去缠住健营。场上的四个人重新努力活跃起来。偶尔发出的几声叫喊，在这炎热的午后显得特别孤立、飘忽。

自从一个月前，实习队乘了一夜火车来到郑州，再坐长途汽车到达这家偏僻的电厂以来，小丁就没见过有人在这球场打球。水泥场已坏了好几处，篮球架上只剩下光秃秃的倾斜的篮圈。估计进入夏季以来就没有人在这打球了。小丁他们只有一只足球，还是在郑州等车时买的。有时他们也把足球当篮球打上一会儿，人足够多，他们就打全场。打着，打着，个个自我感觉都上来了。因为相对于他们的手来说，那只"篮球"实在太小了，可以用一只手罩在上面把它提起来。就连年龄最大的小丁，也有那么一刻变得恍惚起来，他认为自己和菲尼克斯城太阳队的巴克利没太大的区别。但是这种机会并不多，因为这种篮球赛带有很强的娱乐性，小丁不喜欢。至少现在是这样。此刻他的短传非常及时，健营起脚打门，偏了。但是他的动作果断，一气呵成，让人看了舒服。球斜飞上去，击中了篮球板，震落了很多干裂的油漆屑。

有人在远远地拍手叫好，那声音听起来很尖。小丁知道她是谁，但他没回头。他注意到瘦瘦的健营似乎有点害羞，埋着头，像匹年轻的马，跑得越来越欢。其他两个也是。这会儿小丁也觉得特别得劲，他是因为对抗的刺激。也正是在这种氛围下，茂华达到了他足球生涯最辉煌的顶点，他居然敢于在水泥地上来了个令人叫绝的飞铲。足球和小丁都滚出好远。小丁爬起来时，膝盖就开始流血了。茂华感到很歉意，虽然他自己也许摔得更疼。田勇趁机建议，收场别踢了。但是小丁显然被铲得更为兴奋，他跑起来飞快地把球捡了回来。

"踢下去！没事。"

小丁建议把汗衫都脱掉，因为完全湿透的汗衫就像张皮紧贴在身上，很不是滋味。他第一个带头脱了，茂华、健营随即也就脱了。田勇脱得最为扭捏，因为他至今仍认为那黑亮的胸毛是他的一个缺点。这时，从远处传来更为热烈的掌声和更尖的叫好声。

至少有三个月没洗过脚了

"我实在不能踢了，我要中暑啦。"油光闪亮的田勇，一屁股坐在球场中央，继而仰面躺倒在水泥地上。但是马上他就惊坐起来——地面太烫，真能烤得他吱吱冒油的。茂华也蹲下来，呕吐了几次，但什么也没吐出来，连一口唾液都没有。他人本来长得就白，经这么一晒，全身都发红。

"起来，起来，就四个人，缺谁也不行。"小丁踢了踢田勇富有弹性的臀部。后者穿了一条肥大的红色田径短裤。

"打死我也不踢了，不踢了。"

小丁看了看健营。他的嘴唇有些发白，一个人在散漫地盘着球，避开小丁的目光。他是从来不先打退堂鼓的，但如果小丁决定不踢，健营此刻也会乐于同意的，就是这样。只要一停下来，小丁自己也感到头晕目眩，所以他不愿意停下，他想一直踢下去。他长长地吐了一口气，然后双手叉腰，看着地上的田勇。

"我倒要看你能坐多久。"

茂华又很响地呕了几次，以此来声援田勇。球场显得安静，隐隐地可以听到厂区传来的单调的机器轰鸣声。小丁忽然想到了他们疲软下来的原因。肯定是那个唯一的观众担心太阳晒黑了她白皙的皮肤，便一路小跑回宿舍去了。遗憾的是，她也带走了他们的热情。小丁转过身去，四下看了看。他猜错了。她还站在那，戴着一顶工艺草帽，见小丁回过身来，就冲他挥了挥手中白色的手帕。要是在电影中——三流的或者更蹩脚的爱情片——此刻该配上一段一流的抒情音乐。他注意到她的动作是与从她脑海里正在飘过的旋律的起伏相吻合的。另外，他还注意到，太阳透过草帽把一排亮晶晶的跳跃的点洒在她的脸上。她叫李京，和健营、田勇他们是同学，但是她瞧不上他们。

这时，田勇骂骂咧咧地站了起来，不停地用手拍打着屁股。再坐下去，他的臀部会被烤熟的，小丁就知道是这样。

"但是，我真的踢不动了。"田勇苦着脸，看着小丁血淋淋的膝盖。

"那你给我回去上班，现在是上班时间。"小丁面无表情，是不是在说真的，其他三个人都在猜。田勇愣在那。茂华直起腰来打圆场，我说你，就再踢一会儿嘛，死不掉的。他身上的红色像是用红墨水涂上去的。

"我明天不去厂里了，行吗？"田勇说，"我要歇一天。"

"可以。"小丁冲他笑了笑，拍了拍他的厚厚的肩膀，马上就高兴地跑动起来，示意健营传一个过顶球。

太阳明显地又偏西了一点，但是依然炙热难当，所以他们没有发觉这一点。没一会儿，小丁就攻进了两个球。田勇跑动的步子变得很重，像是打夯。他只能跟在小丁的后面跑。小丁说了几句很刻薄的话，想把这只小公牛刺激起来，但是显然没什么效果。茂华装着很卖力地迎上来时，小丁便带球沉底，然后传中。健营接到了球，他面前是一座空门。这一次他打了个地滚球，从两堆衣服间穿了过去。其实他只要用脚弓轻轻一推就行了，但他踢得很重。也就是说乙方要跑很远，才能把球捡回来。七比五，小丁他们领先。茂华果断地弯下腰来，整理他的鞋带。倒霉的田勇只得向那只遥远的足球迈步。小丁再次感到眼前一阵发黑，他连忙弯腰，双手撑在膝盖上。汗水一滴到水泥地上就消失，一点湿的痕迹也留不下。刚走了几步的田勇又折了回来，对着小丁大叫起来。

"妈的，不踢了，就是不踢了！"说完，他在等着小丁的反应。

但是小丁没反应，只是喘着气看着他。于是他又摆动着双臂，一个劲地嚷嚷起来。

"就你一个人要踢！我们就非得陪着！为什么！"说完，他径直往乙方的球门过去，抱上衣服就走。茂华也有些迟疑地过去了，他抱起了剩下的另一堆衣服——乙方的球门不复存在了。

"妈的，给我听着！明天不去上班，我就打你旷工！"小丁冲他们叫起来。

"旷工就旷工！"

两个人头也不回地走远了。小丁再次向着那只此刻躺在枯草里显得相当寂寞的足球发力奔跑起来。他打算远远地把球开给健营。但是这一脚太糟了，倒像是踢给那位不停用白手绢擦汗的女观众的。更为糟糕的是，她完全有理由认为，这一脚是用来抒情的。小丁冲健营丧气地摇摇头。他也不知道自己这么想玩命地踢下去是为什么。他清楚自己，不管是现在还是过去，他都从来算不上是一个踢足球的真正的行家。没错，上大学时他是在动力系足球队待过，但是场下都知道穿 20 号球衣的只凭想象力踢球的那一位，至少有整整三个月没洗过脚了。

耳边是水声，只有水声

　　这家总装机容量为八十万千瓦的电厂所在的地方叫马头，属于河北省邯郸市。京广线上的火车从这里呼啸而过时，当地人继续精心地在他们的果园里忙碌着。电厂的职工对马头半匪半民的当地人又恨又怕，所以下班以后，他们一般都乘厂车回邯郸或者峰峰生活。釜阳河水源较为稳定充足是当时决定把电厂建在这里的主要原因。苹果、葡萄丰收以后，马头人想把手中大把大把的钱花掉，他们一般就乘一个小时的公共汽车赶到邯郸城里去。但是他们不愿意掏钱买票，这是远近闻名的。像小丁他们这样的来自外地的实习人员，一般都住在电厂大门对面的条件还算不错的招待所里。他们刚住下的那天就被反复告诫，千万不要去招惹那些当地人。当年日本人都不敢到马头来，你们会比戴钢盔的鬼子还厉害？负责接待的教培科老王的一双色眼慢慢地从实习队的八个新上市的水果般的女孩身上溜过，然后把小丁拉到了一边，压低了嗓音说，一定要保护好她们。这倒是不用操心，小丁想，她们厉害着呢，无论是体力还是智力在这短短的半年里都会给这个孤陋寡闻的小地方留下难以忘怀的印象。

　　小丁用毛巾包着已经破损了一半的水阀使劲拧了拧，很猛的水柱从头顶生锈的管子里冲了下来，击打在他滚烫的身体上。他好像听到"嗤"的一声，就像把一块通红的铁伸到水里淬火。他的嘴上还叼着一根烟，但是那根烟马上就被水流打折了，现在他的嘴上只剩下一只海绵嘴。他感到身体猛然一收缩，仿佛在刹那间每一个部分，每一个动作，每一个表情都凝固了。他已成了他的塑像——叼着孤零零的海绵嘴，下巴上仰，双目紧闭，一副惊愕不安的样子。是的，他已经坚硬如铁。然后小丁觉得眼前一黑，就一头栽了下去。

没一会儿，他就醒了过来，但是依然躺在地上懒得动弹。水柱正击打在小丁的胸口上，他觉得那一块针刺一般地发麻。心脏正努力对抗着那股冲击力。后脑勺上的阵痛使他感觉疼痛是一个坚硬的固体。他躺着就可以看到只剩下窗框的窗子，和灰白色的天空——整个世界就像被清洗过一样。耳边是水声，只有水声。小丁感觉这间房子正漂流在一条黄昏的河流上，但是他此刻看不到两岸的景物和河流的前方，甚至他感觉不出漂流的方向。

小丁爬起来以后，只简单地洗了洗，连肥皂都没用。他扶着墙边的水管，来到洗澡间的门口，从挂在门后的一只塑料袋里拿出干净的衣服来换上。他穿得很慢，似乎在辨认这到底是不是他的衣服。身体没擦干，白色的宽大的 T 恤衫一套到身上就有一块一块的水迹印了出来，像豹子身上的斑点。这头动作迟缓的豹子一路扶着墙回到了他的宿舍。房间里一股刺鼻的臭味迎面扑来。茂华、田勇死尸一般脏兮兮地躺在床上，足球鞋和袜子扔得到处都是。前者已经在很响地打呼，而后者见小丁进来，连忙献媚似的赔着笑脸，但笑得太尴尬了。小丁没答理他，但也并没有板着脸，径直来到自己的床上坐下。他很想躺下，但是没那么做。这时，他右手边的席子上忽然多了一支烟。田勇在冲他笑呢，人还四仰八叉地躺着。小丁忍不住也冲他笑了，他从来不会生他们的气。很多年以前，他就打定主意不生他们的气了。他把烟拿起叼到嘴上，但暂时他还不想点上。

电厂下班号响的时候，小丁觉得他的精神已经足够好了。他用铝饭盒挨个敲了敲茂华、田勇的头，便走了出去。健营夹着大号饭盒，很忘情地哼着不成调的曲子，在楼梯口耸着肩膀晃来晃去。见小丁过来，他马上就不哼了，并且很有些害羞。他们都穿着印有招待所字样的拖鞋，一路噼里啪啦地下楼，奔食堂过去。刚下到底楼，就看见李京站在服务台前，用一柄别致的小白勺敲着那只漂亮的聚酯保鲜盒。她发质并不很好的头发被一方手帕束在了脑后。三个人出了招待所，没走几步，健营就故意落在了后面，每次他都是这样。小丁几次不得不停下来等他。但是一会儿，他就又落下了。

"你看这里这么枯燥，连条街都没有，你应该给我们搞一次舞会，或者别的什么，你看呢？"她换上了一袭白裙，脖子上拍了点痱子粉。她知道自己足够好看，所以穿着打扮倒也是很随意的。

小丁没有急于回答她。此刻他像他希望的那样疲惫不堪，他可以什么也不去想。这半年他就想这么打发过去。

"瞧你！还带队呢！"她马上开始指责他。她的鼻梁是亮亮的一条线，所以看起来也很锋利的样子。

"我看，对你来说，跑步将更合适，或者举杠铃。"小丁说。

迎面走来三三两两刚从厂里出来的实习队的男女，他们还穿着土黄色的工作服。小丁和他们打招呼时，并没有感到不好意思。他们更习惯于从好学生成为一名好职工，这是他们自己的事情。他注意到一个叫王小霞的女生，把头一埋就过去了。她身体发育得很好，也许在女生中是最好的，但此刻被紧紧地罩在工作服里。她似乎有点为它们感到害臊。这里的生活是够枯燥的，枯燥透顶，小丁清楚，只是他不想埋怨什么。

他们在流更多的汗，感到了快乐

三楼住的都是男生，四个人一间。比起刚刚结束的学校生活来，这条件算是相当不错了。但是对小丁来说，重温集体生活实在是一件痛苦不堪的事情。眼下只要一松手中的缰绳，他就会冲到三十岁开外去，但是他想干的事情还没有一个眉目，这是小丁讨厌、痛恨集体的原因。是这样吗？不过，小丁认为自己从来都不曾真正热爱过一个集体。他的感情——还有更多的东西——是他父亲感情的延续，父亲对集体狂热的爱，造成了他对集体难以克服的厌倦。照这个规律下去，他将有一个热爱集体的儿子，如果小丁有一个家，有一个儿子的话。

夏天来这里实习的人并不多，所以三楼也就走廊尽头的几个房间有人住。现在那几个房间的门都大开着，其中一个房间有台小功率的收录机正放着华尔兹舞曲。为了保证音量，音色就显得非常糟糕。即使如此也不能保证每个房间以及走廊里的人都能听清舞曲的节奏，于是茂华抱了一把吉他出来，随着音乐胡乱地打着节奏。晚上九点，天气已经凉爽下来。好在跳舞的人都不太挑剔舞场的灯光与音乐，他们相拥着，从一个房间跳到走廊，再跳到另一个房间去，他们在出汗，他们感到了快乐。只有一半女生在跳，也就是说，除了四对以外，其余都是男生抱着男生在跳，他们在流更多的汗，显然也感到了快乐。李京没费多大精力，就把舞会开起来了。而她本人并不在跳，和其他三个待价而沽的女生在一边站着。她们不打算马上就开始流汗。

小丁觉得时间不早了就慢慢地往回走。沿着这条土路往西，在距电厂三四里地的地方有个小镇。他去过那，买了两支牙膏，在镇邮电所简陋的木质服务台上给他的女友写了一封信，希望她给他寄几本书来。但是信最终没寄。远处传来狗吠，肯定就是冲他来的，因为这条路这时候除他没人在走动。小丁走走停停，但只是停一小会儿，马上又走动起来，不然蚊子就会叮上来。马头的蚊子非常凶猛。干燥的风迎面吹来，夹杂着一股淡淡的但非常清晰的风油精的气味。小丁想，上风头也许站着一个人，虽然这会儿他还看不见。在这鬼地方已经蹲了近两个月啦。还有四个月需要打发，他将在冬天回到南方去，回到以前的生活中去，那又怎么样呢？

这些夜晚小丁都是这么过来的，像是用双脚丈量夜晚的长度。但是他尽力做到什么也不想，想多了就难以入眠，这是他所不愿意的。他现在最乐于看到的就是，自己像猪一样能睡，像老虎一样能吃。其他都不重要。走过那座水泥桥（桥下的河流几乎完全干涸）时，小丁才想到，刚才右边的一个黑影不是桥墩，而是一个坐在桥栏上的瘦瘦的人。

健营穿着白色旅游鞋的双脚悬在半空，相互碰来碰去的。是因为小丁已经发现了他，向他走来，他才这么做的，而如果小丁走过去没能看到他，他大概也就不会发出声响来。健营从桥栏上跳下来，说，是你啊。小丁知道，他是故意的。他知道走过去的人是谁。

"干吗呢？"小丁问。

"没事，逛逛。"他嘴里有一股很冲的大蒜味，"——你干吗呢？"

"也没事，随便走走。"

健营笑了出来，但不知在笑什么。小丁对他很有好感。这个人平常很安静，但是一旦说起话来，就激动不已，停不下来。两个人于是结伴往回走。健营像吃口香糖一样吃大蒜瓣，从小他父亲让他养成了这个习惯。小丁转身对他说，给我一个尝尝。健营忙伸手到屁股后的口袋里掏，没了。最后他把手里已经握热的一瓣有些犹豫地给了小丁。后者咬了一半，嚼嚼，咽了下去，只觉得喉头胸口烧得慌，忙大口大口地吸气。不过，这会儿他闻不到健营嘴里的味了。有几次健营表现出想和小丁好好谈谈的意思，但是小丁故意看着别处。他不想多说话，能不说的就不说。而且他能猜出健营想和他谈些什么，那是他更不愿意谈的。他很羡慕那个小伙子，单纯得像一束早晨的光线。

回到招待所时，那里的舞会正到高潮。跳小拉的运动量相对要大一些。体力差一些的，凑到走廊另一端的窗口去呼吸外面的空气。但是马上又再次回到热浪滚滚的场上去。他们都不再是动力专科学校的学生了，新生活刚刚开始，多么令人激动。王小霞在一边站着，看得出她一直没跳。穿着一条学生裙，让人一看就觉得周身凉爽。但是她还戴上了眼镜，她想看清楚什么？她看到了小丁，就转身往楼梯口去了。小丁沉着脸，拨开一个个热气腾腾的身体，进到最里面他住的房间里。脸红扑扑的李京尾随过来，大声地直呼小丁的名字，这个实习队可还没人这么叫他。

"我们来跳一个怎么样？"李京把手伸给小丁。被她中途撇下的那个男生站在原地喘着气，他并不怎么生气。他们都喜欢小丁，因为小丁让他们在这段时间里感到了空前的自由。

"你们应该早点休息！"

"但明天是星期天！"李京对他的话感到非常意外，但是她毫不掩饰地用手在面前扇了扇，并且皱起眉头。

"那好吧。但是，我是要睡了。"

小丁径直上了自己的床，脸冲墙躺下。过了一会儿，这屋里的人便陆续出去了。有人把门帮他带上，并且熄了灯。又过了一会儿，连走廊里也安静了许多。小丁感觉自己身体像铅一样沉，却一点睡意都没有。他命令自己：睡吧。

太阳在他身后，和他一起奔跑过来

天还没亮透，但是已有鸡鸣声传来。小丁最爱听到的就是鸡叫，而不是各种闹钟的响声。他穿好球鞋临出门时，把宿舍的门完全打开，并用一张凳子抵上。房间里的空气污浊得让人难以忍受，还有同屋的那两位的睡姿。让早晨的风进来，把它们都吹走，吹远。他一路小跑着下楼，来到一楼的厕所。解完手，他就从已经打开的厕所的窗口翻了出去。这会儿招待所的大门还没开，看门的那个秃顶老头和他那个喜欢光着上身的儿子正在睡觉。健营在门前的那块水泥地上压着腿，他的球鞋和球袜总是那么白。就他一个人在那，现在就剩健营一个人坚持和小丁一起跑步了。

开始的时候，这支队伍有十几个人。他们身体都很好，大多没谈过恋爱，更没有和女人睡过觉，所以身体都很好。初来乍到，周围的一切也很新鲜。所以他们拿出了参加运动会的热情，一跑就把小丁远远地甩在了后面。小丁每跑一段都要停下来，在路边干呕一阵。这几年，他已经快把自己挥霍光了，他心里清楚。但是他坚持跑下去，只要他前边还有人，他就跑下去。每天长跑的路程越来越长，先是跑到果园为止，第二天他们在看园人及他的板凳狗紧张的注视下，穿过了果园，一直跑到灌溉站。再往后，他们跑上了釜阳河堤，沿着河一直往西去，没完没了。不到一个月下来，这支队伍就不存在了。其中一些人是因为目的性不明，而不是因为毅力不够而放弃晨跑的，起初他们以为小丁会告诉他们这一点的，但是没有，他从来不说什么，只是那样双唇发白眼睛发灰地跑下去。即使在回来的路上，他也对他们爱理不理的。除了喘气他什么也干不了，而且也不愿去干的样子。所以他们都不愿意再跑下去了。

地面有些湿，夜里好像下过雨。这里很少下雨，即使下了也很短暂。小丁感到了脚下泥土的弹性。开始的一段，他们总是跑得很快，因为就在电厂的旁边，可以听到那让人心烦的机器声，一排四个大烟囱也使那里的天空呈现不出早晨的气氛。这一段他们就像是逃跑一样迅速。到了足够远的地方，他们才放慢下来，重新调整好节奏。健营总比小丁快半步，他可以轻松地把小丁落下好远，让他永远赶不上，他有这个能力，但是他从来不这么做。小丁清楚这一点，所以他感觉坏透了，他加大了步长赶了上去。他比健营看起来要壮得多，但是心脏显然不如健营的好。那是颗年轻的没受过侵蚀的心脏，收缩得特别有力。健营又把小丁落下了半步。后者再次努力赶上，几个回合以后，小丁不得不接受了那难以克服的半步。这时，他们已经跑上了釜阳河堤，这次他们没有往西，而是改变途径，往东而去。他们谁也没有说话，但是两人都不约而同地向右转弯。

太阳已经升起来了。不时地有扛着农具的当地人迎面过来，还有驴车。他们一左一右分开来，让他从中间过去，然后又在堤中央汇合成一股。小丁很想迎着太阳再跑快一点，但是他实在没有更大的气力了。他偏过头看看他的同伴。呼吸仍然很有节奏，汗水顺着有些卷曲的鬓角流下来。小丁猛然觉得他们之间横着一条河流，一条时间的河流。河的宽度是十年或者更长一点的距离。小丁终于先停了下来。

"你再跑一段，我在这等你。"这是他今天早晨的第一句话，说得结结巴巴的。健营拉开了步子，继续向前，每一步都显得很有弹性，就像一个孩子第一次穿上新买的白球鞋。他浑身都是金黄色的，从后面看过去，身体的边缘还有一道发亮的泛白的光。他顺着河堤转弯，又跑了大概一千米的距离。小丁完全被吸引住了，他觉得是自己在跑。现在他在往回跑，朝小丁得意地挥挥手。太阳就在他的身后，而且好像在和他一起奔跑过来，他的右边是一条闪着金光的河流。小丁心里油然而生一种来势汹涌的情绪——对他来说已变得那么陌生——他又能够被深深地感动了。他流下了眼泪，这实在出乎他自己的预料。

回到招待所，小丁到盥洗间擦洗一番以后，实习队的大部分人仍然没有起床。健营提着一瓶开水来了，他们照例冲了两杯牛奶。牛奶放到西边的窗台上凉着，小丁趁这会儿到水房把换下的短裤和袜子洗了。喝完牛奶，他们就一起去厂门口吃早餐。田勇醒了，他问能不能帮他带一份早点回来，他就不起床了。健营刚要答应，小丁抢先说了，没门。

卖早点的地方这会儿已经很热闹了，虽然灰尘很大。习惯了就不觉得。一溜很矮的木桌和更矮的长条凳。他们要了八只布袋和两碗馄饨，每天如此。那张桌上的其他人一边匆匆忙忙地吃，一边也抽空看了看这两个后生。是的，他们的早饭吃得太多了。但是，他们还觉得不够呢。布袋是小丁他们以前从来没吃过的，也没听说过。干面做成手提袋模样，里面装着一个鸡蛋，然后放到油锅里去炸，捞出来时外面金黄金黄的，而里面的鸡蛋仍然是生的。这里的馄饨习惯放上很多剁碎的芫荽，味道也不错。这些都是他们爱吃的东西。木桌边的人一茬走了，又来一茬，但他们一坐就是很长时间，慢慢地吃。主要是小丁吃得很慢。有时他们还要一人再来一块肉饼才行。卖早点的摊主太喜欢他们了。

"喂，今天去不去市里玩？"李京坐在了他们右边空出的座位上。在一片灰蒙蒙埋头吃早饭的人当中，她是很扎眼的。马头如果有个姑娘长这么白，那就该算是一个奇迹。实际上，她的问话已经引起了很多当地人的注意，他们也在关心着小丁的回答。健营马上住了手，一副他已吃饱的样子，但是他该吃的还没吃完，他是不好意思再吃下去了。

"邯郸？我不想去。"小丁正在吮吸一只布袋里稀稀的蛋黄。到这里以来，小丁还从没去过邯郸，因为不想去。实习队里的人大多去过了，有的还去了好几次，但是小丁真的不想去，更不打算和她一起去。

"你呢？"李京似乎对小丁的拒绝不以为意，转脸看着健营。

后者顿时有点不知所措，支支吾吾的。小丁对他说，你就去玩玩嘛，邯郸应该是一个有点意思的地方。

他们从没有吃过如此鲜美的葡萄

　　小丁在招待所一楼服务台填了一张长途电话代办单。他要给他的上司打个电话问实习队这个月的工资有没有汇来，或者派人送来。这是他的工作。他的上司很乐意把他派到这么个地方来，并且希望小丁能认为这是对他的信任。电话很难接通，这毕竟是个很偏僻的地方。这时负责打扫卫生的一个中年妇女正好从楼上下来，缠着小丁，一定要他管管他的兵们，我们这是招待所不是猪圈。小丁小心地赔着笑脸，说，都是年轻人嘛，年轻人到哪都容易把那变成猪圈。有你这样的头，她最后不屑于再和小丁说下去了，他们是好不了的。电话还没有接通，他在服务台前站着感到一阵厌烦。他看到那个坐着的服务员眉梢有一颗凸起的黑痣。他就这样用他呆滞的目光长久地盯着那，更确切地说，是他忘记把目光移开，好像他在等待和那颗黑痣通话，而不是他的上司。那颗黑痣边的两只眼睛愤怒地瞪着小丁，但是后者硬是看不见，他还是盯着那颗越来越孤立、越来越神秘的小符号。

　　现在这个愤怒的黑色的小符号游动起来，慢慢地漂出了服务台，消失在旁边的值班室里。代替小黑痣的是挂在墙上的日历。终于缓过神来以后，小丁才想起今天是他妈的星期天。即使电话接通了，他也找不到人。自从到了马头，他就不需要关心是星期几了，这样的日子纯属意外。他想告诉那颗痣，这张电话单作废了，他改变主意了。但是那颗痣迟迟不愿意出来，他也就作罢，顾自一个人踢踢踏踏地上楼。他上得很慢，他回到的不是一个三楼的房间，而是一整个难熬的漫无目的的大白天。走到楼梯拐弯的地方，从上面下来三个说说笑笑、亲密无间的女生。她们落单时自我感觉不是太好，但是凑在一块，那种自豪感就油然而生。她们是实习队的王陵、张枫、王晖，小丁知道，但是他还不能把她们一一对上号。他主动靠墙角站着，让五彩缤纷的人们下楼，然后他才继续踢踢踏踏地上楼去。

只有田勇还待在宿舍里，他仍然没有起床，他完全可以像过冬的海豹一样靠消耗身体里的脂肪活下去。小丁厌恶懒惰的人，但田勇自从见到小丁还颇有找到同道的感觉。小丁和他一样不守纪律，玩世不恭，不把他妈的领导放在眼里。田勇躺在床上吸烟，问小丁要不要来一支。他也许对，小丁想，现在他和他是一回事情。他径直来到窗口站着，刚刚早晨九点半钟，已经可以感觉到窗外蒸人的暑气。从窗口可以看到远处的果园和分散的农舍，小丁还可以看到当地人不曾改变的无怨无悔的生活。这中原的每一块土地都曾是古今大战血染的沙场，小丁能感觉到这一点。小丁从窗口踱回来时，他让床上的那位起来，因为他有了一个不坏的想法。田勇虽极不乐意，但是他知道他这次必须起床。

也不是什么大不了的事，当时正是葡萄成熟的季节，小丁认为田勇一定太想痛痛快快地吃上一次葡萄。后者根本不这么以为，尤其这还需要在那条无遮无拦的土路上步行那么长的距离。田勇边走边抱怨，但是还得走下去。认识小丁刚两个月，实习队长旺盛得令人奇怪的食欲也莫名其妙地赢得了田勇的尊敬。他那么想吃，他那么能吃。在层层叠叠的葡萄架旁边，搭着一间草棚，一个挺壮实的妇女正在奶一个挺壮实的孩子。小丁耐心友好地向她表明他的愿望。她不太说话，大概是天气热的缘故。她给了小丁一把剪刀和一个草编的簸箕，让他自己去剪。而她自己要继续奶孩子。这时，田勇神色紧张，从后面捅了捅小丁，让他注意右边。一个瘦瘦黑黑的男人提着一柄锄头沿着田埂高一脚低一脚地向他们这边冲过来。

奶孩子的那位挺壮实的妇女已经看到了他。他们的对话非常急促，小丁没能听明白。但是那个提着锄头的男人冲到近前时好像已经平静了许多，但是仍然反复审视着呆立在一旁的两个外乡人。他把锄头扔到一边，背对着葡萄架在地上坐下来。虽然如此，他仍在密切地注意着他们，小丁知道。他用簸箕顶着田勇的腰，走，我们去剪葡萄去。葡萄上的露水还没有完全挥发。他们剪得很仔细，因为用力大一些，熟透的葡萄就会散落下来。那沉甸甸的分量、紫红的颜色让他们欣喜若狂。尽管小丁再三小声提醒，那上面有大粪！田勇还是在主人看不到的时候，不断地把葡萄往嘴里塞，丰富的汁水从他的嘴角流下来。他暂时忘记了头顶的太阳。

他们总共剪了两簸箕下来，过了秤，付了钱，又把葡萄分成四个塑料袋装上。小丁和田勇一人提两个。那个黑黄的男人又剪了两大串从后面追上来，放到小丁的袋子里。后者并不清楚这么多葡萄在南方值多少钱，反正他们都觉得今天早上这笔买卖真是太合算了。上了路田勇就不觉得有多合算了，因为回去的路很长，而太阳显得那么低。小丁顾自走在前面，不理睬田勇的抱怨。

刚踏进招待所的大门，小丁就听到服务台后面有人在冲他叫着什么。是那颗痣，愤怒的痣。他听清了大意。她说刚才电话接通了，但是你人去哪了？小丁心不在焉地解释了几句便往楼上冲，那颗痣的叫声在他上到三楼的时候仍能听到。田勇放下袋子就去盥洗间冲凉，准备再回到床上去。而小丁马不停蹄把葡萄统统洗了，然后一串一串地晾在房间里那根从窗子一直拉到门口的尼龙绳上。绳子最终被压得低低的，田勇在床上腆着肚子祈祷绳子千万别断。现在这个房间就是一个夏日的葡萄园啦，他们可以站着，可以坐着，可以走来走去，可以躺下，反正他们可以用任何姿势饱饱地吃上一次葡萄。这一辈子他们都没能这样吃过如此鲜美的葡萄，以后大概也不会有这样的机会了。田勇把一颗饱满的葡萄砸向小丁赤裸的后背。这颗葡萄便在他的肩胛骨那彻底地炸开，一条清凉的浅绿色的水顺着他的后背淌了下来。小丁感到一阵正在流动的惬意。

一天两顿，就像服药那样

星期天还在食堂吃午饭的人很少。实习队的人大多也情愿待在房间里，泡方便面吃，或者只吃上几块饼干就算交代了。在炎夏原本不振的食欲，因为懒散的生活变得更为糟糕。小丁一个人准时来到食堂，却发现食堂就像已经打烊了一般。他照例买了半斤干切驴肉、四只馒头和一份菜汤。实际上，他不得不这样吃。除了驴肉，还是驴肉，很少有猪肉卖。实习队有一大半人不吃驴肉，不吃这家食堂做的驴肉，他们不习惯那味。小丁开始时也不太习惯，但是他认为他必须吃肉，吃大量的肉，他需要这么做。常和他在一起的那几个，也变得相当能吃肉了，甚至有时比小丁吃得还多。吃得太多不能消化掉，尤其在夏天，干切驴肉的卫生也成问题，于是有很多人因此而拉肚子，拉得厉害。一次两次以后，就没人再像小丁那样吃驴肉了。而小丁自己也因此拉过肚子，虽然他没说出来。但是他丝毫不因此而变得谨慎，相反他吃起驴肉来更加足斤足两，一天两顿，就像服药那样，没两天泻肚就给遏止住了。他听任自己一如既往地吃下去。

　　饭厅右角有一拨人在吃饭，除了小丁饭厅里就是他们了。他们全都围坐在一张圆桌的周围，光着的上身上还粘着黑色的煤粉。这群农民工吃得非常安静，没人说话，因为天气炎热，而他们也很劳累。桌子中间放着一只大脸盆，还有一柄大号的汤勺。看那样子，他们也不是本地人，小丁估计他们来自安阳一带。他们全都默默地埋头啃着馒头，喝着菜汤。小丁被这幅图像的宁静吸引住了，忘记了他的驴肉。当然还有一个原因就是，饭盒盖上的那酱色干涩的肉就像木头一样此刻让小丁难以下咽。他重新把目光集中到面前来，一口一口就着菜汤把驴肉和馒头全部吃了下去。吃完以后，他还在座位上坐了一会儿，点上一支烟，继续看着饭厅右角的那拨人。这样的中午出人意料地空阔。

回到招待所时，小丁想到不妨再打个电话。这一次他想打给一个朋友，随便哪一个，他很想找一个人说说话。他们是了解小丁的几个人，他们像希望自己那样希望小丁干出一些事情来。小丁曾经打定主意不再和他们来往的，他想一个人待着。但是他现在特别想和他们说话。他填了电话单，然后到服务台对面的一圈破破烂烂的沙发里坐下。中午休息时间以及晚上在这里值班的都是那个秃顶的老头。如果是上午的"一颗痣"在服务台后面，小丁大概也就不会再有打电话的打算了。她会好好地骂他一顿的。

总是和那位老头在一起的是他的儿子。自从小丁第一次见到他，就没见过他穿过上装。赤裸的上身黑黑的，但肌肉很发达。看他那副神情，小丁大概有把握认为他是一个弱智。他总是喜欢跟在老头后边，重复他父亲说的最后一句话。这时，他从服务台后边绕出来，斜着眼盯着小丁，然后不停地围着小丁走来走去。小丁冲他赔着笑脸，但是他不予理睬，目光越来越凶狠。那位老头在后面含混地叫了一声，这个可怕的家伙这才重新回到服务台后面去。小丁松了一口气。

电话仍然未通。小丁又改变了主意。不过这一次，他向那位老头打了招呼，并缴了手续费，然后才上楼去。来到二楼，他又见到了那三个形影不离的女生和茂华。小丁不知道这半天，茂华这小子都钻哪去了。他们搬了几张凳子出来在走廊里打牌。只要心静下来，走廊里是有点穿堂风。那三个女生高兴极了，三张小脸明亮无比。她们招呼小丁要不要一起玩。茂华背对着他，撅着屁股。当茂华转过脸时，小丁发现他的脸上贴满了纸条。他们是这样打发星期天的。如果一直打到晚上，小丁相信那个茂华会全身被贴上纸条的。但是这是他乐意的，小丁看得出来，茂华这小子在这班男生中开窍得最早，胆子也最大，就是还不能做到得心应手。他带着他焦灼的隐秘的企图坚持坐在那，而小丁冲他笑笑继续上楼。

田勇一直在午休。小丁也躺了一会儿，但是他一刻也没有睡着。他起来从田勇和茂华的床上搜罗了几本书来看。除了专业书，就是武打小说。还有一本色彩艳丽的杂志，是茂华在火车上买的。但是小丁都不想看。他临来这里时，执意让自己什么书也不带的。是的，这段时间他不想读书。到下午两点的时候，他再也躺不住了。小丁起来到窗口站着。板结的地面，就像一面铜镜一样反射着刺目的光。他猛一转身，振作起来，从床下找出球鞋换上。然后又弯着腰四处寻找足球，不在他们房间。小丁便一个房间一个房间地找过去。当他夹着足球再回到他的宿舍时，却发现刚才还在呼呼大睡的田勇已不知去向。他找遍了这层楼也没能看到田勇的影子。他想起茂华来，便一路小跑来到二楼。但是茂华也不知道到哪去了。走廊里那几张凳子还在，中间的一张凳子上扑克牌胡乱地堆着。小丁叫了几句，没人搭茬。

最后，小丁决定一个人去踢球。他盘着球，一路往水泥场小跑过去。

他的脸上有一块大红色

第二天一大早，小丁兴冲冲地翻窗来到招待所的外面，却没有看到健营。他有点无所适从，像一匹踌躇的马，在门前的水泥地上打着圈子，一边不停地四下张望着。这时，一楼厕所的窗子有了动静。小丁便撒开蹄子，上了路。刚跑出二十米，健营就出现在他左侧并排的位置。今天他穿了一件大红色的短袖运动衫，非常耀眼，正好可以掩盖脸上睡眼惺忪的神色。

踏上釜阳河堤的时候，天开始破晓。灰色的天幕缓缓拉开，而初升的太阳冉冉升起。小丁觉得如果他们跑得快一点，那这早晨就会升起得快一点。所以他们越跑越快，最后就像赛跑一样——太阳就这么完全升起啦。

小丁跑到量以后，照例让健营再跑上一段。不过今天，他没跑出多远，就往回跑了。离小丁站立的地方还有二十米的时候，他就停了下来，然后慢慢地冲这边走过来。他向小丁无力地摇了摇头。走到近前时，小丁却发现健营的右脸颊上染有一块大红色。起初还以为是一片阳光。但是就在这会儿汗水顺着脸颊流下，连汗水也是红色的，就像是血。小丁指了指他的脸。健营没反应过来。小丁又指了指。这次，健营忙不迭地用手掌擦脸。

"是什么？"

"一块红色。"

健营知道是什么了。那件新买的大红色的运动衫竟然掉色，真是令人失望。小丁还注意到，他的白短裤上也沾上了一些红色。如果把这件鲜艳的运动衫好好地洗上一洗再穿，这件运动衫就不会太好看了。如果早知道，这件运动衫将是那种样子，小丁想，健营当初大概就不会买了。回去的路上，健营感到非常不自然，就因为身上穿着这么一件正在掉色的运动衫。他不停地把衣服掀起来看看，不停地把运动衫绷起来，不让它完全粘到身上去。小丁则注意到，他自己身上的那白 T 恤此刻被健营映照成淡淡的红色。

"邯郸好玩吗？"小丁问。他想把同伴的注意力从那件令人沮丧的运动衫上吸引开来。

"——挺好玩的。"健营似乎很想就此谈一谈邯郸。但是小丁不再问了，而且对这个问题也不再感兴趣了似的。健营只好继续埋头专注于他的运动衫，他会为此一整个上午都闷闷不乐的。就为这么一件掉色的运动衫而不高兴，仅仅为它不高兴，小丁太喜欢他那副那么认真的不高兴的样子了。

"什么地方最好玩？"小丁又说道。他不想让健营一个人不高兴得太久。

"我看是——黄粱梦。我要是在那张床上，枕着那只枕头，大概也能做个好梦的。当时……"

"你想梦见什么？"

健营半天也没能说出，他想梦到什么。他想梦见的也许是一些简单而有趣的，或者是五彩缤纷的东西。但是他也许担心说出来，小丁会笑他。过了一会儿，他很突兀地说了一句话。

"在黄粱梦那，李京说了你一句坏话。"

"说了我的坏话？"小丁的语气中并没有想听的意思。

"她说，那天看到一队拉煤的驴车和你会面，她发现公驴都恶狠狠地瞪着你，母驴都含情脉脉地看着你。"说完，健营笑了，但是小丁没反应过来。

"什么意思？"

"她说你，每天就知道吃驴肉、吃驴肉。"

这样的坏话并不太讨厌，只懂得吃驴肉却不懂爱情的小丁也笑了笑。他们已经快走回电厂了。过了铁道，再下个坡就是。但是道口的栏杆已经放了下来，火车还在远远的地方。小丁等不及便顾自弯腰从栏杆下钻了过去，健营犹豫了一下也钻了过去。他们很快地过了铁道，开始下坡。

星期一上午，小丁应该照例去一趟电厂教培科。各个工种的独立当班考试需要他去联系，另外实习队生活上的困难也可以提请帮助。小丁几乎没提过一条要求，因为他自己不需要，这一整个实习队也就不需要了。他换上了一套干净的工作服，佩戴上白色的实习证，顿时觉得浑身不适。这是他的工作。他临出门时，看到田勇还赤着大膊躺在床上。他叫他起来。后者赔着笑脸，说开个后门，不去了。小丁端起脸盆往门口去，走到门口猛然一转身，半盆水全部泼到了田勇身上。你不去上班可以，但是必须给我起来。

这样下去，永远没有一个赢家

　　教培科的老王正在整理他的办公桌，他说你来得正好，我上星期就要去找你来着。小丁刚坐下，他就一条一条地数落开了。下面班组反映，你的人纪律涣散，上班迟到早退。上现场也不遵守安规，不戴安全帽，还大声吵闹，等等，等等。但是小丁并不觉得这些事跟他有什么关系，他很耐心地带着一脸的微笑听着。老王谈得最多的当然是女实习队员存在的问题。她们竟然连工作服都不穿，整天穿着花枝招展的裙子，在现场飘来飘去。而且也不遵守规定把长发盘到帽子里去，万一给缠到转动机械里去，那可怎么得了？更主要的，她们已经影响到本厂的安全生产问题，运行人员盯着那些白皙的腿，而不是盯着表盘，那将是危险的。小丁完全同意老王的忧虑，他答应回去劝她们把该遮上的都遮上。这会儿，老王的脸上又流露出一种遗憾的神色来。

　　下午，小丁照常约了人出来踢球。大概是由于天有些阴，太阳不太烈的缘故，呼啦啦一下子从厂里出来了好几个人。他们是跟着小丁出来的，所以他们什么也不担心。两个月下来，他们已不觉得这样的日子太突然。小丁用手心手背的方法把人分成两拨，一场足球赛就准备开始。为了踢一场过瘾的球，有人提议来点刺激。最后得到一致叫好的方案是泥鳅田勇提出的：赢方的所有人明天放假一天，自由活动。当然他们还记得只有小丁具有批准这个方案的权力。但是小丁自己好像已经忘了，他跟在很多人后面一起喊：好，好。于是球赛正式开始。

这次健营和小丁不在一方。他踢得很好，他有点脚下功夫，几次带球把小丁过了。后者非常恼怒，抓住一个机会狠狠地把健营撞了个底朝天。健营感到很突然，倒在水泥地上抬起头，吃惊地看了小丁一眼。过了一会儿，他才爬起来，埋着头，脸憋得通红。当他带着球再次和小丁遭遇时，他就早早地把球传了出去。每次都这样，小丁觉得不是滋味。在一方捡球的时候，小丁用手在健营的肩膀上按了一下。场上谁也没有注意到这一点。但是，小丁和健营之间的对抗已重新变得正常、激烈起来。比分交替上升，但总是健营那一方先下一城。这时田勇又嚷开了，他请求暂停。

"我们忘记规定时间了！这样下去，永远没有一个赢家。"他说，他鼻子上的汗珠一颗一颗的，像是淌汗故意淌成这个样子。

"那就一直踢到太阳落山嘛！"小丁说。

很多人反对，因为这个时间概念太模糊，需要更为确切一点。最后折中了一下，这场球到电厂吹下班号时结束。小丁看了一下手表，感到非常有劲。这可是一场两百分钟的比赛，最好踢完时，大家统统倒在场上。那是再好没有的事情。但是再次开球不久，太阳意想不到地烈起来，天也就阴了一小时左右，就重新万里无云，在这地方，在马头，下一场雨可是件不容易的事情。你想下也不行。

李京领着一队女生兴高采烈地来了，对水泥场上的人们来说，就像又出了一次太阳。天啦，一下子来了五个女生。走在中间的是形影不离的三姐妹，落在最后的是一声不吭的王小霞。她们拿着一副崭新的羽毛球拍，两只雪白的羽毛球。但它们更像是道具。连王小霞也出来了，还有谁会待在厂里，小丁想道。他只是想到而已，对这个局面他并不在乎，更没想到他对此负有的责任。她们都待在水泥场的左边，两个人在场上打，其余三个在场下计分，一会儿就有人下场，而另一个紧接着上场。她们有她们的规则，不亦乐乎。足球经过她们身边时，她们会不失时机地来上那么一脚，这大概也是她们规则中的一部分。但是足球场上的节奏立刻就被那秀气的一脚打乱了。小丁注意到那个叫王小霞的女生。健营的一脚把球正打在她的腿上，她躲闪不及，她为此羞得满面通红，局促不安。小丁特别能注意到害羞脸红的人，因为他那个年龄层的朋友还有谁会脸红呢？她们已经忘记了害羞。大家都是满头大汗，不管是男生，还是女生。这是一个流大汗的下午。

仍然是健营那一方领先一球，小丁那方迟迟没有扳平。场上的节奏明显慢了下来，因为炎热。小丁最担心有哪个小王八蛋挺不住，打退堂鼓，所以叫着，嚷着，想把场上的气氛重新调动起来。但是田勇已经提出了他的要求，他说他头昏，需要休息一会儿。小丁断然拒绝，不许他离开。两人正在僵持的时候，李京站了出来，她可以上场。她像男孩那样穿了一条短短的西装短裤。田勇当即来了精神，他对小丁说，换人总可以吧，就是世界杯赛也可以换人的。但是小丁仍然说不行。李京说，你凭什么说不行。说完她就跑上场来。小丁可以感觉到，场上的其他人都接纳了她，他们甚至欢迎她的到来。

这场球越踢越微妙起来。李京拼抢积极，进攻意识也强，更有健营做她的后盾。场上场下的人都被她吸引住了。小丁这方的队员，简直成了她的同伙，并不真的去拦截她，而是嘻嘻哈哈跟她跑。没一会儿，在几乎所有人的期待下，李京把球踢进了小丁他们的球门。赢的一方固然高兴，而输的一方也相当高兴。小丁知道，这已经成了一场娱乐，而不是比赛了。他在场上站了一会儿，便顾自离开了球场。令人遗憾的是，大家都没有注意到。他们都在看着李京和一个男生的争抢，李京的犯规动作引起了众人的狂热。

小丁已经走出很远，大家才看到。有人在后面冲他大喊"别忘了，你们那边输了！我们明天不上班！"小丁不想让这么多人看出他不高兴，就转过身去，挥挥手也大喊了一句：

"你们踢到吹号的时候再说！"

道口烧鸡和邯郸酥鱼

第二天上午上班时间，果真有很多人不去上班。他们和小丁在走廊或者盥洗间相遇时，忙不迭地向他提起昨天下午那场比赛，和比赛押下的赌注。小丁其实并不会去深究。但是他们多少出于习惯，还是把小丁放在了"领导"的位置上。小丁甚至觉得有些可笑。他想去健营那个宿舍看看，看他是不是在，因为今天早上，健营没去跑步。今天上午他是一个人跑的。这一次他比往常任何一次跑得都远，而且不觉得有多吃力。他跑到了他的意料之外，这让他高兴。

健营一个人坐在他的床上，一副萎靡不振的样子。看到小丁进来，他有些紧张地站了起来，像犯了错误的孩子。他应是他们班年龄最小的，但实际上可能并不是这么回事。但是耽于幻想，常常会延误生长。健营是不是这样，小丁还不能肯定。反正他和健营在一起时，特别谨慎，生怕自己的不合时宜沾染了他。这种心理有时会得到小丁自己的嘲讽。

"身体不舒服？"

"有点……不舒服。"他好像说的不是真话。

健营说他准备去上班。小丁想也是，最好还是去上班，就像以前一样。而他自己打算下楼去打电话。健营对小丁从来不对他多说些什么，也许感到了失望。小丁下楼的时候，又见到那三个姐妹上了楼，她们在张罗着什么活动，打牌或者别的什么，也有人在叫着，谁要下棋？也有人趴在床上，看闲书想看个饱。反正都在干着自己想干的事情。有人告诉小丁，实习队里有几个男生已经三天没见人影了。小丁不担心，因为他估计无非是利用这段时间到石家庄或者北京旅游去了，他们会回来的。这都是这个年龄可能发生的事情。小丁的态度鼓舞了一些犹豫不定的人，他们在悄悄地制定着更大的旅行计划。这才刚开始，小丁听任这个实习队乱下去，到底能乱成什么样子，他倒想看看。乱完了，他们大概就知道该怎么办了。他们从没有过过这样的好日子，就让他们尝一尝吧。

午饭小丁是和茂华一起吃的。后者在饭桌上郑重其事地打开了他的铝饭盒。里面躺着一只散发着中药味的烧鸡。茂华说：正宗道口烧鸡。说完，他又郑重其事地打开了另一只饭盒。里面是一条被折成了两半的尾巴长长的小丁叫不出名字的鱼。茂华说：正宗邯郸酥鱼。小丁兴奋得大叫了一声。苍蝇立刻向这张桌子俯冲下来，茂华不停地摆手，一边讲了为了这顿美餐他所付出的代价。他是步行了八里路从附近的镇上买来的。但是小丁知道他可以从楼下服务员那很方便地借到自行车。他是一个招人喜爱的小白脸。

"那会不会已经变质？"小丁凑上去闻了闻。

"不会，不会。"茂华略有些夸张地抹了一把头上的汗。

就是变质，他们也会把它们吃下去的。当桌上只剩下零星的几根鸡骨头时（他们发现大部分的鸡骨头，和全部的鱼骨头都可以嚼碎，吃下去），小丁点上一支烟，冲茂华神秘地笑了笑，点了点头。

"说吧，有什么事？"

茂华愣了片刻，嘿嘿地笑起来。他看了看四周。

"有件事要向你请教，真的，要问问你。"

"什么事？"小丁感到不太习惯。

"——追女孩的事。"

这会儿该小丁发愣了。

"这种事，我不在行。你看我……"

"我知道你在行，别谦虚了。早听说了。"

"听说什么？"

"没什么，没什么。你就帮我一把嘛。"

先说说什么事。小丁其实已经能猜出几分。他想追那三姐妹中的一个，但总不行，因为他始终必须面对的是一个铁三角。你想对着一张脸笑，但是三张脸冲着你；你想对一个人说，但三张嘴一起来教训你。茂华可伤透脑筋了。小丁也承认这是有些难度的。一种熟悉的虚无的感觉控制住小丁，他不愿意这样。他不想讨论这些问题，甚至厌恶这些问题。但是碍于肚子里的鱼和鸡的面子，他又不能过分让茂华失望。

"这只是一道智力题，不是感情问题。你要充分地认识到这一点，事情就会好办得多。"

小丁不想再说了。虽然这顿饭并没能给茂华带来切实可行的一套具体方法，但是这顿饭是有意义的。其意义就在于，它将迷人的道口烧鸡和邯郸酥鱼带进了实习队单调乏味的除了驴肉还是驴肉的生活。

我还是每天来吃一只最好

葡萄差不多下市的时候，苹果也就已经把枝头压得沉甸甸的。八月下旬，天气也凉爽了许多。小丁一个人去果园买来一堆苹果，就堆放在房间的一角。他想起来才削一只吃，他并不爱吃苹果。谁想吃，谁就尽管拿就是了。但是，一周下来，那堆苹果都不见少。小丁知道，在这个实习队里，他已相当孤立了。这样一个局面并没有使小丁感到意外。他从来都是这样，最终让别人丧失了解他、接近他的兴趣。他也愿意是这样，但是有时心里难免会感到一阵恐慌。这些年，他觉得自己承受这种恐慌的能力是越来越强，别的都还说不上。健营有好几天没和他一起跑步了。他在想是不是去找一下健营，后来也就算了。虽然他知道如果他去找一趟健营，即使什么也不说，他说不定也会第二天重新和小丁一起跑下去的。小丁想，自己已经是这么一个人了。

李京穿着一条裤管只到膝盖的牛仔裤，大大咧咧地从地上捡起一只苹果来，坐在小丁的对面削了起来。小丁今天对她这样做并不反感。问题是，李京似乎也知道这一点，对这一点有把握。她是为了一堆没人吃的苹果而来的，所以李京也不像往常那样那么多话。她的小水果刀连在钥匙链上，因此她的动作伴随着一串清脆悦耳的声音。李京的动作很小心，小丁看出来了，她是为了削一条长长的完整的苹果皮。最后她做到了这一点，她用手拈着那条青青的长蛇，很为此高兴。她抖了抖手中的长蛇，它就断了。当时是中午，刚吃完午饭，小丁觉得头有些昏沉沉的。中午是多么空旷啊。

"我正愁这么多苹果没人吃呢。"小丁说。

"那好，我每天来吃一只。"李京说完，有点调皮地看着小丁，"怎么样，又舍不得了吧？"

"这有什么舍不得？"小丁不知道怎么说好。

"行，我每天来吃一只。"

"这样吧，你拿个包来，把它们统统装走，慢慢吃。"小丁看到健营出现在门口，在犹豫是不是进来，"来，吃苹果！"

健营在门口晃了晃，说，不，不。他连忙掉头就走了。小丁对健营的反应感到很吃惊，但是没有追出去。

"不，那多没意思。我还是每天来吃一只最好。"李京说。

她吃完手上的苹果就走了。小丁觉得一切都很唐突，是不是中午的缘故，乏力、头昏，人总是抓不住生活的重点。他没有深究下去。小丁从床上站起来。田勇每天午觉是必不可少的，他已经睡了一个季节了。小丁出了门，想看看健营是不是还在宿舍里。他不在，他的宿舍里此刻有一个牌局和两个棋局。回到宿舍，小丁有点无所适从，他找出一支笔和几张信纸来。他意识到自己想写封信。写给谁好呢？小丁想还是写给他女友吧。她是一个难得的女人，其难得就在于，小丁感到慌乱的时候会想到给她写信。

信刚开了个头，茂华就和三姐妹们说说笑笑地进来了。小丁正坐在床上靠着墙写信，这副样子显然让他们感到新鲜。能感觉出来，他们对小丁是有所顾忌的。小丁也因此没法再写下去了。他决定干脆去镇上，他可以在邮局那把信写完寄出去。在那写还有一个好处，就是这封信寄出去的可能性要大些，他不会再次改变主意，把信攥成一团，扔掉。就这样吧。

傍晚，小丁从镇上回来时，人变得平静了许多。他是步行去的，也是步行回来的。虽然给女友的信最终也没寄出，但是他确实完完整整地写成了一封长信。他对她说，这个地方他实在不能再待下去了，他简直要发疯。是的，要发疯，但是与马头这个地方没有必然的关系。他还提到了苹果和已经吃不到的葡萄。最后他用这封信包了一只热乎乎的道口烧鸡，慢吞吞地往回走。不能说这一趟小丁白跑了。更重要的是，他毕竟把这个下午给打发过去了。比起央求他的实习队员们一起到水泥场上去踢球要愉快一些。

在道口烧鸡的号召下，几个人坐到了小丁所在的那张饭桌上。但是没一会儿就一个个相继离去了。多么令人扫兴，小丁居然嗅来嗅去，最后还是买了一只已经变质的烧鸡。就连小丁自己也不敢再多吃一块。小丁用菜汤漱了漱口，然后到饭厅卖菜的窗口，又买了半斤驴肉。实习队的很多人都在笑他。小丁知道，李京对他的评价已经传遍实习队了。

什么也没做，我只是望天收

小丁他们厂的领导要来马头检查慰问实习队的消息还是教培科的老王通知小丁的。他们打电话到电厂，希望转告小丁，并告诉了到达的日期。小丁觉得是一个机会，他们就要看到小丁作为实习队的领队是多么不合适的事情。他们会决定撤换小丁的，那么小丁就可以结束这难熬的集体生活。另外，他觉得经过三个月的调整，他的身体可以经得起再次挥霍了。这还在其次。他不能和这么多和他不相干的人再朝夕相处下去，这是最关键的。他越来越觉得，像他这样一位年近三十的人忽然有一天要和几十个二十刚出头的人整天待在一起是荒唐的。

领导一到，小丁发现整个实习队出人意料地变得秩序井然起来。一到上班时间，实习队的每个人穿戴齐整，心照不宣地去厂里。他们和小丁相遇时，还得意地朝他挤挤眼。后者自然联想到一个内患深重的国家，群雄割据，但是当它面对外侮时，却能团结一致共同对外。领导在马头只待了两天，看来他们对实习队的情况很满意，对小丁的工作似乎也非常满意。其中一位早起的领导还有幸目睹了实习队长晨跑的动人景象。所以小丁觉得自己有必要主动在他们就要动身离开之前找领导谈上一谈。

"眼见为实嘛。"副厂长认为自己崇尚实事求是的工作作风。他一脸明亮的笑容，意味深长地拍了拍小丁的肩膀，并且请这位年轻人抽烟。

"不，我不适合目前的工作，我这个人没有组织才能，还有……"由于急躁，小丁话说得快，也有点语无伦次。

"我们到下面了解过了，"副厂长微笑着打断了小丁的话，他把烟缸放到了小丁的面前，以避免后者再次把烟灰弹到地上，"他们都在夸你呢，都说你工作负责，还很关心他们的生活。一个年轻人刚开始就能做到这一步，相当不容易了。刚才我还在和老李说，我们厂下一批实习队，我会建议还由你来带。"

小丁有点发懵，他吃惊地盯着对方的嘴。

"他们是这么说的？"

"那还有假？不过，他们也提到了你的缺点啦。"说到这里副厂长停顿了一下，脸上的表情变得严肃起来，相当严肃。"就是实习队长太爱吃驴肉了。"

说完他身体向后一仰，大笑起来。他是在为自己的幽默而陶醉。而小丁在这爽朗的笑声中更加急躁，他把手中的半支烟掐了。

"我必须跟你说实话。其实我什么也没做，我只是望天收，我非常讨厌这个工作。这个实习队也非常混乱，不像你现在看到的这样……"

"不要急躁，年轻人。"副厂长探过身来，拍了拍小丁的膝盖。他的动作幅度非常之大，使小丁不得不有点紧张地后仰身体。"如果真像你所说的那样，那也没关系嘛，就说明你工作的余地还很大，你可以继续努力嘛。"

"不，问题是，我根本不想努力。我说过我不适合干这类事情。"

"那你跟我说，你最想干什么事呢？我倒很想听听，真的。你不要把我看成老不中用的人，我和年轻人还是很谈得来的嘛。"他脸上的神情非常诚恳，诚恳得让小丁不敢面对。

"我现在不想说，不想说出来。"

"是不是还没想好？"

"我想好了也没必要跟你说。"

"没关系。我孩子也有你这么大，所以我不妨进一言。听不听随你，不管你想干什么，第一步都是先做好眼前的事。"

　　小丁告辞出来时，副厂长仍然是一脸的笑容。小丁乐于去承认，他真是一位宽厚的长者。但是这和他又有什么关系。小丁在乎的是，他必须在这里再待下去，再待三个月。三个月前他曾说服自己在这里待满六个月的。后来他认为自己做不到这一点了。现在他又必须继续做下去，就是这样。

　　第二天晨跑的时候，小丁发现自己的气总是调不匀。但是他强迫自己继续跑下去，他知道必须把这种烦躁的情绪压下去。越是这么做，那种情绪就越是桀骜难驯。有几次，他不得不停下。这一趟跑下来，小丁就像散了架一样，但他清楚不是因为累，是因为失望，对自己失望。吃完早饭以后，电厂的上班号已经响了。这一顿早饭他居然吃了他妈的近一个小时。小丁慢吞吞地走回招待所。实习队的人大多还没做好上班的准备，不紧不慢地在洗漱，或者在起床，或者在床上翻身。看到这幅景象，小丁就确实地知道他们的领导已经走了。就像空袭的警报已经解除，田园的景色再度徐徐展开。见到小丁时，他们如释重负地朝他露出同谋似的笑容。他们短暂的幸福生活又开始了。

　　小丁这会儿甚至认为自己是被他们和那该死的领导合谋留下的。一个集体，哪怕是眼前这个稀稀拉拉的小集体，也自有一个集体的力量。小丁看着田勇胸口上昂起的黑毛坐了下来，他劝自己不要这么想。

那颗头像一颗新头

　　吃完晚饭以后，天色还很亮。小丁站在招待所的服务台前，他在等待他要的长途电话接通。和他的朋友，小丁不知道准备说些什么。他经常来填上一张电话单就是因为电话总是接不通。他想接通一次。小丁怀疑值班的秃顶老头有没有把他的要求通知了总机。他戴着老花眼镜在读报，而他弱智的但很强壮的儿子在九月仍然光着他的上身。三个多月下来，小丁觉得自己也足够强壮，但是还无法和眼前这个人相比。就因为他并不弱智，所以吃下去并不完全用来长肉，这是多么令人遗憾的事情。现在虽然那个光着上身的小伙子仍然在用凶狠的目光盯着小丁，但是后者已渐渐地感觉不到恐惧。有几次，他霍地站起想从服务台里转出来，但是那位正在读报的老头喉咙里咕噜了一声，他就又在那张方凳上坐了下来。自始至终秃顶老头在专心地读报，头都没抬。小丁冲他挑衅地笑了笑。

　　电话还没有接通。小丁准备付手续费，然后上楼。这时从楼上下来一群人，两个女生和四个男生。他们直奔停在门口的三辆自行车。看那架势是准备去镇上看电影的。两个人一辆车，他们早就计划好了。其中一位问小丁去不去，后者摇摇头。小丁想，如果他说去，那就让他们难办了。从一开始他就在他们的计划之外。不过，小丁因此想再等一会儿电话。两辆自行车先后上了路。最后一辆有点麻烦，因为那位穿一步裙的女生没法跳车。于是骑车的先把车在原地停稳，让她先上去。这最后一辆也上了路。小丁忽然想追出去叮嘱他们几句，后来也就算了。

"电话怎么还没通？"

但是没有人回答他。那位小伙子听到小丁说了话，冲小丁咧着嘴吼了几个音节。这也算是回答他了。他到前厅里的那圈破沙发上坐下，点上一支烟。他的肘关节支撑在膝盖上，而头就支在手上。如果说他正在思考问题的话，那他此刻思考的问题再简单没有了，那就是是不是继续等那个可以不等的电话。服务台里的那位光着上身的小伙子也站了起来，但他是站在原地，没敢挪地方。他知道他此刻应该遵守的界限。他站起来是为了能够越过服务台继续盯着那个叫小丁的家伙。由于小丁擅自改变了两人的相对位置，所以他的目光变得更为凶狠。

小丁准备站起来。想法和他的动作结合得很松散，所以一时他还没站起来，但这会儿他已经听到楼梯上的说笑声，有人正在下楼。于是他继续坐着。先下楼的是茂华，刚洗过澡，头发湿漉漉的，那颗头像一颗新头。他下楼就回过身去对着楼梯，他没有注意到小丁。她下来了，是三姐妹中的一个，不是顶漂亮的那一个，也不是顶不漂亮的那一个。但是具体是哪一个，小丁说不上来。她也刚洗过澡的样子，头发蓬松地耷拉在肩上。小丁在等待另外两个的出现，但是竟然没有。他们一本正经地挺直腰杆，从小丁面前走过，他们仍然没有看见小丁？他们已走到门口，茂华有些迟疑地落在了后面。只见他猛然转过身来，冲着小丁挥了挥拳头，就像在运动场上做的那样。小丁没能作出任何反应，他已经转过身去。他们只走了两步就到了小丁的视线之外。

他看着手上的烟一直烧到烟蒂，小丁没有马上把它扔掉，他精力集中不起来。所以当他的目光与服务台后那两道未曾移动过的凶光遭遇在一起时，小丁禁不住一激灵。他扔掉烟蒂，站起来，迎着那两道目光来到服务台前。小丁想找出足够的零钱来付手续费。此刻小伙子也相应地坐下，当然还盯着小丁。那条牛仔裤绷得很紧，所以手要伸进口袋就显得相当困难。小丁还没能凑出两毛钱来，楼上的一群人就下来了。走在前面的是李京和健营，他们手上各拿了一只羽毛球拍。看来他们想好好利用一下傍晚的光线。李京挥着拍子就冲出门去，而健营停了下来。他对小丁很不自然地笑了笑。

"你要不要玩一会儿？"他把拍子伸到小丁眼前，他似乎很急于摆脱手中的拍子。李京在叫健营。

"不，不，你打。"小丁又掏出了几枚硬币，"我在等电话。"

他们就在招待所门前的空地上打开了。三球定胜负，很多人抢着上。李京总是坐庄，她打得一般。但是她又有裁判权，那就两样了。小丁再次回到那圈沙发里坐下，他决定再等一会儿电话。

和小丁估计的一样，那个光着上身的小伙子也再次站了起来，越过服务台歪着脸把目光聚焦在小丁脸上的某个点。

手指上还有一丝淡淡的风油精的气味

　　实习生活已下来了一大半，带队的小丁才第一次戴上安全帽去电厂的机组上看看。在震耳欲聋的轰鸣声中，他一直爬到了炉顶。方圆几十里没有比他此刻站立的地方更高的建筑。他看到了辽阔的中原，但他并没有意识到这是他不曾熟悉的中原景色。下来的时候，小丁是从冷却塔那里经过的。在厂区这属于偏僻的地带。教培科的老王向他反映过，实习队里有一对男女在夜班的时候躲到这里来苟且，厂保卫科的人差点就抓获了他们。肯定是你手下的人。是吗？不过，小丁现在看起来，倒是觉得这里确实是一个隐秘的好去处。但是这里有的是更好的去处啊，对他们来说，这里的整个夜晚都是一个极好的去处。小丁当然不会去追查这件事，他希望他们会另找一个更恰当的地方。下午他又去了一趟厂里，爬上爬下，直到劳累。如果他不想一个人去踢球的话，他就只得这么做。

　　晚饭他是一个人吃的，半斤驴肉，一条酥鱼，四个馒头。到晚上九点的时候，小丁发现招待所里，除了在打牌的几拨人以外就找不着人了。他们都去了他们的地方。他准备一个人出去转一转，把身体里的剩余的精力像倒垃圾一样倒空。下到二楼，小丁感觉到楼梯口的左首站着一个人，但他自己正低着头，没有看清是谁。然后他继续下楼。刚下了两级台阶，小丁机械地回过身来，想看一看站在那的到底是谁。他看清了她，这才闻到她身上的一股风油精的清凉的气味。王小霞还穿着裙子，她发现小丁又转过身来就把脸别了过去。她健康丰满的身体在楼梯口柔和的光线下使小丁一下子慌乱了起来。小丁迟疑了一会儿，然后便向她走过来。王小霞虽然眼睛冲着另一个方向，但是她好像感觉到这一点，她刚要发步向走廊尽头那边去，小丁叫住了她。

"喂，没事我们一起出去走走。"

接下来的事情一刻也没有停顿。他们沿着小丁晚上闲逛的那条老路，一直来到那座水泥桥的下面。灌溉河的水位很低，袒露出斜斜的却是干硬的河床。小丁几乎没有顾及她真伪难辨的反抗，就撩起了她的裙子。他始终可以闻到那股刺鼻的风油精的气味。闻的时间长了也就不觉得了。事后，小丁是一个人先回的招待所。王小霞什么时候回来的，小丁不知道。他一回到宿舍就打散了房间里的牌局，请他们另找地方，因为今天他不舒服，想早点休息。他甚至忘了漱口就上了床。

这只是一个意外。小丁不想就此对自己表示失望。他强迫自己及早地忘掉这回事情。好在小丁的印象中，她的确不是一个处女。绝对不是，这一点小丁不需要光线就能准确地知道。如果是，事情将要麻烦许多。想到这里，他不禁觉得，自己为自己如此这般地寻找借口实在是可笑的事情。但是，他确实没费太多的精力就说服自己不去深究这件事了。

很长时间来，小丁还没有现在这么平静过。还有两个多月的时间，这段生活就可以结束了，他想到他想干的事情，将要开始的新的生活，一种不再晃晃悠悠的、不再自我怜悯的生活，一种有希望的生活。是的，他把这件让他失望的事扔到以前的生活中，并在那里把它埋藏掉。他希望自己努力再拿出一点耐心来，面对眼前的就要过去的生活。

想到明早他还要早起跑步，小丁就有了一些睡意。他的手指上还有一丝淡淡的风油精气味。因为它很淡，所以一点也不令人讨厌。

那是一件相当可怕的事情

第二天跑完步休息一会儿以后，小丁觉得他的食欲旺盛得了不得。在去厂门口的路上小丁大口地吸气，然后对着天空张开他的嘴巴。这早晨清新湿润的空气，成片成片未被沾染的阳光，他想把它们都吞进去。早点摊主忙着收钱找钱，钱都放在一个深深的木桶里。小丁坐下时稍稍有点后悔，他应该另找一个位置更好，因为他的对面正坐着王小霞和三姐妹中顶漂亮的那一位。既然坐下了，他也就不便再挪地方。她们在静静地吃着馄饨，她们的早餐就只是馄饨。而小丁要了那么多东西堆在面前，不紧不慢地一样一样地吃。小丁想他应该和她们说上几句才对。但是他说话时，目光却一直落在王小霞旁边那个女生的脸上。

"你看，我吃一顿够你们吃半年的。"

"所以，闹饥荒的时候你肯定最先饿死。"

王小霞没笑，埋头吃她的馄饨。小丁看到她们的碗边放着两只用荷叶包着的布袋，就想问她们为什么不吃。但是问题的答案是明摆着的，这肯定是带给三姐妹中尚未起床的那两位的。于是小丁也就不问了。他没有再说过一句话，也没有再抬头。吃到一半的时候，他忽然听到说他会最先饿死的那一位对王小霞劝说着什么，她的声音非常低，生怕引起别人注意。小丁仍然不打算抬头。那低低的声音持续着。他抬起头来。王小霞埋头一声不响地吃着馄饨，但眼泪顺着脸颊在流。她看到小丁已抬起头来就停止了劝说，对小丁说，她的同学大概身体不太舒服。小丁把桌上没吃完的布袋和肉饼用荷叶重新包好，先离开了早点摊。

除了有时候去厂里联系工作，小丁已习惯一个人待着，一个人把时光给打发掉。有时茂华会主动提着道口烧鸡和邯郸酥鱼来找他。这种机会也并不多，要看茂华爱情的进展情况。

"多亏了你给我出了个好主意。"

"你可说清楚了，不要栽赃。那只是你个人的智慧。"

晚上小丁改掉了散步的习惯。在招待所里打发夜晚是一件困难的事情，他是不得已才放弃出去散步的习惯的。因为接连几次小丁在散步的时候，都能闻到上风头飘来的风油精的气味。有一次他下决心把它的来源找出来。小丁在夜色笼罩的没有差别的平原上，像条狗嗅着一路寻过去，果树后面，桥下面，庄稼地里，他都去了，但是他就是找不到。这不像是一个很有趣的游戏，所以他决定不再出去散步了，好在这段意外的生活已接近尾声。再熬一熬就过去了。我是一个自私的人，小丁从来没想到去否定这一点。

小丁在床上坐了很长一会儿，不得已他也站在牌局后看了一会儿。打牌的人很快活，看牌的人也很快活，除了小丁不快活。最后他想还是下去打电话。下到二楼时，小丁再次发现走廊里站着个人，他没去证实，仍以原先的速度下了楼。值班的秃顶老头不等小丁开口，就把长途电话代办单递给了他。小丁填写电话单的时候，没忘了朝那位虎视眈眈的终于穿上一件旧的蓝上装的（但是依然敞着怀）小伙子点头致意。他当然不会给小丁这个面子。电话打给谁呢？小丁在想着。那位秃顶老头起身拿着水瓶出了服务台，接着出了招待所的大门。小丁当时没能意识到对他而言这是一件值得警惕的事情。再看那位壮实的年轻人一埋头就从服务台里冲了出来，嘴里咆哮着，直奔小丁过来。后者没来得及作出反应，就见那位可怕的年轻人面朝地面在小丁的脚边扑倒了。

小丁定下神的时候，他已经趴在地上大概做了近十个俯卧撑。蓝上装的背部绷得紧紧的，就要绽线的样子。再接下来就是小丁来给他计数了。起初小丁是在默数，后来干脆数出声来，就像喊口令那样。小伙子越做越带劲，倒是计数的小丁莫名地恐慌起来。天啦，他要做多少个！他从地上爬起来了，脸涨得通红，一头汗水，胸大肌咄咄逼人地鼓突出来。如果小丁没计错，这一次他总共做了八十四个俯卧撑。小丁连忙冲他竖起大拇指，夸他真棒。但是他不理这一套，粗着气对小丁叫着，来！来！后者不知道他想干吗，愣在那。他就过来用他那张蒲扇似的手对小丁推推搡搡。最后小丁不得不明白，他是要他来做一次！

做到三十个的时候，小丁的动作就有点变形。他想站起来，算了。但是那位年轻人压着他的背，不让他起来，坚持要他做下去。最后，小丁做了五十七个才被允许爬起来，两条手臂已浑无知觉。那位小伙子退到一边在笑，捂着嘴，哈着腰。这大概是他大笑的姿势。

"但是，我做了八十五个！你才做了八十四个！你笑什么！"小丁对他说，"我比你还多做一个！"

他大概是不会计数，但是他仍然在笑小丁。他知道自己比他的对手棒，没办法。这时他不笑了，脱掉了他的上衣就扔在地上，嗵地向前扑倒。他又做上了，没完没了。小丁一边帮他计数，一边乏力地靠在服务台上喘气。他想，等这位骡子一般壮实的小伙子从地上站起来，他就会强迫他也再做一次。那是一件相当可怕的事情。

往这一站就知道这肯定是真的

小丁想，还得感谢这位小伙子，他给他送来一个打发夜晚的好方法。这剩下的夜晚他都是这么打发的。没两天，小丁的新习惯就在实习队里传开了。他们总是笑着看上一会儿，然后走开。这本没什么好笑的，小丁知道，他们是在笑他选择了一个弱智的对手。

他们因此有理由怀疑小丁的智力水准。小丁从来没赢过，一次也赢不了。但是首先不想继续这个游戏的却是那位喜欢光着上身的胜利者。因为小丁天天晚上来找他，已经使他十分厌烦了。在刚进入冬季的一个夜晚，小丁忽然发现那位小伙子坐在服务台后面正用一种很和善的目光看着他，甚至其中还有一丝胆怯。有一次，李京过来执意要为他们做一次裁判。接连三个回合，她都判小丁输。小丁很不乐意，其实她也只是按正确的方法来计数而已。小丁对她说，算了，我们没说过要什么裁判。

"队长，我看你还该和毛驴比一次拉车。"

"赢了怎么说？"

"你赢不了，我是说都要拖上一车预制板，然后……"

"如果我赢了怎么说？"

"随你啊。"

"那好，如果我赢了就把你许配给马头最英俊的那头驴。"

十一月底的一个早晨，小丁跑完步回来，用冷水擦洗了一下，换上衣服，长长地舒了一口气。这六个月的实习生活终于结束了。他将要回到南方去，这曾是他热切盼望的，但现在并不使他激动。小丁已安排了两个男生先去郑州买火车票。而电厂将在明天一早专门派一辆车送实习队去郑州，这也算是兄弟厂的人情。吃完早饭以后，小丁硬着头皮去厂里把最后的手续办办完。教培科的老王握着小丁的手说，欢迎你们再来。谁都知道这是客套话，这一批实习队肯定让他们伤透了脑筋。另外，小丁自己也想以后如果他不算太倒霉，他也不会再来这里，不会和他妈的那么多人一起来这里了。走出厂门的时候，他忽然闪过一个念头，这个实际上群龙无首的实习队在过去的半年里也没乱到哪去，远远不像当初他所估计的那样。

在招待所的门口，他迎面碰到五彩缤纷的一群人。健营和李京在其中最为扎眼，因为两人都穿着红色的羽绒服。前者穿的是夹克式的，而后者穿的是一件半长式的。小丁能感觉到人群中这两人之间的某种关系。这只是猜测，小丁不打算去深究。但是他们拦住了小丁。他们希望他一道去邯郸玩。

"来了这么长时间，你总该去一次吧。"

小丁见到王小霞落在这群人的最后边，埋着头，又不时地扫这边一眼。

"算了。我感觉已经去过了。"小丁说。

但是田勇、茂华他们几个上来不由分说，架着小丁就往车站去。小丁没有坚决地板着脸表示反对，所以有更多人上来起哄。小丁身上能被抓住的地方都被抓住，他是一点也动弹不了。很多当地人很好奇地看着他们，努力想了解这些外乡人到底要干些什么。

于是他去了一趟邯郸。除了小丁，每个人都可以做半个导游。他们去了学步桥、回车巷等等古迹，最后登上丛台，那是赵王点兵的地方。中间还去了烈士陵园，是为了找一个安静的地方休息一下。王小霞总是在那些景点中的某个角落意外地出现，增加了一点幽古的气氛。在丛台上的时候，小丁在寒风中多站了一会儿。李京问他，这会是以前的那个丛台吗？历经两千多年的风雨，雄风犹存，所以它不像是真的。

"是真的。"小丁说。

"为什么？"

"你往这一站就知道肯定是真的。"

晚饭他们是在望月楼吃的。古色古香的老字号，出入的人感觉自己都像是古代豪客。饭吃得很匆忙，因为他们要赶最后一趟去马头的车。刚晚上七点，天已完全黑透。他们上车的时候已经没了座位，小丁就站在靠前门的地方。他清楚地感到心中骚动不宁的一种情绪，就要冲出来。车快开动的时候，小丁下了车，回头对健营他们说，你们先回去吧，我把东西落在饭店里了。他很快地往路那边斜插过去。

一群鱼，一群鸡，和一头驴

小丁在一个拉面摊子后面远远地看到公共车开走以后，他便出来上了路。从一开始他就跑得很慢，因为他不知道自己能不能跑下来。出了邯郸，身体就开始出汗。他把棉夹克脱了，用右手拿着继续跑，但是很不方便。后来，他又不得不把它穿上但让拉链全敞开。大概刚跑了三分之一的路程，他就跑不动了。于是他就走，走上一段以后，他又再次小跑。下来一半路程的时候，小丁不得不在路边的一块里程碑上坐了下来。一坐下来就懒得再动，但是风吹干了汗水，没一会儿，小丁就觉得浑身发凉。所以他不得不再跑上一段。

周围都是农田，一点灯光都没有。小丁好像听到前边有人在说话。鬼知道说话的人在哪。他们只是在这个广袤无垠的夜晚里说话。但是再跑下去，那说话声就更加清楚了一些。小丁实际上已可以猜出谁在前面了。这会儿不管是谁，小丁都乐意见到。

李京兴奋地迎了上来。小丁也看清了她后面的那个人，是健营。她很得意，说我就知道是这样。健营双手插在夹克里，仍然有点害羞的样子。

"你们在这干吗？"小丁说得相当友好，大概因为他累得慌。

"不干吗，好奇。"李京说。

健营还是那个姿势，不说话。看来他并不好奇，他中途下车只是为了李京的好奇。剩下来的路是三个人一起跑下来的。健营怎么都跑在前面二十米开外，小丁叫他几次，他都不慢下来。而李京一边跑，还一边问小丁一些他没有精力去思考的问题。她问他这半年来吃了一群鱼，一群鸡，和一头驴，是为了干吗？小丁想追到前面去，或者干脆落到最后，但是都不能够。李京要和他同路同到底，没有办法。回到马头，回到招待时已是凌晨一点左右。健营先从男厕所的窗子爬了进去，看看厕所里有没有人，然后他帮助李京也爬了进去。小丁是最后一个爬进去的，他爬得非常艰难。大概是他笨拙的姿势引起了李京尖尖的笑声。

三楼还有一个房间亮着灯，他们还在打牌。小丁简单地洗了洗就上了床。他连换个睡眠姿势都懒得动。明天一大早就要回去了，小丁忽然想到他的行李还没有来得及收拾，全都乱糟糟地在床下堆着。

看女人

　　我先简单地介绍一下我的朋友小刘。他全名叫刘贵祥，今年五十岁，属牛，大我一轮半，现在在土壤研究院的微机室工作。他是工农兵学员出身，在南京工学院（也就是现在的东南大学）机械工程系学习过两年，毕业以后就进了与他的专业毫不相干的土壤研究院。这个文凭不硬，新时期以来他一直为此苦恼，很想得个机会去进修，但是始终未能如愿，后来他还是通过成人自学考试于一九八八年获得了大学本科的资格。那一年他虚岁四十，不但专转了本，而且一反常态地入了党。刘贵祥对我说（印象中其他一些年届不惑的朋友也都喜欢这么说，所以可以称之为不惑宣言），他现在的想法两样啦，虽然晚了点，但他还是想争取一下，弄个一官半职，也好换一套稍微大一点的住房。但倒霉事接二连三地到了，使他无力招架。先是六岁的儿子刘刚得了一场结核性脑膜炎，然后就是他老父亲的去世，再接下来是在老家的妹妹刘贵香梦幻般地被自己家的摩托车碾断了腿到省城来治疗，到了年底，他和老婆林志敏就分居了。分居三年之后，两人终于离了婚，法院把儿子判给了他。谈到其中的缘由，刘贵祥一直语焉不详。我问到他时，他也不正面回答，只是给我打比喻。平常他们两个人就磨合得不好，拌嘴斗气是家常便饭。林志敏是本地人，在水利研究所做会计，每次吵完架就把衣服揣进包里回娘家住上十天半个月。刘贵祥有时为了耳根清净还会故意挑起事端，干上一架，把林志敏干走。所以他们离婚是一点不奇怪的，奇怪的是刘贵祥真的有决心离婚。他这个人蔫儿叽唧的，有谋无断，我原以为他会和林志敏绑在一起沉到底的，实在没想到他还会浮上来。当然最先浮上来的还是林志敏，她的水性好，刚刚改革开放的时候就有了外遇，而刘贵祥直到改革开放的中期才在自己家的床上发现这一点。

　　在此之前他还发现了住宅楼高层供水不足的症结所在。当时刘贵祥还在土院的房产科上班，科长让他负责院家属区的旧楼改建工程。从中学开始他就爱好无线电，万用表、电烙铁、二极管等等一直是他生活的必需品，他的能力也在默默的实践中得到了稳步的提高。他动手设计了一个补压器，装在楼道的拐角处，外加一台小型的增压泵，从此这座楼四楼以上的住户就再也没有用水之虞了。就我所知，这是刘贵祥无线电生涯的巅峰。另外他还改良过电视机的电路，据说可以省电百分之七十，这项听起来很玄乎的成果通过了有关部门若干次的专家认证，并且被列入了那一年的省星火科技战略计划。后来不知怎么的就不了了之了，连他自己也不爱再提，似乎那成了他难以启齿的一个隐私。和那一次相比，这个小小的补压器却为他带来了不少实惠。起初土院的领导并不怎么重视，因为他们自己家大都住在四楼以下。但是补压器的名声却不胫而走，好几家单位都来请刘贵祥为他们解决困扰多年的高层用水问题。刘贵祥包工包料，一只补压器收一百块钱，而实际成本不到五十块钱。一只补压器管一座楼，而有时一家单位就有几十座老楼，所以刘贵祥不得不把我也拉来，在他家连夜赶制。我只能干些外围的粗活，主要工作就是做补压器的外壳。所有的工序都需手工完成，再加上工具不顺手，我干得累极了。所以我建议他把补压器的价格提高到每只一百五十块。刘贵祥一拍脑门说，对呀，我怎么没想到呢。一百五十块一只的补压器仍然很好卖，于是我们又把价格提到了两百块。刘贵祥有了些不安，他非常顶真地对我说，不能再提了，再提就二百五啦，十足的二百五。房产科科长听说刘贵祥在外面干私活干疯了很是生气，但是一生气就有了灵感，他和刘贵祥商量了一个公私兼顾的方案。科长把科里的两个临时工派给刘贵祥，让他领着他们一起干，可以在上班时间光明正大地干，因为那就是他的新工作。虽然这么做大部分收益都被单位拿了，刘贵祥还是觉得不错，钱少挣了点，但是心里踏实，再加上单位还能在工具、场地等方面提供不少便利。

房产科科长的脑袋要比刘贵祥活络得多，他更早地意识到这是一项专利。而刘贵祥本人只知道在一只补压器制作完成以后用黑墨把里面的电路板和所有部件统统涂上，以防别人窥破其中的奥妙。省里的专利局刚成立不久，刘贵祥去咨询了一下，申请专利还需要一笔钱，大概要两千块左右，他犯起了犹豫。这时科长非常慷慨地决定由单位出这笔钱。专利号很快就批了下来，不过专利权归刘贵祥和土院房产科共同所有。拿到专利证书以后刘贵祥又有些不乐意了，他跟我抱怨说，房产科是谁？男的还是女的？房产科还会搞发明吗？正好土院开始评职称了，在科长的关心下，这项专利还真的派上了用场，刘贵祥破例拿到了中级职称。他的心里又平衡了，也就不再追究专利权的归属了。年过半百的房产科科长被席卷全国的破墙开店之风吹得意气风发，他向院里申请立项，准备贷款办厂，大规模生产这种补压器。土壤研究院比它研究的任何一块土壤都更贫瘠，所以院领导听说有挣钱的路数，当然全力支持。筹备工作刚开始就碰到了问题，表面上看是产品的命名权问题，而实际上是利益划分问题。科长老用上下级关系来压刘贵祥，迟迟不和他谈钱的事。刘贵祥心里不舒服，于是他以一种老农民的固执坚持要把产品命名为"贵祥"牌补压器。而科长认为，"贵祥"这个名字不好听，太土气，而且这是土院的产品，用个人的名字来命名怕是不妥。刘贵祥说，土院产品的名字就应该土气嘛，再说你总不能叫"土壤"牌或者"土院"牌吧，那就不是土气的问题了，完全就是土。最后，这个问题还是由院长亲自定夺的，他想了想，说，我看就叫

"大地"牌吧,这里面有土,说明是我们土院的产品,而且"大地"听起来也大气。于是就这么定了,刘贵祥虽然心里不痛快,但是也不便再说什么。

就在贷款刚刚落实的时候,市场上忽然出现了一种叫做"水龙王"的产品,其功能与"大地"牌补压器相同,造型、工艺看起来都不错,而且卖得也不贵,单价是七十八块五毛。房产科科长和刘贵祥都傻掉了。房产科长傻掉之后头脑仍足够清醒,他买来一只"水龙王",让刘贵祥拆开深入研究一下。而科长本人已研究过"水龙王"的外壳和包装,上面注明的出品地是镇江扬中县,从地理关系上来判断,"水龙王"的来路确实值得怀疑。刘贵祥的研究又进一步加强了这种怀疑,"水龙王"和"大地"工作原理基本相同,如果不是嫡亲兄弟,也至少是同母异父。房产科科长一拍桌子理直气壮地说,没关系,我们有专利证书,告他们!让他们赔钱,让他们关门!经过三个月的东奔西跑,房产科科长和房产科职工刘贵祥确实赔了不少车马费进去,同时还没开张的大地补压器厂也确实就此关门大吉。生产"水龙王"的厂家出示了多种证书,这是扬中县政府为了发展本县乡镇经济特地从广东引进的专利产品(专利号还比刘贵祥的要小一百多号),并且他们严正警告房产科科长,如果土院胆敢生产"大地"牌补压器,就得承担侵权的罪名。"水龙王"一边应付着"大地"的纠缠,一边从容地推出了第二代更新产品。国家专利局在刘贵祥的再三追问下不得不承认,他们的工作有不够细致的地方,由于"水龙王"的专利登记在前,所以他们正在考虑注销"大地"牌补压器的专利号。刘贵祥不敢再追究下去了，如果他的专利证书被收回的话，那他的中级职称岂不是也要收回？还有那么多他亲手做的正在使用的补压器，如果让"水龙王"知道了，那可怎么得了！赔钱还是小事，这臭名声可如何担待得起！他越想越觉得这一切就像是一场噩梦，对无线电几十年如一日的痴迷也遭受了前所未有的毁灭性打击。搞了半天，搞了半辈子，搞出来的都是别人搞过的东西，再搞下去还有什么意思。从那时起他的兴趣开始向电脑转移了，很快又达到了痴迷的程度。六七十年代喜欢鼓捣无线电的人，要是换在八九十年代他们肯定会热衷于计算机，那份痴迷十分相像，我也说不清是什么道理。

房产科科长的新事业就这样流产了，他比刘贵祥还要伤心。本来补压器的专利证书一式两份，一份刘贵祥留着，另一份由房产科保存。房产科科长把后一份撕成两半，扔进了废纸篓，准备安安静静地等待退休。关于专利权，这个社会生活中的新鲜事物，房产科科长先后有过多次堪称精辟的言论，给刘贵祥留下了难以磨灭的印象。当初他动员刘贵祥去申请专利的时候是这么说的：专利那可是个好东西啊，小刘，就好比大街上走着的一个女人，你第一个发现了她，但是她不是你的。你用黑墨把她的脸涂上，别人用鼻子就能把她嗅出来；你把她藏在地窖里也没用，她还不是你的；你整天拿枪守着她也守不住，没准你撒泡尿，她就跟人跑了。所以你必须要和她去领证！领了证以后，她就是你的了，因为这专利权就像婚姻一样，是受到法律保护的，别的男人就只能看，不能干啦。懂了吧？肯定还有很多男人等着和她领证呢，所以你动作必须要快，一定要抢在前面。后来房产科科长又不无感慨地说，这个证看来领了也是白领啊，不属于你的，迟早都会不属于你。他妈的个头，专利权这东西想起来确实也不太合理，就好比大街上走着的一个女人，她只要在大街上走，就会不断地被别人看见嘛，你说对不对，总不能不让人看吧？为什么第一个看见的就可以干，第二个看见的就只能看呢？说到底，这都是人定的规矩，什么权不权的都是扯淡！刘贵祥离婚的时候还清楚地回忆起老科长的这番话，有了这样的理论准备，离婚这件事并没有给他带来过多的痛苦。

　　刘贵祥拉我过去帮他干活那会儿，我才十七岁，刚跨进大学校门不久，也是在东南大学，和他一样，只是专业不同，我在动力工程系读书。我之所以会报考南京的学校，而没到当时最想去的北京去，也与刘贵祥有关，这一点我在后面会说到。只要有我参与制作的补压器，哪怕是只出了一点点的力气，每只刘贵祥都坚持付我二十块钱。他原先坚决要付我三十的，经我更为坚决的要求才降到二十。我还是觉得太多了，就忙了那一阵子，竟然挣到四百多块钱。当时我每个月的生活费只有四十元整（汇款单、橡皮章、每月十日，因为我父母他们每月五日发工资），而现在一下子额外多出差不多一年的生活费，我真不知道这日子应该横着过还是竖着过了。好不容易挨到放寒假的那一天，我二话没说买了一张火车票，就踏上了去塞外明珠哈尔滨的旅程。之所以选择去哈尔滨有两方面的原因，其一，我有一个哈尔滨籍的同学，叫张栋，和我玩得不错；

其二，我喜欢"哈尔滨"这个名字，听起来显得特别遥远，为此我还专门查过字典，"哈尔滨"是俄语的音译，意思是，晒渔网的地方。

没想到晒渔网的地方竟然会那么冷。火车出了山海关以后，车窗外肃杀的景象就迫使我不得不开始想象哈尔滨的天气（火车里有暖气，让人头疼，但是不冷），随着列车的行进，我想象中的气温也在不断地下降。但是到了以后我发现这东方的巴黎比我想象的还要冷，出了火车站，我的第一个感觉就是，天啦，我怎么什么都没有穿。我同学张栋家住在道外区一片像贫民窟似的平房里，全家老少三代九口人挤在不满二十平方的空间里，没有暖气，靠烟墙取暖。我的到来更增添了这一家的窘迫，他们对我越热情，我越觉得过意不去。房间被隔成好几个小间，最大的一间是张栋的老父亲和母亲住的。他父亲是个退休工人，上了岁数了，脾气很大，在这个家里绝对说一不二，每天晚上都要烫上一小壶酒，边喝边骂人，挨骂的主要是张栋的母亲。张栋的两个哥哥都已成家，到哪都夹着装烟叶的饭盒，他们和父亲一样，跟老婆说话时口气特别冲，动辄开骂。相对而言张栋的二哥骂得少一点，他喜欢动手。张栋的二嫂经常脸上青一块紫一块的，眼泪汪汪地在锅台边飞快地包着饺子。我完全看懵了，心里想做男人原来可以做得这么快活，我怎么不知道。我的同学张栋是他父亲老年得的子，再加上考上了大学，所以在家里虽然不吭声，但是很有地位，家里最大的一张床被腾了出来让给张栋和我睡。开始几天吃了早饭以后张栋就陪着我出门转，因为我衣服太单薄，所以我不得不套上一件张栋父亲的蓝色的旧棉大衣，再戴上张栋大哥的破皮帽。棉大衣的腋下绽了线，我走一段就要用手把露出来的发黄的老棉絮往里塞一塞。一般我们要转到天黑才回去，回去吃了晚饭又出门，去兆林公园看冰灯，那里正在举行一年一度的冰雪节，聚集了来自好多国家和地区的冰雕艺术家。回到家时张栋他们家里人都睡下了。我觉得张栋不愿意在家里多待，也不愿意我多了解他们家的情况。没两天该转的地方都转了个遍，中央街、斯大林公园、太阳岛等一个接着一个，在刺骨的朔风中我觉得我的眼睛看不动了。我忽然一想，张栋把日程排得这么满，是不是想让我早点看完早点回去？他邀请我来玩可能只是随口说说的，没想到我这个愣头青说来就来了。眼看着还有十多天就要过年，我待在这里确实不方便。于是我便自己提了出来。谁知遭到张栋他们一家的激烈反对，他们说大老远来的，怎么能不过年就走？张栋的母亲眉头总是紧锁着，她说是不是嫌我们家穷，吃不上什么好的又睡不上一个安稳觉？我一听吓坏了，赶紧收回了我的话。当时我对北方人有说不出的好感，总是担心自己不能欣赏北方人的直爽和豪迈，总是担心自己被北方人看做一个内心曲里拐弯的南方人。

　　接下来的几天我们就不出门了，天寒地冻，确实没什么可看。张栋家里人也希望张栋能多待在家里，唠唠嗑，毕竟假期很短、很宝贵。我努力把自己当做张栋家的一员，在日常生活中去感受满足与快乐。能够坐在屋里看着窗外纷飞的大雪，这本身就是一种幸福。吃饭的时候我大口大口地咽着我不适应的酸白菜，以表示我爱吃，这么吃了几天以后，我确实爱吃了。但是无论如何我无法适应他们的拉屎习惯。因为屋里没有卫生设施，那一带的居民都到一个半露天的公共厕所去解决问题。一跨进厕所我就惊呆了，满地都是屎橛和尿迹。但是你尽管迈步进去，因为寒冷的天气已经把所有肮脏的东西冻得像铁一样硬，不但一点不黏脚，而且还没有一点臭气。但是坑位上结着厚厚的一层发亮的冰，蹲在上面总觉得要滑倒。如果一时半会儿拉不出来，你就得马上收场，不然屁股会被冻掉。接连几天我都没法大便，张栋只好领我去附近的儿童医院上厕所（一站多路，暖气，极大的享受！）。儿童医院的大门口有一个有轨电车的车站，每天早晨当我从医院出来时正是赶着上班的高峰时间，站牌下总是站着一大群人，嘴里喷着白汽，不时地跺着脚。我喜欢站下来看一会儿。哈尔滨的女人普遍毛孔比较粗，浓妆艳抹，皮肤透出青白色，总带给我一种结实又实在的感觉，而男人大多看起来拖沓、黯淡，浑身一股莫合烟味。而我同时意识到，这样的女人就是和这样的男人生活在一起的，做饭、生孩子、挨骂，心里难免生出一种莫名的不平的情绪。

我注意到一个背影。差不多有一米七的个头，挺拔，上身穿着一件大红色的夹克式羽绒服，像高粱种子一样饱满，两腿修长，脚蹬一双黑色的马靴，一条又粗又黑的辫子拖在脑后，脖子上还围了一条白色的长围巾。电车到站的时候等车的人一窝蜂地往上挤，而她落在人群的最后面没有动。电车开走以后，站牌下剩下不多的几个人。她朝前站了站，转脸向来车的方向瞟了一眼，又转回去朝着大街。由于她动作太快，我没能看清她的模样，只觉得她的睫毛似乎特别长。张栋有点冻得受不了了，他催我说走吧，我恳求他再等片刻。但是过了好一会儿，她都没有转过脸来。我心里想不看也许更好，因为背影如此好看，那张脸如果平平或者很丑的话，会让人觉得很难受的，而事情往往又总是如此。仿佛是为了驳斥我的想法，她忽然完全地转过脸来。一双清澈、碧蓝的大眼睛，微微向里凹，比这一月的寒风还要冷。我又一次被惊呆了，只觉得喉咙口发紧，热血上涌。她看着我这个方向，但是在那双空阔、深邃的眼睛中我找不到那个有些慌乱的自己。我低下头，脸羞得通红，好像我刚才的想法已经被她察觉。我都没敢细看她的脸，当她脸转回去的时候，我的脑袋里才开始回想她的五官，始终想不真切。我很想上前两步和她站到一条线上，那样我可以装作很自然地侧脸看到她，但是旋即我又想到自己这一身打扮，破皮帽、旧棉衣，当时我确实自惭形秽，没有勇气让那样一双眼睛去看到我的穷酸相。但是不再看上一眼我又于心不甘，所以我为难极了，站在原地一动不动，而心力却在无声无息中耗尽。当电车终于把她哐当哐当地载走时，我松了一口气。这时我才想起张栋来。他已经走出去一小段，正站着等我，缩着肩，套着手套的双手合拢着罩着鼻子。他冲我一甩头，示意我跟上他。

张栋对我刚才的表现并不太在意，他边走边轻描淡写地对我说，是二毛子。我没听懂，他进一步为我解释了一下。远在沙俄时代就有不少俄国人逃难到哈尔滨，他们就在这里安家落户了，几代下来以后，除了那些难以改变的生理特征，他们与当地人已没什么区别。那些纯种的俄国人被称作老毛子，而那些俄国人与中国人的混血儿就叫二毛子。我问他，是不是所有的二毛子都这么好看？张栋说，也不是，有的特别丑，丑得像头肥猪。尽管张栋的语气中颇多轻蔑的成分，但是我还是马上想到安娜·卡列尼娜、冬尼娅和脖子上的安娜等等，回忆起一个形象，联想着那双眼睛，心就狂跳一阵。为了不让张栋觉得我少见多怪，我就没再吭声。第二天早晨去上厕所时，我没有穿大衣也没有戴皮帽就走出了门。张栋的母亲说，这样不行，大侄子，你会冻成冰棍的。我说，没关系，反正没多远，我跑着去，就当是早锻炼。张栋的脸色很不好看，我估计他已敏感地想到，我是因为那套行头难看而不肯穿的。但是我烦不了那么多了，坚持要这么做。张栋没有办法，最后对我说了一句带有恐吓色彩的话，你当这是什么地方，这里不适合锻炼，因为这么冷的空气猛吸进去会把你的肺呛坏的！但是结果并不像他说的那么糟，我虽然被冻得直流清水鼻涕，但是自我感觉好了许多，我想如果再见到那个二毛子的话，我会站到她的跟前去以便更仔细地看看她。因为我已走熟了这条路，所以张栋提出不再陪我去了。每天他去那个半露天公厕拉屎时，我就动身往儿童医院跑。我乐意如此，因为一个人更自由，不用顾忌什么。全天之中就这一小段独处时间，所以只要在风雪中还抗得住，我就尽可能地在外面多盘桓一会儿。

　　一连几天张栋家里人好像在悄悄地合计什么事情，而且看他们的神态，还是一件什么大事。张栋似乎不想让我知道，我在旁边的时候，张栋就沉着脸让家里人不要再说了。有一次他大嫂子忍不住叫了一句，就说给你同学听有什么关系！但是张栋马上就急眼了，死活不让说。我自觉地走到外屋去，逗他们家大哥二哥的孩子玩。年关更近了，节日的气氛更为浓烈，我愈发觉得自己是一个多余的人。张栋的二哥从外面扛了一条巨大的猪腿回来，全家人都来看，都说这个后丘买得好。他们家的年货包括包好的饺子都用塑料布盖着，存放在门外的一间小披屋里，那里是天然的冰箱。但是晚上睡觉之前都要记得把那条猪腿扛到屋里来，以防夜里被人偷掉。平常的饭桌上仍然没有什么肉，至多有很少的一些腌肉丁，以酸白菜和粉丝为主，这样的食物一定要趁热吃，如果凉了再吃，我觉得就容易伤感。鲜肉是留到过年才吃的，还有，他们把青椒也叫做青菜，好像比较贵，也要留到过年才吃。可能是天气的缘故，我特别想吃肉，想吃肥肉，最好能让我大块大块地吃，但是我知道这一家的每一项支出都是精打细算的，不能随便打乱，不是不够慷慨，而是因为没有这个能力。所以每当我想吃肉时，我都为我的想法感到羞愧。

大年二十六的早晨张栋有些含糊地跟我说，今天不能陪我，他要跟他爸出去办点事情。我当然说，没关系，你尽管去好了。我注意到他穿了一身格外整洁的衣服，他老爷子也一改平常邋里邋遢的做派，穿了一件海军蓝的呢大衣，有好几道有些发白的整齐的褶痕，扣子都镀了金，亮闪闪的，只有左边袖口的扣子是一枚普通的塑料纽扣，显然是后来补上去的。他老人家还专门刮了胡子，刮得很干净，只有下巴底下还残留着几根半黑半白的，被他的孙子指了出来。他老人家用手摸到那几根，坚决地用力把它们生扯了下来，然后便咳嗽着出了门。我的同学张栋提着两瓶酒和一只扎好的礼盒小心地跟在了后面。那一天我过得特别压抑，张栋不在，我觉得坐在这个家里等着吃饭有点尴尬，又不能把遭到冷遇的情绪表露出来。到了中午张栋的大嫂子注意到了我，她小声地对我说，大兄弟，我跟你说，张栋跟俺爸去看对象了，这件事家里早商量好了的，就等张栋放寒假回来双方见一面。我说，帮谁看对象？大嫂子说，就张栋呀，俺爸岁数大了，希望小儿子这件事早点定下来，也好了了他的心愿。没有时间陪你，你可别生气呀，大兄弟。我连忙说，哪能呢。最后大嫂子关照我说，千万不要跟张栋说我告诉过你，不然他要发脾气的，他大概怕传出去会被你们同学笑话吧。我感到相当诧异，我问道，张栋会发脾气吗？大嫂子说，哎哟，脾气可大了，在这个家里除了老爷子，就数他啦。直到傍晚天色擦黑时那父子俩才回来。老爷子已经喝多了，说话嗓门特别大，吩咐张栋他妈赶快把床整好，他要躺下先睡一觉。他妈说，现在睡呀，还没吃饭呢。老爷子用唱戏的调子说，老婆子，不吃啦，已经吃饱了。张栋好像也喝了酒，连耳朵、脖子都是红的，坐在床边眼光发直。一家人都拥到里屋去问情况，似乎这一趟看得很满意，全家人都很喜悦。（张栋大学一毕业就和那个相中的姑娘结了婚，第二年有了一个女儿。这两件事都甚合张栋老爷子的心意，他已有了两个孙子，很想有个孙女，于是张栋就生了一个女儿。第三年张栋的父亲心满意足地死于心肌梗塞。）为了让他们畅所欲言，我披上大衣出了门，原想是去厕所小便，却越走越远。

我一路走一路问，倒了好几趟车才到了火车站。过年前往南方去的所有车次的票都卖完了，我多花了五十块钱才从一个票贩子手中买到了一张大年二十八去上海的票，而且没有座位。但是我握着这张票心里觉得踏实了许多。等我回到张栋家时，已是晚上九点多（天黑，风雪，差点迷路，最后还是儿童医院帮我确定了方位）。张栋他们全家的女眷和孩子都在灯下坐着，桌上饭碗杯盏什么的还没有撤。见我安全回来了，她们全都松了一口气，张栋母亲数落我说，你到哪去了呀，也不吭一声，张栋他们全出去找你了，连他爸都去啦，你到底去哪了呀？我意识到自己闯祸了，于是没敢照实说，只是说出门随便转了转。大嫂子也对我说，你不知道，大兄弟，哈尔滨的治安不好，不比你们那，杀人越货特别多，尤其像你这样的外地人经常出事，一刀捅了随便往路边雪里一埋，谁也找不着。说话间张栋的父亲从外面进来了，摘下帽子拍打着身上的雪。他看了我一眼，没说什么，埋头往里屋走。大嫂子二嫂子连忙站起来，把凳子移开给他让路。我也赶紧站了起来，紧贴着墙。过了一会儿，张栋他们弟兄三个陆续回来了，鼻头都清一色地冻得红红的。二嫂子下锅台把桌上的饭菜再热一下，因为张栋他们为了找我都还没吃饭。张栋的母亲吆喝两个孩子赶快回去睡觉，孩子赖着不肯走。要是在往常这两个孩子早睡下了，因为我的过失，他们得以多玩了一会儿，他们似乎很珍惜这样的机会。我们吃饭的时候，老爷子在里屋一个劲地咳嗽，咳得很厉害。张栋的母亲有些抱怨地说，肯定是受了风寒。我听了心里很难受，很自责，就因为我的一点小意外，竟然连带着把这一大家子的生活给搞乱了，实在不应该。我希望这个家里谁能站出来骂我两句，那样我会好受些，但是没人这么做。张栋他们弟兄三人全都沉着脸不说话，很响地吃饭、喝汤、擤鼻涕。

终于躺下的时候，张栋在黑暗中压低了嗓门对我说，你去火车站的吧？我吃了一惊，问道，你怎么知道？张栋没有回答我，而是继续问道，买到票了吗？我说，买到了，后天上午的。张栋翻了几个身，没有说话。我知道他对我的行为一定感到很不满。我们睡在一个被窝卷中，他的不满更加让我局促不安。但是我转念一想，这么多天来我确实拿不准他和他一家到底是不是希望我留下来过年，我使劲地观察了还是拿不准，所以我这么做也没什么可指责的。就在我被烟墙烘得半梦半醒的时候，张栋忽然一骨碌坐了起来，他对我说，你实在要去火车站应该告诉我，我可以陪你去！为什么要这么做呢？他的嗓门偏大，这个家里的每个角落都可以听清他的话。我觉得问题严重了，连忙也坐了起来，上下摸了几把，终于摸到了他的胳膊，一把把它抓牢。我近乎哀求地对他说，千万别误会，我并没有打算去火车站，这完全是个意外。没想到张栋全神贯注地等待着我的进一步解释。有句老话说得很好，一句谎言会带来更多的谎言。现在我只能硬着头皮为张栋编造一个所谓的意外了。我的脑筋还没有彻底醒过来，还处在刚才那个梦的惯性中，所以我只好顺着我的梦往下说了。还记得那个二毛子吗？我从儿童医院上完厕所出来，正准备回家，她从我后面冲上来，向车站奔了过去。四十一路电车正在靠站。她从我身边跑过时带起了一阵香气袭人的旋风，使我站立不稳。我看到她先在后车门站着等了一会儿，又迅速地跑到前车门上了车。自始至终我没能看到她的脸，当时我想今天我看不到的话，可能这一辈子都没有机会再碰到了。于是我在后车门就要关上的刹那毅然蹿上车去。车开动起来以后，我想往车的前面挪一挪，但是车里非常挤，大家穿得都很臃肿，所以根本动弹不得，我只能眼巴巴地伸长脖子往前面看，但是她被遮得严严实实的，从任何角度都看不到。我只能看见两排握着吊环的手。尽管如此，我还是一眼把她的手从几十只手中认了出来。只有那只手才会是她的手，近乎透明的皮肤下面一定流淌着淡蓝色的血，而对我来说，那简直不是血，是酒精中的酒精。车到站有人下车的时候，我就不失时机地往前移一移。眼看着那只手越来越近了，我已能用我发热的目光慢慢地把它的每一个毛孔注满，我想也正是因为这样，所以她的手虽然裸露着却永远不会觉得冷。等我们肩并肩时，我是不是应该鼓起勇气和她说句话？我马上否定了这个想法。这时她下车了，我也尾随她下了车。为了不让她发现我，我一直注意保持着与她的距离。她逛街的时候，我也逛街；她上车的时候，我也毫不犹豫地上车。天黑了下来，我就让自己离她近一些，以免走失；路灯亮起，我又让自己退后几步，回到原来的位置。我的眼睛一刻也没有离开过她，她已经被完全地摄入了我的瞳孔，所以我的眼球发烫。夹着雪花、沙砾的风肆意地冲刷着我的双眼，我的眼角止不住地流泪，但是每一滴泪水中都凝聚着她的影像。我不知道自己在哪了，当然我原本也不知道；我辨不出东南西北，我也没想到有辨的必要，我只知道前面的她是我唯一的方向。要不是有人上来跟我兜售火车票，我还不会意识到自己已站在火车站前的广场上……张栋有些不耐烦了，他打断了我的话，二毛子有什么好看的！说完他重新躺了下来，身体翻了几翻，把被子裹了大半过去。我不知道他是否接受了我的解释，反正我自己已经信了。

在张栋全家上下一致的热情的谴责声中，我带着三头酸白菜（张栋的母亲，"回到南方你就吃不到了"）和满腔的歉意上了火车，到南京还需要经过四十几个小时的颠簸。进了山海关以后，酸白菜就开始化冻，水不断地从我脚边蜿蜒流到过道上。哈尔滨籍的列车员（长相、说话都有点像张栋的大嫂，让我倍感亲切）对我很有意见，我不得不把装酸菜的塑料袋挂到车窗的外面。车里的暖气让我昏沉沉的，想吐，使我开始想念张栋家的烟墙，那里多么舒服。我把整个哈尔滨之行回忆成一座晶莹剔透的冰雕作品，作品的名字就叫"少女"，模特儿就是那个二毛子。我越想越觉得自己仿佛在兆林公园的冰雪节上亲眼见过这座冰雕。那个形象用坚硬的冰重新塑造以后变得更为确凿、更为单纯，没有了肤色、血统，没有了明确的年龄，也使注视她的眼睛感到清凉、惬意。这时又有一涓细流缓缓地流到了过道上。列车员恼火透了，拿着拖把过来，边拖边骂我。我感到很委屈，低头往座位下看了看，下面什么也没有，也不知道哪里来的水。为了得到这个座位，我在火车上已站了五个多小时，小腿都站粗了，我没有力气和列车员争辩，闭上眼睛靠在靠背上休息。但是五分钟以后那个列车员一脚踢在我小腿的酸筋上，她对我嚷嚷道，你看！你看！我睁开迷迷糊糊的双眼，不解地看着她。我想她那张方方正正的脸我已经看得够清楚了，左边腮帮子上有一颗小小的黑痣在厚厚的粉底霜下像一颗雾中的星星在闪烁，我早看到了，我不知道她还要我看什么。列车员把拖把狠狠地往我两腿之间戳了过去。我低头一看，真是见鬼，我的脚下怎么又有一摊水。我连忙从座位上站了起来，向列车员拼命地解释，这不是我造成的！不信你可以看，我座位下什么也没有！列车员弯下腰往座位下面看了看，又四处看了看，然后对我说，那哪来的水？我说，不知道，我刚才在睡呢，我怎么知道？列车员用探询的目光扫视了一遍坐在我身边的旅客，他们大都表现得与此事毫无关联，但是对此事的发展很有兴趣。列车员把吸足了水的拖把放进铅桶里，狐疑地盯着我看了一会儿，忽然问道，为什么在你的脚边，不在别人的脚边呢？几乎整整一个车厢的旅客都在注意着我，我感到耳根发热，我对她说，什么意思？列车员有些厌恶地皱起了眉头，她说，问我？你自己心里清楚！说完，她提起铅桶气呼呼地走了。

我瞠目结舌地看着她消失在车厢的尽头，真想一头撞破车窗跳下车去。一辆满装着烧鸡白酒的小推车重重地顶在我的脚后跟上，一个男列车员握着一把起毛的角票也不说话，歪着头等我让开。我无奈地坐了下来，垂着头，不停地做深呼吸。我先抬起左脚，又抬起右脚，看了看鞋底，然后又偷偷地瞅了一眼我的胯下，都是干干的，没有任何可疑的迹象。坐在我斜对面靠窗口位置上的一个抽老式烟锅的老头在我抬头的刹那冲我摇了摇头，示意我不要跟列车员计较，这个举动当时让我感动得够呛。这个老头喜欢不脱鞋像只斑鸠似的蹲在座位上，被那个列车员也骂过几次，他老人家心里想必也不甚痛快。我觉得好受了些，头靠在靠背上，重新闭上了眼睛。但是我的精神还是高度紧张，过一会儿就要睁开眼往脚下看一看。这个旅程已经让我厌烦了，我想到即使自己能够充分地睡上一觉，醒来之后也还到不了南京，心里就控制不住地着急。我只好强迫自己想一些高兴的事，却发觉那些所谓的高兴的事其实都带着淡淡的悲伤。有一个喉音很重的嗓门叫了一声：嘿！我警觉地睁开眼睛，是那个老头，他又蹲在了座位上，裤脚很短，都缩了上去，露出两截干巴巴的满是鳞皮的小腿。他用吊着烟袋的烟锅指了指我的脚下。在我的两脚之间又出现了一小汪水，正在向四周漫开。

　　没有人能告诉我这水是从哪来的，我审视着四周旅客的面孔，他们全有点幸灾乐祸的神色。我隐隐地觉得自己处在一个阴谋中，车厢里的所有人都可能是同谋，我无从查起。与其在这里等着那个列车员来骂，不如马上离开。我刚站起身准备走，就有一个没有座位的包着头巾的中年妇女侧身坐在了我的位置上。她的动作太快了，使我怀疑是她做了手脚。当我回头盯着她的脸时，她连忙又从座位上欠身站了起来，问我还要不要坐？那张平展展的脸是那样朴素，使人无法相信她会有什么坏心计。我跌跌撞撞地一直走到两节车厢接合的地方，靠着车壁站了下来。这里没有暖气，而且漏风，所以没人愿意待久。但是我觉得舒服了许多，虽然冷一点，但是空气新鲜，不像车厢里那么闷。另外心情也放松了下来，我甚至站在那里睡着了一会儿。我双手捂住一个短暂的梦取暖。我忽然想起行李还搁在行李架上，有些不放心，想过去张一眼，谁知刚一迈脚，就听到脚下的响声有些异样。我低头一看，天啦，站立的地方全是水，正顺着钢板的缝隙滴向那条滚滚向后的铁轨。到底是哪来的水呀！我狠跺了两脚，急得快哭了出来。我神经质地来到过道上向两侧的车厢看了看，暂时没有人过来。我回到那摊水边蹲了下来。水看起来很清，我伸出食指沾了一点，想嗅嗅有什么味。手指接触到水时，我禁不住打了一个寒战，水冰冷的，就像是刚从雪山上流下来的水。恍惚中我想到那尊叫"少女"的冰雕，一定是她在通往南方的路途中开始融化了。除此我想不到还有什么别的可能。如果我不想一路滴着水遭人嫌弃的话，我就必须尽快地把她忘掉，那个冰美人只属于千里冰封的北国，你无法把她带走。于是我凝神屏气地扒着手指数数，不让自己的脑筋有片刻的偏离，而且为了防止意外，只要厕所没人，我就让自己在有下水道的厕所里站着。

　　回到南京时已是大年三十。车过济南我就开始发烧，我想我肯定是要病一场了。我一路硬撑着，直到最后提着三头稀巴烂的酸白菜栽倒在刘贵祥的家里（学校宿舍肯定已经封上了，我没处可去）。刘贵祥一见到我就冲我大喊大叫起来，他嘴四周长了一圈的燎泡，显然他已经急坏了。放寒假时我只给家里去了一封短信，告诉父母我不回家，想利用假期做一番"社会调查"（这个词当时在大学里特别时髦)。他们收到信时,我已经在路上了。之所以要这么做,是因为如果事先申请的话,他们准不同意。我也没有跟刘贵祥讲,因为他肯定会打电话去请示我母亲。我父母收到信时立刻打电话给刘贵祥,后者放下电话就直奔我宿舍,但是早已人去楼空。刘贵祥认为这是他工作疏忽造成的,一再向我母亲自我检讨,并且供认了曾付我四百多块钱的事实。我母亲偏头痛发作的时候说什么都是有道理的,她严厉地批评刘贵祥,怎么能给那么多钱呢,那孩子手上钱一多准出事,这一点你不是不知道!刘贵祥因此精神压力很大,所以要对我大喊大叫,所以在对我大喊大叫一通之后要我把身上的钱全部交出来。他说,先帮我存着,这是我妈关照的。然后他就下楼给我家里打电话,告诉我父母他们的孩子安然无恙,并且已在他的掌握中。那一年春节我是在刘贵祥家过的,一则是因为不赶趟了,从南京到我家坐长途汽车还有六七个小时的路,车次又很少;二则是因为刘贵祥不想让我家里知道我已病倒。但是刘贵祥家倒霉了,只能用照顾病人的方式来过年。他老婆林志敏在我昏睡的时候捏住鼻子把那三头已经发臭的酸白菜恨恨地扔进了垃圾箱。

现在我得交代一下刘贵祥和我的关系,说起来还颇有渊源。他是我母亲的学生,不是顶优秀的学生,但是是顶好学、顶听话的学生。刘贵祥读中学那阵子,正是我们家最灰暗的时期,父亲被隔离审查(海外关系、特务、发报机),母亲从县中被遣送到一所条件简陋的农村中学教物理。那个年代没什么人读书,尤其是在农村,偶尔有一个愿意学习的,偶尔有一个愿意教的,更偶尔有一个愿意学习的走运碰上一个愿意教的。但是刘贵祥最早出入我们家与学习无关，是带着重要的任务来的。他家庭出身不好，是镇上小业主的后代，脸又太白（是唯一一个抹雪花膏的男同学，常被讥笑），他被组织上派来监视我母亲的一举一动。因为我母亲被怀疑是特务父亲当然的同伙，但是她不好惹，不管是教师、学生还是工作队都惧她三分。刘贵祥想好好表现，发现一些蛛丝马迹，也好改善一下他的现实处境。当时框式收音机还是稀罕之物，但是我们家有，是红灯牌的。刘贵祥固执地把它拆开，以证实里面是不是像传说的那样隐藏着一个发报机。他把零件拆得到处都是，但是无法把它再装回去，被我母亲骂得狗血喷头（当时他还不是无线电迷，我母亲还没有为他启蒙）。他把我们家七八摞旧报纸统统搬出来，掸去灰尘，翻出其中的《参考消息》，一期一期地核对，发现少了两张，怀疑已被我父亲弄到国外换了美金。最艰难的工作是他试图破译我们家的密码。我的父母都是闽南人，他们彼此用闽南话交谈。我奶奶在世的时候，我家里只讲闽南话，因为我奶奶不懂普通话。在苏北话的氛围里，闽南话恍若天音，很自然地被怀疑成特务组织的联系暗号。刘贵祥拿着一支笔和一本工作笔记，三天两头地像件新家具赖在我家里，只要听到我母亲说一句闽南话，就立刻上前追问那是什么意思。我母亲心情好的时候就告诉他，他如获至宝地用汉语拼音把它记下。我奶奶经常拿着笤帚像撵小鸡一样把他撵出门去，刘贵祥便向上面汇报说，这个南蛮奶奶目光凶狠，很有可能是这个特务组织隐藏最深的头子。可惜他的工作两边都没讨到好，只使他在学校里更加被人瞧不起。他有一个优点，任凭我母亲怎么骂，刘贵祥都不生气，脸涨得通红低着头坐着，但是就是坚持不走。有时他看看四下没人，还迅速地把我家的水缸挑满水，或者帮我家拉一车煤球。

　　到我记事的时候，不愉快已经差不多过去了。我家的境况有了明显的好转，刘贵祥还是常到我们家来，但是已不是密探，而是一个无线电迷，在我母亲的指导下，正在成为一个不可救药的无线电迷。他起初学无线电有着非常实际的考虑，因为家庭的原因，招工招干招兵都不会轮到他，刘贵祥想有个一技之长，以后也好摆个摊子帮人修修收音机什么的。是我母亲纠正了他，一个年轻人不能这么计划他的未来，他应该有高一点的志向。我母亲这个人心地宽厚，对我父亲以外的任何人都能做到既往不咎，而刘贵祥一直觉得心中有愧，从此对我母亲毕恭毕敬，言听计从。经过这么多年，事实已经证明他对我母亲的尊敬是真实的、由衷的。插队的那段日子是刘贵祥最绝望的时候，他一有机会就一身泥巴地跑到我家里来哭诉，我母亲总是耐心地安慰、鼓励他，借书给他看，并且帮他跟校长说，让校长同意他把学校厕所里的大粪挑到他所在的生产队去交差。后来我母亲又跟校长说，让他帮忙把刘贵祥弄到学校实验室来做临时工。这是关键的一步，刘贵祥终于有了时间和条件去补习功课，重新树立过一种有知识生活的信心。再后来还是我母亲跟校长说，让他出面四处找关系，最终让刘贵祥得到了去南京上学的机会。我母亲对校长具有绝对的影响力，因为这个校长就是我父亲。

应该说刘贵祥是看着我长大的，我从小就学着我父母叫他小刘，他有了儿子之后我还是习惯叫他小刘，只是到了近几年刘贵祥老得厉害，甚至看起来比我父亲还老，我才改口。但是一改口就麻烦了，我真不知道叫他什么合适，干脆什么也不叫了。我小的时候有望呆的毛病，一望上就不知道回家，有路我就顺着走下去，没完没了。有好多次都是小刘把我找回去的。小刘喜欢带我玩，和他在一起，我妈就比较放心，但是我不喜欢跟小刘玩，印象中他唯一有趣的地方就是他会双手倒立，但还不是通常所说的拿大顶，他必须借助一面墙或者一棵树才能勉强立起来，动静特别大，但是经常不成功，为此还摔伤过脖子。每次我不高兴时他就双手倒立来取悦我，我估计在我成长过程中，刘贵祥为我做过一千五到两千次这样的双手倒立。在我上学以后，母亲有意把小刘树立成好学、听话的榜样，让我向他学习，但是遗憾得很，我从来就不是一个善于向榜样学习的人。后来父母决定让我报考南京的大学，也是我高三那年寒假由刘贵祥最终促成的（他每年都要带上礼物从南京回来看望我父母），他向我母亲担保，他可以照顾好我。随着改革开放的进一步深入，日子越过越好，我母亲偏头疼发作的主要病因慢慢地集中到了我身上，但是当她想到我的榜样正和我待在一起时，心里就宽慰了许多。

据我所知，我的榜样刘贵祥三十岁以前的情感生活并不单调，有一个恋人和两个性伴侣。那个恋人姓吴，叫吴线电。那两个性伴侣和他的关系都十分和谐，一个姓左，另一个姓右。拖到三十岁他才迫于各方压力经人介绍认识了偏黑、偏矮、偏胖的林志敏。但是他拿不定主意，于是就带着林志敏坐上长途车风尘仆仆地赶到我家里，请我母亲帮他决断。我母亲烧了一大桌子菜款待他们。刘贵祥小心地钻到厨房里追问我母亲到底觉得林志敏怎么样，我母亲不想负这个责任，只好随口说，挺好，挺好。谁知刘贵祥脸一沉说，不对，老师肯定觉得不好。我母亲说，没有啊，你怎么这样想呢？刘贵祥非常认真地说，我听出来了，老师如果真想说好，不是这种语气。我母亲被他逗乐了，换了一种语气，提高音量对他又说了一遍，挺好，挺好！这么说总相信了吧？于是刘贵祥和林志敏回南京不久就登记结婚了。当时我读小学五年级，我现在仍清楚地记得当时的情景。在饭桌的一角我留心听着大人的谈话，眼睛则盯着林志敏看，因为我从来没见过鼻孔里长着那么多黑毛的女性，像黑色的火焰喷薄而出，照亮了她脸的下半部。我心想小刘一定是到很远的地方才找到这样一个女人的。小刘我知道在土壤研究院工作，而我又听说林志敏在水利研究所上班，于是我马上联想到刚刚学会的一个生词"水土流失"，并且脱口而出，饭桌上的大人都被我说愣了。小刘问我什么意思，我便自作聪明地解释了一下。我母亲认为这个词不吉利，让我闭嘴。这一个细节我自己不记得了，是刘贵祥后来回忆起来的。离婚之后的很长时间里他都在找各种各样的理由来向自己证明他离婚是必然的，好像他准备和林志敏再离一次似的。经刘贵祥再三提醒，我也不能完全肯定我说过那样一句非凡的谶语，不过我被迫有些后悔了，真愿意当时自己说的是"水土保持"，兴许他们会有一个好结果。

林志敏离婚不久就再婚了，嫁给了工人医院一个秃顶的主任医生。他们的关系是从林志敏左乳出现一个令人不安的肿块开始的。主任医生非常耐心地帮她把肿块一点一点地揉掉了。刘贵祥曾经把这位主任医生当做他们家的恩人来对待。在他儿子住院治疗期间，这位和蔼可亲的医生没少关照。林志敏介绍说，那是她娘家的一个远房亲戚。刘贵祥为有一个在医院工作的亲戚而感到庆幸。后来他妹妹刘贵香断了腿来省城接骨时又麻烦了这个亲戚，虽然送了礼，但是刘贵祥还是觉得心中有没能表达完的谢意。只是那次手术很不成功，骨头给接歪了，刘贵香至今走起直线来都会不经意地走出一个圆弧。那条膝盖外翻的腿把刘贵祥不堪回首的一段日子固定了下来，也把他对林志敏的仇恨固定了下来。离婚之后他从不让林志敏探视她的儿子，也不允许刘刚和他母亲以及他母亲家的人接触，到现在仍然是这样。我个人对林志敏并无多大的恶感，读书那几年我没少吃过她做的饭菜，她还帮我多次洗过被单什么的，但由于和小刘的特殊关系，我还是决定仇恨她。前几年我在新街口邮局门口碰到她一次。是她先看到我的，她把我叫住，和我语速很快地说了好多。主要还是谈刘刚的事，抱怨刘贵祥是多么不近情理，最后她让我带话给刘贵祥，如果再不允许她见儿子的话，她就要告到法院去了。她脸上的皱纹明显地多了一些，但是我更倾向于认为那是大幅度减肥造成的，和以前相比，林志敏就像换了个人似的，忽然有了身材，忽然有了眼神，更关键的是整个人有了光彩，那是一种由里到外的成熟女人的光彩。如果是一个不相干的旁观者，肯定更愿意看到林志敏是现在这个样子。这次会面让我想了很多。我不得不承认对林志敏而言和小刘一起生活是个明摆着的错误，就像那个肿块一样。依我看，乳房里生了肿块的女人都应该离婚。从那时开始我决定不再仇恨她了。

我和刘贵祥这么多年只闹过一次不愉快，但是比较严重。那是在一九八八年，我即将大学毕业，面临分配问题。我一直有一个愿望，到很远的地方去生活，尽可能地离我父母特别是我母亲远一点。（为了治疗她的偏头痛，我必须像希望的那样按时吞下一定剂量的安定。）报考大学时没能实现这个愿望，我不想再失去毕业分配这个机会。当时高校正好刚刚试行双向选择，这无疑增强了我把握自己的能力，我为此感到踌躇满志。在人才交易会场上我以快三的节奏转了一大圈。招收我们这个专业的单位很少，而在这些单位中最远的就是海南省新成立的海口火电公司，这成了我当然的选择。我刚把表格递上去，海口火电公司的代表就当场拍板录用了我。一切都进行得很顺利，我就等拿到毕业证书以后去海南岛报到了。什么是天涯海角？就是海南岛呀！三百公里以外的母亲虽然什么都不知道，但是凭直觉已经感受到了我的冲动。刘贵祥开始频繁地出现在我的宿舍里，不懈地对我察言观色。尽管我守口如瓶，小刘还是从系办公室准确地刺探到了军情，并且和我父母一起软硬兼施，最终成功地让我留在了南京，留在了交织着我母亲脆弱的脑神经的地方。那一年是刘贵祥的多事之秋，他个人的事已经让他身心交瘁、疲于奔命，但是只要我这边需要，他再忙都会抽出时间和精力来。对我母亲来说，刘贵祥真正做到了不辱使命。现在想起来真难为他了，但是当时他那么做只能使我对他积蓄已久的厌恶陡然上升到了顶点。在南京最热的时节我毕业了，刘贵祥带来了纸盒和包装绳帮我捆扎行李。我记得他穿着一件白色的老头衫，短袖上还别着孝（他父亲，胆道癌，扩散）。他满头大汗地忙活着，湿透的汗衫紧绷在因承受过大的精神压力而发酵般发福的身体上，背部还黏上了不少浮灰。而我从侧面看着他那个堆积着层层叠叠、颤颤巍巍的肥膘的脖子，想着我那再一次破灭的远游梦，再也抑制不住心中的邪火，我猝然对他破口大骂起来。什么样的话我都骂出口了，我想其中最让小刘受不了的是，我骂他从来就是一个奸细、密探，狗改不了吃屎的本性！刘贵祥直起腰，嘴张得老大地看着我，脸色煞白，半天没有说出话来。他的眼角噙满了泪水，不住地冲我摇头。我意识到我过火了，但是当时还有我的同学在场，所以我一句道歉的话都没有说。最后刘贵祥放下了手中的包装绳，拍了拍手上的灰，低头哽咽着说了一句，还剩下一只纸箱，你自己扎吧。说完，他迟缓地转过身去，走了。

接下来我们差不多有两年没见。在这期间我给他写过两封还是三封长信，希望他能原谅我，而刘贵祥只给我回过一封短函。他告诉我他并没有生我的气，当初他向我父母保证照顾好我，他尽力去做了，现在我已经毕业工作，他也算交差了，省得弄得别人不痛快（"我清楚，人生的路到底应该怎么走，是各人自己的事情"）。最后他说他很忙，祝我工作进步。我感觉到他并没有约我再见面的意思。有几次我想主动上门去找他，但是想到这种场面一定很别扭，也就作罢了。虽然我们同在南京，但是我的工作单位在江北，所以平常也不会有碰到的机会。再一次见面还是在我父母家里，是春节。他是带着他的儿子一起来的，我母亲问到林志敏怎么没来，刘贵祥支支吾吾地说她忙，没时间，其实那时他们已分居很久了。我看到他头上多了不少白发，但是人好像瘦了一些，特别是和刘刚站在一起时。八岁的刘刚这时已成了一个肥胖、苍白的怪物，因为治病期间服用了大量的强力松。从孩子的眼神中可以看出他自己也知道自己与众不同。刘刚不说话，不叫人，目光躲闪，自始至终不肯吃一点东西。那次见面时间很短，小刘甚至没有留下来吃饭，谈话的话题也自然围绕着刘刚这个不幸的孩子。刘贵祥几次用大拇指在刘刚胖嘟嘟的脸上按出一个坑，然后看着这个坑一点点地弹起，他是想让我母亲放心，刘刚并不完全是浮肿。而我母亲最关心的是这个孩子的智力状况有没有受到影响，谈到这里时，小刘刚忽然一个人跑出门去，拼命地在院子里狂追我们家的猫，猫被吓得一路喷着屎尿。这次见面以后，我和刘贵祥在南京又见了几次，是我去找他，我希望我们的关系能像以前一样。他也在努力，只要我们在一起那种亲切感是不言而喻的，但是每当我和他面对面说话时，他脸上经常会流露出一种以前没有的过于谦恭、过于卑微的神态，让我心里很不是滋味。我意识到有些伤害是无法弥补的。所以我们虽然可以正常见面了，但是来往还是很少。再加上后来我东奔西跑，常年不在南京，我们见面的机会就更少了。

我们重新来往密切起来是从去年年底开始的，不是哪一方人为的结果，是地利天时使然。从我大学毕业到现在，十年过去了，时间改变了人的心态，十年前让你耿耿于怀的东西，十年后也许你不在乎了，而怀旧成为普遍的心理需要。五十岁连一个副科级也没混上的刘贵祥更是需要一次又一次不厌其烦地把三十二岁的我送上怀旧浪潮的浪尖上。我的态度是，我唾弃怀旧，但是我不唾弃怀旧的人。在这十年里，我的个人生活几经变更（我用一意孤行的行动迫使母亲的脑神经日益坚强起来，终于坚强到麻木的地步），感觉自己最大的变化就是，我不再那么热切地向往远方了。这是我所说的"天时"，而"地利"就更显著了。我现在这个搬了十一次以后的住处和刘贵祥搬了一次后的家靠得很近，骑车只需七分钟，我们在同一个菜场买菜，在同一个液化气站换煤气，想不见面也不可能。刘贵祥一直没有再婚，对计算机的痴迷早已让位于对儿子的痴迷。刘刚已经十六岁，读初三，是第二遍读初三了，但是他还是不能让他父亲确信这是最后一遍读初三。他还是很胖，但是变得很结实，皮肤也晒得很黑，所以不显得累赘，虎头虎脑的，挺可爱，特别是当他叫我叔叔的时候。刘贵祥对刘刚管得极严，致使后者有很强的抵触情绪，所以效果很差。我觉得刘贵祥那一套很眼熟，可以说得之于我母亲的真传。出于本能的反感，我经常忍不住干涉上几句，对他的教育方法起到了良好的校正作用。刘刚和我相处得不错，和我单独在一起时话比较多，而只要有他父亲在场，他就成了一抱粗的闷坛子。说来也真怪，我有时只是把他父亲的话转述一遍，但是作用就大不一样。现在刘贵祥也有意让刘刚全面接受我的影响。他觉得虽然自己这大半辈子过得很狼狈，但能混到眼下这一步也满足了（"虽有贵人相助，但毕竟底子薄呀"。我想这"贵人"是指我父母），到了五十岁再往下混已不太难了，而刘刚还小，如果向他老子学肯定是没有出路的，他应该向我学。但是我这个叔叔到底是一个什么样的人呢？我想刘贵祥也不太清楚。在我和他交往的过程中，主要是听他说（现在他谈起土院来，就好像那是整个世界），而我很少谈自己，并不是故意隐瞒，只是担心他也许会强烈地觉得我的真实生活是对他生活的一种冒犯。

有一天晚上我和刘贵祥聊天的时候忽然想到了一个问题。晚饭多喝了两杯的刘贵祥坐在床边的破沙发上，脸冲着那台十一寸的黑白电视（还是若干年前他亲手组装的）。电视画面上出现了一群渔家姑娘打扮的少女，扭着屁股在舞台上蹦来蹦去，以表达水乡人民在改革开放二十年时的美好心情。电视的音量开得极小，几近于无，因为刘刚正在客厅里做着作业。我吃惊地注意到刘贵祥的那双眼睛，直勾勾的，能够把那群少女一个一个地从屏幕上生拽出来。我对他说，你离婚已经七年了吧，这七年里性生活是怎么解决的？刘贵祥"啊"了一声，慢吞吞地转过脸来（颈椎骨质增生，二度）。他没有听清楚，我只好又重复了一遍我的问题。这下刘贵祥禁不住从沙发上站了起来，看着我愣了半天，末了自我解嘲似的笑了一下，反问我，你怎么想起来问我这个问题？真是，你怎么想得起来的。他有些慌张地看了看外面的刘刚，关上里屋的门，然后回到沙发上坐下。我说，这不是很正常、很具体的一个问题吗？刘贵祥低着头沉吟了一会儿，对我说，被你这么一提，好像还真是一个问题。又过了一会儿，他向我承认，没有。我觉得简直难以置信，七年来你真的一次都没有吗？刘贵祥说，没有，一次都没有，还不止七年哦，离婚前还分居了三年。我不知道说什么好，甚至有些后悔提这个问题，我只是想谈点轻松的，没想到这个问题一提出就成了大问题。从不抽烟的刘贵祥拿起我桌上的烟盒，抽出一根来点上，熏得眼睛眯眯的。见我半天没吭声，刘贵祥反而主动地来为我解构这个问题了。他说，现在说起来，十年好像多么了不得，但是实际上，身在其中并不觉得，十年很快就过去了，真的，眨眼工夫，这么多年我还真没有怎么考虑过这个问题。我很想把话题转移开去，但是刘贵祥这时意犹未尽，好像很想和我再谈下去。

那天从刘贵祥那里回去以后，我思前想后，觉得自己不该眼睁睁地看着我的榜样这样下去。正像我母亲说的一样，刘贵祥这个人什么都好，就心眼死了点，跟个陀螺似的，不抽上一鞭子就不知道转。以前都是小刘为我设想，我也该为他设想一回了。于是我非常郑重地约他谈了一次，敦促他把求偶的事放到议事日程上来。我跟他说，从今往后你不能每天龟缩在土院里，那样会滋长你的惰性，而且也没什么机会，你应该出来走一走。现在外面交友渠道多得很，什么鹊桥会呀、红娘公司呀，还有单身俱乐部呀，常去转一转，不求立竿见影，换换心情也是好的。你如果不好意思，我可以陪你去，我有的是时间。刘贵祥很感动，但是他说，像他这把年纪不烦神了，买菜的时候在大街上看看也就满足了，挺好。我对他说，你并不老呀，你天生皮肤比较白、比较细，只要把头发染一下，看起来也就三四十岁的样子。我并没有跟他说笑，我说的是实话。如果刘贵祥不相信，我就再说一遍。刘贵祥又用小刚来推托，一是担心小刚能不能接受，二是他现在除了上班还要照顾小刚上学，忙不过来。我针锋相对地对他说，一、小刚的问题，我可以找他谈；二、你如果能找到个伴，不是正好可以解决你忙不过来的问题吗？刘贵祥用来搪塞我的每一条借口都被我驳倒了，最后他干脆不提什么借口了，反正就是不愿意。就这么谈了几次以后，我渐渐发觉刘贵祥是真的不愿意。我不信这个邪，一有时间就继续找他谈，结果只是让他应付起我的谈话来越来越有经验。他甚至冷不防地反刺我一下，你也不小啦，不是也没有结婚吗？你父母还跟我打过电话，让我催催你呢！我对他说，这是另一回事。以前我只知道一个执意求死的人是没法劝的，现在我又知道，一个执意打光棍的人同样是没法劝的。有一次刘贵祥被逼急了，非常激动地对我说，你没结过婚，所以你没有感受，和一个不合适的女人在一起过日子有多痛苦，我经历过，那真叫度日如年！我对他说，那就找一个合适的就是了。刘贵祥眼睛都瞪了起来，他说，合适的，说得容易，到哪找呀？我说，你没找怎么知道找不到，你跟我说说，你要找什么样的？刘贵祥说，又不是我一厢情愿的事情，我想找什么样的也没有用呀。我说，那当然，但是你不妨先说说嘛，到底什么样的你觉得对你最合适？刘贵祥犹豫了一下，然后对我说，我呀，不怕你笑话，我最想找的就是你母亲那样的。他的回答大出我的意料，我对他说，我妈那样的？太可怕了，我觉得全世界也就只有我父亲受得了她。但是刘贵祥很顶真地说，不是这样的，你不知道，我们读书那会儿，班上的男同学都喜欢你母亲，觉得她是最完美的……我把脸偏到一边，在心里喊了一声，天知道！

在结束这篇小说之前，我还想说一下这个故事的源起。我之所以决定动笔写它，是因为我去年十二月六日清晨的一个梦。前一天（也就是十二月五日）下午我和一个朋友约好在玄武门附近的江苏展览馆门口见面，然后一起去人民医院看望一位长辈（老天真，白内障，手术）。我朋友习惯性的迟到并没有让我恼怒，我正好可以在人行道的护栏上坐下来，看看天，看看车，看看往来穿梭的姑娘。你知道的，我从小就有这个望呆的毛病。我总觉得我的侧后方有一双眼睛盯着我。起初我不以为意，喜欢看别人的人，也要被别人看，这很正常。后来我觉得那双眼睛还在盯着我，于是我就转过脸去看了一下。不看则已，一看吓了我一跳。一个年轻的女白化病人正在巷子口的报摊边目不转睛盯着我。她的头发、眉毛都是金黄色的，皮肤白得像石膏，又透出血液的粉红色，脸上还有几大块淡褐色的斑。在阳光下她睁不开眼，眼睛眯成了两条缝，但是从缝里射出了两道赤裸裸的渴望的目光。当我们四目相对时，她立刻胆怯地把脸转开。她手足无措地在原地站着，假装看着报摊上挂着的一排杂志。过了一会儿，她见我仍然注意着她，便慌里慌张地转身一路小跑，消失在巷子的深处。两个正好经过我身边的行人也发现了她，我听到了他们的对话。一个说，是老外吧？另一个有些气愤地纠正说，什么老外！白化病。晚上临睡前我在床上看书的时候又想起了这一幕。我想正是白天的这一刺激，给我带来了下面的梦：我顺着一条多处坍塌的老城墙一直往湖边走，好像是傍晚，一群鸟栖息在一棵从城墙缝里长出的树上。我正奇怪四周怎么没人，忽然迎面见到一个女孩，我认出她就是十多年前我在哈尔滨见到的那位二毛子，她双眼直直地正视着我。她一点没变，只是那双清澈、碧蓝的大眼睛中多了一丝怨恨，仿佛在指责，你已经很久没有看我了，你已经很久没有用心来看我了。在那双眼睛的逼视下，我猛然意识到，确实是这样，我至少有十年没有想到她了，哪怕是一闪念也没有，这是一件多么不应该的事情。

当然我能侥幸记住这个梦，还得感谢刘贵祥的电话及时地把我叫醒。他知道我的生活规律，一般没有急事是不会大早打电话来的。他像报火警似的让我无论如何尽快找刘刚谈一下。这段时间小刚有些行踪诡秘，刘贵祥怀疑他暗中与他母亲林志敏有接触，于是便对他进行二十四小时跟踪，结果却发现小刚竟然是与一个和他一样胖的女同学在约会。刘贵祥快气疯了，他发誓说这样下去小刚如果能考上高中，他就把自己的头剁掉。我只能把这个任务应承下来，但是心里实在不知道应该怎样去跟小刚说。

把穷人统统打昏

　　我相信一定有很多人和我有同样的经历，骑着单车不小心撞了人，给别人或者自己惹了麻烦。这有点像感冒，人人都难免会得一次，得了也不会太重视。从一个地方要到另一个地方去，自古以来有四种方式可供人选择。一、当然是走着去，包括爬着去；二、游着去，前提是你必须会水；三、飞着去，紧紧地勒住天鹅的脖子，然后把你要去的地方跟它讲讲清楚；最后一种也是最普遍的一种，那就是滚着去。这一种可分为机动的与非机动的两大类，机动的按照汽缸的多少、马力的大小又可以精确地分出若干等级；非机动的通过观察驱动源是否在大街上随便拉屎也可以大致地看出人力与畜力的区别。不过所有"滚着去"的方式有一个共同点，都是借助轮子的滚动来实现空间位移的。从两条腿到轮子，这是关键的一步，人类历史的进程由此开始加速，再也停不下来了。时至今日，连我这个电厂的锅炉工也清晰地预感到世界末日已经不远，谁也无计可施。当我戴着安全帽扛着扳手像一个采蘑菇的小姑娘穿行在钢铁的森林中，想象着我的先祖亚当和夏娃赤身裸体在伊甸园中怎样打发时光。他们什么也不懂，他们什么也不干，真是难以置信。我忽然得到一个灵感，我认为那在树上挂着的不该是苹果，而是一只金灿灿的轮子。但是各个版本的《圣经》上都写得很明白，是苹果，不是轮子，所以我对耶稣、对基督教有那么一点失望。相比之下我更喜欢佛教的一些说法，譬如六道轮回。不管它的具体说法如何，里面有轮子，我觉得提到轮子就离真相不远了。中世纪的欧洲流行一种"幸运车轮"学说，一个带翼的家伙秉承上帝的旨意转动着摇柄，七政星神顺时针旋转，与人间的祸福相通。这种说法过于朴素，和中国古代的"择吉之术"异曲同工。轮子有时可以是无形的，轮子无处不在，轮子的运动完美而神秘，轮子是个魔鬼……由于轮子不像两条腿那么慢，又不像两条腿那么容易控制，人有时就不得不面对轮子运动起来所造成的意外后果，或者叫车祸。有人说亚洲金融风暴是一次车祸，海湾战争是一次车祸，几十年前的第二次世界大战更是人们刻骨铭心的一次大车祸。我喜欢这类说法，因为这里面提到了车，也就提到了轮子，当然是有道理的。诺查丹玛斯预言公元一九九九年七月一场毁灭性的车祸将降临这个星球，对此我不作评论，因为这个日子已近在眼前。

顺便说一句，在这个世纪最后二十年里最令人谈虎色变的艾滋病深究起来也与轮子有关。正因为轮子的出现，才有了如今这神经网络似的交通。人们可以开着车，去很远的地方性交，感染艾滋病的机会大大地增加了。

　　还是来关心一下日常生活中的一般性车祸吧，这有助于我们对大车祸的理解和把握。在我们的经验中"滚着去"的人容易与"走着去"的人过不去，而"走着去"的也习惯把自己当成受害者。如果"走着去"的人进而仇视"滚着去"的人，是一点也不奇怪的，没轮子的当然仇视有轮子的，就像穷人仇视富人一样天经地义。"滚着去"的其中也有分野，非机动的仇视机动的，两个轮子的仇视四个轮子的。就是同样是机动、四轮的也还存在着分野，夏利仇视桑塔纳，桑塔纳仇视奥迪，奥迪仇视奔驰等等。反正轮子一搅进来就麻烦了。在"滚着去"家族中，我属于坚定的非机动二轮阶级。现在我向你隆重介绍这辆和我相伴了十一年的自行车，凤凰二八，黑色，没有铃铛，没有挡泥板，没有停车架，没有后刹，只有前刹，属于那种不锁扔在火车站前的广场上也没人捡的破车，却装有一只价格昂贵的最新式的防盗锁。我的同事讽刺说，我用这把锁把车拴着是为了防止别人把锁偷走。但是我要为我的同伴作证，当年她很年轻，当年她很漂亮。十一年来她在我的身下任劳任怨，让我觉得很舒服，而且安全。听说由于邮递员的职业病是睾丸水肿和前列腺炎，所以政府正鼓励招收没有睾丸也没有前列腺的女性做邮递员。我认为这么归咎于自行车是没有道理的，只要注意你的姿势就不会有问题。你看我已经骑了十一年了，我的车快垮了，而我什么事也没有。相反有时没骑车，步行我倒真有点不习惯，尤其是膝关节那里总觉得别扭，深一脚浅一脚的，像个咿呀学步的孩子。在中国这样一个自行车王国里，两只脚不听使唤的现象就表现得特别严重，所以中国的足球始终上不去。但是应该指出的是，这是进化，而不是退化。按照达尔文的理论，可以设想未来的人类，为了更方便地滚来滚去，人的两条腿将慢慢萎缩，最终变成两只可爱的风火轮。

顺便说一句，西方专家的研究表明，由于生存环境的变迁，哺乳类动物（包括人）的阳具越来越小，繁殖能力也大幅度退化。很多人为此忧心忡忡。而我个人认为这是一个必然的进化过程，免不了的。如果你和我一样属于那个压倒多数的非机动二轮阶级，就一定有这样的认识，那根东西大了骑起车来就很不方便。生存的需要是进化的内在动力。如果世界末日没有如期光临，未来的教科书上就肯定会有这样的文字：正像长颈鹿为了吃到高处的树叶脖子越长越长一样，人类的生殖器官为了适应轮子上的生活越长越小，最后缩进了腹腔。至此人类在极其漫长的进化过程中终于成功地摆脱了第二根尾巴。

我的宿舍离厂区有两站多路，这个距离正适合骑车。其中有一段一站路长的大坡，我估计坡度在二十五度左右。上班时是下坡，下班时是上坡。下坡固然很享受，但是我上班总是匆匆忙忙怕迟到，所以没有心思去体会滑翔的乐趣，而折腾一天到下班时我又心灰意懒，在这样的心境下要去爬那个大坡实在是痛苦不堪。那段时间我真实的理想就是把宿舍和厂区颠倒一下位置。如果可能我真想把我生活中的许多环节都颠倒一下位置。最悲观的时候，浑身没有一点力气，爬坡爬了一半，实在蹬不动了，我从两只轮子上下来，双腿绵软，感觉这整个斜坡像一头巨鲸的背正漂浮在大海无垠的黑暗中，它只要不小心翻个身，我就会葬身海底。你看，人从轮子上一下来，站到地面上，就比较容易自我感动。坡顶的一站叫大新庄，坡底叫卸甲甸，所以当地人管这个坡叫大卸坡。

我在大卸坡上发生的意外其实非常简单，几句话就能说完。我既没有被别人大卸八块，也没有把别人大卸八块，只是骑车下坡的时候把一个老头的胳膊轻轻地擦了一下。但是这个老头和老头的一家死乞白赖地缠上了我，说什么也要到医院去检查。不但是检查，而且是全面检查，结果发现老头的胃部有蚕豆大的一块肿瘤。本来活得有滋有味的老头知道这个消息后没多久就死了。

这是一九九二年冬天的事情，六年过去了，我还是有时会去回忆骑车下坡的那一幕，还是无法肯定我碰到了老头的胳膊。每到上下班时分大卸坡上黑压压的全是自行车，就像蝗虫一样。行人也有一些，但是不多，混杂在车流中看不出来，只有当一阵蝗虫嗡嗡嗡地飞走以后，寥寥几个行人才会像幸存的几棵庄稼一样显露出来。磕磕碰碰是常有的，但是那不算个事情。那一天当我下班蹬着车艰难地爬坡的时候，一个戴着黑色摩托眼镜的瘦子挡在我的正前方，手里拎着一根链条锁，大声地对我呵斥道：下来！我一听那正宗的当地口音，心里就一颤，我想我有麻烦了。我们厂所在的这个叫"大厂"的地方,与南京一江之隔,原先是江北的一个小镇,民风凶悍。现在全市几乎所有的大工业都集中到了这里,政府有意把大厂发展成一个现代化的卫星城。卫星上污染再严重,对地球的影响也不大,这当然是政府的另一个考虑。当卫星围绕地球愉快地旋转起来,就会出现一个偌大的轮子,有轮子就会有问题。除了发展中国家必然面对的那些常见问题以外,大厂还有一个特殊的社会问题,那就是当地居民素质很差,黑社会活动猖獗,帮派之间时常发生大规模械斗。我停下,并没有下车,一只脚落地支着。我装作满不在乎地问道,干吗?瘦子摘下眼镜,把一条眼镜腿塞进上衣的纽扣眼里,指着路边说,你跟我来一下。说完他就转身往路边走,对我看也不看。前不久一个地痞在卸甲甸那边把钢铁厂刚分来的一个大学生拦下来,问他要一盒烟抽。大学生只肯给一支,不肯给一盒,结果被一群地痞哄抬到旁边的公共厕所里活活鸡奸了。我想自己如果碰到类似的情况,立刻给他两盒烟。我非常警觉地推着车跟在瘦子的后面来到路边一家面条店的门口。这家面条店早晨卖的饭团米好,咬起来有劲,量也给得足,我上班路上有时也会停下车来买一只。瘦子还是不看我,皱着眉对我说,先把车放一边。他一脸厌恶的表情,好像我已让他忍受很久了。我对他说,有什么话快说吧,我的车没有停车架,不好停。他看了一眼我的自行车,仍然没有看我,用一种惊人克制的语气咬牙一字一字地说道,靠墙放不就行了吗?我觉得他说的有道理,便把车推过去靠在了面条店的墙上。瘦子随后不紧不慢地走过来,用手中的链条锁把我的自行车锁上。他干得极为自然，就像锁自家的车一样，拔下钥匙塞进裤袋，顾自走到店门口的一条板凳上从容地坐下。我缓过神，连忙跟过去质问道，你凭什么锁我的车？瘦子就像没听到我的话一样，拧着脖子点上一支烟。

小狗日的！你能跑是吧？把你两条腿都打断，看你还跑！这时我身后忽然有一个破锣嗓子咆哮起来。我回头一看，是一个一头白发但看起来很壮实的老头。他坐在一张方凳上，背靠着桌子，披着一件蓝色的油腻腻的棉袄，身体略向左倾，右手托住左膀子。笆斗大的脑袋，一脸酱紫色的横肉，没有眉毛，一双绿豆眼精光四射。剃成板寸的头发虽然全白了，但是很茂密，根根直竖。奇怪的是嘴上的胡子却是黑色的，稀稀拉拉，长短不一。老头穿得很少，一件土黄色的敞口毛线衣，里面是脏兮兮的白衬衫，领口还敞得很开。他的嘴角满是白色的唾沫。我不解地看了看老头，又回头看看那个瘦子。老头说话的时候浑身都随之振动，每句话之间以浓重、急迫的喉音连接，就像条老狗在吠叫，他想使我明白我早晨下坡的时候撞到了他的左膀子，现在他的左膀子整个不能动弹。让老头大动肝火的是，被撞以后老头在后面拼命喊，而肇事者却溜掉了。我一点印象都没有，我对他说，你不会认错人吧？老头两眼一瞪，说道，认错你的人，还会认错你的车吗？应该承认我的车是比我的人有特点一些，我就如同被揭了短似的不得不再仔细想上一想，但是还是一点印象都没有。老头站了起来，耸了耸肩膀让那件棉袄不至于滑落，右手仍然托住左膀子，对我一甩下巴说，你跟我来。我们一前一后过了马路来到对面，然后再往坡上走了几步。老头站定下来，左右看了看，说，喏，就是在这。我往马路对面瞅了一眼，那个瘦子没有跟过来，这会儿他正坐在店门口的桌边一边抽着烟一边大口大口地吃着面条。老头反复向我演示当时的情景，越说越激动，唾沫星子溅了我一脸，把我说烦了。于是我非常客气地对他说，老人家，你听我说，我实在想不起来有这么回事，一点不骗你，但是既然你这么肯定，我也认了，反正也没出什么大纰漏对吧，你说怎么解决吧。听我这么一说，老头平息了许多，斜了我一眼，问道，哪个厂的？我说，电厂的。说完我就后悔了，因为现在大厂的各大企业普遍不景气，就数我们电厂效益比较稳定，所以当地人都把电厂的职工当大款来对待。果然，那个老头盘算了一下，开出了价钱，五百块！一说出口，老头自己也禁不住后退了一步，这是"五百块"的后坐力造成的。我觉得这个糟老头嘴大得连心都吐出来了。我把口袋里所有的钱都掏了出来，连毛票算上，也就十几块钱。我对他说，你看到了吧，我没那么多钱，跟你说实话，我每个月底都要借钱才能过得去呢。

　　我们回到面条店门口那边，继续扯皮。我说，要么这样，我们一起去医院，医药费不管多少都是我的，哪怕医生说要把你的膀子锯掉，换成一条大腿，我也照付，行吧？老头非常蛮横，他坚持要钱，他说他活这么大还从来没去过医院呢，他不爱去医院。那个瘦子没有上来帮腔，坐在凳子上专心地剔牙。但是我留意了一下瘦子脸上的神情，他似乎也为老头提出的五百块的高价感到羞愧。天快断黑了，我实在不想再纠缠下去，最后我对老头说，算我倒霉，这样，那辆车我不要了，送给你好吧，我们就算两清啦。说完我就走了。走出两步，我又停下，把钥匙串上的那把车钥匙旋下来，扔给了老头。他们没有再追上来。我想这是因为他们虽然嘴上要五百，但是心里其实明白白白地捞一辆车已经可以满足。走到宿舍楼下的时候，我开始有点怀念我那辆破车了。我曾若干次想把她送掉，以便能买一辆新的，但是送不出去。扔在那里搁灰又有点可惜，所以我只好一直骑她。这下好了，我终于摆脱了她，终于有机会去怀念她了。

　　我以为大卸坡上的事情已经结束，没想到这才刚刚开了一个头。第二天我搭同屋郝强的助力车去上班。郝强是个小白脸，本地人，喜欢勾搭女人，还有向女人借助力车骑的怪毛病。他先后骑过很多辆那种女式的助力车，但是没一辆是他自己的。这样的人能不能划入机动二轮阶级是一个问题。同事们说他最喜欢骑的是助力车，其次是少妇，再其次才是小姑娘。下班爬坡回家，骑单车的同事争相把手搭在郝强的肩膀上，让他拖带着一起爬坡。我紧紧地抱着郝强的腰坐在后面，我们两人都只有一半屁股落在座垫上。车跑起来寒风直往脖子里灌，但是我觉得还是挺暖和的，因为我怀里揣着一个单身汉省吃俭用攒下的全部积蓄，中午休息时我想去西厂门商场看看，给自己买一辆三速的山地车。我就像一位刚蹬掉黄脸婆的男人，屁颠颠地奔向小蜜的怀抱。下坡的时候郝强回头提醒我，不要用你那根东西顶我啊，听到没有？不然车翻了可别怪我。坡子刚下一小段，我就从郝强的肩上看见前方不远的路边站着几个人，有两个就是昨天刚见的，老头和那个戴摩托墨镜的瘦子，老头另一侧还站着一个更瘦的瘦子，比较高，穿着一身明显偏小、看起来特别新的牛仔服。他头发稀少，而且多半也白了。另外还有一位穿着西装、梳着铮亮的大背头的黑脸汉子，目光炯炯，正拿着翻盖式手机说话。他站的位置要靠后一些，与其他三个人保持了一段距离。这四个家伙的目光组成一把疏密有致的梳子，正梳理着从他们面前滚滚而过的车流。我一缩脑袋，对郝强说，不好，昨天讹诈我的人在路边呢。郝强挺机灵，连忙一松油门，车子一窜，混在了前面的自行车群中，然后不紧不慢地往马路中间移。但是无奈郝强的助力车实在太显眼了，那个戴摩托墨镜的瘦子还是发现了我，高喊了一声：下来！我趴在郝强耳边说，别管他，冲过去。我们已在马路的中央，而他们在马路边，中间隔着川流不息的自行车，所以他们说什么也追不上的。

但是让我目瞪口呆的是，郝强的助力车这时滑了一个奇妙的圈，最终停在了那四个家伙的面前。郝强对那个穿西装的黑脸汉子一个劲地点头哈腰，赔着笑脸，哎呀，是黑子啊。我只好尴尬地从那辆哈巴狗一样的助力车上下来。我看到我的破自行车正靠在路边的一棵细细的桦树上，它的重量迫使树向后倾斜着。那个叫黑子的只微微点了一下头，合上手机的翻盖，用拿着手机的那只手指了指我，很严肃地问郝强，他是你什么人啊？郝强回头看了我一眼，相当勉强地回答说，是我一个朋友，我们住一个屋。黑子望着自己的脚尖沉吟了片刻，抬头对郝强说，没你的事，你走吧，我要和你朋友谈点事。郝强在原地磨磨蹭蹭的，不安地看看我，又看看黑子。黑子有点不耐烦了，他说，听到没有，走啊，我不会为难他的，你就放心走吧。我的同屋郝强真的就放心了，他把车头掉好，背对着他们机械地对我说，我帮你请假。说完他面部扭曲地给我做了一个奇怪的表情。这个小白脸这会儿更白了，连嘴唇都是白的。后来经郝强自己解释我才知道他最后丢给我的那个表情是提醒我，千万不要招惹那个黑子。虽然是第一次见黑子，但是"黑子"这个名号我早有耳闻。在"四万五"农贸市场附近有一个卖卤菜的小门面，叫"黑子烧鹅"，那里的烧鹅肉嫩、皮脆、味美。但是据说"黑子烧鹅"都是用死鹅做的。大厂的牲畜批发中心每天都有不少死鹅死鸭子，黑子用极低的价钱收购进来，再经过处理，做成卤菜卖。黑子的店面很小，但是人面子很大，他背着手走过来，对一个卖鹅的农民说，你这只鹅死了。那么这个农民就得把这只鹅当做死鹅卖给黑子。如果他斗胆说一句"这只鹅没死"，他就别想再做生意了。而在"黑子烧鹅"卤菜店，如果哪个顾客说"这是只死鹅"，就得小心那把剁老鹅的刀会砍在他头上。反正在大厂这个地方，鹅的死活由黑子一人说了算。后来他想通了，他把大街上的人也当做鹅来看待，事情就变得特别简单。郝强一溜烟走了以后，黑子上前一步劈头对我说，带钱了吧，把身上的钱都先掏出来。我一听，心就开始痛了，半天不肯动弹。那个瘦子叼着烟走过来在我身上搜了起来，很快就从我棉夹克里面的口袋里摸出了那只带着我体温的信封。他把信封里的钱抽出来，当众点了点，人民币八百块。那个白发老头一看就火了，冲我吼了起来，小狗日的！还骗我没钱，这些钱哪来的，抢银行的啊？我说，这是我用来买自行车的，每天上下班总不能没有车是吧？黑子一点不愤怒，黑子显得很沉稳，他指了指身后对我说，这是你的车，我们给你带来了，还给你。我们不要废话，你今天是想讲理还是不想讲理？我说，当然是想讲道理。黑子说，好，我老爷子的膀子昨天又疼了一夜，你说怎么办？那个老头连忙又用右手托住他的左膀子，凶巴巴地盯着我。我说，我昨天已经讲了，到医院去检查，医药费我不赖。黑子点了点头，很爽快地说，行，就依你，我们去医院。他把瘦子手上的信封接过来，在我面前晃了晃，说，这钱先放我这，一会儿从医院里出来再跟你结账，该多少就多少，行吧，你记好了，整八百，一分钱也不会少你的。说到这一步，我只有表示同意。

八化建医院就在坡顶，回头走几步就到，但是黑子坚持要去南化医院。到南化医院足足有四站路。他们让那个老头坐在我自行车的后座上，而要我扶住龙头推着，走在前面。黑子、瘦子、更瘦的瘦子则晃荡着膀子在后面跟着。破老头在后座上就像半截铁塔一样，死沉死沉的，动不动就耸动一下肩膀以保证他的破棉袄不掉下。我在前面别手别脚的，车走着 S 线，几次差点歪倒。我感到自行车的后胎完全被压瘪了，钢圈着地，发出"咯噔咯噔"的声响。而此刻我比我的自行车要难受得多，真想把车一脚踹翻。而我的自行车却对我说，踹我干吗，还不是因为你窝囊，连累我这把年纪了还在这里受气。我对她说，你怎么能这样说呢，难道你愿意看着我像只老鹅似的被别人剁了吗？但是她说，剁了又怎样？你瞧你现在走路的样子，还不如一只老鹅呢。这句话太伤我的心了，我的脚下一阵踉跄。黑子从后面立刻窜了上来，用食指戳着我的胸口说，我一直对你很客气，你可不要不识趣。给我好好推，要是再摔老爷子一跤，我就不会那么好说话啦，听清楚了吗？我对他说，实在不好推，我们干脆坐车吧，我付钱。黑子冷笑了一下，说，你他妈是不是钱多，啊？我赶紧说，我没钱。黑子说，没钱就给我推，少废话！虽然黑子西装革履，但是我还是可以闻到他身上有一股烧鹅的气味。我得到了启发，强作欢颜和他套起了近乎，我说，这样搞就没有意思了，我以前还在你店里买过老鹅呢，以后还要去买，你这样搞就没有意思了。黑子愣了一下，我以为他被我说动了，没想到他照着我的腿弯就一脚踹了下去。我、我的自行车以及车上的老头顿时就全倒了。

瘦子和更瘦的瘦子连忙奔过来把仰面倒在地上的老头扶了起来，捡起那件蓝棉袄，拍了拍，帮老头披上。老头那张宽脸像涂了猪血似的涨得通红，使他那颗头看起来又大了一号，他伸手在屁股上掸了掸，眼睛恶狠狠地盯着黑子，半天没有说话。黑子把脸偏到了一边。老头吐了一口痰，痰砸在柏油路面上发出"啪"的一声。他对黑子说，好，好，你给我记住。黑子急眼了，冲老头平摊双手说，你要我记住什么啊，老爷子，我又不是故意的！老头说，这还不是故意的！你要你两个兄弟说，是不是故意的？老头转脸朝向瘦子和更瘦的瘦子，但是这两人面无表情地看着自己的鼻子，不表态。这时黑子的手机响了，黑子看了下号码，然后打开翻盖接电话。我的右手竟然卡在了车轮的两根辐条之间，我的车也很恐惧，所以她紧紧地拉住我。我把右手一点一点地缩了回来，然后双手撑地，想从地上爬起来。有气没处撒的老头疯了似的冲过来，照着我的软肋踢了一脚。我一声没吭，捂住肚子又倒下了。一些过路的下了车，过来看热闹。黑子面朝着马路一边打着电话，一边像交警一样向围观的人摆摆手，示意他们走开。围观的人虽然有些恋恋不舍，但是还是陆续把好奇心掖回他们的裤裆，重新上了车。黑子一合上手机的翻盖就用手机的天线戳着老头的胸口说，你再这么说话，你以后的事我就不管啦！你就是被别人砍了也没我的事！老头嘴很硬，他说，不管就不管！谁敢砍我？只有儿子求老子，没有老子求儿子的道理！你把钱丢下来，你走就是啦。瘦子和更瘦的瘦子赶紧过来隔在他们中间，劝他们不要吵，用胳膊肘指了指还倒在地上的我。黑子转过身走到我旁边，用他的方头皮鞋抬起我的下巴，极不耐烦地说，起来，起来。

最后还是黑子双手托住我的腋窝，把我拉了起来，他帮我整了整上衣，把棉夹克的拉链往上扯了扯。他拂了拂我胸口上的灰，对我说，我不知道有多少次被人拍在地上，屎都被打出来了，不是说笑话，是真的打出来了，爬不起来，真的爬不起来！浑身好像断成了好多节，没有一处动得了，所以我知道真的爬不起来是个什么样子。别骗我，你应该清楚，今天我是不想打你的。那张每个毛孔都像一个小坑的黑脸使他的话听起来更为诚恳，我好像一下子明白了很多道理，而且更为重要的是，我一下子学会了推车。推得顺起来，也就不觉得后座上的那个老头有多重了。高峰时间已过，路上的行人渐渐少了。我在前面闷声不响地推着，好像我干这一行已经干了很久并且仍然能在工作中尝到快乐似的。黑子在后面喊了一嗓子，等等。我勒住龙头站了下来。带烟了吗？黑子问。我用下巴指了指我夹克左边的口袋，但是有点不好意思地说，烟不好。黑子从我口袋里摸出了那盒黄壳的"红梅"，说，凑合啦。他把烟盒递给瘦子，瘦子搓搓手，从中拈了一根，用舌头舔湿了一条边，然后叼在了嘴上。黑子又把烟盒递给更瘦的瘦子，后者摆了摆手。坐在后座上的老头眼睛一直跟着烟盒转，但是黑子就是看不见。黑子直接用牙从烟盒里抽出一根烟。这时瘦子眼明手快，伸手又拈出一支，递给老头。黑子、瘦子和老头都掏出了打火机，他们各自把自己的烟点上。黑子把烟盒塞回我的口袋，他对我说，你推车不方便，就不抽了吧？我说，不抽，不抽，走路的时候我从不吸烟。

　　卸甲甸那一段，有一条钢铁厂小火车的铁轨横过马路。我自行车的前轮被卡在铁轨上，任我怎么使劲都不行。我回头看了看老头，他正全身心地吸着烟屁股，对我的处境漠不关心。我拉了个弓箭步，更为卖力地推了一次，还是不行。刚被踹的左腿像给抽了筋似的怎么都使不上力气。落在最后的黑子远远地喊了一声，我说老爷子，你就不能下来一下吗？老头很霸道地说，我下来干吗？让他推！我想把龙头稍微往上提一提，谁知整个自行车像匹受惊的马似的昂起头来，后面的老头眼看就要像倒垃圾似的从后座上被倒下去了。瘦子和更瘦的瘦子这才伸手把老头扶住，并且帮助我把车推过了铁轨。一过了铁轨，老头就开始嘟囔起来。他说他不想去医院了。黑子说，说得好好的，怎么能不去呢，又不给你打针，你怕什么？瘦子和更瘦的瘦子也说，去吧，去吧，去检查一下没坏处的。老头说，花那个闲钱干吗，活这么大还从来没被医院赚过一分钱呢。瘦子说，又不要你掏腰包，你烦什么？老头说，要么这样吧，你们把我送回家，把你妈带到医院去。黑子说，这算怎么回事？老头说，你妈毛病多呢，又没钱看，她需要去医院，我不需要。黑子说，现在不是需要不需要的问题，老爷子，你怎么这么糊涂啊，是你被撞了，又不是妈被撞。老头说，你妈去年也被撞过啊，你忘啦？腰到现在还没好。瘦子或者是更瘦的瘦子插话道，那回用火罐拔了一下，不是说好了吗？老头说，好什么呀，你们这些做儿子的，就看不出你妈站着时身体总是往左边歪吗？黑子说，不是往右边歪吗？老头说，什么右边！是左边！瘦子说，是左边，没错。更瘦的瘦子说，我怎么记得也是右边。老头说，妈的个B，你们……说了半天，老头他还是不想去医院，他最后的一个借口就是，他闻不得医院里的味，一闻脑仁子就疼。黑子说，没事，脑仁子疼没关系，只要膀子不疼就行。他们在整个说话的过程中丝毫不顾及我的存在，把我当成一头在前面吭哧吭哧喷着白汽拉车的牲口。顺便说一句，我也常常这么看待自己，不是拉着车的牲口，就是车上拉着的牲口。

经过电厂大门口的时候，我加快了步子，生怕碰到哪个同事。瘦子问我，你们厂俱乐部的舞厅现在还对外开放吗？我说，开的吧。瘦子说，门票还是五块吗？我说，不太清楚，我从来不去。瘦子说，你不去你晚上干吗？我不知道该怎么回答。老头也从车上费力地扭过头去看电厂的新大门，他说，狗日的，是比以前气派多了，反正钱多，往死里作就是啦。这时迎面有一辆自行车停了下来，对我鸣了一阵铃。我一看，头皮就一阵发麻，是我们班组唯一的女同事小齐，三十岁出头，刚离婚，有个七岁的儿子。她摘下口罩，露出那张保养良好的苦瓜脸，问我，干吗？小齐肯定刚来上班，她一向都迟到。在我们车间，从班长到车间主任都想搞她，所以小齐迟到没关系。想搞她的男人，小齐都不放在眼里；不想搞她的男人，小齐都想撩他，一直撩到这个男人想搞她，然后小齐就把他也不放在眼里了。但是就我对小齐的了解，应该说她还是一个作风正派的人。我吞吞吐吐地回答说，我送这位老师傅去医院。小齐惊诧地说，怎么，做好事啊？说完她装模作样地抬头看看天上的太阳。黑子连忙打岔说，对，做好事。我老爷子晕倒在路上，他正好路过。我在一边简直无话可说，我想此刻自己扭扭捏捏的表情正适合一个做了好事又不想让别人知道的傻B。小齐说，乖乖哝哩咚，了不起，我帮你告诉班长。说完她重新戴上口罩跨上车腰杆挺挺地走了。我松了口气，继续向前。瘦子在后面忍不住赞叹了一句，这个娘们倒蛮嫩的。黑子说，嫩有什么用，长那么丑！瘦子反驳说，人丑B不丑。黑子说，谁说的，我看她那个小B肯定已经上锈啦。我在前面实在听不下去，怎么能这样埋汰我的同事呢。我转过脸去，不很坚决地对他们说，不，不，不要这么说。瘦子有些挑衅地对我一挑下巴，说，不什么？你跟她搞过呀？我一时语塞，只好摇摇头，把脸又转了回去。正好有一辆空的马自达从路对面经过，黑子把它叫住了。他对瘦子们说，我先过去安排一下，在医院门口等你们。临上车时他意味深长地拍了一下我的肩膀，我知道他是警告我别玩什么花招。马自达在我们面前兜了个圈，"笃笃笃"地扬尘而去。我听到老头鼻子里没好气地哼了一声。推到十村大转盘的时候，我有些热了，想起小齐说的话，忽然觉得她说得对，我确实是在做好事。这么一想使我在这一路极度的压抑中终于透出了一口气，心里好受了些。我越推越快，远远地把瘦子和更瘦的瘦子抛在了后面。后座上的老头冲我后脖梗子砍了一句，慢点，要那么快干吗，又不是去赶死！

　　到了南化医院门口，我四处张了张，并没有见到黑子的影子。瘦子和更瘦的瘦子看起来比我更为疲惫。尤其是更瘦的瘦子，牛仔服敞开着，里面的毛衣还往上卷了几道，手伸进去压在脾的位置，不住地喘大气。我帮他数了数，天啦，他竟然里外共套了四件质地粗糙的毛衣，如果把这四件毛衣剥掉，更瘦的瘦子瘦得不可想象。老头从后座上下来，打了个软腿，肯定是屁股坐麻了。但是他还没有站稳就立刻急切地向瘦子追问道，人呢？人呢？瘦子说，进去找人了吧，等一下就是了。果然没一会儿黑子从里面出来了，旁边跟着一个穿白大褂的中年医生。这个中年人手里还捏着一顶握成一团的白帽子，戴着一副眼镜，严重秃顶，左边的几缕头发蓄得很长，横梳过来，像流星一样划过空阔的头顶。如果你面对面盯着他的头顶看，身体就会不由自主地往左一个趔趄。黑子对老头说，一会儿我要先走，你们跟着吴医生就行了，别的不用烦。老头不满地说，你又要走！有什么急事啊？黑子说，老爷子，我事多着呢，哪个能像你啊。说完，他把瘦子叫到了一边，背对着我们，从怀里掏出那只印着我们电厂标志的信封来。瘦子打开信封看了看，两个人在那边好像为什么事发生了一点争执。老头非常敏感，一耸肩膀，马上就凑了过去。但是没等老头靠近，争执就结束了，两个人同时转过身来。黑子冲那个中年秃子摆了摆手，说了一句拜托。我以为黑子还会再过来跟我说点什么，但是没有。他头也不回地就这么走了。老头拽住瘦子的一条膀子，小声地问道，他分了多少去？瘦子可能是顾及我，不便回答，把脸转开去。这可急坏了老头，他拽住瘦子的膀子不放，反复说，拿出来我看！那个吴医生拍了拍手，说道，那么我们抓紧时间吧。瘦子趁机掰开老头的手，说，走走走。有趣的是，这时老头又一次犯嘀咕了，他死活不肯迈进医院的大门。瘦子和更瘦的瘦子磨破了嘴皮都没用。看着一个白发老头像个邋遢的孩子把屁股拼命往后赖、露出腰上一大截腌肉的模样，连我都忍不住笑了。你越是拉他，他越是惊悚。最后还是那个吴医生弯下腰来和颜悦色地说了一大通，才把老头的情绪稳定住。当吴医生用手上的那顶有些发黑的白帽子把他的秃顶完全包上的时候，老头显然是更信任他了。

　　瘦子陪老头进去检查，让我和更瘦的瘦子在门口等着。我乐于服从这样的安排，因为我也不喜欢进医院。老头一闻到医院里的气味脑仁子就疼，而我一闻到就会打喷嚏，鼻涕就像精液一样四处乱喷。我也知道这不体面，而且喷嚏打多了人同样会虚弱，但是没办法，一个接一个，要连续打上两个星期才能止住。更瘦的瘦子似乎不太愿意和我站在一起，他慢悠悠地踱到大门的另一侧，在路基上蹲了下来。我把自行车推到门口电话亭的背后靠着，然后自己在人行道边的一根矮矮的水泥柱上坐下。我脱了右脚的鞋，褪下袜子，把脚板底翻过来看了看。我是个平脚板，刚才那么远的路就让我的脚底出了两个大水泡。像我这样的还只能骑车，只能过轮上的生活，只能硬着头皮继续进化下去。天气寒冷，使我不能长时间地对着脚板底伤感。在我套上袜子正准备穿鞋时，脑袋里忽然闪过一个念头，不对，刚才那个该死的老头正是用他的左手拽住瘦子的膀子的！拽得那么起劲，他的左膀子根本没事。虽然早料到是这样，但是我还是觉得窝火。我穿上鞋站起身，直直地就奔更瘦的瘦子走了过去。后者正在望呆，等他注意到我时，我已逼在他眼前，他慌忙想站起来，仓促中身体向后一仰差点摔倒。更瘦的瘦子用手撑地，像只长腿蚂蚱一样蹦了几蹦才站好，他有些胆怯地对我喊道，你他妈想干吗？我和他对峙了半分钟，最终可笑的理智占了上风。我咽了口唾沫，找了个话茬问他，怎么还不出来？更瘦的瘦子松弛了下来，说，哪有这么快。他看起来就像一个营养不良的老农民工，很本分的样子，一点也不像在大厂街面上混事的。我问他，老师傅是你老爷子吧？他点了点头。我接着问他，你们三个是亲兄弟吗？他又点了一下头，点得有些勉强，他好像不想再回答我的问题了。但是我还是又问了一句，黑子是老大？更瘦的瘦子没有点头。过了一会儿，他对我说，你问这个干吗？我说，不干吗，随便问问。更瘦的瘦子有些狐疑地打量了我一下，然后口齿含混地说，我是老大。说完，他又慢悠悠地踱到大门的另一侧，在刚才我坐的那根说不清用途的水泥柱上坐了下来。

到中午十一点多，瘦子他们才从医院里出来。我快饿昏了，早晨出来时就没吃早饭，等的时候想在旁边小吃铺弄碗面条什么的，又身无分文。瘦子把两大塑料袋的各种药品交给更瘦的瘦子提着，自己拿着一大把票据冲我走过来。忽然他又折了回去，招招手让我跟他走。来到一个水果摊前，瘦子向只有一条腿的摊主借了个计算器递给我说，喏，你自己算。然后他把发票一张一张地报给我，什么 X 光、CT、肝功能、血象……我禁不住叫了起来，干吗，你老爷子是参加招飞吗？瘦子不答理我，继续往下念，什么肾宝、黄芪精、洋参丸、脑黄金……我只有苦笑一声，说，看来你老爷子不是想当飞行员，而是想成仙。我把计算器递还给瘦子，拒绝往下算。瘦子对我说，反正你算也是这么回事，不算也是这么回事。我在里面已经算过了，总共七百八十一块五毛六，还剩十几块钱就不退了，明天我还要来拿检查结果，就算是来回的车费吧。我看你还是算一算吧。我对他说，不用算啦，这下总可以放过我了吧？瘦子一咧嘴对我笑了笑，说，喂，请你不要说得这么难听好不好，好像我们欺负你似的，来来来，这些都给你。他装出一副安慰我的样子，把那些票据都塞给我。我格开他的手，说，把这些东西给我干吗？瘦子说，报销呀。我被气糊涂了，拿出了全身的勇气对瘦子大喊了一句，报你妈的B! 骂完我就埋头向我的自行车走过去。瘦子愣了一下，随即就想追上来。更瘦的瘦子拦住了他，说，算啦，算啦。不早了，走吧。

　　说实话我心里还是有点恐惧，那一嗓子没准节外生枝又给我带来麻烦。我把车从电话亭后面推出来，看到那父子三人提着塑料袋已经在往路对面走，这才把心放下。妈的，事情总算结束了吧。这时我听见水果摊主在朝那三个人的背影大喊。由于着急，摊主拄着拐杖摇摇晃晃地想从轮椅上站起来。瘦子转过身来看了看，想起手里还捏着摊主的计算器，便又返身把计算器送了回去。摊主好像说了句什么，瘦子和他吵了起来。我听不清他们到底吵什么。三来两往，瘦子从水果摊上抓起一只硕大的足有三斤重的汤山梨掼到了地上。摊主端坐在轮椅上，突然把他的拐杖从水果摊下面捅了出去。他的动作相当隐秘，正捅在瘦子的胯下。瘦子捂住裆就一头向前栽倒了。更瘦的瘦子不知道发生了什么事，提着塑料袋跑过来，惊恐地喊着，怎么回事？瘦子无法回答他。更瘦的瘦子把两只塑料袋都移到左手，用右手一把攥住摊主的衣领质问道，到底怎么回事？摊主什么也不说，左手怎么忽然多了一把削水果的刀子。只见他凭空从椅子上跃起好高，挥起左手不顾一切地照着瘦子的脖子劈了下去。更瘦的瘦子向后躲闪不及，耳朵挨了一刀。而摊主用力过猛，整个人连同水果摊一起倒了，苹果、梨子、芦柑、猕猴桃等滚了一地。那个白发老头见状一抖肩膀甩掉了棉袄，"噔噔噔"地冲过来，捡起摊主的那根拐杖，抡圆了砸在摊主的左膀子上，砸掉了他左手里的刀。只有一条腿的摊主惨叫一声，就势一滚翻上了路基，像条被咬了一口的蜥蜴没命地爬着。他想爬回他的轮椅，但是已不可能了。瘦子这时已站了起来，父子三人将摊主团团围住，没头没脸地一阵猛踹，踹得摊主鬼哭狼嚎。更瘦的瘦子穿着一双劳保皮鞋，只盯着摊主的脸踹，每一脚都踹得很准，没一会儿，摊主的脸就不存在了，只剩下血肉模糊的一片。但是更瘦的瘦子还不住脚，他的左耳已被齐根豁开，只有耳垂处还有一点肉连着，整个挂了下来，随着他的动作来回晃荡。他的脖子、左肩上全是血，耳根还在不断地往外冒血。开始摊主虽然被踢来踢去，但是嘴里还颇多威胁之辞，后来就只能苦苦求饶了。老头和瘦子先住了脚，更瘦的瘦子还在一脚一脚地踹，任凭摊主怎么哭爹喊娘都没用。最后还是瘦子过来把完全已失控的兄长拉开。瘦子对摊主说，给我们爷仨跪下，今天就饶了你。摊主双手抱头，嘴里哭喊着一个什么名字。瘦子上前对着摊主的小腹又踹了一脚，听到没有？摊主战战兢兢地松开了紧护着头的双臂，一点一点地背靠着水果箱坐了起来，看看对面的三个人，然后把他那条完整的右腿挪过来，身体前倾，两手撑地地冲他们跪下了。但是瘦子说，不行，把腰直起来！摊主的两只手一离地，身体便向左侧歪倒。瘦子说，不行，再来！有一个围观的大妈悄悄地捡了只大苹果迅速地放进送饭用的保温筒里，过了会儿，她又捡了只猕猴桃，再过一会儿，她又抓了一把山红，最后她上前扯了扯瘦子的衣角说，算啦，算啦，人家只有一条腿，叫他怎么跪啊？但是瘦子根本不理会。摊主又试了一次，还是摔倒了。更瘦的瘦子捂住耳朵从后面窜了上来，对着摊主又是一阵猛踹，边踹边骂着，你他妈的，装什么死！跪！跪！跪好！

我实在看不下去了，跌跌撞撞地推着车过了马路，跨上车没命地蹬了起来，马不停蹄地蹬回了宿舍。这是我历史上爬大卸坡爬得最快的一次，比下坡还快。我缩在宿舍里，一包接着一包地啃着方便面，一直到晚上才镇定下来。郝强是晚上十一点多回来的，而且后面跟着一个估计还在读中学的女孩，一张稚气未脱的脸，却抹了重重的口红。往常这种时候我应该出去避一避，给他腾个地方，但是那天我硬是坐着不动。郝强没办法，只好把那个女孩送走了。半小时以后郝强回到了宿舍，瞧他的脸色神情，显然他还是找了个地方把问题解决了，现在正处在不应期，所以整个人软绵绵的，说起话来也是软绵绵的。他对我说早晨的事情没有办法，在大厂谁也不想和黑子他们一家过不去，不是怕他们，是犯不着，你要跟捡煤渣的较真干吗呢？我问他"捡煤渣的"是什么意思，这个词我已从别人那听到过好几回了，就是没有深究过。郝强说，老大厂的有相当一部分是解放前从苏北一带顺着铁路捡煤渣一路捡过来的，觉得这地方能活人就留下了，现在没有煤渣可捡了，就捡点钱吧，人家也要过日子对吧，你只要把钱给他们就管保没事，他们和大街上那种没事捅你一刀玩的小痞还不一样，你看你不是好好的吗？毛都没少一根。我也是一个苏北人，所以郝强的话让我听了不那么舒服，但是我没说出来。我跟他讲水果摊主的事情时，还是有点不寒而栗。郝强却对我说，这不算什么，那个摊主八成也是个捡煤渣的，只有捡煤渣的才会跟捡煤渣的真干，狗咬狗的事情谁也管不了，别想那么多啦，睡吧。我在床上辗转反侧就是睡不着，那八百块钱使我不能释怀。我一会儿起来喝水，一会儿起来小便，把郝强搞烦了，他在黑暗中说了一句，你是不是舍不得那八百块钱啊？我连忙说，怎么会呢？郝强这么说让我很生气，他怎么能这么说我呢？还有，他怎么说得这么准呢？我回想自己的道路，沿着铁路一路读着书，离开了苏北，再也不回去了，和捡煤渣的倒有几分相似。妈的，我也是一个捡煤渣的。

　　尽管郝强再三说这件倒霉事已经过去，但是我有一种预感，事情还没有完。为了谨慎起见，那几天我没有从大卸坡走，而是从区委那边绕的。我也不从电厂的大门进出，而从侧门。这绕来绕去的结果，就是使"黑子烧鹅"的店主在一个星期后的晚上亲自来到了我的宿舍。郝强一打开门，就"哎呀"一声僵在那了。我正坐在被窝里看书，还以为是哪个厂领导来了呢。黑子比我们厂长更像厂长，腋下夹着一个文件夹，进屋四处走了一圈，回头对郝强说，你出去一下。僵在那里的郝强这才活动起来，夹起他的外套，非常顺从地向门口走去。黑子又叫住了他，等一下，我送你的东西还在吧？郝强小声地回答说，在，在。他生怕我听见。黑子沉吟了一下，说，拿出来给我看一眼。郝强很为难，但是还是走到他的床前，趴下，从床肚里拽出一只纸盒翻找起来。郝强拿出一把锈迹斑斑的、剪鹅肠的破剪刀，冲黑子扬了扬。黑子点了下头，说，你出去吧。我吃惊地盯着我的同屋，但是他不往我这边看，低头走了出去，并且小心地把门带上。被窝里的两条腿在不自主地发抖，我觉得坐在床上很被动，于是掀开被子想起来。黑子摆摆手制止了我，他走过来，帮我把被子重新盖上，然后坐在了床边。他用文件夹拍了拍他的膝盖，问道，有烟吗？我说，正好抽完了。他在自己西装里面的口袋抠了半天，抠出一支烟来点上。我觉得黑子不愿意让我知道他烟的牌子，从他喷出的第一口烟可以闻出，他抽的是劣质的混合型香烟。黑子清了清嗓子，对我说，是这样的，我老爷子的检查结果出来了，胃部靠近幽门的地方，有这么大一块黑的，医生怀疑是肿瘤，需要进一步检查才能断定，但是老爷子不配合，说什么也不肯到医院去，这你知道的。我神经质地插了一句，膀子没事吧？黑子闭上眼睛，深深地吸了两口烟，没有答理我。他打开文件夹，摊到我的面前，说，喏，这些诊断你可以看一看，你应该比我能看懂得多一些。我翻了翻，抬头问道，怎么没有膀子透视的结果？黑子瞪了我一眼，说，什么膀子不膀子的，你是想跟我吊膀子还是怎么着？现在我们说的是肿瘤。我对他说，你们应该赶快带老爷子去复查，最好不要是恶性的。黑子低下了头，神情十分悲伤。过了一会儿，他摇摇头，叹了口气说，不查也能知道是那么回事了，就几天工夫老爷子一下子就瘦没了，脸跟被挤扁了似的，吃不进东西，一吃就吐。我对他说，那还等什么，赶快送医院啊。黑子点了点头，说，话虽这么说，但是钱呢？没有公费医疗，没有保险，老爷子什么东西都没有，拿什么给他看病？说到这里，黑子长时间地直视着我。我当然明白他的意思。我想了想，身体往后一靠，指着我的宿舍对他说，你看吧，我全部财产都在这……黑子打断了我的话，别跟我来这一套！老爷子到这一步你脱不了干系，你不撞他，他就不会去医院；他不去医院，就没有现在这档事。我看就这样，拿三千块钱来，老爷子是死是活就没你的事啦！我一听这个数目人就癫了，发了狂地用头去撞墙。我对他喊道，你这不是不讲道理吗？黑子说，今天我问你"是想讲理还是不想讲理"了吗？没有，对吧？那就不要提了。

黑子临出门的时候又跟我强调了一遍，你听清楚啦，我给你一个星期的期限，把三千块钱送到我店里来，一分钱不能少，不然的话，我就把你做成卤菜！黑子前脚刚走，郝强后脚就蹑手蹑脚地回来了。他盯着我看了看，又掀开被子捏了捏我的两条腿，最后把手放到了我的两腿之间，自言自语了一句，怪事，什么也没少嘛。他是想逗我笑，但是我很厌烦地搡了他一把，你他妈的给我滚！郝强感到很委屈，喊了起来，你跟我狠有什么用！有种跟别人狠去！我和他同屋住了几年从没有反目过，但是这一次我觉得只能跟他撕破脸皮了，我逼问道，黑子怎么知道我住在这？郝强没有回答我，只是失望地冲我摇头，嘴里发出"啧啧啧"的声音。过了一会儿，他走到他的床边，弯下腰从床下的纸盒里把那把破剪刀拿了出来，扔在我面前的水泥地上。他说，你看清楚了。我看了一眼，看清楚了也还是一把破剪刀，没有什么特别的。但是郝强讲完这把破剪刀的来历以后，我倒是不得不重新看待它了。小白脸郝强去年曾经和一个叫陈小云的有夫之妇搞得很热乎，一起泡舞厅，还一起去过一趟黄山。那个女人我见过，当时郝强还问过我觉得她怎么样，我说，挺好，就是屁股扁了点。他们让我尝够了流落街头的滋味。陈小云的丈夫管不住陈小云，只好花钱请黑子去管一下郝强。黑子把郝强暴打一顿，然后送了他一把剪刀，对他说，你如果再和陈小云来往，就最好自己动手把那根东西剪掉，不然，等我动手的话，我就会连你那两个蛋也一起剪了。我可以作证，郝强确实和陈小云断得很干净，就像用那把剪刀剪出来的一样，当时我还纳闷呢，那朵扁屁股的云飘到哪去啦？郝强走过来愤愤地一脚把地上的剪刀踢到了墙角，他对我说，更为可恶的是，我还不敢把这剪刀扔了，因为黑子警告我，要好好保存这把剪刀，经常看一看，如果哪次见面我拿不出这把剪刀，他就要把我做成卤菜！我看着郝强笑了，两个未来的卤菜之间不该再有什么误会。谁知郝强极为严肃地说，你笑什么！在大厂谁不怕黑子说这句话？不是说着玩的！他店里卖的卤菜为什么那么好吃？里面有名堂！

我觉得有些恶心，因为我晚饭刚啃了半只烧鹅。郝强详细问了我情况，他也认为，老头的肿瘤八成是莫须有的，无非是想敲诈一笔钱。不过他还是一如既往地劝我，花钱消灾吧，不就三千块钱嘛。我从床上跳了起来，对他说，说得轻松，我工作这些年手里还从来没一次捏过这么多钱呢！郝强皱起了眉头，说，你又来了，钱算什么？老兄！那次黑子动手以前对我说，我收了别人的钱，你今天是非被打一顿不可啦，但是我可以问你，你是想活打还是死打？我说，当然是活打。黑子说，拿两千块钱来。当时身上就几百块钱，我想都没想就把项链和手表摘下全给了他，结果你看，打完了我就受了点皮外伤，涂点红汞就好了。我对郝强说，你家里有钱，扔个两千打水漂无所谓，我不能跟你比。郝强说，不对，不是钱多钱少的问题。你他妈的个榆木脑袋，就不能换个角度来想一想吗？比如我，损失了两千块没错，但是我跟那个陈小云也至少干过两百回吧，平均下来一回才十块钱。这种便宜事到哪能找到？你这么想心里不就坦然了吗？我对郝强说，我又没有干过老头，你要我怎么坦然？郝强急得在原地直跺脚，他说，你他妈的个榆木树根的脑袋！你就当是把这三千块捐给了扶贫工程，不就行了吗？

任凭郝强怎么劝，我都迈不过这道三千块高的门槛。不明不白地丢了八百块已经让我心痛不已，如果再赔上三千，我的心肯定就碎了。接下来的几天我是这样度过的：在夜里翻来覆去出了几身冷汗之后，我想得特别清楚了，鸡蛋何苦逞能去撞石头，脑袋怎可劈开当做水瓢？钱财乃身外之物，就让它先去死吧。我决定明天就去借钱，然后给黑子送去，顺便在他店里斩半只烧鹅。但是一到了早晨，一团无名之火随着朝阳就升了起来，他妈的，不就一个卖卤菜的吗？怕鬼、怕狼、怕老虎，没有怕卖卤菜的。不管它，宁为玉碎，不为瓦全。而在整个漫长的白天里，我脑筋处于休克状态，只能机械地重复一些动作，正好，我的工作本来就是一些枯燥乏味的机械动作，所以并不影响，一切正常。第六天晚上，小白脸郝强跟我说明天他要回家，喝他哥哥孩子的百日酒，不回来住。他从皮夹里数出一千块钱丢在桌子上。郝强说，这是我借你的，但是你还不还都没关系，其余的你自己想办法吧。我很感动，因为我一直认为我实际上和郝强只有五百块钱的交情，他竟然拿出了一千块。我把钱塞回了他的口袋，对他说，我已经决定不给了。郝强说，你疯啦？你他妈也太瞧不起自己啦，你这个人就不值三千块吗？我说，这是另一个问题。我不能老是逆来顺受，逆来顺受惯了不好，人会阳痿的。这关系到一个人的尊严。郝强说什么还是把钱留了下来，小白脸说，狗屁。等你这张脸被撕得稀烂，你还有什么尊严可言？我故意和郝强辩了好久，以使自己变得坚定一些。第七天下班以后，我在食堂吃了饭，又到厂浴室洗了一把澡，然后就骑车回到宿舍。我想麻烦就像是鸽子屎，如果注定要落到你头上，它就会落到你头上，想躲也无从躲，还不如让它早点来。我把郝强留下的一千块钱藏到了他床下的一只鞋里，再打开窗把这双鞋晾在了外面的窗台上。为了防止风把鞋吹到楼下去，我又在鞋上压了一只哑铃。哑铃冰冷的手感刺激了我，使我忽然想到，黑子会不会顺手拿起哑铃猛击我的头部？如果是这样，那就太糟了。于是我把另一只哑铃也放到了窗台上，然后把窗子关严，并且拉上了那块只在屋里有性活动时才拉上的窗帘。

等到晚上十一点左右，仍然不见黑子的踪影。走廊里的每一次响动，都让我心里一阵发紧，这使我想到自己遥远的初恋，只有在初恋中才会有如此心力交瘁的等待。但是那一天我的黑子恋人始终没有出现。奇怪的是那一夜我竟然没有失眠，睡得很踏实，可能是因为太累了。郝强大清早赶了过来想帮我收尸，结果只是把我叫醒去上班。我睁开眼，见到郝强头发凌乱、满眼血丝，恍惚中觉得那个正纠缠在麻烦中的人是他，而不是我。如此等了一个星期，也没能把黑子等来，这个粗心的恋人似乎已经把我们的约会给忘了。郝强说，别高兴得太早，再等一个星期看看。又一个星期过去了，黑子还是没来。我已渐渐习惯了等待，所以等待本身变得轻松了许多。郝强说，怎么会是这样？看来黑子也有幽默感啊。我对他说，不是幽默感的问题，是邪不压正！你不吃他那一套，他也没法子。

我记得几天之后的那一天是星期三，下班以后我照例蹬着车吃力地爬大卸坡。单位里正好发卫生纸，每人四十卷，好像卫生纸是我们一日三餐的主食似的。我把其中二十卷一股脑儿塞进了工具箱，另外二十卷分成十卷两捆分别放在自行车的后座和龙头上背回宿舍。我骑在车上放眼望去，如果说此刻的大卸坡是一条上溯的二轮车的河流，那么雅洁牌卫生纸就是这条河流上汹涌的波涛。一阵排浪过去以后，岸边出现了几块怪模怪样的礁石。瘦子、更瘦的瘦子和黑子并排站在面条店的门口，穿着异常庄重，左膀子上套着一式的黑孝纱。更瘦的瘦子头上还缠着白纱布，他最高，立在中间，使他看起来更像是一杆招魂幡。他们脸都朝着马路，但是眼睛哪也不看，只看着他们内心的某个地方。从旁边经过的行人无不为他们身上的那种肃穆的气氛所感染。我有一种就要窒息过去的感觉，慌忙下车，腿从后面撩下时被卫生纸绊了一下，差点连车带人一起摔倒。我推着车不知不觉地就来到他们面前，站下。他们谁也没有说话，似乎还没有注意到我的出现。过了好长一会儿，眼圈红肿的黑子吸了吸鼻子，低下了头，还是没有说话。我感觉更瘦的瘦子终于在看我了，他散淡的眼神一点一点地变得锐利起来，就像两根越磨越尖的钉子。我最终丧失了和他对视的勇气。更瘦的瘦子用一种毋庸置疑的语气宣布道，你死定了。守孝期一过就是你的死期。你记清楚了，七七四十九天，已经过去了四天，还有四十五天。好好享受你最后的一个半月吧。说完，他们三人就往坡下去了。瘦子走了几步又回头把我自行车后座上的十卷卫生纸呼地扯了过去，他对我说，你用不着这么多啦。

　　一连五天我无法入眠，我睁着眼睛看着天花板，清楚地意识到自己正醒在一个确凿的噩梦里。郝强恨恨地对我说，早跟你说啦，就是不听！现在我看你怎么办！你他妈的个榆木脑袋不劈开就吹不进一丝风！从不失眠的郝强也被挈带着一起失眠了，和一个活着的死人同住一间宿舍使他不可终日。他的恐惧从某种角度缓解了我的恐惧，我强打精神反过来安慰他说，别慌，事情也许还没有那么可怕。在头脑还不太糊涂的时候，我们商量了一下对策。方案一，公开这件事情，到单位或者派出所去寻求帮助。郝强马上就否定了这个方案，他说在大厂这一套从来是不管用的，他们帮你一时，帮不了你一世。而且这么做会让矛盾更为激化，因为黑子这种人最讨厌公安。方案二，走黑社会的路线。黑子在大厂虽然名声赫赫，但是还不算是最厉害的角色。找一个名号比他更硬的出面调停，比如杨庄的"小公主"或者磷肥厂的"老疙瘩"。当然需要钱去铺路。但是这么做是"双刃剑"，谁一旦沾上"黑"字，想摆脱就没那么容易。方案三，全面向黑子妥协。把钱赶快补送去，再磕上几个响头。方案四，出门避一段或者永远地离开大厂。郝强一把抓住我的手说，你可不能走，你一走我就倒霉了。我答应了他不走，郝强掏出我还给他的一千块钱再次借给了我。到了这一步我已经垮了，完全听从小白脸的建议。我厚着脸皮向平素不怎么啰唆的同事借钱，打了六张借条，才凑足两千。我按照当地的风俗把三千块钱用红纸包好，又买了一床上好的被面做孝幛，然后在郝强的陪同下，去找黑子。但是半途我又后悔了，我想今天我如果把这沉甸甸的三千块送出去，那我这条命就他妈的连三千块都不值！郝强在旁边劝得满嘴喷火星了也没用，最后他只好抢过钱和孝幛一个人去了。到晚上九点多钟，郝强失魂落魄地回到宿舍，把红纸包往桌子上一扔，便瘫坐在床上捂住脸哭了起来。我对他喊道，我还没哭呢，你哭什么？郝强说，黑子收下了孝幛，却把钱扔到了大马路上，他说现在已经不是钱的问题啦，他在他老爷子的灵牌前发了誓……

到决定采用方案五时，我离我预定的死期还有整整一个月，也就是三十天，也就是七百二十个小时。这第五个方案就是，等死。话虽这么说，但是我并没有急着把三千块钱退回去，心里对用钱来解脱困境还抱有一丝期待。郝强坚持要我用那笔钱去走杨庄"小公主"的门子。"小公主"是个男的，五官特别清秀，有些女气，个子也不大，但是下起毒手来无人能及。据说他靠贩粉发的家，现在阔绰得没边，杨庄最醒目的建筑海天大酒楼就是他的。一个外地人揣着区区三千块钱去找他，怕是连个面都见不到。何况我不想这么做。我们吵了起来，最终闹翻了。郝强说，我再也不问你的事情啦，屎到肛门了都不知道挣一下，这种人不死谁死！我没再说什么，把一千块钱还给了他。又过了几天，郝强干脆搬回他父母家去住了。我每天仍然是上班下班，表面上看没有什么变化。只是养成了下班以后泡澡堂的习惯，在大池里一泡就是几个小时。我想让越拧越紧的神经松下来，结果只是让我的阴囊松松地牟拉了下来。我在想，即使活上一百岁不也就这样吗？上班下班，不能上下班了就退休，这样的日子提前结束了也好。有一天下午，值班室里只剩下同事小齐和我的时候，她忽然问我，你有什么心事吧？我看了看她，说，没有。她说，还没有呢，我观察你好多天啦，瞧你那张脸就像刚从土里挖出来似的，肯定还是个大心事！我还是说，没有。小齐好奇起来就没完，非得刨根问底不可。借郝强的话来说，这种人不离婚谁离婚。我被缠得没办法只好说道，我能有什么心事？大概是爱上谁了吧。谁知我这一说可捅了篓子了，小齐兴奋得无以复加，谁？谁？她摇着我的肩膀，恨不能把手伸到我的嘴里然后顺着气管一路顽强地掏下去。我克制着心中强烈的厌烦，一本正经地说道，还有谁，你呀。小齐愣住了，吃惊地盯着我的脸看了半天。她把手从我肩膀上收回，有些生气地说，开这种玩笑！无聊！说完就要转过身去。我对她说，不是开玩笑，我是说真的。这一次连我自己也惊呆了。小齐盯着我又看了半天，她摇着头说，不可能呀，怎么都不可能呀，我比你大那么多，又离过婚，还有孩子，而你，有文凭，有……我着了魔似的打断了她的话，说，这些都无关紧要。小齐在我对面的椅子里木木地坐了下来，埋头撕着手指上的倒刺。值班室里比寂静更为寂静。过了一会儿，她抬起头正视着我，一开口说话眼圈就红了。她说，如果你拿这个跟我开玩笑，你就不得好死！我一下子清醒过来，但是已无回旋余地，只得点了一下头。

　　我和小齐的关系发展得极为迅猛，想慢都慢不下来。一时间全厂上下传得沸沸扬扬。小齐像换了个人似的，憋足了劲地焕发出身体里的光彩，那张苦瓜脸看起来也不太苦了。由于她的缘故，我和其他同事尤其是四十岁左右的男同事的关系变得微妙起来。当星期天我牵着小齐儿子的小手，和她三个人一起过江到南京逛夫子庙的时候，我真不知道该怎么收场。情急之下我想起这一年的探亲假还没休，赶快到车间去办了手续。小齐非常警觉，但是没有阻拦我。她问我，什么时候走？我说，明天一大早就走。她说，要不要我去送你？我说，不用，你还要照顾孩子，不方便。小齐犹豫了一下，然后对我说，要不要我买点东西捎给你父母？我连忙说，不用，不用，谢谢。小齐没再说话，她好像明白了什么，整个人当即暗了下去。我把借来的那两千块钱还了，把借条讨回来撕掉，然后就离开了单位。我没有去车站，而是去批发市场搬了一箱方便面，躲进了宿舍。每年只有一次探亲假，所以我一直很珍视这段不用爬坡下坡的日子，轻易不肯用。探亲假有二十一天，而我只剩下十三天了，想到这一点我觉得有点可惜。我尽可能慢地嚼着方便面，不出动静，晚上也不开灯，白天等同事们都去上班了，才出门去盥洗间或者下楼打一瓶开水。人大部分时间都躺在床上，而小便都撒在脚盆里。也没怎么喝水，但是尿特别多。开始我每天还瞅个空出去倒一倒，后来干脆不倒了。我想房间一定臊气冲天，但是我在里面并不觉得。凌晨三四点我醒过来，打开床头用报纸蒙着的台灯在床上坐着，转脸看着那盆满满当当的尿液，水平如镜，在台灯橘黄色光线的照耀下，就像傍晚的河面，我觉得时间已经停了。我忽然想到自己是否应该抽几天回老家看一下父母。念头只是倏然一闪，但是我已热泪盈眶。

只剩下最后三天了。我已无法分辨方便面的气味和尿味，只知道这二者混合起来就是我每天所依赖的空气。中午我下了楼，来到宿舍区门口的一间小餐馆大吃了一顿，然后便骑上车四处转了转。久违的太阳晒得我浑身发痒。经过一处正在施工的工地时，我停了下来，找了一根半米长的钢管，夹在了自行车的后座上。我径直骑到"四万五"农贸市场，找到了那家"黑子烧鹅"店。店里只有一个胖胖的老女人围着围裙在案板前剁着什么，门口站着三四个顾客。我把自行车随便倒在地上，操起那根钢管便冲了上去。我闭上眼睛，双手握住钢管乱砸一气，只听到耳边一连串的破碎声和惊叫声。等我睁开眼睛时，店里已没什么可砸的了，满地都是玻璃碴和各种卤味，那个胖胖的老女人不知去向。我右手的虎口被震开了一道很深的口子，血正顺着钢管往下流。我长吁了一口气，用脚把门口的玻璃踢踢开，然后在门槛上坐了下来。看热闹的人越围越多，后面的想往前面挤，而前面的又不想靠我太近，把屁股使劲地往后赖。我低头看着自己激动不安的双手，以避免和他们对视。那根钢管就放在我的手边，我随时准备把任何一个冲上来的人打昏，同时也等待着别人把我打昏。

三生修得同船渡

上篇

我走的时候有点像是逃跑。老齐和小陈非常认真地坚持到码头送我，他们和我并不太熟，算不上是朋友。把我托付给他们的那个人也不是我的朋友，都不是。后来东方号江轮又晚点了，我劝他们早点回去吧。我说得很客气，但是我的语气也应该能让他们感觉到，我更想一个人待着，他们让我很难受。你们不知道，我真的很难受呀。坚定角是个很小的码头，因为坚定角是个很小的地方，只有两艘刚刚油漆过的趸船。老齐一直把我的旅行包抱在怀里，站在趸船的甲板上，也不说话，就是不把包放下来。他的两只手臂一直很紧张，他不时地耸起右肩擦一下右脸，当我茫然的目光停留在他脸上时，老齐就朝我憨憨地一笑，说：下次再来玩。他已经说了好几次了，但是这一次还没结束呢，我想马上就能动起来离开这里，到随便什么地方去，先离开这里，然后我再想下一步该去哪。十天以前，我就有一种很不好的预感，如果我继续在这个地方待下去，就会有麻烦找到我头上来的。我花了十天的时间才好不容易动身，我的动作太迟缓了。你不知道，我的预感从来没有错，每次我倒霉不是因为我没有预感或者预感错了，而都是因为当时头脑一热没有相信我的预感，或者就像这次一样相信了但是动作太慢。小陈也是个中年人，和老齐一样，我叫他小陈，是因为大家都这么叫。这里说的"大家"，就是指我在坚定角这个地方两个月来认识的有限的那几个人。小陈提着我的网兜，东张西望。网兜里有五斤当地盛产的那种鹅蛋橙，是坚定角镇广播站的一个女孩送给我的。前天晚上她让我作出选择，要么收下这五斤橙子，要么答应让她第二天到码头送我。我说她是一个女孩，仅是因为我乐意这么看而已，她的丈夫我也见过，是江对岸那个水泥厂的工人，绰号叫大胯，也属于前面说的那个"大家"的范围。江风很大，而且很冷，我看老齐和小陈的脸都给吹得有点发青，我想我的脸也好不到哪去。于是，我从网兜里掏出两只橙子请他们吃，再次劝他们回去吧。天色将晚，他们都是有老婆有孩子的人，我知道，而且他们的老婆都很厉害，我领教过，他们的家总有一些实在的事情需要他们去做的。我这里并不需要他们，真的一点也不需要。但是老齐和小陈只是把橙子破开吃了，还是没有采纳我的建议。我也没办法了，我顾自一个人到甲板的另一侧去站着，看着有些混浊的江水。我打定主意不再答理这两个人，如果他们看出我此刻很不高兴没有礼貌，我也不想去顾忌了。因为我确实很不高兴，而且有点莫名其妙地紧张。

　　这个月份长江的水位很低，码头这一段显露出一大片褐黄色的江滩。好几只木船就搁浅在江滩上，成为造型别致但很唐突的房屋。还有很多山里来的准备外出打工的妹子聚集在江滩上，打打闹闹的，要出门了，她们好像很高兴。她们也在等船，但是她们和我等的不是同一个方向的船。她们肯定是去下水，而我要去上水；她们是去打工的，而我到上水还不知道去干什么。所以她们可以高兴，我没有理由高兴。在一群欢欢喜喜的打工妹中间，我注意到一个中年男子腰杆挺得直直地盘腿坐在江滩上，目光平视着江面。他穿着一件旧蓝棉袄，脚边有一条扁担和捆扎好的被窝卷。他的面容非常憔悴，一点表情都没有，从我这个角度看过去，我觉得他和那几只木船一样就像是搁浅在那里的。老齐和小陈站在我的上风头，他们觉得没事，就开始小声交谈起来，语调非常压抑。老齐还紧紧地抱着我的旅行包。我能听清他们的谈话，甚至可以闻到小陈嘴里的那股胃酸味。他们都在当地的编制不超过十人的党校工作，他们都十分清楚自己是国家干部，当然都是党员。用他们自己的话来说，他们是决心走从政这条路的，不习惯冒险，和我不一样。但是我算是走哪条路的？小陈在说，党校行政班子最近要动一动，你听说了吗？老齐非常谨慎地证实了这一点。但是会怎么动呢？他们列举了好几种可能，并且一一地把它们否定了。我被迫觉得似乎更大的可能存在于他们的沉默中。小陈不止一次地提醒过我，党校的级别一般很高，比如中央党校校长就比清华大学校长要高。我转过身去，问他们，这里的船经常晚点吗？我的问话有些意外，他们一时没有反应过来，他们谈得太投入了，看起来都有点气力不支的样子。他们没有看我，而是相互看看，好像先得决定由谁来回答我的问题。谁回答我的问题？老齐耸起右肩擦了一下他的右脸，说，晚点的事是有的，但是"经常"也谈不上。我问他，一般晚多长时间？老齐说，两个小时的有，半个钟点的也有，这就难讲了。主要看天气，有雾就麻烦点，小陈插了一句话。但是，今天天气很好呀，不是很好吗？那我就不知道了，船不来也没关系，正好就多待一天，明天再走嘛。大家都希望你多待几天的。他是这么说的：大家都希望你多待几天的。

　　我首先听到的是一连串纷乱急促的奔跑的脚步声，肯定是冲着我这边过来的。我连忙抬头四处搜寻，但是什么也没有看到。码头入口有一拨人在检票进站，不紧不慢，没有看起来和我有关的面孔。那声音更近了，方向更为确定。我猛一回头，看到三个男人从趸船的右舷窜出来，没命地向我这边狂奔过来。一个埋着头冲在前面，另外两个稍后一点。我看清了那三张脸，我都没见过。但是这三张脸以同一个速度向我扑上来的过程中，我几乎认为那确实是我担心见到的三张脸。我不知道该怎么办，完全不知道。这时前面的那个男人一头栽倒在我的面前，后面的那两个随后就冲了上来。他们用膝盖压住倒地的那位，然后在他身上翻找着什么。那两个男人得意地站起来了，他们找到了一只皱巴巴的烟盒。他们掏出两支烟卷来，一人一支，然后把烟盒扔还给躺在我脚下的那位。后者骂了一句，也从地上爬了起来，掸掸身上的灰，从烟盒里也抽出一支烟来，把烟卷抹抹直，凑到那两个男人中间去。他们三个人都点着了他们的香烟以后，一起沿着左舷边走边拍来拍去地向另一只趸船过去。我缓过神来，却又意外地发现老齐和小陈正紧张地盯着我。我的心脏又突然加速跳了一阵。有什么好看的？我有些惊魂不定是吗？老齐迟疑了一下，然后抱着色彩艳丽的旅行包，向我这边走了过来。我跟你说，你不要着急。老齐说话时下巴往前一探一探的。上水船到万县峡口那地方反正都要停下来等，早晨七点以后才可以进峡口，所以你不管是早上船还是迟上船，都要到明天早晨七点多才能到万县，你知道吗？急也没有用，你赶到万县有急事？我对他摇摇头。万县我从没有去过，甚至我是第一次知道长江边还有这么一个地方。我要赶到万县去，是因为我买了一张去万县的船票。

　　小陈对我说，你在万县要待多久？我说，现在还不知道。万县我倒是有几个熟人的，小陈说，前年在省党校学习时认识的，要不要我把他们的地址和电话给你，没事你可以找他们玩？小陈是这么说的：没事你可以找他们玩。我连忙说，不用，不用，那边我有朋友的。你朋友在万县什么单位工作？小陈看起来非常感兴趣。我随口说道，在政府部门工作吧。因为这样说我想不会错，地方不管是大是小，我想总有一个政府部门吧。是吗，小陈更加有兴趣了，那你朋友叫什么名字？江上传来一声汽笛，我们都抬头看了看。我有点不耐烦了，我对小陈说，你问我朋友叫什么名字干吗？你不认识他。不，不，小陈笑了笑，说，你不是说你朋友在政府部门工作嘛，我朋友在党校工作，这个党校，你不知道，和政府部门的总是很熟的，一般都是这样。所以，我想我的朋友会认识你的朋友的，所以我问你他叫什么名字。我非常肯定地对小陈说，你朋友也不认识他！说这话时，我简直有点咬牙切齿。但是小陈嘴里还是说，那说不定的，那说不定的。他一边说，一边没趣地往老齐那边过去了。但是没一会儿小陈又转了回来，把网兜交到我手上，然后指了指西面，用手一推眼镜就大踏步走了。我估计他生了气不愿再送我，于是就回家去了。我也没挽留，问题是我也没有理由更没有兴趣去挽留。你早该走了。现在甲板上就剩下老齐和我。老齐搂着包朝我憨憨地一笑，然后转头缩着脑袋看着江的下游。他没有生气，他还要送我。要让老齐生气一定是件很不容易的事情，但是我还是想试一试。听说你被公安局抓过，犯的什么罪？流氓罪吧？我上前两步，很认真地问道。老齐愣了一下，然后严肃地对我说，是反革命罪，那是很多年以前的事了。不是流氓罪？是反革命罪，后来证明我的许多看法都是对的，比如分田到户，不对吗？我二十多年前就提出来过，那会儿还没人这么说。我不打算再追问下去了，因为老齐好像一下子来了谈兴，我及时地转身到一边去站着。小陈又走了回来，我感到很意外。他一边走，一边低头整理着他裤子的拉链。我看到小陈头顶正中的头发已经掉光了，像一块越来越近的模糊的光斑。我回头看了看老齐，他并不没有感到意外的意思。小陈一直就没有走，他要送我送到底。

　　按照小陈的指点，我半天也没有能找到他说的那个厕所。我就想随便找个僻静的没人的地方把问题解决掉。但是我把两艘趸船都转了个遍也没有找到一处合适的。总有人从一个角度可以清楚地看到我！我不能再转下去了，因为三三两两候船的人都已经注意到我，他们在关心我要干什么。最后没办法，我只好回到原来那一头的甲板上去。去了这么久？小陈对我说，到底年轻。我有点发懵，我不知道他说我年轻是什么意思。我对他说，我没有找到地方。小陈和老齐都乐了，他们说，就这么大的地方，你用鼻子闻也应该能找到啊。在小陈的陪同下，我沿着右舷再次去找厕所。没走多远，小陈就从后面拉住了我，一指旁边的一扇门，就这！门上没有挂牌子，我上前拉了拉门，没拉开，门好像被从里面销上了，我得等一下。小陈提着网兜，他的身体往护栏上一靠，他好像也准备陪我等。我对他说，你先过去吧，我一个人在这等就行。小陈对我说，没事。他是这么说的：没事。这时我听到厕所里一阵水响，我知道快了。但是等了半天也没人出来。我轻轻地敲了两下门，然后又站回来继续等。但是过了半天，还是没人出来，小陈在一边笑起来。我在犹豫是不是上前再敲两下门。这时过来了一个叼着香烟的汉子，留着稀疏发黄的山羊胡，手里握着一团报纸。他有些狐疑地看了我们一眼，然后上前拉了拉厕所的门，当然是没拉开。但是他随即就对门的右下角踢了两脚，又使劲地拉了一下门，见鬼！门开了，里面什么人也没有。我很想向他说明，我比他早到，有优先使用的权利，但是又觉得理由不够充分。于是，我眼睁睁地看着他进了门。算了，再等一会儿吧。小陈对我说，你很急吗？我没有缓过神来，我没有回答小陈的问题。一股恶臭从厕所里散发出来。我不得不往候船舱那边挪一挪，小陈还待在原处。后来我干脆走动起来，往候船舱那边一直过去。候船舱里有几排长椅子，坐满了人，有几个小贩在那转悠，兜售着一种看起来很硬的蛋糕。我就站在候船舱的边上，这里空气要好一些。一个穿黑西服的女人从长椅的中间站了起来，慢慢地往外挤。我看清了她，但是她大概还没看到我。也有可能她坐着的时候就已经看到我了，现在她站了起来。看那架势，我估计她是准备往我这边过来，或者从我这经过去上厕所。我连忙转身，飞快地想回到尽头的甲板上去，想从右舷上消失。经过小陈面前时，小陈对我说，干吗，你不上厕所了吗？我边走边对他说，不了，现在我不想上了。当我从右舷的尽头转弯的时候，我好像听到身后远远的有高跟鞋的声音。我不知道她有没有看清我稍纵即逝的背影。

东方号江轮整整晚点了两个小时。老齐帮我把旅行包背到肩上去，小陈仍然提着那只网兜，他大概已经忘记了那是我的网兜。已经开始检票上船了，我请他们两人抽烟，是为了等一会儿再过去，在甲板上多待一会儿，这样我就可以避免见到我不愿意见到的人。小陈第一次跟我说告别的话，他认为是时候了。他说，他还欠我钱，真是不好意思。你不知道，小陈在那一拨人中就算好的了，至少他还清楚他欠我钱。我并没有对他说算了，不用还啦。我不这样说。其原因也不是我对他最终把钱还我仍抱有希望，我只是不想让他心里坦然。老齐也偷偷地向我借过钱，但是我们用另一种方法已经结算过了。傍晚六点左右，天差不多黑了，我看到坚定角镇上灯火已在闪烁。老齐在为我可惜，说夜里坐船最没有意思了，因为沿途什么也看不到。如果船不晚点，我原可以在天黑以前尽情浏览上两个小时的，但是现在不行了，现在我什么也看不到。我对他说，没关系，我也没指望过能看到什么。小陈很严肃对我说，我跟你说，这一带沿途是很好看的，你应该有机会看一看才是。我不知道是不是我不感到遗憾小陈心里就会难过。我不得不对小陈又说了一遍：我也没指望过能看到什么。这时小陈恍然大悟般地一举手里的网兜，然后把它交到我的手里。我看出小陈有想早点走的意思，便立刻伸出手来和他们握手，就此别过，你们早点回去吧。但是老齐没有向我伸出手来，双手交叉从第二只纽扣那伸到上衣里捂着，他说不急，一会儿送我到船上他们再走不迟。我说不必了，你们快走吧。小陈说，刚才那么长时间都等下来了，还在乎这么一小会儿吗？我说，真的不必了，你们走吧。小陈说，那你现在就上船，我们也就好走了。我说不，我在这把这根烟吸完再走，你们先走。小陈有些不乐意，他说，刚来的时候你劝我们走还差不多，现在都两个小时下来了，天也黑了，早这么一会儿走还有什么意思？我只能这么对他说了：从一开始我就劝你走，我没有劝你吗？但是你没走，两个小时浪费掉了，难道你能怪我不成？我从来就没有要求过你来送我，是你自己来的！小陈说，你怎么能这么说话，其实我有的是时间，两个小时我无所谓的，真的，我无所谓的。我最后对小陈喊了起来：但是我有所谓！你知道吗？

我决定现在就上船去。我把烟头扔了，转身就走，没有向他们两个打招呼。老齐和小陈也不说话慢吞吞地跟在我的后面。一个一米多宽的活动阶梯搭在东方号江轮的船舷上，阶梯的下面一左一右站着两个检票的人。旅客大多已经上船了，喇叭里正在敦促乘坐东方号的旅客赶快上船。和我担心的一样，那个穿黑西服的女人还没有上船，她就站在活动阶梯的旁边。她见我过来了，便心领神会地朝我一笑，然后就提起她的包上了船。还有一个瘦瘦高高的女孩和她在一起。那个女孩背着一只新背篓，一边上阶梯，一边不时地回头向我这边张望。我在原地站下了，我在犹豫是不是上船。小陈从后面冒了出来，他几乎把他那颗好奇的秃脑袋整个搁在我的肩上。她是什么人？我好像在哪见过，你怎么会认识她的？我对小陈说，谁？那个，就有颗金牙的那个。小陈说的就是穿黑西服的女人，他的近视眼有时也会让你赞叹。我没有进一步回答小陈，后者一定非常失望。小陈说，这下好了，你可以有一个伴，至少可以说说话，你的旅途不会寂寞的。还等什么，快上船吧。他是这么对我说的：你的旅途不会寂寞的。老齐这时也从后面上来了，他说，那个女人他知道是干什么的。他憨憨地一笑，一副很有把握的样子。小陈连忙向他追问，老齐含含糊糊，故意不作正面回答。这两个人就在那边谈上了，完全忘了我还站在一边。他们像是在谈论一个与我无关的问题。我又有什么理由再在这个叫坚定角的地方待下去呢？于是，我向船上走去。当我已经上了东方号的甲板时，听到身后老齐的叫声，喂！喂！我不太情愿地转过脸来。老齐对我憨憨地一笑，说，下次再来玩。我在心里骂了一句，然后就向船舱里走去。

东方号江轮逆江而上，行驶得相当缓慢。当坚定角的灯火终于看不见的时候，我舒了一口气。但是我始终还有一种并没有离开那里的感觉。把行李放下以后，我就准备去找厕所。我买的是三等舱的票，四个人一个小房间。其他三个人早已安顿好，都脱了鞋躺在铺上，一起用一种异样的目光盯着我。他们为什么那样看着我，简直毫无理由。房间里充满了脚臭，他们留给我的那张下铺也脏得要命。眼下我还没有精力考虑这些，我实在憋得厉害。船舱的过道非常潮湿，但是东一堆西一堆地坐了不少人。他们头发蓬乱，精神萎靡，像是已经在路上好几天的样子。一堆人用一种口音在打牌，而另一堆人在用另一种口音吵闹。我在他们中间绕来绕去的，就像不断地从一个地方旅行到另一个地方。我蛮有把握地往船尾方向走，我以为是厕所的地方其实是隆隆作响的机房。我不得不走回去，上了一层楼，又向一个穿制服的小伙子打听了一下，然后我才找到了厕所，但是它并不是离我最近的一个厕所。不知道是不是因为我这个人笨，我到一个新地方，总要为找厕所烦恼，我好像总是不能顺利地找到那个地方。请让我顺利地找到那个地方一次。从厕所回来以后，我看到我对面下铺的那个家伙正在吃一只橙子，汁水顺着他的嘴角流下来，他也不伸手擦一擦，他一直盯着我，让我感觉他的吃是对我的一种挑衅。我转脸看了一下我的网兜，好像被解开过，好像又没有。我盯着他手里剩下的半只橙子看了看，金黄色的橙皮，椭圆的形状。我实在怀疑就是我网兜里的橙子。他朝我像是有所意味地点了点头。什么意思？这时我的上铺扔下了一瓣橙子皮，正好落在我的脚边。我探身转头向上看了看，我上铺的那个穿皮夹克的家伙也正在费力地吃着一只橙子，他吃橙子的那副样子让我感觉他吃的不是橙子而是一根骨头。我转过头来看看我对面的上铺，不出所料，那个被另外两个叫做老妖的家伙用一把钥匙链上的小刀在我的注视下努力地破开了一只鹅蛋橙。他们三个人都在吃橙子，他们三个人都在吃同样的一种橙子。我感到被孤立了，我的手下意识地伸进网兜也掏出一只橙子吃起来。此刻我想吃橙子吗？其实我一点也不想吃。

我把铺上那床垫单反过来看了看，发现比正面还要肮脏，只好照原样把垫单重新铺好。出门在外的，还那么讲究干吗？是对面上铺那个老妖的声音。我转过脸去，看到舱里的三个人都在看着我。是在对我说吗？我没有答理他们，继续铺我的床。我感觉他们还在盯着。我把我的包和网兜从床的一头移到另一头，我的动作越来越不协调起来。最后铺成的床单东扭西曲，看一眼就让人沮丧。如果他们始终盯着我，我该怎么办？我和衣倒在铺上，闭着眼睛，也许我该问问他们为什么要盯着我，我不能让他们这样下去。于是，我镇定了一下情绪，然后睁开眼来。但是我意外地发现对面上下铺的两个家伙此刻都以同样的姿势背对着我。我再探身看看我的上铺，他也一样，不同的是他的腰上还横担着一条草绿色的毯子。我有些神经质地站了起来，在低矮的舱里走了几步，故意弄出一些响声来。但是那三个家伙还那样躺着，像是串通好的一样，那个叫老妖的好像还发出了均匀的鼾声。我只好重新在我的铺上躺下，闭上我的眼睛。我觉得肚子有点饿了，我留心着外面有线喇叭的声音，饭厅应该开始营业了才对。但是有线喇叭放了很长一段时间的流行音乐以后就停了，没有人出来说话。我终于说了一句，饭厅怎么还不开始营业？我的声音足够响的，但是那语气又像是在自言自语。我还是希望有一个家伙听到我的话，然后站出来说两句。但是没人搭腔。我提高了音量，字正腔圆地又说了一遍：饭厅怎么还不开始营业？仍然没有人出来搭腔，他们都好像睡死过去了一样。我的肚子确实饿了，甚至可以说，饿得相当厉害。于是，我一个人走出了十一号三等舱。

饭厅怎么还不开始营业？我在过道里拦住一个迎面过来的旅客问道。他的手里捧着一杯就要溢出的热茶，他的身体往下蹲了一点，他是怕我拍他的肩膀。他对我说：开水炉在那一边。然后他就绕过我继续如履薄冰地向前了。在我的前方不远处，有一个穿牛仔服的年轻人正靠着墙吸烟，他的脸色非常黯淡，他已经注意到我，好像已经做好准备接受我的提问。于是我向他走了过去。请问，饭厅怎么还没开始营业？他喷出了一口浓浓的烟，然后说，你是说晚饭吗？早就供应过了。说完他很悲伤地看着我。我觉得他想继续和我说点什么，他在等待我的反应。我继续在他面前站了一会儿。于是他就接着对我说道，这次我是特地从海南赶回来的，他们说我的父亲病危，我想可能已经死了。说完，他又停顿下来，用一种更为悲伤的眼神看着我，在继续讲下去以前，他还要观察一下我的态度。我觉得这会儿我的反应不能慢，慢了就麻烦了。我匆忙地对他说，我真的很饿，然后就走开了。晚饭真的已经供应过了吗？我很想再找个人证实一下，后来我对自己说，算了，还是相信吧。我趴在小卖部的柜台上看了半天，最后决定买两包方便面和一瓶矿泉水。售货员找不开我的钱，就劝我再买一点东西。我又买了一盒烟。但是她说，还是找不开。我对她说我不想再买你这边的东西了，这里没有我用得着的。双方僵持了一会儿以后，她很不情愿地放下手中的热水袋，掏了掏自己的口袋，然后把钱如数地找给了我。就这样我拿着两包方便面、一瓶矿泉水以及一盒烟，从左舷绕了一圈，走回三等舱十一号。我进门以前，有些内疚地往过道里看了看，和我预计的一样，那个穿牛仔服的年轻人还靠在那里抽着烟。此刻他也看到我了，他会怎么想？我在门口犹豫了片刻。我把右手上的矿泉水夹到左臂下面，然后用空出来的右手拉开了房间的门。

那三个家伙都在下铺坐着，这已经让我吃了一惊。而且每一个人都正在专注地吃着橙子！都在专注地吃着同一种橙子！我在门口愣住了，站在那里盯住他们看。那个叫老妖的最先从橙子上抬起头来，审视了我一番，说：吃方便面。他的语气非常平淡，也不是要和我对话的意思，也不是表示赞叹，他只是说了一句，吃方便面。我缓过神来，弯腰把刚买来的东西放到我的铺上去。我上铺的那个家伙坐在我的铺上，也不抬头看我，只是往旁边挪了一下屁股。他吃得太专注了。我仔细地看了看我的网兜，橙子好像又少掉了一些，但还是不好断定。我很后悔出门的时候没有在网兜上做个记号，或者数一数橙子到底有多少只。现在我认为，我可能已经白白地失去了六只鹅蛋橙。我在我的铺上坐了下来，我注意了一下这三个家伙的行李，我想最好他们吃的是自己的橙子，而不是我的。这三个人的行李只有一只大麻袋，就放在里侧的地板上，几乎占去了舱室的一半。麻袋口用一根麻绳紧紧地扎住。其实从一进这十一号的门我就看到这只大麻袋了，但是它一直没有引起我的重视。现在我才注意到，它是那么的大，大得让你应该好奇。这里面会是橙子吗？我鼓起勇气，对那个已经吃完橙子的老妖问道，这里面装的是什么？为了得到回答，我很认真地说了一句非常确定的问话，语气、对象都非常确定，我要让对方感到，他没有理由不回答我的问题。问话出口以后，我又后悔起来，因为如果对方不予理睬，出于自尊，我就变得很难办了。老妖回答了我的问题，他先是一笑，然后说，还会是什么呢？一具死人，卸成几大块了，我们要把它转移掉。我认为他是在说笑话。但是其他两个人没有笑，而是很谨慎地瞪了老妖一眼，好像责怪他泄露了天机。我想此刻我不继续再问点什么，对方会觉得我胆小。那你们为什么不趁着天黑把它扔到江里去？老妖掀起床单的一角擦手，他说，扔了太可惜，我们留着还有用。是带回去做熏肉吗？我继续问道。老妖感觉到了我语气中有些嘲讽的意味，忽然脸往下一沉，说道，你是不相信吗？居然不相信！那我解开来给你看一看。说完，他就要动手解麻袋上的绳子。其余两个人一阵慌乱，连忙上前制止了老妖。他们三个用一种方言相互谩骂起来，我一句也没能听懂。老妖最终有些无奈地朝我平摊着双手，表示无能为力。又过了一会儿，坐在我铺上的那个家伙，忽然转过头来，低声地非常严肃地对我说，拜托你，请你千万不要跟别人说什么！

我一边干嚼着方便面，一边喝着矿泉水。房间里只剩下我咀嚼的声响，有点刺耳。船好像靠岸了，我听到外面有些闹哄哄的。这里是什么鬼地方，我不知道，我只知道明天早上到达的那个地方叫万县。我坚持把一包方便面给嚼了下去，我的肚子仍然很饿，但是这第二包方便面无论如何我是嚼不下去了。这样的日子实在让我感到有些意外，我原可以吃饭像个吃饭的样子，睡觉像个睡觉的样子，我有这个条件的。我的狼狈之态没有道理，也没有必要。我一包方便面还没有吃完的时候，房间里的其他三个人就回到各自的铺上躺下了。老妖说他最怕听到这种声音，他说的就是嚼方便面的声音，他说听到这种声音就觉得日子好像过得没什么指望了似的。他这么一说，这第二包方便面我是更不想吃了。我把铺上的所有零碎的东西挪到靠墙的一边，然后也和衣在铺上躺下了，我的视线正好落在那只大麻袋上，真的，我真的也像老妖说的那样感觉到，这日子好像是没什么指望了。这时江轮又开动起来，有轻微的颠簸，它在不紧不慢地继续溯江而上。房间里的空气污浊不堪，我觉得有些恶心，那种恶心也不强烈到你可以把什么吐出来的地步，就有那么一点，让你无法摆脱，让你没有办法好想。

进来，进来呀。我睡得有些迷迷糊糊的时候，听到房间里有人在这么说，还不是一个人的声音。我翻了个身，把脸冲着墙，我想继续为像死一样睡着而努力。进来，进来，进来嘛。是老妖的嗓门，语气听起来有些色情的意味。我转过头来看了看，禁不住一下子从铺上惊得坐了起来。他们三个人并排坐在我对面的那张下铺上津津有味地吃着橙子。我有些神经质地转脸看了看我的网兜，它被压得扁扁的，完全变了个样。是他们动过了，还是我睡觉时不小心压着了，我的脑袋在飞快地运转着，我觉得这次就橙子问题我必须和他们谈谈了。他们三个并不在看我，而是饶有兴趣地看着我的背后。我转过脸去，看到舱门给拉开了一条缝，一个女人的脑袋塞了进来，她对我一笑，噢，在这呀，我马上来。我注意到那颗金牙一闪，便不见了。我马上来？什么意思？我在舱里变得局促不安起来。老妖问我，那个女人是我什么人，她刚才在外面转悠了半天。我能怎么对老妖说呢？我对他说，是我一个熟人。熟人？老妖诡秘地一笑，要不要我们几个出去，给你腾个地方？其他两个也不怀好意地附和着。我说，好啊，给我腾个地方。睡我上铺的那个家伙说，但是这黑天黑地的，让我们三个到哪去好呢？正说着，那个穿黑西服的女人推门进来了，她很自然地把她的包放在我的铺与门之间的那个小空当里，说，还是这里舒服，然后招呼她身后的那个瘦瘦高高的女孩进来。那个女孩在众人的注视下，脸都羞红了，低垂着眼睛，慢慢地卸下肩上的背篓，然后双手绞在一起站在那里。她的身体像是被拉长的一样，显得不协调。穿黑西服的女人拉了她一把，让她在我的铺上坐下，然后指着我说，快叫叔叔，叫呀，叫叔叔。我对面的三个家伙都在那嘿嘿地笑。我连忙加以阻止，我说搞什么搞！我是谁叔叔！别叫，别叫！但是那个穿黑西装的女人还是让她叫，脸色甚至很严厉。那个女孩磨蹭了半天，最后坚持着没叫。我这才松了一口气。穿黑西装的女人指着那半瓶矿泉水，问我，这是你的。我说，是的。她拿过来旋开瓶盖，就大喝了一气，然后，她才说了一句，她渴死了。

穿黑西装的女人有三十岁左右，或者更大一点，到底有多大，我也说不确切。要让她自己说就更不确切了。她的下身竟然穿着一条近似于粉红色的裤子，实在有些滑稽。她告诉过我，她的名字叫李艳，估计是假名，到底叫什么，我没打算去深究。但是她知道我的名字，是真名，这似乎让我有些被动。李艳问我，要去哪？我说，去万县。说的又是实话，我并不是想说实话，只是因为来不及编个谎话。你不是说最早下月初才会离开坚定角的吗？我说，是的，这次我去万县只是去看一个朋友，过两天我还要回坚定角的。那就好，回去以后还住在皇家饭店吗？李艳问我。我说，是的，我还没有退房，我还有行李在那里。那个皇家饭店在坚定角一所小学旁边，只有二十几张十五块钱一晚的铺位，没有卫生间，没有电视，没有电话，但是有空调，只制冷不制热。皇家饭店，那是一个有点意思的地方。就是不住皇家饭店，我也能找到你，她说。那当然，坚定角就那块巴掌大的地方。我这么一说，李艳好像放心多了，说话的节奏也慢了下来。她的身体往后一仰倒在了铺上，她好像旅途很累而眼下终于到了家，但是这里只是我的一个暂时的铺位而已，而且是属于我的。这时我可以清楚地看到那个瘦瘦长长的女孩，她坐在那里仍然很拘谨，我们之间隔着两条粉红色的粗壮的大腿。我希望她能抬起头看看我，也让我有机会看看她，但是她不这么做。当然我不会忘了我对面的那三个家伙，他们全神贯注地盯牢我，一声不吭，迫切地想看出我的破绽来。我想做得自然点，我问道，你叫什么名字？她说，什么？她一开口，满脸涨得通红，而且她说的是当地话。李艳噌地从铺上坐了起来，她侧着脸盯着我，你不会骗我吧？她的音量很大，唯恐那三个家伙听不清一样。骗你什么？我会骗你什么？李艳说，我怎么觉得你这次就走了，永远走了，不会回来啦。老妖说，是的，你说得没错，他不会回来了！可别让他跑啦！我瞪了老妖一眼，但是显然不管用，那三个家伙都很高兴。我对李艳说，那又怎么样？走不走不是我自己的事吗？我想走别人还挡得了吗？我爱什么时候走就什么时候走，不是吗？我说得很快，情绪有些失控。李艳连忙说，她不是这个意思，当然啦，你爱什么时候走就什么时候走。但是你走了，孩子怎么办？老妖插了一句嘴，其他两个家伙都得意地笑得东倒西歪。我非常严肃地对老妖说，什么孩子？你说说清楚，什么孩子？老妖连忙摆手说，别当真嘛，随便说说，随便说说。我实在忍无可忍，我对他说，去你妈的！对面三个家伙一愣，相互看了看，渐渐地三个人的眼睛里都流露出凶光来。睡我上铺的那个家伙把他的皮夹克慢慢地脱了下来，他人很精瘦，鼻子像刀削得一样薄，他说，你说什么，有种你再说一遍！我也不知道哪里来的勇气，我毫不犹豫地对他说，你爱听是吗？那我就再说一遍，去你妈的！老妖伸手及时地按住了那个跃跃欲试的瘦子，说，别理他，别理他，早着呢，我们有的是时间收拾他。我想，这话有一半是说给我听的，想继续恐吓我，当时我根本听不进。我对老妖说，少来这一套，收拾我，妈的，你动手啊。老妖笑了起来，他说，他不用动手。他站了起来，来到那只大麻袋旁边蹲下，开始解麻袋口的绳子。其他两个家伙再次慌乱起来，扑过去把老妖一把搡得坐到了地上。他们三个人又在用他们的方言争吵起来。他们吵得很厉害，不但吵，而且还动手，后来老妖接受了他们的意见，摇着头，回到我对面的铺上坐下。他们似乎忘了刚才的对峙局面，也不答理我，从口袋里摸出一副扑克来，三个人就挤在我对面的那张铺上赌起钱来。他们在搞什么名堂？我真是摸不着头脑。过了好长时间，老妖才转过脸来非常诚恳地对我说，小子，你今天真走运啊，捡了他妈的一条命，你就好好珍惜吧。

什么意思？我一时无言以对。不知不觉地我就捡到了一条命，竟然有这样的好事。这是你的橙子吗？李艳指着我的网兜问道，她由于过度的紧张而双唇发白。我这才想起旁边的这两个同样让我感到莫名其妙的女人。不过她们比对面的三个家伙此刻要显得实在得多。李艳像是在担心我会再说点什么让气氛重新可怕起来。我说，是的，这是我的橙子。李艳顾自拿了一只，用拇指的指甲把橙子皮抠开，然后就埋着头吃起来。我听到她的指甲刺进橙子顶端那一刹那的声响，噗，我的头脑好像也清醒了一点。李艳忽然用她满是橙汁的手从网兜里又掏出三只橙子来，看了看我，但没等我有什么反应，她就动作迅速地把三只橙子送到了对面铺上。她对那三个家伙说，吃，吃橙子，本来嘛，都出门在外的，有什么好吵的！她是这么说的：都出门在外的，有什么好吵的！他们也没有说谢谢，老妖蹲在铺上，拿起其中一只说，橙子，是个好东西。然后他把橙子放在脚边继续打牌。我对李艳的做法很反感，但是又不知怎么发作。我只有恶狠狠地对她说，你怎么不给她一只！我说的她就是指李艳旁边那个战战兢兢的女孩。她？李艳说，她不用，她家屋前屋后都是橙子树，她父母就是种这个的，她不会想吃的。我说，你怎么知道呢？给她一只！李艳迫于无奈，拿了一只塞给那个女孩。她说，不要，真的不要吃。于是李艳把橙子放在了她的两腿之间夹着，看那意思，她是准备吃完手里那只以后，继续吃这一只。李艳说，你看，她不会想吃的，跟你说你还不信。她叫李小兰，是我堂兄家的孩子。他父母托我把她带到外面来，我也推不掉。我对李艳说，你们去哪？在奉节下船吗？李艳说，不，我不是跟你说过了吗，我们去云阳。去云阳干吗？我顺着惯性问道。我不是跟你说过吗？李艳看起来有些惊诧，我是云阳的呀，我是回家。现在回家干吗？回家能干吗，什么也不干。我的问话让李艳不满起来。她再次仰面躺在了我的铺上。李小兰是个非常单薄的单眼皮的姑娘。我问她，你有多大了？十七。李艳躺在铺上回答了我的问题。有兄弟姐妹吗？李小兰对我说，什么？这时，李艳再次坐了起来，挡在我和李小兰之间。李艳压低了嗓门对我说，干脆你和我一起在云阳下船算了，好不好，在云阳玩两天再走，我家里有地方，好不好？我说，云阳有什么好玩的？李艳对我说，你说你想玩什么嘛。我说，我什么也不想玩。

　　一个穿着发黑的白罩衫的年轻人推开了舱门。他左手拿着一个小本子，右手拿着一支圆珠笔芯，头一点一点地说，各位老板，要不要吃夜宵？有各种炒菜，做好了给你们送过来。其他人是不是老板我不知道，李艳和我都可以叫老板，因为我们都属于自己给自己做老板的那种人，你不知道，我们很相似的。那个年轻人的全身散发着一股令人讨厌的油烟味。我在想，晚饭不好好供应，现在夜宵倒搞得挺积极。我的肚子不仅很饿，而且不舒服。我问他，有没有米饭？他说没有，但是有白酒，天气比较寒冷，他们主要是为了让我们能喝上一口酒，暖暖身子。李艳用一种近乎赤裸裸的渴望的目光看着我，我知道她想吃。她也不是因为饿，更不是因为天寒，她只是想吃。我对那个年轻人摇了摇头。我不想喝酒，更不想和李艳一起喝酒，我只是想吃上一顿正常的饭菜，如果有可能的话。但是我对面的那三个家伙表现得很有兴趣，老妖说，天下哪有有酒不喝的道理。他们点了好几个菜，要了两瓶白酒。他们就从放在铺位上的几堆钱里，装着很随便地抽出一张大票子来，让那个年轻人拿去找开。这三个家伙其实赌得很小，也就几块钱输赢，但是他们每个人都在自己面前堆了厚厚的一摞一百面值的钞票。在坚定角我倒是见识过几个赌徒，他们后来不再跟我借钱了，因为我的钱霉气，钱从我手里过一过，就成了注定要输出去的钱。和他们相比，眼前这三个家伙正在进行的赌博只能算是一场业余水准的表演，我是说，让他们的钞票来作一番表演。但是李艳马上就被他们吸引住了，目光直勾勾的。我很愿意是这样。

那个麻袋里装的到底是什么？李艳不无担心地趴在我耳边问道。我把身体往后让了让，装作没听见。但是李艳再次把身体贴过来，她又趴到了我耳边。这时对面的老妖也不抬头，狠狠地一摔牌，说，我让你说悄悄话！我让你说悄悄话！李艳刚要开口却又打住了，她看了看对面，并没有人注意她，她这才把话说出了口。那个麻袋里装的到底是什么？我很不耐烦，我对她说，你可以直接问他们好了！我说得很响，对面的三个家伙都有些吃惊地看着我。我干脆对他们重复了一遍，她想问问你们那个麻袋里装的是什么？到底装的是什么吗，你就跟她讲一讲嘛。我这么一说，老妖竟然拿出了一副友好但有些为难的态度来。他问李艳，你想知道？李艳连忙摆手，不，不，我没问。老妖笑了笑，非常亲切地说，没关系的，你是不是真的想知道？其余两个家伙阴沉着脸催老妖打牌，不要多啰唆。那里面到底是什么？一条巨蟒？李艳终于问出口来。不，你还是不知道的好，小姐。老妖这算是回答，他埋下头来打牌。老妖称李艳小姐，后者顿时放松多了。她扭了扭腰，因为腰很肥硕，所以看起来像是扭了扭臀部说，说嘛，到底里面装的是什么吗？老妖磨蹭了半天终于开了口，里面是一具尸体。李艳咯地一声笑了起来，她笑得好开心。老妖说，你不信？你可以过去摸一摸嘛，摸一摸嘛。李艳说，摸一摸就摸一摸，东风吹，战鼓擂，如今世上谁怕谁。说完，李艳就一个箭步来到了麻袋边。对面的另两个家伙都停下了手中的牌，斜眼看着，嘴里在低低地咒骂着什么。李艳那只戴着硕大一颗男式方戒的手一接触到麻袋就僵在那了，她回过脸来看看，表情非常奇怪。然后她又伸出了另一只手在麻袋的上下摸了几把。李艳站了起来，一声不吭地回到我旁边坐着，她非常尴尬，想拿出一副笑脸，但是努力了几次，最终没能装得出来。是男尸还是女尸？摸出来没有？老妖问道。对面的三个家伙歇斯底里地笑起来。李艳的表情太奇怪了，她伸出满是皱纹的左手想抓住点什么，但是什么也没有，最后她把手搁在了我的右腿上，过了一会儿，她又把手收了回去。

我对李艳说，我头有些疼，我想躺下。我说的是实话，我确实头疼。李艳说，好啊，你躺下就是了，你不要不好意思，你躺下就是了。我脱了鞋，慢慢地躺到了铺位靠墙的一侧，尽力让身体伸展开来。老妖狠狠地一摔牌说，我让你躺下！我让你躺下！李小兰急忙站了起来，脸变得更红了。李艳拉了她一把，让她在原来的位置上重新坐下，她说，没事的。李小兰小心地坐了下来，但是在铺位上只沾了一点边，离我的腿很远。李艳的身体遮住了日光灯的光线，我觉得眼睛好受了些。我看见李小兰的眼睛抬起来了一点，她正在偷偷地打量着地上的那只麻袋。我用脚后跟敲了一下铺，李小兰马上就把目光收了回来，继续低头坐着。李艳往李小兰那边挪了挪，然后她的右手就伸到背后来了，一下就落在我的两腿之间。没一会儿，她的右手就找到了我牛仔裤的拉链，我听到了细微的拉链被一点一点扯开的声响。我抓住了她的手，然后把它扔到了一边。但是它马上就又回来了，在我大腿的根部轻轻地摩挲起来。我从铺上坐了起来，我对李艳说，我头有些疼！她就像没听到一样。我又说了一遍，我头疼！李艳回过头来说，那你快躺下吧。说完，她想扶着我躺下，被我用手格开了。要不要我帮你按一按太阳穴？李艳一脸的媚笑。我没有回答，翻了个身，把脸冲着墙。我听到对面有个家伙阴阳怪气地说，能不能帮我按一下太阳穴？李艳说，好啊，拿钱来，我就帮你按！老妖说，真的？多少钱？李艳说，一百块！一百块五分钟！睡我上铺的那个家伙也不含糊，立刻说，好，拿去！这是一百块。李艳毫不犹豫，站起来就过去了。过了一会儿，我听到一个家伙在说，啊，真舒服呀，真舒服呀。我转过脸来，看着李艳站在那里正帮背对着我的那个家伙按摩着太阳穴，她一边按摩，还在一边朝我笑。李艳对我说，喂，帮我看着点时间，就五分钟，多一分钟我就要多收二十块钱。她是这么对我说的：喂，帮我看着点时间。对面的三个家伙继续打着牌，摇头晃脑，嘴里都在说，舒服，舒服啊。我感到我的铺位在颤抖，仔细辨别了一下，确实在颤抖，是因为那个一直低着头的李小兰。她穿着一件天蓝色的质地发亮的衣服，有些短。一只红色的发卡把额头有些发黄的头发紧紧地卡住。

还有谁要按？还有谁要按？李艳回到了我的铺位上坐着，她显得很兴奋。老妖说，一百块太贵了，优惠一点嘛。李艳说，好啊，五十块。老妖觉得五十块还是太多了。老妖最后只肯出十块，而且不要李艳而要李小兰帮他按。李艳说，先把十块拿来！一边扯着李小兰的袖子，说，去嘛，去嘛，怕什么。李小兰憋红了脸，始终没挪地方，但是我感觉只要李艳再坚持一下，她就会同意的。就在这时，门给重重地踢了一脚，有人在外面叫，开门！李艳迟疑了一下，然后趴到门玻璃上朝外看了看。送夜宵的那个一身油烟味的年轻人来了。对面的三个家伙一阵欢呼，喝酒啦，喝酒啦。因为他们要喝酒了，所以他们一阵欢呼。李艳还想继续刚才的话头，一个劲地追问，还有谁要按？还有谁要按？但是他们根本不理她这茬，他们忙着收拾铺位，把一张花花绿绿的小报展开来铺好，没一会儿，酒香菜香就迅速地飘过来了。我的肚子更饿了，同时也更不舒服。李艳站在那里，装作无意地问他们这个菜多少钱，那个菜多少钱，这个亏了，那个太贵。问完了她也就没事了。他们也不知道是真笨还是假笨，竟然就没有想到邀请李艳也过去喝上一杯，连我都为李艳感到难过。她回到我的铺位上坐着，从我的网兜里理直气壮地掏出一只橙子来。她又掏出一只橙子，塞给李小兰，吃一个吧，吃一个吧。李小兰说，不吃。李艳便把第二只橙子放在了她的两腿之间夹着。她这才开始吃那第一只橙子。第一只橙子没吃完的时候，李艳忽然转脸对李小兰说，你刚才不是要上厕所的吗？李小兰有些吃惊，她摇摇头。李艳非常严肃地说，是的，你说的，你是想上厕所的，去吧，去吧。李小兰还是说，没有，没有呀。但是李艳的语气更加霸道起来：去吧。发梢发黄的李小兰只好站起来，小心翼翼地推开门出去了。李艳向我这边转过脸来说，她是要上厕所的，是要上的，我不骗你。

老妖他们划起拳来，吆五喝六，这是可以预想到的事。如果我过去请他们小声点，照顾一下我这么个就要生病的人，他们一定会哈哈一乐，然后更欢地划拳。这也是可以预想到的事，所以我就不说了，我不跟自己过不去。但我还是希望，李艳能够安静一点，不要再跟我说什么。但是李艳一直在密切地关注着我的脸色，一有可能，她会马上扑下来开口跟我说话的，我感觉到了。所以我转过脸去对着墙，闭上眼睛，我的右耳紧紧地贴着肮脏不堪的白枕头，另外再用我的左手将我的左耳盖住。我的嘴也紧闭着，虽然这一点好像无关紧要，只可惜我还有两个鼻孔必须和这个污秽混浊的空间保持着一呼一吸的联系。但是所有的声音和影像似乎通过我的鼻孔也顺利地到达了我的脑袋中，没有一点办法好想。后来我觉得我的左手以及左臂保持那个僵硬的姿势已经没有多大意义，于是就把左手放开了。李艳的声音比其他声响更快地占领了刚刚敞开的左耳：你是不是真的不回去了？她撒娇般地摇了摇我的肩膀。我说，什么回去？回哪去？李艳说，回坚定角呀，还能回哪。我实在没有耐心再周旋了，我说，我回坚定角干吗？我回坚定角干吗？我应该回坚定角吗？李艳叹了一口气，说，我就知道是这样，你不会回来了。李艳是真的叹了一口气。老妖用筷子敲了敲盘沿，大喊道：搞啊，搞啊。李艳又摇了摇我的肩膀，说，我跟你说件事。我喊了起来，求求你，不要再跟我说话了好吗？我说着，就从床上坐了起来，这时我才看到，李艳也脱了鞋躺在我的铺位上。就是说，刚才她就是和我并排躺在一张狭窄的铺上，甚至和我枕着同一只枕头。她对我说，跟你商量件事。而与此同时，我对面三个家伙正在喝酒划拳，这光景有点意思，是吗？李艳是什么时候躺上来的，我怎么一点感觉都没有？我实在没法再在我的铺上躺下去了，我请李艳让开，让我下去。但是她只是像做垫上运动那样，把双腿高高地举起，上身仍然平躺着没动，她说，下去呀。对面有人在叫：这个姿势好！这个姿势好！我下了铺，把鞋穿好。老妖的脸已经红得像猴屁股一样，目光发斜，他晃着手中的酒瓶对我说，怎么样，来喝一点！我对他说，喝你妈的屁！老妖说，屁没有，酒还有，你还是过来喝一点酒吧。我对他说，去你妈的！

我在原地站着等了一会儿，见老妖他们没有什么反应，便推门往外走。告诉你，小子，这时老妖叫道，你又捡了便宜啦，又捡了一条命走，给我加倍珍惜吧！到底是什么意思？我走在路上忽然过来了一个人对我说，你又捡了一条命，我实在听不明白，我实在不知如何去听。我对他说，是吗？老妖说，是的，你又捡了一条命，今天你的运气怎么这么好！我回过身来对老妖说，要是我这条命不想捡呢？老妖说，不想捡？不想捡你就像麻袋里那个人一样！我觉得头疼得厉害，迟疑片刻之后，我向麻袋走了过去，是的，我一定要看看。对面的两个家伙马上放下筷子站起来，挡在我的面前，其中睡我上铺的鼻子很薄的那个家伙手里忽然多了一把弹簧刀。老妖还蹲在铺上，他双臂合抱着膝盖，身体大幅度地左右摇晃，他声嘶力竭地叫了起来，让他过去看！让他过去看！但是他们并没有让开，睡我上铺的那个家伙用刀顶着我的肋下，转脸大骂老妖。老妖还是叫着，让他过去看！让他过去看！我不知道他们在搞什么名堂，挡在我面前的两个家伙最后把我晾在了一边，走过去把老妖一把从铺上拖了下来，两只盘子和老妖一起下了地。老妖步履蹒跚，被推来搡去的，跌倒在地上，又被一把拎起来。李艳也不合时宜地参加了进去，她在劝架，她说大家都出门在外的，有什么不好说。我不得不向门那边退了一步，以便使那乱糟糟一团不至于撞到我。他们四人就像走马灯一样在我面前着了魔地晃来晃去，而且频率越来越快，动作越来越剧烈。我被完全孤立起来，此刻我一点头绪都没有。我只觉得眼花缭乱，好像正对着阴沟里的一团红线虫。我努力想为眼前的一幕找出一条说得过去的理由，找出一种勉强站得住的解释，但始终不能够。于是，我推开房间的门，走了出去。

我站在过道里茫然地左右看了看。我向右边走了两步，然后又退了回来。因为那个穿牛仔服的一脸悲伤的年轻人还站在那里靠着墙吸烟。我转头沿着过道绕到了右舷上站着。有人从楼上的一只窗口里把一袋垃圾扔进了江里，我听到嘭的落水声，心里咯噔了一下。我希望不要再有什么声音，至少暂时不要有。正想到这，汽笛声就响起了，而且拉得很长，没完没了。我的眼泪莫名其妙地就出来了，这使我对我自己感到费解。我不知道船已经到哪了，眼前这一段江面很窄，两边是壁立的山峰。没有江风，也不寒冷，是黑夜，但是四周又清晰可见，这艘船正穿行在一个不真实的季节里。

有人拉了拉我的衣袖，我想只会是李艳，于是粗暴地甩了一下衣袖，没有回头。过了一会儿，我的衣袖又被拉了两下，我回过头去，刚要骂出口，却发现站在面前的不是李艳，而是一个缩着脖子的个子小小的中年人，一绺头发耷拉在他的前额，他的手里拿着一支没有点燃的香烟。他朝我比画了一下拨弄打火机的样子。我从裤子口袋里摸出打火机来递给他，然后我继续看着江面。我是在看滚滚东去的大江吗？又有人在拉我的袖子，我不耐烦地回过头来。还是那个中年人，他一声不吭地把火机还给我，深深地吸了一口烟，也没说一声谢谢就转身向船头方向走去。我实在控制不住自己，我对他说，你这个人！你他妈的要什么你就不能开口跟我说吗？你干吗要拉我的袖子！他用一种有些胆怯的眼神盯着我看了一会儿，仍然一声不吭地转身准备继续向前。我提高了嗓门对他的背影喊起来：你没听到我的话吗？去你妈的！这一骂可热闹了，那个个子矮小的中年人猛地转过身来，手舞足蹈地对我大叫起来。我只看到那一口毕露的白森森的牙齿，但是听不到一句人的声音，只有那种从喉头拼命挤出来的动物的咆哮声。他显得非常暴躁，眼睛像狼眼一样在黑暗中闪光，嘴角全是白沫，喊着喊着，他还流出了眼泪。我对他说，对不起，对不起，我不知道你不会说话，我真的不知道你是个哑巴，我真的对不起。但是我这么一说，他发作得更厉害了，最后我只能靠在一边听着，带着内疚的心理盼望着他平息下来。后来他终于平息下来了，他好像迫切地想抽口烟，但是他手上的那半支烟已经熄灭。我连忙掏出打火机来。那个小个子中年人把手中的那半支烟扔进了江里，然后缩着脖子歪歪斜斜地往船头方向去了。

我感到自己在一阵一阵地冒虚汗，我在犹豫是不是马上回到舱里去，从包里找几片药吞下去。噢，在这！我听到李艳的声音，身体又禁不住冒了一阵虚汗。我用手扶住栏杆转过身来。李艳走在前面，李小兰低着头跟在后面。后者在一定距离内停住了，而前者大大咧咧地一直来到我身边。我说要跟你商量件事的，你怎么就跑了？李艳说，她招呼李小兰再走近一点，但是李小兰没挪地方。我连忙伸手示意她现在最好不要说话。李艳说，怎么了，怎么了，身体不舒服吗？她装作挺关心我的样子，探身过来想摸一摸我的额头。我向后让开了。李艳说，我想跟你商量件事，当然是一件好事。她目光颇有些挑逗的意味。我说，请你现在不要跟我说话，让我歇一会儿，好吗？李艳把她的西装裹裹紧，在我的一边站着。没一会儿，她又对我说，很简单的，几句话就能说完，行吗？我仍然说，不行。李艳不再说话了，双臂撑在栏杆上，双脚不断交替地着地，鞋跟叩击着钢板，发出单调枯燥的声响。如果我不让她把话说出来，她是不是就要一直在我旁边站下去？这实在让人不安，于是我考虑再三还是对她说，说吧，你就快说吧，说完了就给我走开。李艳回头看了看李小兰，然后向我这边又挪了一步，她压低了嗓门说道，你觉得她怎么样？我说，谁？李艳用下巴指了指我们身后。李小兰好像也意识到我们谈的正涉及她，头垂得更低了。什么怎么样？我不知道李艳是什么意思。李艳说，到云阳我就下船了，你就把她带走吧，你看怎么样？我说，什么？你不知道，我是彻底糊涂了。

但是我把她带走干吗？我问李艳。她满不在乎地摇摇头，那我就管不了那么多啦，随你的便，你只要给我四千块就行。我说，四千块？我凭什么要给你四千块？李艳好像感到很气愤，说，人都是你的了，四千块还多吗？真是。其实四千块我一分钱也不要，全给她父母，我就算交代了，也算了了我一个心思。我缓不过神来，半天没吭声。李艳便招手让李小兰过来，她扶着后者的肩交代着，你就好好跟老板走吧，他会给你找个好去处的，要听话，老板叫你怎么做你就怎么做。我感到非常慌张，我把李艳拉到一边清楚地告诉她，我对这桩生意不感兴趣，你找错人了。就算帮帮我的忙怎么样？帮帮忙，李艳说得很诚恳的样子，把她带出去，把她带出去吧。我对李艳说，我为什么要帮你忙？我们有什么关系？李艳沉吟了片刻，换了一种表情对我说道，我也是为你着想嘛，你看，你把小兰带上，至少你这一路上可以多个伴嘛，那么你这一路都不会寂寞的。我对李艳说，你别烦了，我一点也不寂寞，所以我对这桩生意不感兴趣，你另找人吧。李艳还是赖着不走。三千块怎么样？李艳还不死心。我对她说，不要钱也不行，你另找人吧。这时在我们左边，李小兰哭出声来了，嘤嘤呜呜的，吓了我一跳。李艳连忙说，你看，你真不是玩意，小兰都哭了。她是这么对我说的：你真不是玩意，小兰都哭了。我的脑筋实在转不过弯来，我当时觉得李艳骂得挺对，好像我确实是做了一件对不起人的亏心事。甚至我认识到我这个人就该骂。李艳一边安慰李小兰，一边又狠狠地骂了我一通。我统统接受了，直到她们回到舱里去，我没有说出一句反驳的话，我确实觉得自己不是个玩意。船的左前方远远地出现了一片稀稀拉拉的灯火，我估计东方号又要在一个什么地方停靠片刻了，什么地方？不知道。这时我忽然觉得心里不是滋味，这算怎么回事？我怎么心甘情愿地让一个莫名其妙的人给劈头骂了一顿？她凭什么可以这样对待我？我真是搞不明白。

我浑身发冷，我必须回到舱里去。我硬着头皮往里走，走到楼梯口的时候，我抬头看到楼上二等舱的大门旁立着一块牌子：非本舱乘客不得入内。它给我的感觉是那里要安静一些。一位穿着武汉港务局制服的姑娘，捧着一只印着港务局字样的大搪瓷缸哒哒哒地过来，推门走了进去，门随后就哐的一声关上了。是的，它给我的感觉是那里要安静一些。我犹豫片刻之后，一步一顿地上了楼梯。

你听我说，我的身体有点不舒服。我尽力拿出一副诚恳的表情，但是那姑娘没抬头，她看不见。她说，医务室在楼上。我不找医务室，我是来找你的，找你商量件事。我忽然感觉她会对我说，去你妈的，你和我有什么好商量的！我真担心她会这么回答我，她是可以这么回答我的。但是她没有，她抬起头来，虽然看起来不够热情，但是也绝不冷淡。在我耐心地解释下，她同意当补交了二等与三等舱票的差额以后，我就可以搬到她的管辖范围里来。我的感激之情油然而生，但是她的表情告诉我，我的感激是多余的不必要的。尽管如此，我还得要感谢她。我把身份证递给她，立刻办理进二等舱的手续。我长长地舒了一口气，现在大概是深夜十一点左右，到明天早晨还有很长的一段时间。她左手拿着我的身份证，右手飞快地填写着一张表格，忽然，她惊诧地抬起头。我的心里难免又再次慌乱起来，难道她从我的身份证上发现了什么问题，多年来我最担心的就是这一点。你是六七年十二月六日出生的？她问我。我说，是的。她笑了笑，说，真巧，我们是同年同月同一天出生的。原来是这样，我一下子兴奋起来，问她叫什么名字，是什么地方人，喜欢不喜欢这个工作，甚至我还问到了她的家庭，丈夫和孩子，还问到她的婚后生活的感受。是的，我问得太多了，她没有必要没有理由回答如此多的问题。我的热情也许让她费解了。其实我是觉得这样的巧合对我来说是一个好的征兆，也许我的旅程将从此变得愉快起来。她说得很少，很谨慎，和我相比，她似乎已经意识到自己是一个成年人。她只告诉我，她叫丰美艳。我说我会记住这个名字的，她说她已经记住我的名字了。

三等舱十一号房间里烟雾缭绕，酒气熏天。李艳也叼着一支烟挤坐在老妖他们中间，她的左手拿着一双短短的用一支筷子折成的筷子。她旁边的那个脸很瘦的家伙也拿着这样一双筷子，他是用右手拿的，他的左手正放在李艳的大腿上。李小兰一个人坐在我的铺上，被烟熏得眯缝着眼，她的右手拿着一只鸡腿。我推门进来以后，那只鸡腿让李小兰尴尬极了。她坚持拿着那只鸡腿，但是始终找不到一个合适的姿势，鸡腿也有了她的神情。李艳回过身来，向我招呼，来，来，我给你介绍一下，这三位老板是做药材生意的。我没有答理她，低头拿我的行李。李小兰连忙站起来让开，她拿着她的鸡腿站起让开。老妖在对我说，老弟，过来喝一杯吧。我右肩挎着包，左手提着那袋剩下不多的橙子，一脚踢开门走了出去。就在我来到楼梯口正准备上楼的时候，我左手的网兜被一把拽住了。当然是李艳，她右手死死地抓住网兜，左手仍然拿着那双可笑的短短的筷子。你就这么走了？李艳问我。我走不走关你什么事？我说。李艳还不停地左右摇晃着网兜，她说，你看，你这一走，我们也许一辈子都见不到了，真的，一辈子都见不到了，你不该意思意思？听起来好像理由挺充分，但是我的脑袋这时已足够清醒，我让她把手松开。李艳说，我会记住你的，你多少总得给我一点吧，对不对？她是这么对我说的：你多少总得给我一点吧。我再一次要她把手松开，李艳说，没那么便宜！有两个旅客穿着白衬裤，趿拉着拖鞋，从我们旁边跑了过去，一边跑，一边嘴里叫着：冷啊，冷啊。我尽可能地拿出我最严肃的姿态对她说：请你把手松开！李艳不说话，眼睛紧紧地盯着我。相持了片刻之后，我松开了左手，这橙子就送给你吧。我转身上了楼梯，向二等舱的大门过去。我听到身后李艳重重地跺着脚，恶狠狠地骂了一句：我操你！进入二等舱的大门以后，我忽然觉得李艳骂得其实有点意思。

下篇

　　起初丰美艳把我领到了二等舱的九号房，但是推开门，我就听到了里面震天响的呼噜声。我向她要求能不能另外开一间，最好还没人住的。丰美艳好像有点不乐意了，说，没空房了，这个旅客是到云阳的，没多长时间就要下船。我仍然坚持我的要求，也许我过分了。她没办法，只好带我再去十三号房看看。我连声说谢谢，她不理会，哒哒哒地走在前面。这会儿丰美艳大概已经觉得和我这样一个人同一天来到这个世界并不是一件很有趣的事情，她也许很后悔告诉我这个无意义的巧合。十三号房显得非常安静也非常干净，一个体积庞大慈眉善目的中年人坐在床上，手里拿着一份报纸，友善地对我点了点头。丰美艳看了看我，说，怎么样？那个中年人这时吃力地从床上下来了，把他对面铺上的行李拿开，并且顺手掸了掸床单，然后又对我敦厚地一笑。他的动作笨拙无比，慢悠悠，像头生病的大象。我说，真的没空房了吗？丰美艳说，我干吗要骗你呢？她这么说的时候，我感觉到了她的情绪似乎已经到了某种极限，如果我继续缠她的话，双方就不会这么愉快了。于是我说，好吧，不麻烦了，我就住在这吧，这里挺好。我是这么说的：我就住在这吧，这里挺好。

　　船刚才靠岸了吗？到什么地方啦？我怎么一点都没感觉出来。我的同屋忽然很吃惊地问道，他好像还因此感到有些不安。他这时戴上了一副镜片非常窄的金边老花眼镜，一双鼓突的牛眼从镜片上方挤了出来。我说没有，我早就上船了，原来在三等舱，我嫌那边吵，现在换到这边来的。噢，这样。他好像有点为他的智力感到害羞，他害羞了好长时间。我也非常讨厌噪音的，他补充道，真的，非常讨厌，讨厌到极点。我把我的包放好，并且把铺位收拾好，我想立刻躺下。床单和被套看起来都挺白，我怀疑是日光灯光线的缘故，我凑近仔细看了看，仍然很白，这真令人感到愉悦。一切就绪以后，我又环视了一遍我的新领地，此刻唯一不够安静的就是我本人了。我好像听到门外过道里有高跟鞋来回走动的声响，但是不能确定，我的头疼得厉害。我回头看了看那个像座小山一样蹲在铺上的中年男人，他好像也在出神地听着什么。我轻声问他，你听到什么声音没有？他说，走掉了，好像是她。他说的"她"或者"他"到底指谁，我没有深究。这时确实听不到那种声音了。我对他笑了笑，表示我其实并不在乎那个声响。我脱了外裤，脱了鞋，迫不及待地躺到床上去，但是仍然有那么一点不放心，于是，我又套上了鞋。他对我说，厕所在左边，一转弯就是。我只能再次友好地对他笑一笑，然后小心地打开门，走了出去。在出去以前，我还留意到门锁，我只要在里面把门锁上，从外面就没法把它再拉开，有这样一把锁真是太好了。

我穿着红色的毛线裤站在过道里左右看了看，一个人也没有。二等舱的过道好像铺的是地板。因为被漆成木板的颜色，所以我又怀疑铺的可能并不是地板。我没有去厕所，而是右转顺着过道一直来到了二等舱的门口。我觉得外面没有什么可疑的动静，我想进一步趴到门缝上向外看一看，但是这样做太过分了，好像我担心见到什么似的。我担心什么呢？我什么也不担心。这时值班室的门突然就开了，丰美艳戴着一脸不解的神色站在门口，双手交叉抱在胸前，她冷冷地打量着我。我简直反应不过来，我只能连忙冲她笑，但是我的笑只会使她更加警觉。你在这里干吗？她问得相当严肃。我对她说，没干什么，这里真不错，挺安静的，我感觉舒服多了，我可以睡一个好觉，这一切我都得感谢你，是的，我就是来向你再次道谢的。丰美艳的眉头都皱了起来。我下意识地向她走近了一步，再次说道，我真的非常感谢你，我们有缘是吗，这也是缘分。她对我说，你这个人是不是有毛病？她是这么对我说的：你这个人是不是有毛病？我顿时就完全懵了，我说，你怎么觉得我有毛病呢？你是不是在开玩笑？丰美艳说，谁有心思跟你开玩笑！说完，她嘭的一声就把值班室的门摔上了。说实话当时我感到伤心极了，我的情绪一下子就落了下去。不过，后来我也想通了，我已经为她帮的那点小忙致过谢了，现在我脱掉了外裤再来谢她一遍确实会让人费解。我是说，后来我想通了，当时我怎么也想不通。我最怕别人说我有毛病。现在我问自己，我最怕别人说我有毛病是不是因为我这个人真有什么毛病？不知道。我垂头丧气地回到十三号房，脱了鞋脱了外衣便钻进了被窝。我的同屋对我说，厕所在左边，我跟你说了，厕所在左边。我不耐烦地答了一句，知道，我已经撒过了。撒到江里去了是吧？他继续很关心地问道。我没有回答他，翻了个身把脸冲着墙。我忽然想起门还没锁，就又起身把门从里面一举扣上，然后回到床上重新躺下。整个过程中我没有看邻床一眼，我是存心不想给他说话的机会。大概半个小时以后，我的情绪在半梦半醒的状态中开始缓慢地回升。我此刻正在江上呀，我对自己说，好像那是一个了不得的发现似的。现在我正在离开坚定角的路上，这是千真万确的。我的生活也正随着那一声逶迤的汽笛向长江的上游漂去，这是千真万确的。别的就管不了了。

一觉醒来的时候，我连忙伸手到枕头下去摸我的手表。现在是凌晨三点一刻，有人轻声说道。我被吓得一哆嗦。我睡眼蒙眬地转过脸来，看见那个体积异常庞大的中年人正背靠着枕头在铺上半躺着，笑容可掬。我的眼睛还没法适应日光灯的光线，我不得不又闭上了眼睛。我问道，云阳到了没有？他说，早过了，现在已经离开云阳一个多小时了。那很好，我说。我想再睡一觉，但是一时又没了睡意，另外肚子饿得厉害。我坐了起来，想把铺下旅行包里剩下的那袋方便面翻出来。这时我抬头发现对面铺上那个大黑胖子正带着一脸的微笑密切地注视着我。他的右手拿着名片盒，左手拿着一张名片。当我的目光终于在他的脸上聚焦时，他及时地冲我一点头，然后一张名片就递过来了。他让我感觉他拿着名片已经在那等了好久了，我没醒的时候，他就在等待，现在终于等到了机会。我探身过去想接过那张名片，尽管我已经竭力伸展了手臂，但是仍然还差那么一小截。最后那个臃肿的中年人费力地下了床，把他的名片用双手捧着送到了我的床前。他叫林一诚，是一家私营蓄电池厂的推销员。和他那个人相比，他的名片精致极了。他还站在我的床前，一边喘着气，一边频频点头。我不得不重新上下打量了他一番，林一诚确实就像是从江里浮出来的一块巨大而又意外的礁石。他对我一笑，说，是的，像我这样的人不适合这样一个东奔西跑的工作，他们当初要我干推销员就是为了让我在劳累中变得瘦一点，但是几年下来，我反而变得更胖了，前年我停了半年，没出来跑，谁知一歇下来，我就呼呼地往外长横肉，长得更凶猛，我老婆说，每天夜里都发现自己被一张热乎乎的大手不断地往床边推，往床下推。后来我只好再次出来跑。没错，出来跑虽然也会让我发胖，但和待在家里相比毕竟要胖得慢一点，所以，我想，我还是在外面跑吧，这样比较好。能不能给我一张你的名片？林一诚问道。我说，没有，我从来就没名片。林一诚站在原地磨磨蹭蹭了半天，然后继续问道，那么，先生贵姓？我用相应的口吻说道，免贵姓李。能不能再请问一下您的大名？我说，我叫李强，强壮的强，坚强的强。我不知道他怎么还是没能听清，他又追问了我一句。我说，也就是强奸的强。这下他听清楚了。那么你是哪儿人？武汉人。武汉哪儿人？武汉市人。林一诚心满意足地回到他的铺上坐着，搓着他的双手。我觉得放松了许多，如此庞大的一个陌生人出现在我的床前没完没了地问我的姓名，这让人有些难以忍受。好在这会儿我的头脑非常清醒，我能够有条不紊地编一些像模像样的谎话去应付他。我们萍水相逢，彼此谨慎一点没有害处的。我就是喜欢以一个虚拟的身份生活，那样感觉很不错，真的。

　　林一诚在羽绒服的每一只口袋里翻找着什么，他又掀开了枕头、被窝卷，接着又努力地挪动着身体，在他的身下继续翻找着。他找得真吃力，谁见了都会忍不住想上前帮他一把。我问他找什么，他没说，只是要我等一下。林一诚从铺上喘着气下来了，把铺上的东西一件一件地移开，嘴里嘟囔着，见鬼，见鬼。我对他说，是找香烟吗？这边。他没有回头，说，不，不，我请你抽，刚才还在这儿的，怎么回事？我说，没错，我是说你的香烟，在这边！他的烟盒在桌上报纸的下面，从我的角度看得清清楚楚。他终于找到了它。林一诚跺了一下脚，用中指重重地弹了两下烟盒，好像他很生它的气似的。我接过他递过来的烟。其实这会儿我根本不想抽，但是经这么一折腾，好像这烟来得不容易，你不好意思不抽。我的肚子很饿，再加上推销员的香烟很次，我刚抽了两口就有了云里雾里的感觉，眼前的景象在上下缓缓地晃动。林一诚开始介绍他的职业，他似乎非常喜欢正在干的这一行。他每一年都要在这条江上来回不知道多少趟啊，船简直成了他的家，工作的目标主要是沿江那些没能用上电或者供电还很不正常的山区，他们也许需要那种环宇牌蓄电池。环宇牌蓄电池是他们黑夜里的太阳。有了环宇牌蓄电池，他们才能看上电视，看上电视，他们才知道外面的世界。这些话，林一诚都是站着对我说的。那么，你的蓄电池一定卖得很不错是吧？我尽力装出一副挺感兴趣的样子，因为我正抽着他的香烟，没办法。但是我这么一问，林一诚脸上顿时就浮现出一副颓唐的神色。说实话，他对我说，这两年他根本就没能卖出去几只蓄电池，山区的人晚上没有电灯已经习惯了，再加上要他们信任蓄电池是一件相当困难的事情，不是一朝一夕可以办到的。林一诚非常诚恳地告诉我，就目前而言，他们厂生产的蓄电池的主要销路仍是一些厂矿企业，民用市场相当有限。那么，你们厂长为什么还要让你在外面奔波呢？不是白白地花钱让你游览长江吗？我的问题让林一诚显得有些窘迫，他低下头，沉吟不语，似乎他还是第一次面对这个显而易见的问题。他思来想去，仍然得不出答案，只能对我尴尬地一笑。笑完以后，他又继续僵持在那里，非得出答案不可的样子，这让我很不安。我只是随便说的，我并不关心问题的答案，但是没想到现在林一诚却僵在那里了，这多没必要。我想，你是打算慢慢地建立起山区人民对环宇牌蓄电池的信任吧，那是个长远的计划是吗？我想帮林一诚一把。他一听，不住地点头，说，对，对，是这个意思，目光放远一点，放远一点。我把手上的烟卷在桌边揿灭了，然后就打个哈欠，翻了个身把脸冲着墙。我装出一副又要进入睡眠的样子。因为林一诚谈完了自己，然后就该追问我了，你是干什么的？你到底是干什么的？我不想给他这个机会。

我听到身后不断有重重的来回走动的声响传来。我保持着一个别扭的姿势在铺上躺着，我在犹豫是不是也翻一下身，但是又担心对方会误以为这是一个同意对话的信号，所以我坚持着一动不动。我听到了林一诚唉声叹气的声音，我就愈发不能动了。但是，我又想，和林一诚这样一个老实敦厚的人谈谈也不是什么可怕的事情，于是我的身体舒展了一下，虽然没有翻身，只是放松一下浑身的肌肉，我感觉舒服多了。李老弟，李老弟！有人在轻声地甚至有些胆怯地叫着。我知道这是在叫我，我就是那个李老弟，但是李老弟睡得很香，李老弟什么也没有听见。林一诚咳嗽了两声，用更低更为胆怯的声音叫道，李老弟，李老弟。我迟疑了片刻，然后转过身来。林一诚显得非常高兴，不停地搓着双手。你刚才睡着了吗？好像是，半梦半醒吧。不好意思，不好意思，我是觉得你不会这么快就睡着，要知道你已经睡了，我就不叫你了。我没有睡着，没关系。我对自己忽然有了这么好的耐心感到好奇，我用胳膊支起身体，问道，你叫我有什么事吗？事也没什么事，真的，没什么大不了的事。林一诚搓着双手，不安地在我面前走来走去的。他是那样的庞大，行动迟缓，每一个动作在我看来，都像是电影中的慢镜头。我愣在那里，等了一会儿，见他并没有继续说话的意思，便胳膊一软，重新躺下了。

"我是想说，我是想说，我觉得你这个人，老弟你别见怪，我这个人就是心直嘴快，我一见到你这个人就觉得你挺亲切的，我总觉得以前在哪见过你，真的。"

但是挺亲切的李老弟觉得自己从来没有面对面地见过一个像

林一诚这样体积如此巨大的人，我发誓我从没见过。这种人只要见一次，你就会永生难忘的。现在几点了？我故意这样问道。林一诚连忙四处去找他的手表，又是一阵忙乱。我从枕头下摸出自己的手表，然后对自己惊讶地说，噢，快四点了！我得赶快抓紧时间再睡一会儿，我已经有好几天没睡上一个好觉了。林一诚问我，再抽一根烟嘛，觉什么时候不能睡！我就是实在没事干的时候才睡觉！他是这么对我说的：我就是实在没事干的时候才睡觉。我说，不了，真的，我眼皮在这直打架。我从枕边摸出我的烟盒往桌上一扔，你一个人抽吧，我真的需要睡上一会儿。

　　我闭着眼在铺上大概躺了足有半个小时，最后不得不认为自己今天无论如何是无法入睡了。因为我实在饿得厉害，胃甚至有点隐隐作痛。心定下来的时候，我就能清晰地感觉到自己正躺在船上，正漂在水面上一浮一沉。最后这种感觉和饥饿的感觉混杂起来，让我无法分辨。我觉得饥饿的感受就是漂在水面上。我一骨碌从铺上坐了起来，无奈地摇摇头。林一诚正戴着那副窄窄的老花眼镜，看着手中的报纸。那架势像是一个异常肥胖的儿童在煞有介事地学着认字。他非常高兴，因为我终于醒来了，孤独的肥胖儿童终于有了个活着的伴。我下了铺，从包里翻出那袋剩下的方便面，随即又回到铺上半躺着。为了干咽下这袋方便面，我必须酝酿一下情绪，积聚一下勇气。我说的是实话。你肚子饿了？林一诚问我。我点了点头。不，不，你怎么能吃这个呢？你们这些年轻人生活起来就是马虎，马虎着过哪能还叫生活。他是这么对我说的，没错：马虎着过哪能还叫生活。说完，他就从铺上艰难地爬下来了，非常吃力地蹲下身子从他铺下的行李里摸出一听"八宝粥"来。林一诚晃了晃手里的"八宝粥"，对我说，应该吃这个，吃这个。他顾自来到脸盆架那边，把一瓶热水倒进了脸盆，然后把那听八宝粥整个泡在了热水里。做完这一切以后，林一诚搓着双手，回到我对面的铺上坐下来，他显得有些得意。等五分钟，等五分钟。说实话，我并不认为八宝粥要比方便面好吃，因为我从小就不爱吃甜食。更何况八宝粥是他的，方便面才是我的，这要搞搞清楚的。我对林一诚说，不，八宝粥你还是留着自己吃吧，我还是吃我的方便面。说完，我就开始撕方便面的袋子，连撕了几下竟然没有能撕开。这时，林一诚跌跌撞撞地从他的铺上下来，奔过来一把夺走了我的方便面。听我的没错，老这样吃，你的胃会完蛋的，一会儿你尝尝我的八宝粥吧，我是常年在路上跑的，我知道怎么吃最舒服，听我的没错，李老弟。他这种表达好意的方式，我实在难以接受。我沉下脸对他说，真的，我不爱吃甜的，越甜我就越想吐，所以你还是把我的方便面还给我吧，求求你啦！谁知这个环宇牌蓄电池推销员很武断地冲我一挥手，说，甜的还是咸的，无关紧要，关键是，在路上你一定要吃一些温的东西，老弟，你知道吗？一定要吃一些温的东西！我还能说什么呢，面对如此专横的好意，我似乎除了接受，别无他法。我铁青着脸，呆坐在床上等待着，对林一诚喋喋不休的唠叨不理不睬。我忽然觉得，像林一诚这样的热心人真是少见，像我这样不知好歹的人大概也是少见的。

五分钟以后，我终于吃上了"八宝粥"。吃甜食对我来说就是吃药，之间没什么区别。林一诚迫不及待地问我，怎么样，味道怎么样？我很严肃地对他说，不怎么样。我是这么对他说的：不怎么样。林一诚愣了一下，然后哈哈大笑起来，连说，有意思，有意思。但是，我确实感到了粥里有限的那一点温度，那让人愉悦。那一点温度慢慢地到达了我的胃里，便转化成了一丝淡淡的由衷的感激之情。我对林一诚笑了笑。那个中年人非常高兴，搓着双手，回到他的铺上坐下，给自己点上了一支烟。他一直饶有趣味地注视着我，目光随着我的塑料勺子一上一下。从他脸上忽然出现了一种我曾经十分熟悉的橘黄色的表情，稍纵即逝。当然，我头脑也很清楚，为了这一听不得不吃下去的"八宝粥"，我也将付出代价，从现在开始到早晨七点这段时光，我就不打算休息了，林一诚的安排就是我的安排。想到这里，我就觉不出那一点裹挟在粥里的怡人的温度了。

成家了吗？林一诚问道。我刚要回答，对方却抢先帮我回答了，没有，看得出来，成家了就不是这个样子。这一趟出来干吗？林一诚又问道。我故意不急着回答，等了一会儿，果然，对方又帮我回答上了：做生意？当然是做生意，谁出来不是为了生意。李老弟，你是做什么生意的？我知道林一诚会接着这样问我。我仍然在等待，希望有人能帮我回答上这个问题。林一诚鼓突着一双牛眼盯着我，这一次他好像没有帮我忙的意思。所以，我只能自己来回答这个问题了：我什么生意都做，逮着什么生意就做什么生意。犯法的生意也做吗？林一诚问得非常认真。我对他说，我这个人犯法的事一般是不会去做的，即使犯法了，情节也不够判刑的，我有一个尺度，就是这样。我的回答似乎让林一诚很是忧虑，他坐在那里不住地摇头。到底年轻啊，林一诚说，老弟，不管怎样我比你要长几岁，你听我说，犯法的事可千万不要去干，不但别干，连边都不要沾，不然总有一天，你会有麻烦的。你知道吗？你只要犯了法，就等于把自己和整个社会对立起来，你是一只鸡蛋，它是一块石头，你想想你怎么会是对手呢？听我一句，千万不要干。林一诚的一番话使舱室里的气氛莫名其妙地紧张起来，两个人都不再说话，表情严肃得可怕。我似乎觉得现在我已经是一个等待惩罚的罪犯。林一诚也正是在用一种长辈的怜悯的目光注视着我。没错，我已经是罪犯了。过了好长一会儿，林一诚神经质地哈哈大笑起来。他突如其来的笑声使我更加拘谨，看得出来，林一诚也因此有了一些遮掩不住的得意的神色。此刻船身有明显的起伏的感觉，还有不同频率的两种汽笛声传来，估计东方号江轮正与下水的一艘大客轮擦肩而过。

我把剩下的小半听"八宝粥"放到了桌上。我想如果一定要说话，一定要说下去，我也该把谈话的主动权给掌握在手里，免得处于一种被动的境地。我要让对方多谈一点，因为我不想更多地谈论自己。林一诚过来，拿起那听"八宝粥"掂了掂，问道：你不吃了？我说，是的，不想吃了。还有一点，把它吃完嘛。不，我真的一点也不想吃了。林一诚于是就自己吃起来，他没有用勺，而是端起来，一点一点往嘴里倒。你在哪里下船啊？我问道。林一诚张着嘴等着黏稠的粥滴下来，但是粥迟迟地不下来，所以他回答得非常简短，终点！一说完，连忙把嘴张开继续在下面等着。在他这口粥没吃到以前，我似乎不该再问什么。那滴粥还不下来，连我都在为他着急。你孩子多大了？我问道。十二，女孩！你整天在外面跑，你老婆也不怪你？林一诚慢慢地垂下头来，用那双鼓突的牛眼盯着我，什么？我老婆怎么了？我对他说，没怎么，我是问你，你老婆对你干这一行有没有意见？林一诚好像松了一口气，噢，这个，没意见。我刚想继续问下去，但是只见对面一阵手忙脚乱。林一诚尽可能快地在下面张开嘴，还是慢了一步，一口粥整个滴在了他的脸上，就像一泡稀稀的发红的鸟粪。林一诚连忙仰着头，来到门边，取过他的毛巾擦脸。这幅景象也没什么好笑的，但是我还是趁机哈哈大笑了一番。他的脸色一下子变得灰暗下来，他把"八宝粥"的罐子扔进了门边的垃圾篓。这么近的距离他还是扔歪了，所以他不得不再次喘着气过去，吃力地弯下腰把罐子捡起来，再放到垃圾篓里去。当他重新在我的对面坐下时，林一诚就像换了一个人一样，垂头丧气，没精打采，嘴里嘟囔着，妈的，一提到老婆，晦气就来了。

　　林一诚低头又在从他的烟盒里默默地往外掏烟。我连忙掏出我的烟扔了一根给他，自己也叼上一根。他的香烟有点霉，实在难抽。我的动作过于迅速了一点，林一诚似乎有些吃惊，眼睛瞪圆了看着我。小老弟，你是嫌我的烟次是吧，不如你的烟高档？他的语气中大有兴师问罪的意思。我对他说，烟次我倒无所谓，但是你的烟是霉的，我受不了。真的吗？林一诚反复嗅了嗅他的香烟，说，不是霉，只是有点湿，你还不熟悉这一带，潮气太大，什么东西都是湿的。我说，不，是霉，确实霉了。抽一根霉烟相当于抽一百根不霉的烟，你不知道吗？林一诚再次闻了闻他的香烟，然后把它扔到了一边，说，好吧，就抽你的。林一诚连抽了几口烟，吸得很深，然后对我说，你的烟是好抽一点。我说，岂止是一点，好抽多了！林一诚嘿嘿地笑了起来，重复着我的话，好抽多了，好抽多了。

李老弟，我想和你谈谈。林一诚沉下了脸，变得很严肃。我们不是正在谈吗？我们谈了好久啦！我尽量要使气氛变得轻松一点。我想正儿八经地和你谈一谈，就算帮帮我的忙，好吗？林一诚仍然是很严肃。我顿时紧张起来，谈什么？谈什么？我马上就要下船了。林一诚说，还早呢，急什么，我想跟你谈谈我自己的事。我连忙冲他摆手，你别跟我谈，你干吗要跟我谈呢，真是，我最怕别人跟我谈什么自己的事。对不起，对不起。谁知林一诚语气更为恳切，他说，小老弟你怎么能这样呢，谈谈也不会连累你什么，对吧？今天我说什么也一定要和你谈一谈。他是这么对我说的：今天我说什么也一定要和你谈一谈。他越是这么说，我是越不敢答应了，我真后悔吃了他大半听"八宝粥"。不然，他有什么理由可以这么对我说话呢？我想干脆把事情做得明白一点。我从兜里掏出五元钱来，放到靠他那边的桌子。当然我尽量装得自然一点，好像忽然想起来一样对他一笑，噢，差点忘了，"八宝粥"你也是花钱买的，谢谢，但是钱还是应该付给你的，对吧？我先放这了，省得等一会儿忙起来忘掉。林一诚目光呆滞地看了一眼桌上的钱，半天没吭声。我想这会儿，他没有理由跟我再提什么要求了。林一诚摇摇头，对我说，你是不是为了不听我谈话，才把钱付给我的？我这人就这么让人讨厌吗？我说，不完全是这样，钱是应该付的，另外我不觉得你讨厌，只是我这个人有毛病，不习惯和别人谈什么严肃的话题，真的，我最怕这个。林一诚迟疑了一会儿，我见他眼睛里忽然盈满了泪水。我的心脏急速地跳了起来，我觉得他这样子太可怕了。林一诚用袖子擦了擦眼睛，对我装出一副笑脸来，他说，我们不谈严肃的话题，不谈严肃的话题，可以吧，反正，小老弟你别见怪，今天我说什么也要谈一谈，你实在不想听，就当没听见好吗？我好像没有拒绝的余地了。林一诚拿起桌上的五元钱想递还给我，我连忙制止了他，说，你如果不收下，我们就别谈了。林一诚看起来十分为难，最后他说，好，我收下，不过，一听"八宝粥"是四元，我得找一块给你。说完，他从身上找出了一枚一元的硬币扔到了我的铺上。我当然只有把它收下。并且他还一再说明这听"八宝粥"是上船以后才买的，所以是四元，如果在岸上买的话，最多只要三块五，船上的东西总要贵一点，你能理解吗？林一诚发誓说他绝对是上船以后才买的，如果我不相信我可以找船上小卖部的那个女人核实。这一件小事情被我弄得如此复杂乏味，我也觉得心里不舒服，好像有些过意不去。我也不知道我是怎么了。于是，我又扔了一支烟给林一诚。但是他把烟又扔了回来，然后他从自己的烟盒里摸出一支烟来，他说他就抽这个，他抽霉烟已经抽习惯了。

　　林一诚的谈话显得非常紊乱，谈到动情处他就不自觉地转换成一种我不熟悉的方言。其中涉及他们蓄电池厂的老板、他老婆、他女儿等若干人物。我无法理清各元素之间错综复杂的关系。为了遵守约定，我注意到林一诚在刻意地保持着一种轻松的语调，不时地咧开嘴笑上一笑。他做得极不自然，谈着谈着他的脸色就变得严峻起来，好几次他不得不停下来，调整一下情绪，然后努力重新用一种轻松的语调继续说下去。我被他的语气和谈话内容之间的不协调给彻底搞懵了，最后实际上我已经不在听了，我在心里默默地数着数，或者看着手表给自己搭一搭脉。谁知此刻对方的声调又扬了起来，或者淡了下去，似乎事情进行到了神秘之处关键之处，刺激我竖起耳朵又想听下去。他说以前他在无线电元件厂工作，干得挺好，后来这个厂倒闭了，连厂长都出去给别人打工。就这两句听得比较清楚，后面的话我又摸不着头脑了，于是厌烦的情绪再次升腾上来，我只能再次埋头数数。但是没一会儿，他的声调又有了微妙的变化，迫使我留神再听上几句。如此往复，我苦不堪言。实在受不了的时候，我就站起身，来回踱步。这并不影响林一诚的叙述，他仍是非常投入地按照他的节奏说下去，欢乐的时候欢乐，痛苦的时候也要装出欢乐。但是房间里的气氛不知怎么搞的变得越来越沉重起来，我不得不也拿出一副响应的庄重的样子，腰杆直直地坐在他的对面。林一诚一阵剧烈的咳嗽，咳得撕肝裂胆。他把手中的小半截烟卷扔到地上，然后用脚把它碾灭。他抬起头，用一种期待的目光盯牢我，问道：你说我怎么办？你说我怎么办？我这才意识到林一诚的话已经讲完了，现在该我讲上两句息事宁人又无关痛痒的话，但是对方这半天讲了些什么我都没有听明白，我能讲些什么呢？我的脑袋在高速运转，听到的不多的一些环节在其中迅速地排列组合，希望能凑出个事情脉络来，但是终不能够。林一诚仍盯着，而我还是无话可说。就在这时，环宇牌蓄电池推销员林一诚先生"哇"地一声号啕大哭起来。他的哭声对我而言是一个及时的绝妙的提示，我脑袋里那些乱糟糟的环节刹那间被一下子理顺了，原来他讲的是这样一回事情。其实是非常简单的，由于林一诚不成功的吞吞吐吐的表述，事情才变得如此复杂。

蓄电池厂的老板和林一诚的老婆两年前就勾搭成奸，这一点厂里谁都知道，林一诚也清楚，只是没有办法，他毕竟是在那个老板手下混饭吃。这个老板据说还是个年轻人，一个中年人终日在一个年轻人手下讨饭吃，已经很让人伤感，更何况还要赔上一个徐娘半老的老婆。林一诚一年到头在外面奔波虽然不能创造多大的经济效益，却能方便地成就他老婆和老板的好事。所以那个老板也不跟他计较，出于一种同情心也不打算解雇他，当然也不会帮林一诚换一个工作。双方都要让一点嘛。林一诚对老婆的作为似乎也不是持完全的否定态度，说到底一家生计总得设法维持下去，他们还有一个正在上学的女儿呀，这不容易。但是林一诚只要一上路，脑袋里就出现他老婆和老板苟合的情景，这让他痛苦极了。因为他认定那边无时无刻不在快活，所以他就越发觉得这边实在痛苦。痛苦使得他眼下在一个年轻人的面前也控制不住他一个中年人的眼泪。这大概就是林一诚跟我讲的事情，细节上可能会有些出入。我能告诉他怎么办呢？我甚至一点都不同情他。好在林一诚也并没有一定要我告诉他怎么办的意思，说过了也就算了。我能做的就是帮助他一点一点地把他庞大无比的身躯平放到铺上去，然后再帮他盖上被子，熄掉床头的灯。林一诚的泪水就要止住了，他不住地对我说，谢谢，小老弟，谢谢，小老弟。我回到自己的铺上躺下，看了看手表，是凌晨五点一刻。船好像停了，听不到马达低沉的轰鸣声，我估计东方号大概已经到了万县的峡口，我们要在这里等待天明。我就要到万县了，这会儿，我反而希望路程再长一点，不要马上到站。因为上了岸，我还不知道第一步迈向什么方向，我还没有考虑，当然考虑了也没有什么用。这时，我的对面奇迹般地传来越来越响的鼾声。起初我还觉得有趣，后来就叫苦不迭了，林一诚的鼾声和他的体积一样让人吃惊不已。我几次想把他唤醒，但是又不忍心。我真后悔让林一诚睡着。现在我只能说服自己去忍受这一切了。

　　我的思维处于一种完全的停顿状态，不知道自己是不是睡着了。重重的敲门声响起的时候，我被惊得从铺上跳了起来，光着脚站在那里。我是在哪？对面那个鼾声如雷的家伙是谁？脚下还有点摇晃，怎么回事？有人在外面把钥匙插进了锁眼，在拼命扭动，他要干什么？半天我才缓过劲来，走过去开门。这会儿，我才能断定刚才我睡着了一会儿，而且睡得很沉。丰美艳站在门口，手里拿着一个黑色的工作夹，她看起来一脸的不高兴，首先质问我，瞧你，把门反锁上干吗？我连忙解释说，没有，没有，不小心顺手带上了。我揉了揉眼睛，然后带着歉意友善地看着我的同龄人。她捧着工作夹也怔怔地看着我。我们谁也没有说话。我觉得我们已经互相看出了一点意思。只是这点意思对此刻睡眼蒙眬的我来说有点意外有点唐突。我不打算结束这样的局面，我继续看着她，我敢说，我已经进入了某种微妙的状态。丰美艳这时忽然把眼一瞪，对我说，愣着干吗？你该下船了。林一诚从床上惊得坐了起来，慌乱地问道，谁该下船了？谁该下船了？他的手在枕边乱摸一气。我对他说，没事，是我到站了，你还早。我找出我的卧具牌递给丰美艳，换回我的船票。我正在为是不是找个机会向她说上两句告别的话而犹豫，丰美艳把工作夹放到了门边的一张人造革面子的沙发上，然后绕过我，来到我的铺前，动作麻利地收拾开了。我鞋子还没有穿好的时候，我的铺就已经恢复了标准的原样，就好像不曾有人来过一样，所以它也就不再是我的铺了。丰美艳重新拿起她的工作夹，就往别的房间去了。临出门时她说，动作快点，船马上就靠岸。就是在这会儿，我仍然还在犹豫，是不是找个机会跟她打个招呼，我得谢谢她。我觉得她走的时候看都不看我一眼正说明她对我的态度是非正常的，是特别的。林一诚从床上爬起来了，费力地穿着衣服，他一边穿，一边对我说，别急，别急，等我一会儿，我来送送你！他的手忙脚乱令我费解，我有些吃惊地问道：你说什么？送我？林一诚说，对，李老弟，我一定要送送你。我连忙说，不必了，不必了，干吗要送我呢，船靠岸以后马上就要继续往前开的，不必了。林一诚靠在铺上用力地套着他的裤子，不，我一定要送送你，船要在万县这地方停半个小时，我有数的，绝对有数的，上岸去转转正好可以松松筋骨，等我一下，不急，不急。

又是一个雾气茫茫的早晨。站在船舷上我贪婪地猛吸了一口潮湿、寒冷但清新无比的空气，竟然呛得咳嗽起来。林一诚用他蒲扇一般多肉的右手非常沉稳地舒缓地拍了拍我的后背。我还想咳嗽，但是真的不敢再咳嗽下去。我的身材够高的，但是林一诚还比我高一个头，宽度就更不用说了，在早晨的光线下，他的体积好像又膨胀了一圈。所以在这群等待上岸的灰蒙蒙的旅客中，我也因此变得格外引人注目。我想和林一诚拉开一点距离，但这是不可能办到的。他试图帮我提包，这也同样是他不可能办到的事情。上了岸以后，我便顾自分开人群埋头往前走，出了熙熙攘攘的码头，爬上了足有三十级的石头台阶。我放松愉悦的心情似乎也一级一级地终于升起来了。我来到了一个从没有来过的新地方。后面有人在叫，当然是林一诚。他爬台阶的样子实在让人不忍心再看下去。我在原地站了下来，我准备就在这里和环宇牌蓄电池推销员林一诚先生道别。他一上来，先哈着腰在我面前吐着口水，双唇发白。我上前一步，伸出手去，好了，谢谢你，再见。我原打算握一下手就走开，但是林一诚握着我的右手，不松开，他大口地喘着气。我知道不等他缓过劲来把那想说的几句庄重的话说出来，我就别想离开。我们真有缘啊，老弟，我太高兴了。他的右手握得更紧了，上下摆动了几个回合。我点了点头，说，是的，认识你我也很高兴。我试着把右手抽出来，但是感觉到还不行，还不到时候。林一诚站直了身体，一脸严肃的表情，李强，希望下次再有机会能够碰到你，我的名片上有我的住址和电话，你要是路过，请千万告诉我，我们一定要好好喝几杯。我说，好的，好的。我边说边忽然一发力成功地抽出了我的手。我说，再见，再见，便匆忙地往一个方向去了。林一诚跟上了两步，喊道，你朋友没来接你，这边你熟悉吧？这边我熟，我来过一千次，要不要我帮忙？我说，不用了，我朋友家就在附近，我走着去就行。走出一段距离以后，我回过身来，发现他还站在那，我冲他摆了摆手。谁知林一诚这时又叫了起来，等等，等等！喊着就奔过来了。他从口袋里摸出一只棕色的电话本，和一支笔。你看我这记性！我差点忘了！给我留个地址吧！他好像很为他的记性感到不好意思。我现在觉得，应该说林一诚这个人挺有意思的，是好人一个，没问题的。我犹豫了一下，我想，我和眼前这个人可能一辈子都不会再见面了，但是他还不知道我的真名，这好像有点说不过去。于是，我在他的电话本上留下了我的真名和联系地址。林一诚接过电话本连声说，谢谢，谢谢。

但是，你不是叫李强吗？林一诚眉头紧皱。我发现他拿着电话本的那只手在微微发抖。他正视着我，竟是满眼泪光，我不得不感到羞愧。我尽我所能地向他解释了一番，并且掏出身份证来给他看，反复说明至少我现在留给他的都是真的。但是，你不是叫李强吗？林一诚又说了一遍。很遗憾，他根本不在听我解释。我于是就不再解释了，我觉得实际上我做得无可指责。我陪林一诚就这么站着。你为什么骗我呢？你没有必要骗我！林一诚就在我面前哭了起来，哭得非常伤心。这么庞大的一个男人站在那里对着我痛哭流涕，实在让人不安。我紧张地四下看了看，一个刚刚开始的早晨，一大排刚刚开张的早点摊，一大堆来来往往的刚刚开始新的一天的人们。我站在什么样的一个地方。我该怎么办，我的脑袋里空空荡荡。没一会儿，我们的周围就站满了看热闹的人，有的一边好奇地盯着我，一边往嘴里大口大口地塞着早点。我实在受不了，真的，我实在受不了啦。我对林一诚说，你哭什么？你哭个屁！林一诚哭得更厉害了，泪滴有平常人的两颗大，而且好像是黄色的，真见鬼。他说，你们为什么总是骗我！他是这么说的：你们为什么总是骗我！这时我已忍无可能，我对他说，什么你们！去你妈的！去你妈的！去你妈的！我唾液四溅，我对自己的这副样子感到吃惊。骂完我想分开看热闹的人群一走了之，但是身边的人坚持着不让开，他们似乎在要求我，在原地待着，好让他们再看上一会儿。林一诚的哭声忽然停了，他慢慢地放下了遮住脸的湿漉漉的双手，他看着我，左右晃了晃脑袋。我还不知道是怎么回事，下巴就挨了重重的一拳，仰面就倒。我身后的人纷纷迅速地让开。我虽然中途几次被别人的身体阻挡了一下，但是都没能停住，跟跟跄跄地后退了七八步，终于一屁股倒在了地上。我觉得天旋地转，眼冒金星。林一诚又扑了过来，对着我的小腹又是重重的几脚，他一边踢，一边嘴里念叨着，我让你骗我！我让你骗我！我已完全失去了反抗的能力，只觉得嗓子眼一甜，随即就吐出了一口血。这会儿我觉得嘴里有一股难闻的腥味，而头脑特别的清醒。我从地上艰难地坐了起来，我觉得挺好，这件事情虽然有些意外，但是挺好。林一诚的脸色发青，站在那里浑身在剧烈地颤抖。我忍不住对他苦笑了一下。谁知林一诚大喊了一声，你成心想气死我呀！成心想气死我呀！再次扑上来。我觉得我的前胸、软肋还有背部各挨了一脚，再往后我就不知道了，我好像失去了知觉一样。

　　等我重新开始意识活动的时候，我发现自己正坐在一个椅子里。林一诚坐在我旁边，神情庄重，腰杆挺得直直的，和船上的那副模样截然不同。我们的对面坐着三个警察，其中两个围在炉边坐着烤火，另一个侧身坐在桌上，一条腿在左右晃荡着。两扇窗都关着，但是我看到窗玻璃后面挤满了模糊的人脸。另外，我的包被扔在我右边的墙角里，一角满是湿泥巴。房间里挺暖和，谁也不说话。在炉边的其中一位警察不断地从手上撕下一小块卷曲的皮来，然后把它扔到火上，于是就有了一阵极为细微的"嘶——"的声音。这时那个坐在桌上的警察也不回头，只是冲我们这边摆了摆手，说道，你们说说情况嘛，说说。林一诚清了清嗓子问我，是我讲还是他讲？我说，就你讲吧。于是林一诚便从头讲起了，讲一段就转过脸问我，是不是这样？是不是这样？他讲得过于琐碎，那三个警察全都没了耐心，不断地提示他挑重要的讲。我没有任何补充，因为他讲得句句属实。那个坐在桌上的警察摇摇头，一拍桌子指着林一诚说，你他妈的大脑被门夹过了还是怎么着？说句假话就把人打成这样！警察转向我问道，你有没有还手？我说，没有。他说，那好，没你的事了，你先到水槽那边把脸洗洗干净，然后去医院检查，该看的看，该吃的吃，开个单子来就行。林一诚急忙叫了起来，怎么能这样！他为什么骗我，为什么？难道还是我错吗？说着，他就激动地站了起来。那个坐在桌上的警察又拍了一下桌子，你他妈给我坐下！坐下！我看你是屁眼痒！大清早的尽给老子找麻烦！他也不认识你，凭什么跟他说！你他妈多大岁数了？林一诚说，四十八。是八岁还是四十八？四十八。另外两个警察在炉边不禁笑了起来。那个坐在桌上的警察再次重重地拍了一下桌子，骂道，格老子的，我看你这四十八年吃的都是屎！顿顿吃的都是屎！干的稀的都是屎！我觉得他骂得挺有意思，他肯定骂出了一点乐趣。林一诚哇地一声又在那哭上了，哭得很伤心，好像委屈得要命。那个警察大有踌躇满志的意思，从桌上轻快地跳下来，拿起桌上的茶杯准备到一边去倒水。谁也没有料到，林一诚一下子扑了过去，死死地掐住那个警察细细的脖子。窄小的房间里顿时陷入了一片混乱。那两个烤火的警察急忙跳起来，从墙上摘下橡胶警棍，对着林一诚一顿没头没脸的乱打，但是后者好像没什么反应。虽然林一诚笨拙无比，反应迟钝，但是五分钟后，那三个警察都只能倒在地上呻吟。而林一诚手里提着一根警棍，满脸是血，以一个生硬的悲壮的造型站在屋子的中央。他转过脸来看着我，两眼发红，拼命地喘着气。他向我逼近了一步，他说，你必须跟我走！我坐在椅子上，我问道，去哪？他说，不要你管！但是你必须跟我走！他简直是在歇斯底里地喊叫，手里挥舞着鲜血淋漓的警棍。我觉得我没有其他选择。我对他说，好吧。我指了指墙角对他说，但是要把我的行李背上。林一诚没有说话，动作迟缓地跨过一个警察的身体，扔掉了手里的警棍，弯腰提起了我的包。我看到他前倾身体弯腰的时候差点跌倒，幸好及时地扶住了办公桌，不然地上那位警察就要倒霉了。林一诚还随手扯掉了桌上的电话线，胡乱地团成一团，塞进了他的口袋。我实在搞不懂他为什么要这么做，我用不解的诧异的目光看着他。林一诚压低了嗓门，用袖子擦了一把脸上的血，有些神秘地对我说，不然，他们会追杀我们的。他是这么对我说的：不然，他们会追杀我们的。我说，我们？他庄重地点了点头。林一诚站在我身边，平静地说，走吧。

我站起身，刚走到门口，就觉得双腿一软，差点跌倒。我的左肋钻心地痛。林一诚的右手插在我左腋下用力地托着我。他问我，行吗？我说，还可以。我伸手打开民警值班室的门，有两个趴在门上的家伙差点跌到门里。门外挤满了看热闹的人，我们的出现给他们带来了一阵狂热。我们一前一后跨出门去，人群自动地给我们闪开了一条通道。林一诚随手关上了值班室的门。虽然每走一步，我都觉得疼痛难忍，但是我走着走着还是笑了起来，但是一笑身体又疼得厉害，所以我就不再笑了。不然，我真该好好笑一笑。我们的身后跟着一群看热闹的人，他们走得不紧不慢，与我们保持着一定的距离。林一诚站在路中拦住了一辆马自达，我们坐了上去。开动起来以后，我回头看了看。那些想看热闹的人纷纷跨上自行车，或者干脆小跑起来，他们还想跟着，但是现在他们得花点气力了。

马自达只开出两百米距离，就在林一诚的要求下停了下来。他扶住我下了车，马自达司机立刻就一溜烟把车开跑了，连车钱都没要。一声嘹亮的汽笛声从江上传来，我才意识到，我们又重新来到了码头附近。远远地可以看见东方号江轮还停在原处，广播里正在敦促乘坐东方号的旅客赶快上船，五分钟以后，东方号就要起航。林一诚重新把我的旅行包背到肩上，然后对我说，快走。但是我站在原地没动。我回头看见那群看热闹的人黑压压的一片，正朝我们这边奔来，他们一边奔跑，一边好像还在欢呼。快走啊，林一诚又对我喊了一遍。我摇摇头，抹了一把嘴边的血沫，我说，等等，你要我跟你去哪？你先说说清楚。林一诚又把他异常有力的右手插到我的腋下托着我，他说，一切上船以后再说，好吗？冤有头债有主，我不会为难你的。我求求你了！我真的求求你啦！林一诚是这么对我说的：我真的求求你啦！这时他血红的眼睛反而使他的语气显得更为恳切。他一急躁额头的血就流得更严重了一些。我犹豫了片刻，然后说，好吧，上船就上船。林一诚甚至被感动起来，他说，谢谢，谢谢，船票钱他出，绝不食言。上船以后呢？我实在想不出他想干些什么。当然此刻我也不能不答应他，只有同意的份。但是同时我确实这样想过，我留在万县这个陌生的地方可能并不比上船去更好。

我爱美元

　　父亲的来访总是让我猝不及防。听到那重重的敲门声，我就知道是谁来了，所以叫王晴赶快穿衣服。而后者企图拉住我，让我不要出声，就像往常应付这种情况一样。那个敲门的人敲上一会儿觉得没趣，就会自己走开的。我把藤椅上的连衣裙扔给王晴，示意她快一点。磨蹭是没有用的，我了解门外的那个人。为了我的木门不至于今天就被砸坏，我开始隔着门和外面的那个人说话，我问他是什么时候到的，家里怎么样，是出差路过这里吗，那么，什么时候走？他又狠狠地砸了一下门，他说，让老子进来再说。王晴终于收拾停当，她还想把凌乱的床铺稍微整理一下，但是我已经把门打开了。父亲一头冲了进来，像一只警犬迅速地在房间里转了一圈，东闻西嗅，目光最后自然落在了王晴的身上。后者有些不安地站在床边，头发蓬乱，面色红润，看起来有几分姿色，不算丢我的脸。父亲没有理睬我的招呼，上前一步，对她说，小姐贵姓？父亲的口音，南腔北调，只有母亲可以一字不落地听懂，因为她并不依据父亲说的话来听，而是看他脸上的表情。王晴说，什么？她有了一点好奇，于是身上那种本地女人的土腥味就溢出来了，我不愿意让父亲看出刚才和他儿子睡觉的那个女人是个十足的烂货，是个离过婚的老女人。那样他就会低估他的儿子。我对父亲说，她叫什么名字关你什么屁事？一边示意王晴先走开。王晴拿上她的小皮包，冲我父亲一笑就走了，临走时要我给她打电话。当时我就担心她会笑，你不知道，她一笑，眼角全是皱纹。这个过程中，王晴的右手一直紧握着，不敢有丝毫的放松，其实，我想父亲早就一眼看出了，那里面不是乳罩，就是来不及穿上的白色内裤。父亲过去把窗帘拉开，把门也完全打开，然后在床上坐下，掏出烟来抽。这会儿，我才注意到，父亲竟然是空手来的，连一件行李都没有带。我这时也懒得先说话，我还沉浸在性生活刚进行了一半的心情中。我并不沮丧，相反，我有一种从未体会到的缓慢上升的感觉。父亲坐不住，又起身在我屋里乱翻，碰到信件就毫不犹豫地拆开来看，一边对我唠叨，你看，今天天气多好，我跟你讲了多少遍了，你要多进行一些户外运动，到有阳光，有水，有新鲜空气的地方去。但是爸爸，有些事情就只能在房间里进行，多么遗憾，我做梦都想能有一天到一个阳光充足的草坪上去干这件事情，像两只快乐的牲口。你没有给我的血液中注入过这种勇气，你忘掉这么做了，就像爷爷也不曾把这种勇气传给你一样。

两个人商量以后决定，先去找弟弟，然后再找个地方吃午饭。父亲的意思是吃饭无所谓，弄碗面条就可以了。但是到了我这，说什么我也不该让你吃面条。我的弟弟还在读大学，四年级，专业是数理统计。我也有好久没有见到他了。因为他想退学的事，我们吵了一架。他的手指细长而富有魔力，他的理想是做一个流行音乐家。实际上我是受了父亲的指使才去教训他的，我本人在此之前一直很赞成他那种一意孤行的做法。父亲知道，只有我的意见能够影响弟弟，而且他也知道，他是有能力说服我的，多年来，他已经摸索出了一整套对付我这个长子的行之有效的办法。弟弟最终接受了我的意见，答应把大学读完以后再说，但是他对我出尔反尔的做法表示了他的失望。他表示失望的方式就是毫不留情地攻击我的作品，他对我说，一个生活平庸的人是写不出好作品的，狭隘的人只能看到自己的脚尖，看不到这个世界。但是弟弟，拒绝平庸不等于说，把全家人都动员起来，跟在你的后面为你擦屁股。从小到大，我无怨无悔地尽我所能为你擦屁股，并且为之无限自豪。但是，现在你已长大成人，你不应该再这样下去，随你怎么做，但是你要向我保证，从今以后，你必须自己为自己擦一回屁股了。我的母亲想到她两个不在身边的儿子，偏头痛就发作，他们可能正流落街头，嗷嗷待哺，这个日子是没法过了。

"你不会和刚才那个女人结婚吧？"在十字路口的公厕里，父亲忽然转过脸来，非常严肃地问道。

"不会。"

"你到现在不结婚，也不是因为那个女人吧？"

"不是，不是。"

"那就好。"父亲不等把裤子系好就往外跑，他总是这样。

刚来到外面时，我确实不太适应九月明媚的阳光。我像是一步从黑夜来到白昼的。必须声明，我并不是出于个人偏爱而把这大好时光消磨在床上的，而是出于不得已。如果你想和那个叫王晴的女人睡觉，那你就只能在白天里干。晚上她没时间，她也许已经答应让另一个男人来干她。那肯定是比我重要的一个或几个男人，所以黄金时间要为他们留着。在这一点上，我不得不作出一些让步，我的性欲需要满足，而这方面，我的境况从来没有富裕到不用为之费脑筋的地步。在大学的时候，我还能过上较为稳定的性生活，一个星期一到两次，我的女朋友是个活跃的学生会干部，她有一把钥匙，可以打开大学生俱乐部旁边的那个堆放文体用具的房间。那是一段让人留恋的时光，我们刚做完一次回到各自的宿舍，我"性"这个病就又犯了，我不得不再次找上门去，把我瘦小的女朋友又拖出来，逼她把那间房子再给我打开。但是出校门以后，我就坠落到了饥一顿饱一顿，吃了上顿没下顿的状态中。主要是因为没时间，为了生活，我必须在一家工厂过一种日夜颠倒的日子，每周工作七十小时。没想到这样不但没有制伏我脑袋里那个该死的性，反而使它更加猖狂了。我双眼通红，碰见一个女人就立刻动手把她往床上搬，如果一时搬不成，我掉头就走，绝不拖泥带水，因为我时间有限，我必须充分利用做一些实在的事情。这是一种病，每天服上一副泻药，才能使病情好转那么一些。我服的泻药就是写作，没完没了地写作。当画满几十页稿纸以后，我的目光就柔和多了，这会儿，我就可以思考一些"从哪里来，到哪里去"之类的问题，真知灼见，字字珠玑。我就是这样一个病人，无可救药，想治好我病的人，都可以来试试。

弟弟已经不在他的宿舍住了，在外面和几个朋友合租了一间房，天啦，我竟然一点都不知道。当时刚下上午第四堂课，学生宿舍走廊里到处都是饭盆的声响。他们饿得要命，以为敲敲饭盆就可以驱走性压抑的阴影。我抓住一个瘦高个，想让他告诉我弟弟的新住处。但是他说不知道。父亲仍然在宿舍里乱翻，好像要从那大堆破烂中翻出一个愁云满面的弟弟来。这里什么也没有，我们走吧。父亲说，不，我们就在这等一下，总有一个人会知道他的住处的。果然，一个戴眼镜的家伙说他去过，他放下饭盆，为我们画了一张草图。我们找到了那个地方，在市体育馆后面，是一间看起来很肮脏的平房。但是弟弟还是不在，我趴在窗口可以看到房间里放着电吉他、电贝司和散乱的几面嗵嗵鼓。没有床，只有铺在地上的几条席子，和席子上的几条毯子。父亲也趴上去看了看，回头说，他们就这样睡觉吗？我听出父亲的语气中有责怪我的意思。是啊，我这个哥是怎么做的，自己不但有床，而且床上时不时地还有一个热乎乎的女人。看来，只能由我一个人陪父亲共进午餐了。附近就有一家小酒馆，我们站在门口还在犹豫，一个浓妆艳抹的小姐冲了过来，不由分说就把父亲拉了进去。

父亲坐在我的对面的火车座上，我仔细看了看他。头发又掉了不少，前额像一块光秃秃的礁石从时间的河流里浮现出来。但是，虽然年过半百，他身体却仍然像年轻人一样硬朗。额上有一块伤疤，这是近几年我们对父亲的一大发现。几十年来我们都没有注意到。父亲说过，他小时候在老家那阵子就是个厉害的角色，可以攀着树枝从一棵树蹿到另一棵树上去，就像猴子一样敏捷。但是这块伤疤是怎么落下的，他始终没有讲清楚。我对那个服务员小姐说，找他，他是老板，我是跟班的。父亲确实像一个见过世面的乡镇企业的经理，应付起那个可笑的小女人的调情来，显得非常自如。他没有被她的撒娇搅昏头，这从他点的菜上可以看出来。我们只要了一瓶啤酒，喝完以后，又要了一瓶。父亲的脸色明亮起来，脸上变得一条皱纹都没有了，他的秃顶就变成了一种不错的发型。那个小姐像个鸡那样倚在柜台上，冲我们这边笑呢，作出一副媚态，严重地影响了我的食欲。对这种女人而言，我想我的父亲是更有吸引力的。

"她在冲你笑呢。"我对父亲说。

父亲回头看了看，喝了一口啤酒，又再次回头看了看。

"她看起来岁数很小，"父亲说，"跟你妹妹差不多大。"

"唉，你不要打这样的比方，干吗要打这样的比方呢？"

"为什么？她确实和晓晴差不多大，不是吗？"

"是的，但是你不要打这样的比方。"

"为什么？"父亲跟我较起真来。

"因为，你这样打比方，你就不敢对她下手啦。"

我们两个人都笑了起来，父亲差点被啤酒呛住。我说爸爸，如果我想和一个老女人睡觉，只要我有这样的想法，我就绝不会把她们比作像妈妈那么大，或者像奶奶那么大，那样我就萎掉了，一点办法都没有。你想和你女儿一样大的女人睡觉吗？她们正年轻，像刚刚绽放的花蕾，你对她们美丽新鲜的身体已经没有印象了，丰满的葡萄总是不断地上市，品种很多，贵的也有，便宜的也有，等到了冬天没有新鲜葡萄卖的时候，我们再吃我们的葡萄干吧。生活就是这样，新鲜的葡萄从来都是有的，只是到后来，你买不起了，或者被禁止去自由市场了。但是你总有办法可想的，是吗？你应该试试，如果你有机会的话。我们这一笑，那个和我妹一样大的小姐可逮着机会了，她大大咧咧地走过来，往我父亲旁边一坐，一脸的白粉淹没了她几丝做作的天真。裙子的领口开得够低的，但是再低也没用，因为她没有长乳房，发育的时候，忘掉长了，现在才想起已经错过了机会。面对这样的女人，我的心情总是很低落，我想为这个同胞姐妹的不幸大哭一场。

"你们肯定在说我的坏话，我听到了！"

父亲连忙说没有，没有，一边往墙那边挪了挪屁股，因为她差不多要坐到父亲的腿上了。我从邻桌又拿过一只杯子，为她倒了大半杯啤酒。

"我们老板刚才还在夸你呢。你应该陪我们老板喝一杯。"

"是吗？"她也不谦让，拿起杯子碰了一下父亲的杯子。父亲这会儿有了一点拘谨。从他的眼神中，我可以看出，父亲还没有把她看成一个可以与之性交的女人，他大概把她当做妹妹带回家的一个同学了。

"那还有假？我们老板说小姐长得挺漂亮，准备请小姐晚上出去跳舞。"

"是吗？"她看看我，又看看父亲。

"你是哪儿的人啊？"父亲忽然问道。

"安徽。"

"安徽我很熟的，安徽什么地方？"

"干吗，我是巢湖的。"

"巢湖我去过，你家在巢湖什么地方？"

我不知道父亲想干吗，他的话题我觉得是无谓的、盲目的。于是我打断了父亲的话。

"怎么样，晚上有空吗？我替我们老板来接你。"

"干吗？"

"干吗？你是真不知道，还是假不知道？接你出去玩啊。"

"好啊，去曼哈顿，或者去……"

"不，不，我们老板今天不想跳舞，可以干点别的嘛。"

"那干什么呢？"

"我们老板乘明早的飞机要走，今晚你就好好陪陪他嘛。"

"去，我就知道，你们想叫我干坏事。"

"那是好事，怎么能叫坏事呢？"

"玩玩可以，我从来不干坏事的。"

"我就不信，你就从来没干过？一次也没干过？"

"没干过。真的。天天晚上有人约我出去，但我从来不跟他们干坏事。"

"了不起，了不起。"我转脸对父亲说，"老板你看，我真想要这位小姐做我的老婆了，老板你看呢？省得你老说我不结婚。"

"那可不行，"父亲说，"结婚以后，她也不跟你干坏事，你不完蛋了？"

"你们说什么呀！"那位小姐一副委屈得要命的样子。

"到底干不干啊？我再问你一遍。"

"我真的不干。不过，我可以给你介绍我的朋友，我有很多朋友，都很漂亮，她们会干的。"

"真的吗？她们不会像你这样不上路子吧？"

"噢，不跟你干坏事就叫不上路子啦？你这个人真是。"

"怎么，不服气？不服气，就干一次试试啊。"

"你激我也没用，坏事我肯定不干。"

"你以后会干的，我们一年以后再来找你，好吧？"

显然，父亲的午餐吃得比以往少，但是看得出来，情绪还是不错的。出门的时候父亲一本正经地对我说，刚才那个没有乳房的小女人确实不是鸡。我说，你怎么能这么肯定？他说，她有点像晓晴，还是个孩子。像晓晴就怎么样呢？你的女儿就不可能成长为一个像样的妓女了吗？这个职业比我们的传统还要古老。如果我可爱的妹妹跨出校门以后成了一个鸡，只要她喜欢这一行，我也不会因此感到耻辱的。听听，这有多好，我的妹妹是个鸡。我要把我的朋友都介绍过去，有两个闲钱的统统拉过去，让他们快活，也让我的妹妹生意兴隆发财致富。如果那会儿她没有忘记我的好处的话，她就会唆使她的同行姐妹们业余时间来看看她的哥哥，七折或者八折，够义气的就一分不要，这没什么不好。关于妓女是不是女人天生的职业这个问题，我和父亲发生了争论。其实他是同意我的观点的，只是我们需要争论，有些问题我们需要自己和自己争论一番。父亲的声音渐渐低了下去，因为我们又再次来到了弟弟租的那间平房前。他还是没有回来。父亲趴在窗口看了一会儿，忽然问我，弟弟交女朋友了吗？我说不知道，至少我没见过。那么大的人都没想过去搞一搞女人，只知道整天抱着他的琴，我想弟弟的生活是出了问题了。父亲伏在窗台上写了一张便条，插在了门缝里。他叫弟弟回来以后去我那一趟。

　　父亲最后同意，这下午和晚上的时间由我来替他安排。明天一早，他要赶回去，他是到附近一个城市开会的，顺便来看看我们。他总是这样临时决定了就冲过来，有时一个孩子也碰不到，在大街上转两圈买了一双袜子就回去了。现在想起来，父亲是个性欲旺盛的人，只是有点生不逢时。他们那会儿的性欲不叫性欲，而叫理想或者追求。父亲每天早晨起来，都要到操场或者公路上跑上一万米，这个习惯现在他老人家大概已经戒掉，因为不再需要。所以，我也知道那几毫升凝固汽油要省着点用，不能时刻都开足马力。和这个世界一样，能源问题是你今天以及明天的主要问题。我也在我的门上留了个条，告诉弟弟我们去外面转转，他如果来了就在房间里等一下。他有我房间的钥匙。但父亲还是说，我们是不是就在房间里待着，不要让他久等。我说没必要这样，直觉告诉我他下午不会来，要是平常他倒是可能找来的，但是他如果知道是你来了，他反而不会过来了。所以，我们不应该白白地把整整一下午的美好时光浪费掉。父亲提出他要洗个脸再出门，他好像有点疲惫，但是我的房间里连瓶热水都没有。我说这样吧，我带你去楼下的一家小发廊，我请你洗面，顺便再请那个温州来的妹子帮你把头发染一染。当然出门前我没忘了把压在席子下的钱统统揣上。那是我所有的积蓄，我要把它们花完，一个子也不剩，那是一件快活无比的事情。可惜我从来没有很多的钱可供挥霍，我真不走运。但是我相信自己会有那么一天变得大名鼎鼎，然后一开门就有大把大把的支票劈头盖脸地冲我砸过来，躲也躲不掉。那种叫做美元的东西，有着一张多么可亲的脸，满是让人神往的异国情调。一张美元钞票在半空中又化为更多的人民币钞票，就像魔术一般，往下飘呀飘呀，我双手张开眼望蓝天，满怀感激地领受着这缤纷的幸福之雨。我不会因此感到苦恼的，给我一个机会，我就做一次给你看看，我就是想做一次让你激动不已的永不锈蚀的花钱机器。最后，正如我朋友预言的那样，晚年的我必将在贫穷和孤独中死去。这样的结局很合我的胃口，那会儿即使我还想嗅一嗅小姑娘的芳香，也没有足够的汽油把我再发动起来，不行了，有没有钱也就无所谓了。

父亲站在发廊的镜子前，仔细地端详着自己。看得出来，他对自己的新形象十分满意，虽然那头黑发此刻更像是假发。年轻时的父亲是个英俊的小伙子，很为自己陶醉，尤其擅长打篮球。当然是打中场，后来，不管在家里，或者在单位，他都擅长打中场，如果没有中场的位置给他，他会很难过的。上大学的时候父亲是校男篮的主力兼女篮教练，经常带着十几个充满青春朝气的女队员去兄弟院校比赛。他让我看那些发了黄的黑白照片，想使我更加尊敬他，结果只是让我发了疯地嫉妒。我第一次勃起以后就不止一次地追问过我的父亲，他有没有和其中哪个搞过，你必须和我说实话。如果他说他和她们都搞过，我会兴奋地跳起来的，但是父亲的回答很平淡，他说确实没有，那会儿不兴这个。现在父亲转过身来，拍了拍我的肩膀，说：走！好像他又要带着他的篮球队南征北战了。我说等等，钱还没付呢。我给了那个矮矮的一身发胶味的女人一张一百面值的钞票，让她帮我破开。每当这种时候，我耳朵里好像都可以听到一声悦耳的金属碰击声，就像轻轻地击打了一下音叉，一张钞票变成了若干张小钞票。当然我也可以让她不用找了，只要拜托她把我的父亲领到那个门帘后面去，给他相当价值的货就可以了。但是这个温州来的小姐除了她的年龄其他方面实在丑得要命，我怕我的父亲硬不起来。另外，不出意外的话，她的身体肯定是有毒的。所以，我不应该那样做，我觉得那样做对不住自己和父亲多年的友谊。在这里我得承认，其实我本人搞过比她更丑的女人，这没什么，我并不为此感到耻辱。但是当我想象我的父亲或者我的好朋友和这样一个女人在那里磨来蹭去的情景时，我就会压抑不住我的愤怒。我爱我的父亲。

当我们行走在这个城市最繁华的街道上，我发现很多过往的行人都要对父亲多看两眼，不是看他的脸，而是看他的头发。他走得很快，在人群中穿行，常常把我远远地落在后面。我喜欢看他的背影，像一个冲劲十足的年轻人双手插在裤兜里。有时从我的角度，只能看到那一头黑发随着人流一浮一沉，像一面旗帜。但是，那毕竟是一头他妈的"一洗黑"染过的黑发，想到这一点，我禁不住鼻子一酸。我的儿子将在我的身后，看着我的背影，我孙子将在我儿子的身后，看着我儿子的背影，当然我孙子的背影还要留给他的后来者。我们连成一线，就成了我在老家见过的那种拉网，各个时代的女人们就像色彩斑斓的热带鱼那样穿梭其中，有时我们有所收获，有时什么也捞不到，我们说不出其中的幸福，也道不出其中的悲哀，就是这样。我说过，我不幸染上了"性"这种病，据说还是遗传性的，但是接触也能传染，发作时我口干舌燥，胡言乱语。在这方面，我多么羡慕我的父亲，他不会没有这种病，但是从容得很，病情从来没有这么严重过，在他身上就像一次感冒那样不起眼。当然可以这么说吗？这也正是为什么这种病到了我身上却变得如此严重的根本原因。我紧追了几步，赶上了父亲。我对他说，看你走得这么快，好像你已经打算好了去哪了似的。父亲说，没有，去哪不是说由你决定吗？

"既然没决定去哪，你在前面为什么走那么快？"

"走走嘛，随便走走也很愉快的。你说吧，去哪？"

我也不知道去哪好。我拉着父亲来到街边的饮料点，买了两杯纸杯可乐。父亲的脸在阳光下显得那么健康，阳光从毛孔里射出来。他好像有点出汗，头发黏在一起，自然就不像刚才那么飘逸了，我担心他的额头会流下一小道黑水来，答应我，千万别这样。母亲有没有叫你代买什么东西？我问他。父亲说，没有，你母亲还不知道我到了你这。那么说，你和我一样，是完全自由的啦？那当然，是一个男人和另一个男人在一起，我们应该干些什么呢？那还用说，我们应该去干一件男人干的事情。但这是下午，太阳还这么高？真是，太阳这么高又怎么样！只要我掏出两枚硬币一扔，只听到清脆的两响，黑夜就为我们提前到来了。我和父亲捧着各自的可乐，蹲在人行道一侧的台阶上。我们只是不时地抬头看看对方，但是潜在的对话一直没有中断过。我想，我应该了解父亲需要的是什么。对此，做儿子的有不该推卸的责任。如果是我将来有一天得了个闲，摆脱了上老下小，摆脱了名誉地位，一头蹿出来，去找我的儿子，我就希望看到我的儿子能有些出息，能为他辛劳的父亲找点难得的乐子来，而不是像个白痴那样只知道一脸虔诚而又空洞地尊敬、尊敬。听我说，儿子，尊敬这玩意太不实惠了。我们都要向钱学习，向浪漫的美元学习，向坚挺的日元学习，向心平气和的瑞士法郎学习，学习它们那种绝不虚伪的实实在在的品质。

    没想到那只可乐纸杯，给我们带来了小小的麻烦。父亲边走边和我很投入地谈着海湾局势。战争或者谈论战争从来就是可以用来缓解一些性欲问题的。他的左手不停地挥动着，所以没有注意到他的右手已经把捏瘪了的纸杯扔在了真维斯服装专卖店的门口。平时他是绝不会这样的，我保证，是因为日趋紧张的海湾局势造成了这一点。另外，也有可能是因为我的缘故，父亲每次和我在一起总是有那么一点失态。那位套着红袖章的中年妇女用当地土话大喊着，从后面追上来，一把抓住了父亲的手臂。当他明白是怎么回事的时候，父亲的脸竟然一下子红了。他连声说对不起，然后很快地跑过去，捡起纸杯把它扔到了草绿色的果壳箱里。但是这么做，在那位一脸横肉的中年妇女看来仍然是不够的，所以她还是唰地撕下了一张罚款单，不多，也就两块钱。父亲愣住了，三个人面面相对地站在那里。街上的人流到了我们这就遭遇到了一小块意外的暗礁，有些人开始注意我们了。这种事总是让我头疼，我从来没有周旋的耐心，即使我口袋里只有两块钱，这会儿我也会毫不犹豫地给她，给她，以免口舌之累。父亲脸上的红退了，他变得非常冷静，伸手按住了我掏钱的手。这下你就听吧，两个人你一句我一句地论战开了，直到我们的周围站满了看热闹的人。我觉得极不自然，我这个人有个缺点就是死要面子，所以，我的右手禁不住又去掏钱。父亲在侃侃而谈的同时，眼都不抬，就伸手过来，再次准确地按住了我的手。我有点不高兴了，我想挣脱父亲的手把那该死的两块钱拉出来，但是父亲的手暗中加了一成力气。我感觉到了父亲的坚决，于是也就算了。作为儿子这种时候我能做的就是坚持站在父亲的身边，不管旁边围了多少人，不管别人用什么样的目光看待我们。我不帮父亲说话，一句也不说，现在想起来我对自己很失望。那个一脸横肉的中年妇女，起初是不近人情，后来像骂街一样不讲道理，她执意想把那两块钱拿回家去。父亲的解释相应的也变得有了一点意思，他说，那只纸杯是他准备带回去继续用的，多漂亮的纸杯啊，怎么会舍得扔掉？但是它不幸掉了，就像钱包掉了一样，掉钱包已经够倒霉的了，还要罚款吗？没听说过。她反驳说，带回去用的东西？那你刚才为什么把它扔进垃圾箱里？父亲笑着说，它掉到了地上，黏上了脏东西，就是说，那已经不是我要带回去的那只纸杯啦，它已不是原来的那只纸杯啦，所以我把它扔了。

终于摆脱这件事的时候，我心情糟透了。而父亲却显得有些意满自得，两块钱没有从我们的口袋里飞走，还在我们的口袋里享受着我们亲人般的体温。按时下的比价，两块钱也就是零点二五美元，即二十五美分。我在父亲的身后走得很慢，不想追上去。起初父亲没有觉察，走出五十米以后，才意识到。他在原地站了下来，等我赶上。

"你觉得我丢了你的脸，是吗？"

"我有什么脸可以给你丢，真是，我没脸。我在旁边一声不吭，你是不是觉得我丢了你的脸？"

"没有。"

"没有？你是不是觉得我不仗义？"

"也没有。"

"也没有？"

父亲和我都笑了。我们恢复了行走，但是彼此仍然不说话。在快到天桥的地方，有几个穿着苗族服装的女人上来向我们兜售银器。大家都知道她们是骗子，但是她们的服装那么艳丽，那么新奇，于是大家就原谅了她们。父亲仔细地从上到下研究了一下她们的服饰，并不看她们手中的银项链、银手镯。我掏钱买了一条银项链，我这个人经不住劝。何况很便宜，就两块钱，我知道那是假货，但是它很漂亮，比真的还漂亮。父亲把项链缠在手上反复看了看，然后说，确实不错。他说再买一条吧。我知道他是想带回去作为礼物，送给我的妹妹，就花两块钱把她打发了。她还在读中学，成绩不太好，因为人长得像这条银项链一样亮闪闪的。

"你看，两块钱就可以买到这么漂亮的东西！"

"你什么意思？"我问父亲。

"没什么，刚才要是把两块钱给了……"

"两块钱买个耳根清净，不值吗？"

"值不值，我们不管。如果那样做了，我总觉得对那两块钱不够尊重，你看呢？是两块钱，它就该得到两块钱的尊重。"

最后，我们来到了南方影城。这里正在独家放映一部获了什么大奖的爱情片，所以大厅里有很多人，三点三十的一场就快要检票了。票很好买，但是风骚的陪看小姐不太好找。往常这里总是不难找到的，花上四十块钱，买两张包厢票，你不愁没人陪你看。开始放映以后，场内灯全黑了下来，你就可以在角落里合着银幕上的节奏干自己的事情。当然要想干得很深入，有些困难，但是你们可以坐在沙发里慢慢从容地商量一下，看完电影以后，另找个地方移师再战。电影开场五分钟以后，我终于逮到了两只。看起来不太理想，她们两个在大厅里结伴而行，穿着短短的黑裙子。那四条腿瘦得连一点肉星儿都没有，就像两个过冬的树杈杈。但是我们不应该忘记就在那两个不起眼的树杈杈里，不出意外的话，还有两个构造合理的小鸟窝，鸟窝里每个月都会有一只温暖的小鸟蛋。我们不该再苛求什么了，我们时间有限。我买了两组包厢票，准备和父亲分头行动。后者对这种方式，好像有那么一点陌生，但是我相信他那经过时间充分考验的适应能力。进场时，我在父亲的耳边说，票价是四十块钱。按时下的比价，合五美元。我只是想提醒他，用他自己的话来说，是四十块钱，就该得到四十块钱的尊重。

这是怎样的一部爱情影片啊。男主人公小林是个不走运的画家，一幅画也卖不出去，最后连买油画颜料的钱都没有，更不用说请模特儿了。为了糊口，他不得不到街头去为人画像。这生意也不好做，因为小林总是画得不像，他的顾客对他说，这是我吗？然后拒绝付钱。这时女主人公出现了，她叫小艾，她在小林对面的那张方凳上款款地坐了下来。小林有些紧张，因为陪小艾一阵来的那个胖胖的男人就站在他的后边，像条恶狗一样监视着他的一笔一画。当然这次，小林画得糟透了，不断修改，致使那张美丽的脸变得有些黑。那个男人先跳了起来，把那张像扔到了地上，而且好像还要揍小林一顿。但是小艾过来了，从地上捡起了那幅画，仔细地看了看，说，她喜欢。小林于是意外地得到了双倍的报酬。这就是小林小艾爱情故事的开端。再下去，情节就有点让人难受了。小艾原来是个流莺，靠和男人睡觉来生活。她每个星期都要来小林的画摊，让小林给她画一次像，然后给小林一笔钱。这笔钱可维持小林一个星期的开销，还能买上点颜料。钱花完的时候，小艾就又来了。就是说小林每星期要画上一张小艾的肖像，每星期都要用那样的眼神端详一番小艾，于是爱便油然而生。但是小艾从来都拒绝小林的非分之想，不让他接近自己。小林当然很是苦恼，但是他毕竟可以继续画画了。就这样，艺术家小林度过了他一生中最困难的时期，他的画开始卖得不错了，成了个小名人，他本人也要离开这个地方去谋求更大的发展。于是他想找到小艾告诉她这一点，我估计他还想和小艾睡上一觉，以使他们的关系有个说法。但是阴差阳错，他没能见到小艾。他便在他的画摊那儿贴了一张给小艾的公开信，上面说他爱她，请她不要躲避他，并且留下了联系地址。小林离开那个地方以后，一直在等着小艾的信，但是一直没有。他就是在这种思恋中继续他的艺术生涯的，结果他成了一个名闻遐迩的大画家。这种故事难免有一个庸俗的结尾，功成名就的小林回到了那个地方，在一个意外的场合见到了备受男人摧残的婊子小艾。后者年老色衰，拉不到什么客人了。小林没有嫌弃她，把她带回旅馆，两个人终于睡了一回。小艾身体满是让人潸然泪下的伤痕。但是小艾始终否认她就是小艾，她对小林说，他编这套谎话来骗她，是不是想不付钱。小林还想说什么，小艾大闹起来，引起很多人围观。小艾大骂着，要他赶快付钱，小林没有办法，在众人的注视下痛不欲生地扔下了一沓钞票。请注意，这里是慢镜头，一张张美丽的美元身体轻盈地旋转着，缓缓地飘啊，飘啊。婊子小艾忙不迭地把钱捡了起来，骂骂咧咧地离开了旅馆。她已经有些年头没卖过这么好的价了。免不了还有这样的镜头，小艾匆匆地转过几个街角，然后在黑暗的角落里靠着墙流下了亮亮的泪珠。小林无限惆怅地踏上归途，他当然落下了心病，这对他以后的艺术生涯无疑也是很有帮助的。这就是一个伟大的婊子成就一个艺术家的爱情故事，编剧是朱文。这种故事一分钱两个，既批发也零售，你就慢慢享用吧。

我很想知道父亲那边的进展情况。但是我什么也看不见，电影院里光线只够你跌跌撞撞地找到上厕所的路。我搂着的那个女孩，我得这么称呼，因为她告诉我她只有十七岁跟我要一听可乐，我给了她一块口香糖。我说，喝那么多水干吗，上厕所不是件很麻烦的事情吗？她说，你这人怎么这样，小气巴拉的。我说懂了，你要一听可乐其实并不是因为渴，是吗？你只是认为让我在这摸摸弄弄的，你有理由让我再花上他妈的四块钱，也就是零点五美元，对吗？没关系，一会儿散场的时候，我再给你四块钱现金就得了。她把我的手从她的裙子里拉了出来，说你这个人真没劲，一点情调都没有。情调？情调是什么东西？我因此认为，这个女孩还没有成长为一个地道的婊子，她还知道情调，可以去做一个女作家、女诗人。电影上的情调把她完全吸引住了，她像截木头那样听凭我的手在她身上寻找我的情调。后来，我觉得乏味得很，便离了座，开始在黑暗中辨认父亲的方位。转了一大圈也没能找到，因为坐在这种鸳鸯座里的人都抱成一团，隐隐地，你可以看到一些修长的腿在闪光，但是就是看不清脸。在这样的光线下，脸已经不重要了。不得已，我又回到我的包厢，很后悔没记好父亲的包厢号，因为此刻我真想看看父亲的德性。我重新坐了下来，侧过身体，刚想把手伸过去，却意外地发现那个女孩出神地盯着银幕，眼角挂着一颗晶亮的泪珠。我迟疑了一会儿，把手又缩了回来。你说这算什么事，我对自己有那么一点失望，我竟然认为婊子的眼泪比她的另一种分泌物更应该得到男人的尊敬。这就坏了，我没能克服这一点，剩下的时间就被我给浪费了。当电影的情节稍微有一点欢乐色彩的时候，我问她，你的同伴多大岁数？她说，和她同岁。你们不会还在上中学吧？她真诚实，她告诉我，她们确实是高中二年级学生。这就有点意思了。我的妹妹，也是高二的学生。出于好奇，我接着问她，你们父母是不是过世得早？她很生气，骂了我一句，说你父母才死得早呢。那你们是为了买新衣服的钱才出来干这一行的吗？我接二连三的问题显然已经让她有些不耐烦了，她皱着眉头，追问我，干哪一行？明摆着，这一行啊！你说说清楚，我们是干哪一行的？那还用说嘛，你们是婊子，我们是嫖客。那还会有错吗？她不吭声了，半天才说了一句，你这个人真没劲。又过了一会儿，她提出要上厕所。我说，你自己去好了。她挎上她的小包笃笃笃地去了，但是再也没有回来。

我是一个人待在空阔的包厢里把影片看完的。散场以后，我随着人流往外去，我头昏脑涨，但心里仍然是那种性生活刚进行了一半的感觉。那个老女人王晴现在不知道在谁的怀抱里。我四处看了看，希望看到父亲和他那个小婊子，希望他别像我这样倒霉。我自己琢磨着，这四十块，我大概只捞回来四分之一，也就是说，其中三十块，合三点七五美元泡了汤。我在电影院门口的台阶上站了很久，始终不见父亲出现。又过了大概五分钟时间，父亲终于出现了，他站在对面的商场门口大声叫着我，手里挥动着一串烤羊肉。现在他要到我这边来，必须从天桥上过来。我仰着头就这么看着父亲一个人精神抖擞地拾级而上，然后在繁忙的车流之上水平地滑行，再然后，他一步两个台阶地下来了。看那架势，他应该是已经把我失去的三点七五美元多少捞回了一点才是。我的父亲是个务实的人，从不做无谓的事情，也从来不搞情调，他总是让我对自己充满信心。

但是，这一回我们亏惨了。父亲没等到女主角小艾出场，就溜出了电影院，一个人在大街上转悠了一个多小时，吃了五串烤羊肉、五串烤猪肉，还有一碗牛肉粉丝、一串冰糖葫芦。他再次成功地把性欲转化成了旺盛的食欲，这使我对他很是不满。更让我不解的是，父亲和那个瘦瘦的小姑娘在一起没待满十分钟，他就迫不及待地把那条银项链作为礼物送给了她。你碰都没碰她，为什么还要送她东西？父亲的回答很含糊，颠来倒去，无非是强调她还很小，她还是个孩子。父亲的意思是，如果一个女人还很小，还没到谋生的年龄，她就有权利无偿地得到所有的东西。这是一种虚伪的情感，我决定就此不放过，狠狠地攻击一番父亲，这种机会不常有，我必须紧紧地抓住。首先，我夺过父亲手上剩下的那串羊肉，愤愤不平地把它吞了下去。然后，我就执意要父亲解释他是怎么尊重那条银项链怎么尊重那两块钱的。起初他不以为意，乐呵呵的，随我怎么说。但是后来他终于急眼了，脸一板，在马路斑马线的中央站了下来。一辆黑色的小轿车擦着他的臂弯呼啸着过去了。

"你听我说，其实只要静下心来，你就会知道，我们真正需要的女人并不像我们渴望的那么多。我们只需要很少的一些，这就够了，不是吗？"

"我不知道，我至少清楚自己并不像你说的那样。"

"不，不，你再想一想。你的需要也不更加特别，不要相信自己的渲染。我承认，你比我年轻，身体比我棒，可能你比我需要的更多一些，但是也绝对不会多到你以为的那种地步。你再想一想。"

"我不和你争这个问题。我不认为身体好的人就更需要性。或者，我干脆这么说，性与身体无关。一个男人即使被阉割了，他也需要性。性并不是简单的夫妻生活，也不是通奸乱伦，它要广阔得多，它是无时不在的，有时是个眼神，有时是一个动作。一个不正视性的人，是一个不诚实的人。我不愿意和这种人打交道。"

父亲变得急躁起来，他用手无奈地指了指我，然后摇了摇头。十字路口的交警这会儿冲我们这边吆喝起来，他要我们赶快离开。我扶住父亲的肩膀在一辆加长的公共汽车驶过之后，迅速地穿过马路，来到路边站着。在我们的身边立着一个呆头呆脑的分贝仪，它告诉我们这个城市的噪音到底有多大。父亲显然被我的不信任伤害了，低着头，年过半百的中年人的苍老的神态流露出来。我多么不愿意看到这样，我爱我的父亲。多年以来，他无条件地容忍了我这么一个儿子，他已经够伟大的了。我没有权利继续苛求我的朋友。我拍拍父亲的肩膀，然后建议，算了，我们去看看弟弟，看他回来了没有。但是父亲没挪地方。

"不能算了，你必须跟我说说清楚。是我不诚实吗？我看，是性把你的脑袋烧糊涂了。不是每一个男人看到随便一个女人都想到去搞，都想到该死的性。人跟人是不一样的。看到女人就上去搞，那就叫诚实，不想上去，就叫不诚实，哪有这么简单的事情。"

"我是觉得亏嘛，钱花出去了，但是我们什么也没有捞到。可能这还涉及不到性，这就是生意嘛。谁也不想做赔本的生意。用你的话来说……"

"你从小就喜欢滥用我的话。比如，刚才那个女孩，我看着她，自始至终，脑袋里就没想到什么性，这不是一件很正常的事情吗？如果我为了不让你看我笑话，而强迫自己把那根性神经调动起来，你就觉得我真实了，是吗？"

"我反正不知道怎么想。你说了半天，也没说到我最关心的问题上。我是想要你解释，你为什么要把那条银项链送给她，她是晓晴吗？她是我妹妹吗？"

"她坐在我旁边，主动过来，偎依着我，当时我确实觉得有那么一点温暖。但是记住，这种温暖与你的性无关。所以，我就把项链给了她。我知道她这种温暖很廉价，但是那根项链也很廉价，不是吗？你还想知道些什么？"

我冲父亲笑了笑。

"好了，我们不谈了。反正我今天算是看到了，你的勇气就像你的性欲那样都有着很显然的界限，不像我想象的那样厉害。不过，也不令人十分失望。"

"说得轻松，你先活到我这岁数再说。"

我们来到三十一路站牌下，准备乘车去弟弟那里。父亲忽然抓住我的胳膊，很严肃地对我说，我跟你说，你这个人现在有问题。什么问题？你给我记住，性是生活中的一件必要的事情，但不是一件特别的事情。我对他说，这种话谁都会说，像一句空洞的名言。问题是人们没法按照名言去生活。我们知道性不是坏东西，也不是好东西，我们需要它，这是事实。如果我们的生活中没有，正好商场里有卖，我们就去买，为什么不呢？从商场里买来的也是货真价实的，它放在我们的菜篮里，同其他菜一样，我们不要对它有更多的想法。就像吃肉那样，你张开嘴把性也吃下去吧，只要别噎着。

你要努力吃得体面一些，你要努力吃得心安理得，你要努力吃出经
验来，你要努力保持住你良好的胃口。吃肉的前前后后，你犯不着
来一段抒情，或者来一段反思，那么性也一样，吃吧。父亲打断了
我的夸夸其谈，他对我说，那好，就用你的话我再给你进一言，性
这玩意只能当菜吃，不能当饭吃。不过也没关系，父亲继续说道，
时间会有耐心慢慢地教育你，用不着我来为你操心。

　　弟弟还是不在，租来的那间平房里仍然是空荡荡的。父亲写的
纸条还插在门上，看来没人回来过。但是父亲趴在窗上借着傍晚的
光线看了半天以后，断定有人曾经回来过，因为他认为那条绿条纹
的毯子被挪动过了。父亲总是能看到一些你根本注意不到的细节，
你没注意到就只能凭他说，所以你也没法知道他说的对不对。因为
总是找不到，所以弟弟变得更加重要起来。父亲执意要在晚饭以前
到弟弟学校里再去找一找。我劝他算了，找到了，见面也不愉快，
何必呢？下次等你时间充裕一点的时候，我们再来找他。那晚上我
们干什么？父亲问我。我听出他的语气中似乎有某种隐秘的期待。
我说爸爸，我这个人你还不了解吗，我肯定会不遗余力地为你找一
点乐子来，我知道这些年来你支撑着这个家很不容易。我是长子，
尤其能体谅到这一点。但是你来得太仓促，而你的儿子目前还不是
个拉皮条的，手里没有一串芳香的 BP 机号码。我本人的境况你也
看到了，不富裕，我只能尽力而为。再加上你的趣味，又是那么不
合时宜，所以作为一个厚道的朋友，我不向你保证，我们一定会过

上一个充实的夜晚，这种事只能走着瞧，你说呢？我们都有点举棋不定，在我们面前匆匆而过的是下班的车流，在这条车流中浮沉的是长统袜连裤袜以及那个被巧妙隐藏着的金光闪闪的性。我意外地发现，她们都很出色，带着骄傲的神情，从父亲和我的荒凉的岛屿旁流了过去。我们的生活出了什么问题，这些女人为什么不停下来，她们都要滑到哪里去呢？我觉得我的双眼已经很累了，在我看来，那些流动不定的色块的光芒就像锋利的针一样。父亲朝我转过脸来，我的天啦，他的眼角还有泪水，他是老沙眼，我是小沙眼。所以，我们最好不要再在路边待下去了，我们这就起步去找弟弟。

我猜想弟弟已经知道父亲来了，所以我对他可能出现在我们能找到的地方不抱什么希望。我和弟弟谈过多次，我说父亲毕竟是我们的老哥们，他对你的干涉完全是出于一个长辈善意的考虑，你不应该计较。父亲瞧不上你的音乐也是自然不过的事情，因为应该说他基本上（虽然他不承认）是个五音不全的人。他也瞧不上我的写作，他认为我的小说格调低下，我的诗歌没什么名堂，这有什么关系呢？每次在我最需要帮助的时候，父亲就站了出来，这就足够了。你不要成天为你自己感动，以为只有你绝不媚俗，要记住，你的绝不媚俗就是以父亲毫不掩饰的庸俗为代价的。我们在那所综合性大学的教学区里转悠了半天，不见弟弟的踪影。这座学府里至少有一万形形色色的学生，我们这样的盲目的寻找本身就是个错误。我们在内容丰富的布告栏前盘桓了很长时间。自从大学毕业以后，我就没再走进过哪座学府的门，父亲恐怕更是这样。时过境迁，曾经熟悉的一段让我不胜厌倦的生活重新变得亲切起来。父亲和我都行走在各自的回忆之中。有四五个女生说说笑笑走在我们的前面，好像是低年级的，我和父亲不自觉地就跟在了后面，像两个花痴。其中一个扎辫子的女生马上发现了我们，不时地回头看上我们一眼。我注意到，她比刚才活跃许多，一举一动有了一点表演的色彩，她已经意识到此刻她拥有一老一少两个虔诚的观众。妈的，现在想起来，学校真是个好去处。如果你的口袋里没有沉甸甸的美元，又想搞到多一点的女人，就像我这种角色，你最好到学校里来。这里是一片广阔的天地，你会大有作为的。就这样，我们亦步亦趋地跟在那四五个蹦蹦跳跳的小松鼠的后面，在学校里兜了一个大圈子，实际上我们已经忘记我们来这的目的了。在体育馆门口，我们不得不停了下来，因为这会儿在那进出的都是焕发着青春朝气的女生，有的已经换上了一身健美服，有的正准备换上。她们的健康实在让我们自惭形秽。我说爸爸，一不小心，我们已经跟踪追击到她们的老窝来了。我递给父亲一支烟，我们就在一棵大树下继续站着，脸色严峻，我们似乎是想觅个机会将她们一网打尽。没一会儿，哨子响了，一个穿着教练服的中年妇女拍拍手，姑娘们就在体育馆前的草坪上集合起来，叽叽喳喳的，全都穿着艳丽的健美服。当然，更为艳丽的是健美服没能遮住的那些部分。她们排成了一个方阵，然后双腿叉开，展开双臂，仰头望着天空，等待音乐开始。那个幸福的教练员并不急于打开她的脚边的录音机，而是走到那个令人目眩的方阵中去，绕来绕去的，纠正着其中几位的造型。被反复纠正的那位不是别人，正是刚才走在我们前面的扎辫子的姑娘。我觉得她的造型是最出色的，她的教练却认为，她动作的幅度大了一点，展开得过于充分了一点。音乐还不开始，这短暂的宁静简直要让人窒息过去。求求你啦，快打开录音机吧。音乐终于开始了，是合成器演奏的四二拍快节奏的乐曲。整个方阵运动起来，说实话，她们跳得糟透了，她们至少要再上两星期课，才能跳得稍微好那么一些。这种舞蹈只产生热量，不产生美感。但是我们并不需要所谓的美感，是吗？我回头看看父亲，我们还能说什么呢？看看，我们谁也没有理由沮丧，谁也不应该颓废，拿出勇气来，生活从来都不像我们以为的那么糟。我很想走到那个方阵的正中间去，对着天空展开我的双臂，为可爱的姑娘们降一场激情的大雪，从没见过的大雪啊，雪片都是一百面额的美元，纷纷扬扬，为她们带来真正的刻骨的青春的快乐。父亲用脚碾碎了他的烟头，用肩头撞了我一下，走，我们到弟弟的宿舍里去看看，说不定他会在那里。我们走出一段距离以后，不约而同地又一起回头张了一眼，眼神中那意思似乎就是，算了，今天先放你们一马。

当爬上弟弟他们那层楼时，宿舍及走廊里的灯正好亮了起来，我们听到一阵欢呼。他们在欢呼什么，我真搞不懂，希望他们自己能清楚。我们都有点后悔，弟弟根本不会在这里，他早搬走了，我们知道。我们是出于当时一阵莫名的慌乱而作出这个决定的。但是既然已经来了，那也只好过去看看。看得出来，弟弟的人缘很不好，他的同学对我们的再次来访并不欢迎，连那种伪装的欢迎的姿态都没有。一个个借故走了出去，最后只留下父亲和我坐在弟弟的那张空铺上。肯定有那么几个就待在旁边的哪个宿舍里，他们在等待我们灰溜溜地离开以后，好过来把门一举锁上。晚饭时间好像已经过了，就是说这伙呆子已经填饱了肚子要去自修室啃他们那些没用的书本。上学的时候，我就对上晚自修的同学没有什么好感，现在还是这样。弟弟和我一样不上晚自修，也很少上课，所以我很欣赏他。我认为我们做学生都作出了一点难得的风度。但是我可以一夜之间啃完一本《理论力学》，第二天顺利通过期终考试，弟弟却做不到这一点。好在他的另一项才能总是及时地帮助他。我的弟弟非常英俊，除了英俊他还善于作弊，瞒天过海，技艺高超得匪夷所思。我再没见过一个人，能像他那样把委琐卑劣的作弊提升到阳春白雪的艺术高度。就冲这一点，我也相信他会成为一个出色的流行音乐家的，没问题。现在有了我们这样的两个儿子，你就不得不对我尊敬的刚用过"一洗黑"的父亲刮目相看了。他对我说，肚子好像有点饿了。是的，爸爸，你已经在不知所措的生活中饿了很多年了。

这时，门口出现了一个女孩，双肩背着一个挺时髦的小旅行包，头发很短，就像男孩子那么短。我们还没有来得及看清她的脸，她就径直往我们这边过来了，她请父亲让开，然后也请我让开。我们弓着背站了起来，有点诧异地看着她在弟弟床上的那堆杂物里翻来翻去。父亲很小心地问道，你在找什么？她头也不抬，说不在找什么。然后她又转身在那张满是没洗的饭盒、酸奶瓶、教科书的桌上乱翻开来。她看起来很急躁，我们也就没再问什么。翻完以后，她似乎有些失望，也不跟我们打招呼，就往门外去了。她这就走了？我仍然没有看清她的脸。我对她说，等等，你是来找朱武的吗？她停了下来，说，她知道朱武不在，她是来看看朱武有没有留条给她。那么，你是朱武的同学啦？她说，不是同学，是朋友。你们也是来找朱武的？父亲点了点头。这位女孩从门口折了回来，坐到了我们对面的那张铺上。这下我看清了她的脸，还算秀气，不过，看她脸上那副自信的神态，我想她本人肯定以为她自己那张脸要比她实际拥有的那张来得精彩得多。她告诉我们，朱武搬出去住已经有两个月了。我说知道。那么你们为什么还要在这等下去？我对她说，我们去朱武现在住的地方找过了，他不在，所以我们到这里来碰碰运气，你看运气来了，也许你会告诉我们在哪里可以找到他。她笑了笑说，她只知道最近他搞乐队想买新乐器，所以晚上都到歌厅里去弹琴挣钱，但是到底在哪家歌厅她也不知道。是这样，我也没什么好问的了，但是我发现她此刻越来越出神地看着我。

"你是他哥哥？"

我点了点头，并且向她介绍坐在我旁边的那位头发铮黑的偏大一点的小伙子就是朱武的父亲。她稍微有了些拘谨，红了脸，匆忙向父亲友好地点了下头，然后又看着我。这会儿她像一个女孩了。

"朱武跟我说起过你，说你是个还没有成名的作家。我还读过你的东西，《关于九〇年的月亮》，对吧？"

"是朱武给你看的？"

"是的。他对我说，你看看，以后我如果搞音乐没有成功，我就去写作，我动起手来肯定比我哥强多啦。"

"他是这么说的？"

"对，他还说，你现在堕落了，没有希望了。看来得靠他一曲成名，然后拨点钱给你，让你出本小册子。"

我注意到父亲在一边笑了。这个王八蛋怎么能这样说我，而且还当着一个女孩的面。弟弟所说的"堕落"，大概就是过性生活的意思。有了性生活，他就认为你堕落了。他自己不过，也不允许别人隔三差五地过上一回，这算什么事。不过，我很佩服他，可以整夜和一个女孩躺在一起聊天就是不干那事。我不知道眼前这个女孩是不是就是和他躺了一整夜的那位。我刚想问问那个女孩叫什么名字，但是她抢先开了口。

"其实，其实……我自己很喜欢你的作品，真的。"

每当碰到这种时候，我总是很得意，一点也不掩饰。于是我一下子就找到感觉了，我主动向她介绍了我已写出的作品，在哪可以找到它们，以及我正在写的作品，我将要写的作品。她听得很入神，而且不断地带着迷惘的表情重复我的要点，这就对了。父亲在一边显然被冷落了，但是我佯装不知。这会儿房间里如果有只篮球，父亲肯定就来劲了，他会抓起篮球尽他所能地玩出最拿人的小花招来，直到把这位姑娘的视线全吸引过去。在父亲的咳嗽声中，我把自己的住址给了那个叫小燕的女孩，希望她没事尽可以过去找我玩。玩什么？我问自己，当然是能玩什么就玩什么。小燕是师范大学的音乐系的学生，她的脸不像刚进来时那么焦躁了，有了些模糊的亮色，她干脆把肩上的包都卸了下来，很想和我继续谈下去的意思。但是，父亲发话了。

"你吃过饭了吗？"

"过来的时候，在街上吃过了，你们还没吃吗？"小燕说。

是的，父亲说，然后一扯我的胳膊，建议我该去吃饭了。我问小燕是不是一同再去吃点。她正在犹豫，父亲说，人家女孩子都是从不多吃的，怕发胖。我们就不要难为人家了。我说爸爸，你这么做想干吗？小燕笑了笑，天啦，还有两个流光溢彩的酒窝。她说，她不怕发胖，但是今天不想再吃了。我和父亲出门的时候，父亲回过身关照小燕，如果见到弟弟的话，请转告他晚上一定去他哥那一趟。

外面已经完全黑透了。右边的篮球场上好像还有人在打篮球，但是我们看不清打篮球的人。奔跑的声音和篮球叩地的声音，然后是篮球撞击篮板的声音，紧接着又是一阵忙乱奔跑声。我知道又一次上篮无可挽回地失败了。父亲站在那里听了一会儿，然后转过脸来，轻声地问我。

"你想干吗？啊，你想干吗？"

我弯下腰对父亲说，没有啊，我不想干吗。我说的也很轻。算了，你的德性我清楚，明摆着，你想打小燕的主意，我早看出来了。父亲用一种毋庸置疑的口吻说道。

"好，好，这有什么不可以吗？"我说得仍然很轻，因为我们注意到楼梯口有个人下来了，正在那开自行车的链条锁。那个人好像就是小燕。

"可以？"父亲更加压低了他的嗓门，"小燕说不定是弟弟的女朋友，说不定就是，你也不搞搞清楚，就敢下手？"

我刚要说什么，父亲伸手制止了我。小燕上了自行车，哼着歌，从离我们不远的地方滑了过去，滑过路灯下时，我们清楚地看到了她白色的背影。我清了清嗓子，继续对父亲说：

"我很希望自己能六亲不认，实际上我未必就能做到。如果做不到，到时候我自己会阳痿的，我的身体会帮我掌握尺度，你不要担心。"

"我担心个屁！我看你是完了。走，吃饭去。"

这顿晚饭吃得不算愉快。父亲要求喝一点白酒，看这样子，他是不打算晚上再和我出去瞎转了。翰林饭店就开在学校附近，专做学生生意的，价格相对便宜一些，但是人特别多，菜上得特别慢。在第一道菜与第二道菜之间，我靠在椅子的靠背上小睡了那么一觉。我觉得有些累了，一闭上眼睛，那种性生活刚进行到一半的心境又涌了上来。王晴是个自我感觉良好的老女人，但是老得不算厉害，她是属于从里向外一层一层老开去的那种，眼下还颇有几处说得过去的地方。父亲用筷子很响地敲了敲桌子，对我说，菜来了。

我到底怎么看待自己，怎么看待自己的写作？我想，我了解自己，我清楚自己正在干的这件事情，我有能力对这一切负起责任来。你应该对我你的儿子坚定起信心，他在过一种他应该过的生活，他在过一种有希望的生活。他希望和你做永远的朋友，而不希望变成你的敌人。他喜欢女人，越来越多的女人，越来越漂亮的女人，越来越令人难忘的女人，但是女人不会将他毁掉。如果存在着什么危险，那危险只来自他至今不肯放弃的对伟大爱情的信仰，多么幼稚又多么固执。他渴望金钱，血管里都是金币滚动的声音，他希望他诚实的劳动能够得到诚实的尊重，能被标上越来越高的价码。价码是最诚实的，别的都不是。他相信在千字一万的稿酬标准下比在千字三十的稿酬标准下工作得更好，他看到美元满天飞舞，他就会热血沸腾，就会有源源不断的遏止不住的灵感。与金钱的腐蚀相比，贫穷是更为可怕的。我非常尊敬我的前辈，那些历尽磨难的老作家，他们对钱不感兴趣，也没有睡过十个以上的女人，所以他们没能写出什么东西。再看看稍后一些的作家，他们终于尝到一点金钱和女人的甜头了，但是谈起来要么扭扭捏捏，要么装腔作势，所以我们也不能希望他们能干出什么像样的事情来。但是再后来就不一样了，一伙贪婪无比的家伙双眼通红地从各个角落里冲了出来，东砸西抢，骂骂咧咧。他们是为金钱而写作的，他们是为女人而写作的，所以他们被认为是最有希望的。但是其中若干角色支撑不了多少时间就精疲力竭了，他们的肾有毛病，谁也帮不了他们。我说爸爸，能说的我都对你说了，喝吧。

父亲的话比往常都多，他跟我聊了这么多年，还是不断地有我从没听过的往事可以告诉我。我听完当然觉得很新鲜，我对他说，妈的，你真不够朋友，我的所有事情都告诉你了，但是你对我还是有所保留。说这话时，我觉得我的舌头有点发硬，我知道我喝得也有点多了。但是我要喝下去，因为我们刚喝出一点气氛，我最喜欢把老爷子搞倒，然后把他扛在肩上，哼着小曲回家。当然这不太容易，父亲喝起酒来狡猾得很，就像变戏法一样，你觉得他喝了不少，但实际上完全不是这么回事。他并不是怕喝醉，只是觉得这样做有乐趣。在我印象中，就和我在一起喝酒时，父亲才实在一些。现在他的双目半开半闭，身体软若无骨，顺着椅子的靠背往下滑。在我们的身后，站着不少心怀不满的人，他们在等我们离开，好占有这张桌子。有两位大概站得累了，干脆在我们桌边坐了下来，叼着烟卷，盯着我们的一举一动。他们越是这么做，我就越吃得慢条斯理，想叫我难受，没门。我早就是一个你没法让我难受的人了，很多人挖空心思，想叫我难受，最终只能使他们自己觉得没趣。但是只要我一开口，很多人就觉得心里不痛快了。

"我还是，要求你一件事。答应我，好吗？"父亲斜着眼看着我，说得结结巴巴的。

"我们之间还有什么不好说的，尽管讲！讲！"我的目光发直，我端起酒杯碰了一下父亲放在桌上的酒杯，然后一仰头把杯中的酒喝了个干净。我觉得酒已经漫到我的嗓子眼了。

"不要，不要去做一个作家。"父亲冲我无力地摆着手。

这会儿，我没有工夫回答他，因为我终于哇地一声吐了出来。

我身边的那几个家伙慌忙让开，虽然足够敏捷，但是其中一位的花衬衫的袖子难免沾了点光。我没有和他争吵，也没说抱歉，因为我的头脑虽然是清醒的，但是浑身没有力气。刚才昏昏欲睡的父亲出人意料地精神抖擞起来，就像没喝过酒一样。他站了起来，镇定从容地处理了这一摊子事情，然后非常有力地托起我的臂膀，扶住我绕过乱哄哄的桌子，向饭店外面走去。妈的，爸爸，你又赢了我一回。到了门外，混杂着各种欲望的气息的风迎面吹了过来。我甚至觉得这九月的风很强劲，我知道是自己此刻太虚弱了。我挣脱了父亲的手，然后和他并肩向大街上走去。我的头有些疼，父亲的影像在我眼里变了形，显得飘忽不定，有时我觉得父亲正行走在那一排梧桐树上。我伸手拦了一辆出租车。上车以后，我告诉司机到我那怎么走，我住的地方比较偏，司机总是听不明白。父亲把两边的车窗统统摇开，他劝我想睡就睡吧，他会一路告诉司机应该怎么走的。就这样。

那辆红色的夏利车在这个城市最繁华嘈杂的大街上穿行着。商场大多还没有关门，政府鼓励甚至规定它们越来越迟地关门，因为世界就是这样一桩做得越来越大的生意，我们都是生意人，这个向现代化迈进的城市需要夜生活，需要那些明明灭灭的光，需要那些五色斑斓的色彩，需要一种可以刺激消费的情感，需要你在不知廉耻的氛围中变得更加不知廉耻，以顺应不知廉耻的未来。未来就是离末日更近的一个时间，你在盼望未来，是吗？所以我认为，父亲比我幸运，我比我儿子幸运，我儿子又比我孙子幸运那么一点。每当我看到新出生的天使一般的婴儿，我的心里就充满了怜悯之情。你们怎么才来啊？真是太不幸了。车窗外的噪音好像离我很远，越来越远，这辆夏利车就像一只卑微的小甲虫，一步一步地无声地爬近我此刻情绪的中心，那里什么也没有，是绝对而又喧嚣的空白。我转脸看着父亲额前稀少而又凌乱的头发，流下了眼泪。我不知道我为什么流泪，但我清楚我的泪水是廉价的，我的情感是廉价的。因为我就是这样一个廉价的人，在火热的大甩卖的年代里，属于那种清仓处理的货色，被胡乱搁在货架的一角，谁向我扔两个硬币，我就写一本书给你看看。我已经准备好了，连灵魂都卖给你，七折或者八折。不过别忘了，我要的是他妈的美元。

　　我不知道我睡了多长时间，因为我一头倒下以后，就开始觉得时间的刻度就像一根橡皮筋，一会儿拉得很长一会儿缩得很短。告诉你，在我的头脑里只有一个感觉是清晰的，清晰得如同浑噩之海上的一盏航灯，那就是性生活刚进行到一半的感觉。我掀开盖在身上的毯子，从床上坐了起来。父亲坐在床边，鼻子上架着老花眼镜，凑在台灯下，手里捧着一叠我的手稿。说实话，这已经让我非常感动了，我已经得到了父亲颁发的文学奖。至于他如何评价，我是可想而知的。

　　"生活中除了性就没有其他东西了吗？我真搞不懂！"父亲把那叠稿纸扔到了一边，频频摇头。他被我的性恼怒了。

　　"我倒是要问你，你怎么从我的小说中就只看到性呢？"

"一个作家应该给人带来一些积极向上的东西，理想、追求、民主、自由等等，等等。"

"我说爸爸，你说的这些玩意，我的性里都有。"

我觉得心里空洞极了，我讨厌自己嘴里的那股胃酸的气味。房间里的一切都有一股令人作呕的胃酸味。在台灯的光线下，父亲的脸庞，那高高的鼻子以及一侧鼻子的阴影，椅子、床、烟缸和烟缸上正在消散的烟，在这一刻都深陷于一种难以摆脱的无意义之中。每当有人用父亲一样的立场评价我的作品，我就有一种与这个世界通奸的感觉。知道吗？你们让我觉得自己是一个内心充满疑虑、焦灼、不安的通奸者。但是我现在准备继续充当这个角色。父亲拿过桌上的一张纸条递给我。是弟弟留下的，他在纸条上写道，他等了一个下午没见到我们，晚上他要在金港夜总会弹琴，我们可以去那找他。我翻身看了看枕边的闹钟，才九点多一点。怎么样，应该说时间还不算太迟。与其在我作品中的性上打转，不如到现实生活中去嗅嗅实实在在的女人的气味，你看呢？

我们出了门在路边等了很久，想找到一辆的士，但是的士都很少从这走，这里太偏，这里没生意。最后我们叫了一辆马自达。在这种天气里乘坐这样一辆以星空为顶篷的车，穿行在这个腐烂的夜里，真是件赏心悦目的事情。父亲和我的心情都在愉快地上升。到达金港夜总会的时候，我们的心情正达到愉快的顶点。我们带着这样的好心情，买了门票，昂首挺胸地走了进去。这种场合我很少光顾，虽然我清楚里面有好东西，原因很简单，没钱。只有当有钱的朋友从外地回来，而且心情比较好的时候，我们这些穷光蛋才有了进来开开眼的机会。今天父亲来了，我很高兴，一高兴我就觉得自己挺有钱。欢乐从来不是什么稀罕之物，只要你有钱，没有的东西都可以为你现做一个。一位丰满大方的服务小姐把我们引到靠墙的一张台子边，环境不错，当然我一眼就看见了东面的那面墙下坐着一溜鲜艳夺目的小姐。她们此刻正用猎人的目光审视着我们。房间里的光线很暗，是那种绿茵茵的光线，照在那一溜收拾停当的光腿上，真是妙不可言，它们的质地看起来和美钞一个样。

"先生，用点什么？"

那还用说吗？用点我们最想用的东西。把她们放在托盘里统统给我端来。但是父亲说，来两杯可乐。

"除了可乐，还想要别的吗？"

当然，那还用说吗？但是父亲说，就这些。父亲表情非常严肃，因为他意识到弟弟没准就会在哪个角落里出现。至少在弟弟面前，他仍习惯于维持他那副老成持重的令人尊敬的姿态。舞池就在我们的右侧，我们远远地看到了小舞台上放着全套电声乐器，但是没人在那。我期待着弟弟从哪个休息室里走出来，带着他迷人的忧郁，抱起他的吉他。多少年来，我一直期待着听到属于他自己的卓尔不群的音乐，我是他最热诚最急切的观众。但是他出了问题。他不缺乏音乐的才能，却没有生活的才能，去搞两年女人，再来搞你的音乐吧。他听不进去，他出了点问题。我的脸向左转，一边喝着可乐，一边慢慢地从头欣赏着那一溜小姐，刚才进门时，我只看到了一大堆晃眼的激动不已的色彩，却一张脸也没有能看清楚。而父亲的脸此刻却向右转，盯着乐池，等待着弟弟的登场。在柔和的萨克斯的催眠下，十几对男女正在舞池里跳着两步。我注意到，有几个美丽的姑娘已经被几个委琐的男人带走了，对此我只能干瞪眼，这是没有办法的事情。对我这样一个喜欢主持公道的男人来说，生活无疑是一个痛苦的折磨。像我这样出色而又满怀柔肠的男人如今是越来越少了。你们的悲哀就在于你们的美丽在枯萎之前没有得到相称的尊重，就像我的才能没有得到足够的重视一样。后来货币变得日益重要起来，这对我们来说是个好消息，它无与伦比的媒介作用赋予了我们更多的避免被埋没的机会。所以，我们要尊重钱，它腐蚀我们但不是生来就为了腐蚀我们的，它让我们骄傲但它并不鼓励我们狂妄，它让我们自卑是为了让我们自强，它让我们不知廉耻是为了让我们认识到，我们本身就是这么不知廉耻。从在这个星球上出现的第一天起，它就坚定地抱着帮助我们的善良愿望，它们四处奔走，缓解了我们的窘迫，我们应该公正地对待它。这时，那令人心碎的萨克斯终于停了，舞池那边的灯光忽然亮了起来。

我看到父亲重新调整了一下坐姿，弟弟和他的骨骼乐队就要出现了。但是在片刻的宁静以后音乐大作，从后台鱼贯而出的却是一个个身着时装的模特儿，一个报幕小姐面带微笑地说，现在是时装表演时间。由于失望，我们都无心观赏。其实事后我想起来，那种时装表演是很过瘾的，虽然都是些业余水准的模特儿，但她们尽了她们最大的努力来满足你们，她们自有她们的可取之处。看来我们不能再消极等待下去了，我们是来找弟弟的。我向站在墙边的那位服务小姐招了招手。

"先生，你们还要点什么？"

我告诉她，我们不要什么。请问乐队表演什么时候开始？她说，已经结束了，每天晚上八点半到九点是乐队表演时间，现在已经十点半了。那么乐队的小伙子还在吗？她说不知道。我告诉她我们是来找那个吉他手的，能不能帮我们到后面去问一问。她说可以。没一会儿，她从后面转过来了，依然带着那种标准的微笑，对我们说，他们一表演完就走了。你们可以明天再来，请记住是八点半到九点。父亲马上对我说，我们现在就到弟弟住的地方去，一定会找到他的。我反对这个建议，我说你明天还要早走，那就算了吧。并且我答应父亲，明天或者后天，我一定去看看弟弟，那么大的人了，他自己会照顾好自己的。父亲这才在他的座位上安静下来。我冲他一笑，然后下巴往我的左侧一指。既然弟弟不在，我说爸爸，我们就可以干点其他事情嘛。父亲开始注意坐在墙边的那一溜浓妆艳抹的小姐了。他眼睛一亮，好像第一次发现她们一样。怎么说呢，爸爸，你比你的儿子狡猾多了。

"她们都坐在那干吗？"

我不知道父亲是真不知道，还是假不知道。我告诉他，她们在等生意，她们可以陪你聊天，或者陪你跳舞，或者让你带回家去，操她们一顿。当然这一切首先是一次商业活动，受价值规律的支配，同时宏观调控也是可以实现的。

"这怎么可能？这些全是？"父亲觉得难以置信。她们可以组成两支篮球队了，一支北上，另一支南下。我仍然不知道父亲是不是真的不清楚，应该说，老爷子算得上是一个见多识广的人了。但是年过半百的父亲的造作是我此刻可以接受的一种造作，一点也不让人讨厌。

"她们看起来都很漂亮，也很会打扮。"父亲继续说道，像是自言自语。

当然，在这里做生意的，身价要高一些，没本钱是站不住脚的。但是我坚信一千块搞一把的女人比五十块搞一把的女人要精彩二十倍，这也该算是一条真理。不管你同意不同意，这也该算是一条真理。

"但是她们看起来，年龄都很小。"父亲说完，脸上难免有了一丝不易察觉的萎缩的神色。

我说爸爸，你一定要克服住你的心理障碍，那是不必要的，额外强加给你的。我说过，对我来说和像妈妈奶奶那么大的女人睡一觉，以及对你来说和妹妹孙女那样大的女人睡一觉，同样都是我们男人对自己的一次挑战。我们没有理由拒绝这样的挑战，我们不要让自己失望，也不要让别人失望。来吧，和你六亲不认的儿子一起作出个样子来，给他们瞧瞧。

我和那个长得像中学生的女孩乘一辆出租，我们是先到的。那个女孩长得娇小玲珑，很合我的胃口。在车里我就装出一副老练的样子，搂着她，她也很自然拿出小鸟依人的姿态，妈的，我们太像一对情侣了。我们都进入了角色，神摇步随。她让我叫她"小铃铛"，多好听的名字。我知道我只要轻轻地一摇她的身体，她就会发出一串美妙动听的风铃声。我在路上已经计划好了，我独此一间的房子如何分配。小铃铛一下车就抱怨怎么没有路灯，怎么这么偏僻。我对她说，没关系，你不用担心，我们都是厚道人。我说得非常认真，在我印象中，我不记得还有比这更认真的时候。父亲他们的车随后就到了。父亲那一头新染的无可争议的黑发先从车里钻了出来。我看着父亲走到车子的另一边，得体而又富有风度地为那个叫李红的姑娘打开了车门。我的天啦，父亲为一个婊子打开了车门，并且殷勤地扶她下车。每一个动作都闪烁着经典的光彩。我说爸爸，我真的为你感到自豪，虽然看起来有点慌乱，但是你已经足够伟大了。李红是那一溜婊子中最老的一个婊子，之所以如此选择，完全是因为考虑到父亲的那个一时半会儿难以克服的性欲界限。李红比她的同伴们老得多，这是很显然的事实，当然也老不到三十以上去。这个据说还在一家手表厂上班的业余婊子对自己今夜的"中标"感到意外之余是颇有几分得意的。但是得意的婊子谁见了也不会喜欢。我们四个人分成两拨，一前一后，向我的住处走去。外面已没有什么行人了，我估计也该到了子夜时分。父亲撇开李红，从后面追上来，神色紧张地把我拉到了一边。

"我有个不好的预感，真的。"

"什么？"

"朱武可能来了，正在你的房间里。"

"那又怎么样，再加上他就是了。"

"我可说清楚了，朱武在，我们就拉倒。"

在我们说话的同时，李红和小铃铛就汇合到一块去了，这不能不算是一大失策。我回头注意到，李红一边用眼睛盯牢我们，一边小声和小铃铛商量着什么。事实证明父亲的担心是多余的，我们来到了楼下，仰头看到我那扇窗黑漆漆的，没有灯光。一楼还有一家亮着灯，不时地传出一阵咳嗽声。但是她们这时拒绝和我们上楼，就在楼梯口站了下来。我小声而又焦躁万分地冲身后挥挥手，冲啊。但是她们就是不走了。

"我们先把钱谈好。"李红说。

"上去再谈不好吗？三楼，不高。"

"不，还是在这里吧。"她说得非常肯定。

我们没有办法，只好尊重她们的意见。同时父亲也请她们尊重我们一点，和我一道站到车棚那边去，不要站在别人家的窗下谈他妈的价钱。父亲一个人继续站在楼梯口，我认为这种事我出面就可以了。经过几次反复，李红终于先报了价。

"一千。"

我知道，我知道一千只是很小的一笔钱，但是很遗憾，到目前为止，我还不得不承认它是不小的一笔钱，相当于我一个中篇的稿酬。按时下的比价，折合一百二十五美元，你看，这样听起来就不那么吓人了。也就是说，她半小时的劳动相当于我至少一个月的劳动，这有点不公平是吗？但是这只是社会分工不同，没有贵贱之分，所以我以及我的同行们大可不必妄自菲薄。我把脸转向一直没发言的小铃铛，我对这位纯洁的姑娘还抱有某种真诚的期待。

"那么，你呢？"

她对我的问话似乎感到十分意外，她说，当然也是这么多，她们是一起出来的。小铃铛，小铃铛，你太伤我的心了，我一直以为像我这样的人和你们不是一家人，也算得上是亲戚啦，你们怎么能一点人情味都没有呢？在我热诚的感染下，她们终于把价钱降到八百，也就是一百美元，但是没有再降的余地了，她们说，我可以去问问，在金港的，或者龙门混的，都是这个价，她们不能坏了规矩。我请她们等一下，然后我来到父亲身边，低声问他，身上有多少钱？父亲说也就三四百吧。我估计我身上连硬币都算上，大概也最多这个数。这会儿我的头脑特别清醒，我回头看看五步开外，在月色中亭亭玉立的两个姑娘。她们站立的地方离我很近，就一百美元的距离。我口袋里的那个阿拉伯数字的后面如果不是，而是，就好了。美元就是美丽的元，美好的元。最后不得已我作出了痛苦的决定，这次我就算了，就夹紧双腿吧，把我们两人的钱并在一道就成全我父亲吧，他大老远来的，不容易。但是父亲听了我的话以后，似乎大吃一惊，什么？她们要多少？父亲一口否决了这个价钱，他的态度比她们对这个价钱的坚持更为坚决，更为不可动摇。说到底，父亲他们始终是一个可以完全否定自己性欲的一代人。我知道你的意思，爸爸，是八百块钱就应该得到八百块钱的尊重。但是你真正了解八百块钱吗？她们值这个价，她们童叟无欺，她们内心像人民币一样卑微。我再三克制住自己，我不想和父亲就此大吵一顿，惊了别人的好梦。我只能埋怨自己，你瞧瞧，我有多可怜，在两个不可改变的意见之间，像个满头大汗的小丑，东跑西奔，上蹿下跳，最后只好放弃我的努力。看起来她们一点也不同情我尴尬的处境，毫无愧色地接过我给的五十元钱，小声议论着顾自到大路上去叫出租回家。她们就这么走了，我不能原谅她们，虽然我心里其实对她们很欣赏。她们本身就是原则的一部分，我只是奢望这个原则能有那么一点人情味而已。正是这个不时出现的不肯泯灭的奢望，对人情味的这样或那样的奢望，在毁灭中造就了我，使我不小心成了一个艺术家。

父亲在我的前面步履沉重地上楼，我在后面跟着，我们谁也没有说话。等我们打开门，打开房间里的日光灯以后，父亲和我不禁都惊得叫出声来。胡子拉碴的弟弟和衣睡在我的床上，鞋也没脱，但是人已经睡着了。经这么一折腾，我发现父亲一下子就老了下去，头发都无力地耷拉着，脸色蜡黄，额头全是皱纹。他双手摊开，坐在椅子上，日光灯惨白的光线照着那张疲惫不堪的脸，使我不忍心正视这一切。看来这也是天意，弟弟还需要一个体面的没有污点的父亲，我们眼下仍然还需要一个体面的令人尊敬的父亲。

弟弟不愿意和我在那张沙发床上将就，更不愿意和父亲在那张睡过很多人的木板床上将就，他执意要回去。实际上他被灯光刺醒以后，爬起来就走了。和父亲没有说上两句话，他明白这样会面的目的就是让父亲见他一面，既然见到了，他也就可以走了。我陪他走到楼下。弟弟是骑车来的，当然还是骑车回去，不过，那可是很长的一段路。我对他说，你为什么不和父亲多说上几句呢？你以后会认识到，他是一个多么难得的朋友。弟弟说，他困了，下次吧。我也就没再说什么，我脑袋里空空的，这会儿不管我说什么，都会首先让我自己感到意外。弟弟埋头推着车来到外面的大路上，和我打了个招呼就跨上车去，我忽然想起了什么，连忙叫他。弟弟的自行车在空无一人的大路上打了个缓慢的转，重新停在了我的面前。

"什么事？"弟弟快睡着了似的。

我对他说，其实也没什么大不了的事，是不是那个叫小燕的女孩带信叫他来的？他说是的。我说，奇怪，她怎么就能一下子找到了你呢？弟弟说，那你该问问她，我怎么知道。

"她是你女朋友吗？"

"不是。她可能总以为是吧。干吗？"

不干吗。我预感到小燕会来找我的，现在我有更充分理由和她以我简洁明了的方式相处了。真是太好了。想到这里，心里那种性生活刚进行了一半的感觉重新升腾起来。弟弟晃晃悠悠的背影终于在路的一端消失了。我还在路边站着，我想到父亲，心里有了些内疚。女人嘛，对我来说，总归是有的，没问题，但是对父亲来说就不一定了。我让父亲和我穷折腾了一天，却什么也没有捞到。一头豹子寻觅了一天如果没有找点吃的，晚上当它面对一窝小豹子时，它会内疚。同样，一头已经足够健壮的小豹子，面对一只因为年老伤病或其他原因而不能再出去捕捉猎物的老豹子时，它不应该感到内疚吗？所以，当一辆送客归来的马自达飞快地从我的左侧驶来时，我便机械地伸出了我的左手。

王晴穿着一件白色的睡裙，睡眼惺忪，她一开门劈头就骂我疯了，说我又哪根筋搭错了，怎么这个时候找过来。而且平常她是从来不邀请我到她的住处去的。我知道她住这，但我是第一次来，我已经违反了我们约定俗成的规则。她看我神不守舍可怜巴巴的模样，大概动了一个老女人的恻隐之心。王晴让我快进来，就像我是什么被通缉的地下党似的，她还探头看了看门外，然后轻轻地把门关上了。看来还算幸运，我没有和王晴这棵树上的另一只或者另几只猫头鹰撞车。我坐在沙发上，目光呆滞地看着那个睡裙下清晰可见的力士香皂味的身体。它的温度比此刻宜人的室温要高上十至十五度。我的手插在裤兜里，这时碰到了一团凉冰冰的东西。我把它拽了出来，是那条值零点二五美元的银项链。王晴眼睛一亮，她说这是送给她的吗？我说好吧。她把项链随便地缠在手上，并不怎么当回事的样子，我知道她一眼就看出它的实际价值了。她早就练就了这样一副眼力。王晴问我有什么事？我说没事，没什么大不了的事。她问我到底有什么事？我就问她（是的，我想尽可能地说得坦率一些），我们除了通奸关系，是不是应该说还有一点友谊？或者说，我们也算是朋友了，对吗？王晴回答得很谨慎，她说，就算是吧，那又怎么样？我想请你帮我一个忙，真的。说完我用充满期待的目光看着她。另外此刻我双眼因为发涩而满含泪水，这使我的目光更有分量了。王晴显然被我从来没有过的严肃所感染，她说，只要她能帮的，她一定帮我。平常她也是这么向我标榜的，她始终觉得自己是个挺能干的女人。我说，我想请你和我父亲睡一觉，好吗？他是我这个世界上最爱戴的人，你会像我一样爱他的。王晴脸色一阵发白，她觉得自己受了侮辱。我完全可以避开王晴的巴掌，但是我没有避开，我眼睁睁地看着她的右手划了一个完美的弧线，然后重重地落在了我的左脸上。在承受这个巴掌的过程中，我心情非常平静，我想到了小铃铛和李红，还有更多的更出色的婊子们，她们比王晴实在多了，很多问题，我和她们一定会谈得很好，谈得很投机，因为我们坐在一张像草席那么大的美元上交谈，牙齿一叩就是金币的声音，所以我们都能做到诚实。但是，很多道理我是没法让王晴也懂得的，因为我和王晴从一开始，就处于他妈的那种什么也不是的虚幻不真的关系之中。

再接下来的事情，稀松平常。半个小时以后，我躺在那张柔软的席梦思上昏昏欲眠，难以克服的厌恶在一个单身女人的卧室里漫延开来。恍惚之中，我忽然觉得自己在这已经过去的一天里什么也没做，哪也没去，只是和一个三十四岁的女人在虚无的中心终于干完了一件可以干的事情。

幸亏这些年有了一点钱

　　李萍在电话中请我下午一点务必到工人医院来，她在大门口等我。我顿时紧张起来，我说，发生了什么事？李萍说，见面再说吧，我现在头都忙昏了。我说，不行，你必须告诉我，到底发生了什么事？她还是说，一时说不清楚。我说，你总得让我有一点思想准备吧，到底是哪一方面的事情？我这个人受不了刺激，你知道的！李萍好像有点不高兴了，她说，这件事不会刺激到你的，跟你无关，行了吧？行了吧？我说，你别生气，我只是有点担心，你知道我担心什么，对吧？李萍迟疑了一会儿，然后说道，说这么多，你到底来还是不来？我说，下午一点，对吧？她说，对，下午一点，工人医院大门口。我说，好吧，下午见。放下电话以后，我掏出三毛钱硬币来丢在台上，转身就准备走开。但是那个脸窄窄黑黑的修车行老板的老婆叫着，嘿！嘿！我转过脸去不解地看着她。她先是不好意思地一笑，然后说，昨天你还欠一个电话，你还记得吧？我心思全不在这里，所以一时想不起来。于是她马上补充说道，你拿了一张一百的，当时找起来麻烦，我让你有零钱再给我，对吧？我终于想起来了，连忙到身上去翻。但是我知道自己身上没带钱，收到李萍的寻呼后，我只在桌上拿了三个一角的镍币就冲下了楼。我对她说，不好意思，我回去拿了马上送来。不需要这样嘛，没事的，没事的，哪天送来都行，不给也行。说这话的是车行老板，他蹲在地上背对着我们正忙着给一个小腿粗壮的姑娘补车胎。他的脸也是窄窄黑黑的，和他老婆长得非常像，笑起来都习惯把整个牙床露在外面，而把眼睛都眯在里面。我之所以敢断定他们是夫妻，而不是兄妹，是因为还有一个皮肤黑黑的脸绷得紧紧的小女孩经常到车行来玩，她喜欢绕到我的侧面然后盯着我，那是一个身体和智力看起来都很正常的小女孩。我对他们说，我马上给你们送来！他们在我走出好远以后还在一个劲喊，不用！不用！三毛钱现在哪算什么钱啊！

　　我坚持把欠的三毛钱还了。他们的反应让我觉得我做得很不好，做得很不够意思。但这能算是我的一个原则了吧，不欠别人什么，也不愿意别人欠我什么。这同样也是李萍的原则，或者说，我们共同的原则。通常她是不会在我工作时间呼我的，所以我认为今天肯定是发生了一点意外。我的直觉告诉我，也许与李萍的前夫有关。那家伙比是李萍丈夫的时候更有钱了，最近经常开着自己的奔驰车耀武扬威地来找他的前妻要求重修旧好。那只是个托词，他并不是真的对那段婚姻耿耿于怀，他说过夫妻感情都是从床上慢慢地一点一点地搞出来的，所以他根本不信任。他不放过李萍，也不是因为想再占徐娘半老的前妻一点便宜，他从来不缺女人，有一个漂亮的女中学生为了陪他睡觉经家长同意中途退了学。他来找李萍，只是为了让后者明白她不该忘记他卓越的存在。如果她不能好好欣赏几百万几千万的钞票所带来的个人魅力，那么李萍就得承受几百万几千万所能够构成的恐吓力。李萍不敢得罪他，当面说话时尽量保持着温和的态度，因为她的前夫在精神方面也不太正常，一言不慎就可能使他如雷暴跳起来，拿着一把刀冲过来破你的相。他的病没钱的时候还可以治一治，但是现在如此有钱就没法治了。李萍苦恼极了，有一天跑到我这边来哭，我也很难过，但是我又能做些什么呢？更为关键的是，我以什么名义来介入这件事情呢？所以我建议她必要的时候应该寻求法律的帮助，谁知李萍哭得更厉害了，她说，你到底年轻，法律有什么用！他没干任何犯法的事的啊，你能拿他怎么样！他就是要让你时时觉得他有钱，就是让你难受，你怎么办？我受不了别人在我面前哭，我说，那么我只能拿把刀去砍他！还能怎么样！李萍说，这也不是办法，他人多，出门都有保镖，你根本不是他的对手！我说，那我还能怎么样？气氛越来越压抑，为了让李萍高兴，我开了个不合时宜的玩笑，啊，有办法啦，我是个作家，我全身肌肉最为发达的部分就是我的笔啦，我要写一篇小说好好臭一臭你那个狗屁前夫，我也有我的力量嘛！李萍还是那样愁眉不展，我的玩笑话听起来倒更像是我用来安慰自己的了。

下午一点我准时赶到了工人医院。李萍从医院里面火急火燎地赶了出来，她一边走一边不时地用手帕擦着额头的汗。我迎了上去，我说，怎么了？她说，是这样的，我父亲正在手术室开刀，胆结石。我说，什么？我的意思是，这跟我有什么关系吗？她说，我想请你陪我去看一看。我说，这好像有点不合适吧，你父亲知道我是谁吗？而且我也从来没见过他呀，我也没有见他的必要，是吧？李萍说，他知道不知道无所谓，反正他现在打了麻药了，问题是我的妹妹和我姐姐他们家都知道你。我更为吃惊了，我从来不知道李萍还有姐妹，当然我也没问过。李萍说，不是说知道你是谁，她们当然不知道你是谁，不知道你长什么样、干什么的，她们只是知道在我现在的生活中有你这么个人存在。我说，那又怎么样？李萍说，你别紧张，我不会难为你的。但是现在是这样，我跟你说，因为我们姐妹平常也不怎么来往，现在父亲有事了，大家才聚到一起来，所以彼此要攀比，还有我母亲她也会用眼睛盯着，不管你和我是什么关系，这种时候如果你不出现，她们会对我有看法的，我也觉得很没面子。我完全懵了，不知道怎么对她说才好。此刻李萍急得眼泪都快流了出来，她说，我没任何意思，你就当是演戏，去晃一下，对你也没有什么损害，是吧？我有些急躁起来，我说，这种事你说什么都该事先和我商量一下，不是吗？李萍一生起气来，就会紧紧地抿嘴唇。她说，我现在不是和你在商量吗？你不想去，我绝不勉强，你回去吧，我也该过去了，这会儿手术差不多结束了。

我和李萍来到了四病区，沿途见到的都是病人和暂时还没有疾病缠身但迟早会成为病人的人。我也是病人，李萍也是病人，我们大家都是病人。走到二楼半的时候，李萍在前面停了下来，她用手指了指上面说，手术室就在三楼。她是想让我做好亮相的准备。于是我昂首挺胸和李萍并肩踏上了三楼，我觉得脑袋里空荡荡的。手术室的玻璃门外坐着老老少少一圈人，他们原先在叽叽喳喳地交谈，现在都静了下来在以不同的方式打量着我们，当然主要是打量我。他们把能坐的地方都占满了，所以我们只能在中间这么一个类似于被告席的地方站着。我看着墙上禁止吸烟的标志产生了吸烟的愿望。这时有一缕烟从我的右侧飘了过来，非常呛。我转过脸去看。一个穿着米色对襟棉毛衫的老太太正低着头掐住一只烟屁股在狠命地吸。我想她应该是李萍的母亲。李萍大概想缓解一下气氛，转脸问道，还没有出来啊？快了，马上就出来。回答她的是一个小男孩，七八岁光景，看那样子，就知道是个不太讨人喜欢的角色。我带着一脸强装的镇静也打量了一番这圈陌生人。从他们脸上我很容易就发现了共同的地方，他们和李萍一样眉宇间都有一团驱不散的愁云，这是一个注定不太走运的大家庭。我做错了什么，他们要这样看着我？如果半年前我知道自己将会有一天忽然要面对这样一大群人的话，我肯定会萎掉的，那么我和李萍也就什么关系都没有了。我觉得我们大可不必如此相处，这辈子我们也许就见这一面，都给对方留点好印象吧。于是我小声对李萍说，你看是不是帮我介绍一下，这样也许自然一点。李萍听了很吃惊，她将信将疑地盯着我看了一会儿，然后摇摇头说，我看还是算了吧。

手术室的玻璃门推开了，一个医生胸前挂着个口罩，托着个白色的盘子兴高采烈地走了出来。他径直来到了我和李萍的面前，你们看，出来了，出来了，挺顺利的。刚才坐着的一大圈人马上就围了过来。托盘上是一只血淋淋的像鸡胗一样的玩意。这是什么？所有的人都在问。医生说，胆囊呀。钻到我面前的那个小男孩双手扒住盘沿，鼻子都要凑到那只胆囊上了。这是外公肚子里的石头吗？医生说，不是，石头在里面。他用一把医用剪刀把胆囊剪开了，我听到一声闷闷的就像剪湿布的声响，随后是众人惊讶的感叹。胆囊里全是大大小小的石头，塞得满满的。医生用剪刀拨弄着数了数，总共有八块。我的耳边有人说了一句，哎呀，难怪爸爸会难受的。一个和李萍差不多高也差不多年轻的女人拿过医生的剪刀，好奇地拨了拨那些石头。那些石头看不清质地，表面被血糊上了。她停下了剪刀，不解地说，好像轻得很嘛。医生说，对，但是值钱得很啊。我帮你们拿到水池那边冲一冲，带袋子了吗？另一个比李萍高也比李萍年轻的女人扬了扬手中的手帕说，用这个包！医生说，好，你跟我来。他们一前一后往水池那边去了。这时，在我们的身后传来一声伴随着咳嗽的叫喊，医生！那老李呢？是李萍的母亲在叫，刚才她一直站在圈子的外围，不得而入。医生边走边回头说，没事，老李马上就出来。

一个瘦瘦的戴眼镜的中年男子说，你们知道吧？爸爸的这个结石和那个珍珠的形成是一个道理。另一个胖胖的男人说，不，还是有区别的。他们之间发生了争论。一个扎着两条小辫子的小女孩插嘴道，外公的珍珠怎么那么难看呢？这时有两个护士从里面推开了手术室的两扇弹簧玻璃门，并且用插销把门固定住。没一会儿，手推车就出来了，上面躺着一个满头白发脸色发青的男人，双眼紧闭，鼻子里插着导气管。我想那就是老李了，他的嘴角和鼻孔处都有白沫一样的脏东西，这会儿他比死人还难看。几个护士娴熟地把手推车弄上了电梯。我们这群人都在后面小心地跟着，但是电梯里根本就装不下人了，老李就要走了，我们怎么办？众人都很迷惘。一个护士命令挤在电梯门口的小男孩出去，然后对我们说，你们直接去病房吧，这里不需要你们！我被人群裹挟着从楼梯一层一层地爬上了六楼。老李已经被安顿在十六号病房靠窗的病床上，暂时还不会给我们添什么麻烦，因为麻药的劲还没过去。六楼的值班护士对我们吆喝着，这么多人干什么！几号床的？她要求只留一个家属下来就行了，其余人赶快走开。那个胖胖的大概是李萍姐夫的那个中年男人像个领导招呼大家说，来，来，我们该商量一下了。当然是商量值班的问题，老李二十四小时身边不能脱人。他说，妈要忙着做饭给爸吃，她老人家也不能累着，值班的事我们三家就平摊吧。我意识到我和李萍已经被当成一家来算了。那个瘦瘦的大概是李萍妹夫的男人非常诚恳地说，最近单位搞升级达标，实在抽不出时间来，另外孩子还要期中考试疏忽不得。他还特别提到，这次手术在医院上下打点的钱都是他们家出的，这也是出于以上考虑。李萍脸色很难看，半天没有吭声。我注意到，此刻很多人都在暗暗地打量着我，瞧瞧，多么健壮的一个小伙子，连上十个夜班也没问题。我抬头看着走廊里来来去去的护士小姐，我希望能发现一两个风韵出众的。我的意思是，如果我愿意留下来照顾那个素不相识的糟老头，原因只会出在那些穿着白大褂的小姐身上。李萍说话了，她建议花钱找个保姆，因为谁都没有时间。她的意见马上遭到了一致的反对，保姆怎么行呢，爸爸要撒尿怎么办？李萍说，找个男保姆就是了，又不是没有，或者雇个民工。一直没发言的老太太，也就是李萍的妈，此刻再也无法忍受了，她大叫道，你们统统走吧！你们统统滚吧！我一个人来！她的左手紧紧地把那一小包用手绢包着的结石握在胸前，这使她的话显得更有力量。众人于是更加埋怨李萍的不是，让一个外人来照顾爸爸谁能放心呢？爸那么大岁数经不起折腾的。我们绝不能这么做！李萍急忙从兜里掏手绢，但是她的眼泪来得更快。我是一个最不相信也最看不得女人的眼泪的人，我连忙伸出手去想扶住她的肩膀。但是被她让开了。李萍擦了一把泪水，大声地喊道，你们要我怎么办？我一个人！我也有自己的事情呀！她用手指着我继续说道，你们不会是盯住他了吧，他跟我一点关系都没有！一点关系都没有！说完，她哭得更厉害了。我还在原处站着，接受他们各个角度的审视。我心里更加空空荡荡，恍惚中，我觉得就要有一个人从某个角落站出来，宣布对我的判决了。有点意思了。

第二天下午五点五十我准时赶到工人医院四病区。我的兜里揣着一本书，我想这本书能够帮助自己度过一个漫长的黑夜。这仅仅是一个姿态，其实我这个人越是无聊就越不会去读书。这本书叫《反抗死亡》，近几年来当我出门在外或者闲居在家的时候，我就会把它放在手边。虽然非常喜欢并且曾经认真地读过这本书，但是我现在很少再去打开它，带着它，只是嗅嗅它的味。我知道这本不朽的著作在我的个人生活中已经堕落成一件舞台道具了。而从某种角度说，我本人也正在不自觉地堕落成我个人生活中的一个二流演员。我在电梯口等了一会儿，电梯总是不下来。坐在门口套着红袖章的老头有了向我提问的时间。探视时间已经结束了，喂，同志，说你呢，探视时间已经结束了！他向我招手，示意我过去。我虽然很不情愿，但是不得不向他走过去。我对他说，我不是来探视的，我是来陪夜的。老头开始向我喊话的时候还有点胆气不足的样子，但是现在显得理直气壮起来，像那么回事了。几号病房的？我说，十六号。叫什么？他一边问一边翻一本登记簿。我想不起来李萍父亲的名字了，不是想不起来，而是我从来就不知道。我说，我不知道他叫什么，反正他睡在靠窗的那张床上。老头摇摇头说，连叫什么都不知道，你还来陪夜？我说，我没必要骗你，病人我不认识，是这样的，我是病人女儿的朋友，我现在要上去了，我还要换别人回去呢。谁知老头较起真来，不行！我看你还是雷锋呢！有规定的，你不能上去！我注意到电梯的楼层显示器，三楼的灯灭了二楼的灯已经亮了，所以有点急躁起来。我越是跟他说好话，他拒绝的态度就越是坚决。他反复对我嚷嚷，你们这些年轻人就是不守规矩！最后，我没办法，只好撇下他不管，径自向电梯口走过去。直到我坐上电梯，直到电梯门慢慢地关上，我都没有听到老头的叫喊。他根本就不再管我，因为他已经管过我了，这就可以了。

李萍的妹妹已经等在十六号病房的门口，一见我，就忙不迭地向我招手。我加快脚步来到她面前时，才发现她其实是李萍那位化了妆的姐姐，她们姐妹仨远看起来都有点像，相对而言，把李萍从她们之中准确地认出来应该是不成问题的。她对我说，你来得正好，我正急呢，来得正好，爸爸要小便。她闪身把我让进了病房，然后就从外面把门带上了。我觉得自己就像猛然被人推上了舞台一样，一时还无法缓过神来，等终于缓过神来以后，就开始怯场。我在门口站了下来。房间里有五六双眼睛都一起盯着我，我不知道先注意哪一位最好。靠门的那张铺上躺着一个白白胖胖的无须男人，年纪在六十左右，他的气色红润，神态安详，一点也不像是个病人。中间那张铺上半躺着一个眼球发黄的像鱼干一样的中年男子，他露在被子外面的半截身体显得很长，他慢慢地举起右手向我友善地微笑，并且点头致意。我感到有些意外，所以目光在他身上多逗留了一会儿，这使我未能及时地把视线聚焦到靠窗的那张床上去。这是一个不可原谅的错误。当我终于把注意力投向第三张床时，久被冷落的老李却把头转了过去对着秋意萧瑟的窗外。我是不是该向他走过去呢？或者干脆转身一走了之？身后有人在敲门玻璃，我转过身去。李萍的姐姐笑着用食指指着向下的方向，她看起来很焦急。我不知道她是什么意思，所以继续看着她。她仍然对我比画着那么一个手势，只是频率更快了一点。我只能冲她笑笑，然后过去打开门，把头伸出门外。我说，什么？你什么意思？她先是把靠我太近的脸往后仰了仰，然后说道，那个在床下。我说，什么在床下？她沉下了脸小声地对我说，尿壶在床下。我说，我懂了。我转过身充满信心地向病房的最里侧过去。老李仍然看着窗外，所以我不得不多走几步绕到他的眼前去。我弓下身子，非常友好地问道，您要小便了，是吗？老李的眼角有一大滴白色的什么玩意，满脸的一夜长就的茂盛的花白的胡子茬使人觉得他刚经历了一场苦难。左嘴角的胡子茬上还黏着一根红色的线头。他对我庄重地点了点头。

　　我蹲下身子，浏览了一遍床下。两只脸盆、一只搪瓷的便缸，还有一个塑料的容器。我想它就是尿壶了。我把它拿了出来，仔细端详了一番，表面装作很镇定，其实心里很急，怎样去帮助老李？我一点把握都没有。这时老李有些愤怒地对我说，给我！他的一只手从床中央位置的被子里探了出来，五指张开。我急忙把尿壶小心地递了过去。我关注着被子里的动作是否顺利。老李眼睛看着天花板，几次想把身体抬起一点，但是随即痛苦地一咧嘴又躺下了。我问道，搞好了吗？他不回答我，继续默默地努力。后来被子里终于平息下来。老李额头上有了好多颗饱满的汗珠，他一动不动地盯着天花板，我想他开始在享受便溺的快感了，真为他高兴。过了足够长的时间以后，我弓下身体问道，完了吧？老李不回答我，那么我只能继续等待。又过了一段时间，我再次弓下身体问道，现在完了吧？没想到老李这时吼了起来，什么完了？我的手根本就够不到！我有点紧张，连忙追问，什么意思？谁知他吼得更厉害了，他的意思就更难明白，我真不知道我做错了什么！幸好中间铺上的那个中年男子及时地提醒了我。他的语气非常缓慢，而且面带微笑，他告诉我，老李刚开刀，伤口很疼，所以弯不下身子，所以他无法把尿壶很好地放到位，小伙子，你应该把手伸进去帮你爸把尿壶放放好。我说，噢，这个意思，好办。在我蹲下身子准备动手的时候，那个眼球发黄的中年人又提醒道，动作轻一点！不要把被子掀开，这会儿你爸爸见不得风！于是我左手把被子小心地掀开了一角，然后迅速地把右手塞了进去，我觉得自己此刻就像摸彩一样，我真想摸到一个小糖人啊。里面的气候是温热的、潮湿的，我的右手自然有点水土不服，不得不停在老李肥壮的左腿上稍作调整。这时老李不耐烦地甩了一下他的左腿。我没有理由再犹豫下去，我必须向前。我的手先触着了那只敞口的尿壶，心定了许多。顺着这条腿上去，我想，不出意外的话就该是我关心的地方。出于礼貌，我没有用手切实地去证实它的方位，而是推着那只尿壶一点一点推进，并且一边不停地问道，到了吗？到了吗？老李大幅度地摇着他的头，他很不满，有些暴躁。我只好继续往前推，一直到实在推不动了为止。老李脸上的表情痛苦不堪，他大喊道，你搞什么名堂！啊！房间里的视线大概都被吸引到这边来了，我蹲在那里四下看看，我的脸都涨红了。这会儿，我才注意到，房间里还有两个老女人，一个坐在第一张铺的边上，手里捧着一只汤碗，另一个坐在第二张铺对面的墙边，双手插在裤兜里，六神无主，脸色悲伤。我能怎么办呢？我劝自己耐住性子再试一次。但是老李发怒地喊道，算了！我不要解啦！你把尿壶给我拿出来！听到没有？拿出来！

我的意思是，你不解就算，我总不至于求你。我把尿壶一下子拽了出来，然后便站起身。我拿着尿壶就这么平静地盯着他，老李把脸别向了门的那边。就在这时，李萍的姐姐从外面推门进来了。她对我装出一脸的笑，然后问道，完了吧？我给她看了看那只空空的尿壶，没说话。她转向她父亲，关切地问道，怎么了？怎么了？老李也是不置一词，好像受了莫大的委屈。他一定认为他的沉默很有分量。李萍的姐姐再次转向我时脸上就有了一层不悦的颜色。她问我，到底怎么了？她在责问我吗？她凭什么责问我？我一句话也不想说。三个人就这么陷入了僵局。这会儿还是中间铺上的那个一直关注着事态发展的中年男人开口缓解了气氛。他说，老李啊，你生什么气呢？年轻人手脚笨一点嘛，有什么好生气的呢？来吧，把它放掉，憋住可不是闹着玩的。房间里的其他人都在随声附和，放掉吧，放掉。老李仍然很愤怒，喘着粗气。那个上身很长的中年人挥动着右臂喊了一声：一、二！房间里所有人于是齐声叫道：放掉吧，放掉！放掉吧，放掉！老李的脸色变得缓和了一点。李萍的姐姐向憋得慌的父亲走近了一点，弯下身子用一种哄孩子的语气说道，放掉嘛，放掉嘛，一会儿晚饭就送来了，放掉了好吃晚饭，啊？老李仍然矜持地不予表态，但是脸色的变化表明他已经首肯了。李萍的姐姐对我用一种命令的口吻说，来吧，来吧，可以了，来吧。说完，她就转过身去。我苦笑了一下，然后再次在床边蹲了下来。由于厌恶我的动作坚定多了，我三下五除二就抓住了那个老家伙的黏糊糊的小家伙。我注意到老李此刻脸上流露出颓唐无奈的神色，他故意闭上了眼睛。我的左手提着尿壶也伸进了被子里。但是在里面操作起来总觉得麻烦，牵三扯四的，也不能断定到位了没有。房间里的人都在注意着我的一举一动，让我觉得别扭，好像我是个玩古彩戏法的，马上从被子里就会飞出一只鸽子来。所以，我干脆把老李下半身的被子撩开了。现在不会再有什么差错，一切尽在指点！我从容地把老李萎不拉叽的玩意塞进了肮脏的尿壶口，然后重新帮他把被子盖上。老李睁圆了眼睛瞪着我，怒不可遏的样子，但是渐渐地，他面部的表情又松弛了下来。于是我们听到了小河流水般的动人声响。李萍的姐姐欣喜地转过身，房间里的其他人也显得非常高兴。我想，我们是不是应该为老李鼓掌欢呼。等一切声响平息下来以后，我弯下腰殷勤地问道，完了吗？他仍然不答理我。紧接着白色的被面上有一连串幅度不大的波动传过，老李的右手提着尿壶从被子里伸了出来。他没有用左手而是用右手，表明他打定主意把尿壶给他的女儿而不是给我。我是不是应该感到失落？那只尿壶是白色塑料的，所以可以看到里面有大半壶黄色的尿液在摇晃。我觉得老李的右手有些吃力，但是打扮得挺入时的李萍的姐姐没有马上接过那只尿壶。于是我们的老李又大喊了起来，还不拿走！她虽然看起来颇不情愿，但还是赶忙伸出修剪得很好并且涂了指甲油的手接了过去，然后提着它皱着眉歪斜着身体一路向门口去了。看着老李额头的汗，我想问一句，是不是需要我用毛巾帮他擦一把。但是他还是傲慢地闭着眼睛，压根不打算理我的样子。我只好作罢。窗边斜放着一把折叠式的椅子。我把它打开，放好，然后便请自己坐下了。我右边的裤兜觉得撑得慌。我站起身来，掏出那本《反抗死亡》，把它扔到了窗台上，然后重新坐了下来。

李萍的姐姐提着空尿壶走了进来。她的动作忽然显得风风火火起来，她说她真的该走了，孩子还在等她做饭。她把我叫到一边，交代了很多琐碎的注意事项，我认真听了。需要我立刻去做的是去开水房打两瓶开水来，不然迟了开水房就会关门。还有不能在房间里抽烟，我说放心吧，我进了医院的门就不打算抽烟了。她说，不是怕我抽，其实是怕她爸闻到，她爸是个老烟鬼，一闻到烟就会要抽，一抽就咳嗽，一咳嗽刀口就会钻心地痛。这时老李有些慌乱地叫道，建国不会弄给孩子吃吗？李萍的姐姐说，建国他要值班，不回家。老李还想说什么，但是最终又没开口。我知道这个老家伙担心什么，他是担心女儿一走，他就要落到我这号人的手心里了，这实在让他不安。李萍的姐姐向老李打了招呼，向我说了声拜托，挎起她的包就急匆匆地离开了。当她的身影从病房的门口消失以后，老李很响地咳嗽了一声。我知道他开始有点心虚，他想在我面前装得镇定一点。我尽可能友好地冲他笑了笑，他没反应。我继续看着他，我要让他难受，真是没办法。这时，那个中间铺上的眼球发黄的中年男人对我说，小伙子，你该去打水了，快，迟了就不赶趟了。他转脸对着那个一副乡下人打扮的老实巴交的中年妇女恶狠狠地说道，你也该去了，顺便把饭打回来。那个妇女脸上没有什么表情，动作非常迟缓地从凳子上站了起来。我起身拿起了床头柜上的那两只水瓶，我对老李说，我去打水，一会儿就回来。我想我出去一下也好，可以让老李借此调整调整情绪。我们还要相处一整个夜晚，他应该明白，我们之间必须要建立起一定程度的相互信赖。

病房外面出现了短暂的繁忙。值班护士、病人、病人家属拿着饭盆、水瓶、尿壶、脸盆在走廊里来来去去。护士小姐的白大褂显得特别扎眼，其余的人都好像笼罩在一片灰蒙蒙之中。她们是生长在疾病之中盛开在疾病之中的一朵小白花，瞧瞧，这会儿我多有诗情。我提着两只水瓶很自然地尾随在三个小护士后面，我不知道自己想干什么，只觉得现在我愿意跟着她们走。她们已经来到了电梯口，我紧走了几步，上前问道，请问开水房在哪？三个人一起上下打量我，最后看起来长得最差的满脸雀斑的一个姑娘回答了我的问题。她一指我的身后，说，在那边顶头。于是我转身往回走。开水房在厕所的旁边，我早该想到的。那个乡下人打扮的一脸枯焦的中年妇女提着水瓶正好从里面出来。我向她打招呼，打好了？她没有答理我，低着头，绕过我就像绕过什么墙角一样。她一刻不停地走在她的悲伤里。我看了看锅炉旁的温度计，发现水温只有七十度左右。我把水瓶就地放下，想稍微等一下。但是没一会儿来了一个穿着一件肮脏的白大褂的大个子女人，穿着高帮的胶靴，她用一把大铁锁重重地拍打着门，对我说，打好没有？我要锁门了！看那样子就知道她是这个病区的清洁工，满头是汗，嗓门很粗。我说，水还没开。她说，到明天早上也开不了！要打就快打吧！我说，但是水确实还没开啊。她说，别人能用你怎么就不能用！快打吧。我说，再等一会儿，水就要开啦。她再次用那把骇人的铁锁更重地拍打着开水房的门，厉声敦促道，打不打？不打就出来！我实在没办法，只好灌了两瓶七十度的水，然后提着走了出去。那个大个子女人随即就把开水房的铁门哐当一声锁上了。

　　我在想，这个大个子女人干吗这么凶？是对我一个人这么凶还是对所有人都这么凶？对男人凶对女人是不是也一样凶？她怎么看起来一点不像个女人，女人不像女人算不算一种病？想着想着，我就走错了地方。三个面容憔悴的妇女坐在床上表情木然地看着我。我吃了一惊，连忙说对不起，马上低着头退了出去，又正好撞到了一个刚推门进来的一个老妇女身上，然后我又是一连串地道歉。当回到十六号病房的时候，我好像觉得自己挺累了似的。出乎我预料的是，李萍坐在老李的床边，正用毛巾擦着他头上的汗。我放下水瓶，对她笑了笑。我印象中好像不记得她有这样的时候，端庄地坐在那里，温柔、亲切，像个母亲。老李这会儿又变得傲慢起来，就像幼儿园的孩子又找到了靠山一样，用眼角睥睨着我。李萍小声地问道，还是喝一点鱼汤吧，啊？医生说可以喝的，啊？可是老李坚定地说，不！就是不！我对李萍说，你怎么有空来了？李萍说，我给爸送鱼汤来，省得妈再跑一趟。我说，是这样的。我还想说点什么，但是这时两个护士一前一后推着一辆放着各种瓶瓶罐罐的小车进来了。她们向每个铺位发了药，并且往每个病人的嘴里塞了一根温度计。老李这边事多一点，他还需要量一次血压，这都是例行检查。李萍向我招招手，示意我跟她一道到门外去。老李一直盯着呢，他咆哮了一声，去哪？因为他嘴里含着温度计，所以发音显得非常含混。我托着李萍的腰，回头说了一句，别担心，我们马上回来。我承认我是故意这样做给那个糟老头看的。来到门外，我问李萍，什么事？不会又有什么事吧？李萍说，没事。她转身透过门玻璃向病房里张了张。过了一会儿，李萍问我，你没事吧？我对她一笑，说，我能有什么事，一切正常。李萍说，我可以向公司请假，明天不去，最多扣点钱。我说，什么意思？李萍有些迟疑，她说，你如果反感这件事了，感到后悔了，你现在就可以回去，我留在这边。我说，要这样干吗，我已经答应了的，我有的是时间，我愿意帮帮你，这件事我没多想，你也没有必要多想。李萍说，你可是自找的，不关我事。我对她点点头。这下李萍好像显得轻松多了，她对我说，噢，告诉你一件好玩的事情，昨天傍晚他又来找我了。我虽然心里清楚这个"他"是谁，但是还是问了一句，谁？李萍说，还会是谁！他把车停在我面前，然后对我说，我如果今天上车跟他一道回去的话，他就可以给我一大笔钱，这笔钱可以保证我一辈子不用上班。李萍尽量用一种轻松的语调叙述着。我对她说，好事情嘛，你干吗不去？李萍的脸色顿时就沉了下来，抿着嘴唇，一点说话的愿望都没有了。她又走到门玻璃前向里张了张，然后说了一句，我爸在叫我，然后就推门进了病房。

走廊尽头一个胳膊吊着绷带的中年人正蹲在痰盂的旁边抽烟。他不断地把烟灰弹到痰盂里，也不断地向痰盂吐痰。他想把那口痰呕出来，但是照我看，他一直没能吐出什么像样的痰来。病房里的日光灯先后亮了，好像还伴随着一阵细微的骚动。那个缩在墙边抽烟的人抬起头，茫然地看着那一排病房，脑袋随着每个病房日光灯的亮起而神经质地转动着。我慢慢地向楼梯口方向走过去，走过那个中年人的身边时，我放慢下来，仔细地看了看他，我看到了什么？什么也没有看到，他的脸上没有一点能让我记住的东西。那么，为什么要看他？我不知道。这时他也没有表情地看着我，这迫使我只能顺着惯性向前走。走到楼梯口，我停顿了一下，便不紧不慢地下楼。我保持着一个速度，机械地，一步一个台阶地下楼，当楼梯终于在我面前戛然而止时，我心里"咯噔"一下，失望、沮丧的情绪继续顺着惯性一头冲到了我的前面。那个看门的套着红袖章的老头已经发现了我，但是当我抬头看他时，他却转脸看着别处。现在我如果离开这里，没有人会很在乎的，包括楼上的李萍。在这里从一开始我就是一个可有可无的角色，一点我以为的重要性都没有。我可以走出这幢楼回家去，也可以回身上楼，我看不出哪一种选择更恰当。但是，我对自己说，瞧，我的书还在楼上呢，至少我应该上去拿一下。眼下这是唯一一个明显的可供我用来作决定的理由。我转身向楼上走去，这会儿楼梯口没什么人走动，我可以听到自己的脚步声，它空洞极了。我不得不落脚重一点，或者落脚轻一点，但是那脚步声怎么听都空洞极了。

李萍把空碗放到一边，拿过毛巾来为老李拭去嘴角奶汁一样的汤渍。床头这一侧的活动板给升高了两格，老李现在在床上半躺着。他总觉得不舒服，一会儿让李萍把床头升高一点，一会儿又要把床调低一点。我正好过来帮上了忙。李萍对我一笑，轻声说，我还以为你已经走了呢。老李咆哮道，高一点！高一点！我不知道怎么对李萍说。但是我也并没有决定不走啊。我忙着把床头的支杆固定好，没有急着对她说什么。但是我又想道，这样不是等于默认，我不准备走了吗？这可并不是我的本意。我的本意究竟又是什么呢？李萍指着放在床头柜上的保温筒对我说，鱼汤还有很多，你要不要喝一点？老李警觉地转过头去盯着保温筒。我说，不用，我从来就不爱喝鱼汤，留着给你爸爸慢慢喝吧。李萍用一根食指捋了一下额前的头发，就像忽然想起一样地对我说，噢，那个快餐盒里是你的晚饭，我差点忘了！我说，来的时候我吃过一碗面条，不用了。她说，就先放在那里，晚上你肚子饿的时候再吃吧。我说，你还是带回去吧，放这就浪费了。她说，马上我也不回我妈那边了，就放这吧，带来带去的，麻烦。我还能说什么呢？她已经把今晚我何去何从的决定轻轻地放在那只有点破旧的床头柜上了。不管我是不是把它吃下去，只要它在那，我似乎就必须在这个莫名其妙的病房里和这群莫名其妙的人待下去。床上的老李虽然闭着眼睛，但是仍在密切地关注着他女儿和我这个和他女儿在一起的男人。而我在那张折叠椅上坐着，静静地感受着床头柜上的那只快餐盒，那么长，那么宽，那么厚，那么重。李萍嗓音低低地关照我说，过一会儿老李还有一瓶水要挂，护士一会儿会过来的，如果没来，你就去催一下。我冲她机械地点了点头。李萍用更低的嗓音说，那么，我走了。我有些迟疑，没有马上点头。老李忽然圆睁双眼，咆哮道，去哪？又去哪？然后是一阵剧烈的咳嗽。他似乎在承受巨大的疼痛，咧着嘴角，脸涨得通红。也许他真的很痛，但是没什么好同情的，他是自找的。李萍皱着眉头，挎起了她的包，她说，人家有事。老李说，什么时候都有事！越是这种时候，你就越有事，对吧？你跟我说，你到底有什么大不了的事？李萍说，不要你烦！老李说，不要我烦？不要我烦！你瞧你已经成了什么样子啦！还不要我烦！李萍显得站立不安，她匆忙地冲我一点头，就气呼呼地走了。她就这么走了？她真的不回来了？我和老李都能清楚地听到走廊上那越来越远的脚步声，然后是下楼梯的声音，再然后似乎什么也听不到了。我下意识地和老李交换了一下眼色。我们好像在相互询问，你还能听到声音吗？还能听到吗？我注意到病房里的所有人都在看着我们。我挪了一下屁股，重新在椅子上坐好，转脸看了一眼完全黑下来了的窗外。我这么做是表明，我已经不在听那脚步声了，那声音对我一点也不重要。但是老李还保持着那副在倾听的样子，而且神情越来越严肃，越来越专注。我对他说，李萍确实有事，她最近很忙。老李鼻子里哼了那么一声，不知道什么意思。他怎么可以这样对待我？我对他又说了一遍，她走了，你女儿走了。老李仍然不答理我。我劝自己耐心点，不要发火，至少不该对一个长辈马上就发火。我装着没事似的看着床头柜上的那只白色的快餐盒。但是渐渐地，我觉得自己对它厌烦起来，最后到了无法忍受它的地步。我站起身拿起快餐盒在老李迷惑不解的注视下向门外走去。现在快餐盒被扔到了垃圾篓里，我感到好受了那么一些，似乎我已经把必须和那个糟老头打发这个夜晚的理由扔到了垃圾篓里。那么，我可以离开这里了，是吗？我现在就可以离开这里了，是吗？我在走廊里来回走了几圈，然后在护士值班室的门口停了下来。里面四个护士正在嘻嘻哈哈地争夺着一件什么小玩意。其中一个护士的右手紧紧地攥着，贴在胸前，其他三个护士把她压在办公桌上。我想看清她手里到底攥着什么，但是始终看不到。我想敲门，但是忍住了，因为我希望她们继续闹下去，因为我此刻也想看看那个姑娘手里到底攥着什么。一个长辫子的大个子护士首先发现了我，她一下子沉下了脸，还一本正经地皱起了眉头，她呵斥道，看什么！有什么好看的！我有点懵，只是朝她礼貌地笑了笑。这时，其余三个护士都站直了身体，带着一脸的红晕盯着我。我对她们说，病人该挂水了。哪个病房的？大个子护士说起话来，仍然像呵斥。我说，十六号病房。

老李终于对我说话了，他说，把水给我调慢一点，听到没有？把水给我调慢一点。但是我不懂他说的是什么意思。他不耐烦地用没有插导管的左手指了指床边铁架上的盐水瓶。我连忙奔那只盐水瓶过去，嘴里重复着，调慢一点，调慢一点。但是我还是不知道怎么做。中间铺上的那个上身很长的脸色黄黄的中年人及时地发话了，他说，在下面，下面，管子上有一个小开关，看见了吗？你把它拧紧一点，水就能滴得慢一点。我终于发现了那只小开关，我把它拧紧了两圈。当我回到椅子上坐下，发现那个帮助了我的中年人还在笑容可掬地频频点头，似乎还有什么话要对我说。我非常感激地冲他笑了笑。于是他继续对我说道，水滴得太快了，就会胀痛，懂吗？血管就那么一点粗，水一下子来了太多，就流不走，所以会胀痛，懂吗？我连忙点头，因为我担心他为我继续解释下去。这时，老李又嚷嚷开了，这样又太慢了！把水给我再调快一点。我乐意从命，走过去，把那只小开关又拧松了一圈。我对老李说，这样可以了吧？他盯着导管里的水滴看了半天，没有吭声。我再次回到椅子上坐下。那个上身很长的中年人还在冲我笑，我只好也冲他笑了一下。于是他再次对我说道，太慢了也不行，滴到明早也滴不完，所以要不快不慢，就像秒针的速度差不多。为了避开那个脸色黄黄的中年人难以避开的关心，我只好非常专注地盯着透明导管里像秒针一样的水滴，直到确信那个好心的中年人已经把目光移开。我听到那水滴的声响越来越大，低沉、雄浑，但是震耳欲聋。我不得不把嘴张开，张得更大一点，以缓解耳膜必须承受的压力，同时我又怀疑这只是我个人的幻觉。我鼓起勇气，不安地四下看了看。房间里所有的人都张大了嘴，目光呆滞地从各个方向盯着秒针一样的水滴。老李躺在床上表情扭曲，随着水滴的节奏，全身在痛苦地抽搐。躺在靠门那张铺上的面色红润的白白胖胖的无须男人，在床上认真地模仿着老李的抽搐，他已经尽力了，但是还是不太像。

他有些不好意思地四下瞄了一眼，然后继续模仿。我站起身来，来到挂水瓶的铁架旁，我反复抚摸着那只小开关。如果把它拧得松一点，老李就会受不了，如果把它拧得紧一点，暴躁的老李就会等不及。太有意思了，我觉得自己已经为这个简单的小开关着了迷。

有三四个提着水果、罐头、中华鳖精的机关工作人员模样的人先后满脸笑容地推门进来。他们是来看望第一张铺上的那个病人的。他们把东西放下，寒暄了几句就知趣地走了。我注意到中间铺上的那位病人也对陌生的来人卑微地赔着献媚的笑脸，并且怒斥床头那个可能是他老伴的可怜的乡下女人站起来，把凳子让给客人坐。他这么做实在没有必要，第一张铺上的人根本不接受他的好意，很害怕和他发生关系似的。那个一脸悲伤的乡下女人很为难，只好尴尬地站在那里，让凳子空着。而此刻老李却坚决地转脸看着别处，脸上流露出不屑的神情。李萍虽然没跟我讲过，但我认为老李肯定是一个我们通常所说的那种知识分子无疑。我始终都能感觉到第一张铺上的病人以及看护病人的人先是一个叽叽咕咕的小眼睛的中年妇女，然后是一个戴了一副眼镜想掩盖那双小眼睛的女儿，以及刚进来的那个一进门就掏出大哥大的头发梳理得很精致的小伙子在这里也想表现出他们可笑的优越感来。他们说话嗓门高得没有必要，笑起来又过于放松。如果上帝明察秋毫，肯定会判第一张铺上的那个无须的满面红光的男人先去死。另外，中间铺上那个干瘦的中年人虽然满面沧桑，虽然生活已经把他变成了鱼干，但是他也该先去死。我知道我这么说是多么的不应该。这时，老李很严肃地对我说，他又要小便了。难道老李就不该去死吗？没错，他也该去死，最好在要小便之前就去死，最多在这一次小便之后，但一定要在下一次小便之前就去死，这样大家都会轻松一点。我知道我这么说有多不应该，上帝明察秋毫，这么说话的人都该去死，想都别想立刻去死。我站起身，很果断干脆地掀开了老李下体的被子，然后再弯腰从床肚里把尿壶拿了出来，帮他搞好，最后再帮他把被子盖上。在我这整个过程中，我都没有看老李一眼，我知道他会很愤怒，但是我不想看，他应该说服自己接受我的方式，他没有其他选择。在我在折叠椅上落座以前，我不经意地瞅了他一眼。出乎我的预料，老李并没有像我以为的那样愤怒，脸上是一种平和的、苍老无助的神态。这使我有了那么一点不安。我想我至少犯了一个错误，那就是应该先把尿壶拿出来，然后再掀被子，而不应该先掀被子，再拿尿壶。就因为这一个无可挽回的小错误，此刻我愿意判自己，去死吧，你。我问老李，完了吗？和我估计的一样，老李拒绝回答。我捕捉住他游离的眼神，直盯着他，又问了一遍，完了吗？老李被我的眼神激怒了，他大喊道，你干吗？你干吗！啊！我说我不干吗，我只是问你完了没有。老李说，完了没有？关你什么事！我告诉你，没谁求你在这，爱干不干的，告诉你，没谁求你在这！老李这么一喊，我的头脑反而清醒下来。我说，别喊，我是自愿在这照顾你的，我只是问你完了没有？我只是求你正常地回答我，行吗？老李大口大口地往外呼气，不答理我。我只好在椅子上继续坐着，朝他的后脑勺苦笑。中间铺位上的那个上身很长的中年人过了一段时间，觉得看不下去，他依旧笑着，对我说，应该把壶拿出来，肯定完了嘛，不拿出来有多难受啊，拿出来，拿出来吧，手脚轻一点就是了。说完，他还不断地点头来为我鼓气。我想他说得有道理，于是俯身向前，右手很谨慎伸到了被窝里。当我的手五指张开，正准备从老李曲起的腿弯下穿越过去时，老李肥壮的左腿像滚木一样砸了下来，伴随着老李的一声断喝：不要你管！我感到我的右臂一阵发麻，差点痛得叫出声来。我没有立即抽出我的右臂，有趣的是，我能感觉到此刻老李的腿在微微地发抖。他为什么要发抖，是因为激动还是恐惧？我慢慢地把右臂抽了出来，装作没事一样，事情到了这一步已足以引起我本人的好奇了，他为什么要如此待我？我想知道。另外，那只壶就让它暂时放在那好了，他如果喜欢夹着那个玩意，我也没办法。你就给我好好夹着吧。

我打开那本《反抗死亡》来读，一页一页地翻过去，我读了整整一章，虽然一句也没读进去，但是我好像觉得自己隐隐地对这本书有了新的发现。什么样的新发现？我想对自己用语言表达出来，但是我自言自语地说了这么一句：那只尿壶还在老李的胯下夹着呢。那瓶水已经快挂完了，我注意到瓶颈部分咕噜咕噜地翻着水泡。我想我有责任站起来去叫护士。当护士很不情愿地扭着她瘦瘦的屁股跟着我来到病房时，老李已经自己把针从手背上拔了出来。他的左手拿着那只连着导管的针头，针尖朝上，眼睛很警惕地盯着我，一副严阵以待的样子。护士动作麻利地过来收走了他手中的针头，抓起他的左手，用酒精棉球擦了擦老李的手背，然后像扔垃圾一样随手把他那只僵硬的左手扔到了一边。小护士的这个不经意的小动作一定让老李在很长的一段时间内感到很失落，我知道的。但是那个护士离开病房之前，却貌似亲切地主动向第一张铺上的那个病人询问了一些情况，还需要什么帮助，那个无须男人说，一切均好，于是她就出去了。我看了一下手表，已是晚上九点多钟。走廊里已经非常安静，我想这病房里的夜晚应该算是真正来临了，病人早该休息，看护病人的人也该进入休息状态。第一张病床的陪夜，就是那个手持大哥大的小伙子，再一次使用了他的手机讲了几句无关紧要的话以后，开始在门边忙着展开一张折叠式钢丝床。那个靠墙坐着的乡下女人不得不一再向我这一边挪动凳子，好为那个眼睛也很小的小伙子腾地方。他将在那张钢丝床上度过一夜，而我要在这张椅子上度过一夜，就凭这一点，他也该先去死。现在他的床已经完全搞好了，垫被、盖被以及枕头一应俱全，但是他好像还没有马上就躺下的意思，只是在那张钢丝床上坐着，拿起他的大哥大，沉思片刻，又把它放到枕边。我想对他说，我已经感觉到你足够重要了，你可以躺下了，你甚至重要到可以去死的地步了。这个小伙子显得焦躁不安，不时地往我这边扫上一眼。我忽然想，他不会是在观察我吧？我留意了一下房间里的其他人，意外地发现，除了望着天花板的老李，其余的人均在以他们的方式关注着我们这一边，真是怪事。他们在等待什么呢？

噢，尿壶。我终于想起来了。老李还夹着尿壶，这已经影响到房间里其他人的休息，这有多不应该。所以，我强打笑脸，再次上前，低声和老李商量，能不能让我帮你把尿壶拿出来？然后用更低的嗓音说道，拿出来吧，就算你行行好，这已经不是你一个人的事情了，你夹着尿壶不要紧，但是现在每个人都觉得自己的胯下夹着一只那样的塑料尿壶，他们感到很难受！拿出来吧，总得讲一点公共道德，拿出来吧。我斗胆伸手隔着被子推了推老李像墙一样结实的肩膀，行行好，拿出来吧。老李冲我转过脸来，仿佛是在转脸的刹那间，他的腮帮上又蹿出了一寸长的茂盛的胡子，他的嘴唇发白，而且在哆嗦。过了一会儿，他吐词非常清晰地说了一句：休想！不但我很失望，房间里的人都很失望，但是出于礼貌，他们不便直接表露出来，只能低声地咒骂。满面红光的无须男人觉得这个时候他该站出来了，而且也只有他站出来才会有用。他用双臂撑着坐起了一点，然后很诚恳地说道，你看，老李，这会儿大家都要睡了，把它拿出来吧，就算买我个老面子，好吧？中间铺上那个半死不活的上身很长的病人连忙附和道，对呀，老处长都说话了，老李你看你，拿出来吧，还有什么好说的？老李神经质地一缩身体，挤出一句：屁！这样说是什么意思，我不懂，我相信大家都不会太明白。看来只能依靠集体的力量了。我挥动着右臂，喊道：一！二！房间里的其他人立刻齐声叫道：拿出来！再来一次，一！二！拿出来！如此反复了五六个回合，群情高涨，但是毫无效果，只是让老李在床上缩得更紧了一点。我只好再次挥动我的右臂用更为激昂的语调喊道：一！二！又是五六个回合。出人意料的是，老李忽然变得老泪纵横，他一边抽泣，一边颠来倒去地说，我就是不拿出来，我就是不拿出来嘛，我看你们怎么办！我对众人无奈地摊开双手，问道，你们说吧，怎么办？房间里的人互相看了一眼，然后一齐伸出右臂，喊道，坚决把它抢出来！那个满面红光的无须男人在最后还加了一句：就这么定了。于是我果断地掀开了老李的被子，受惊的老李一阵惨叫，他想支撑着坐起来，但是刀口撕肝裂胆的疼痛使他只能重新躺下，就像一只被掀翻的老海龟一样，他只能把他两条短而肥壮的腿紧紧地盘起来护着胯下那只尿壶，就像捍卫他最后一只海龟蛋一样。海龟会奋不顾身地保护一只海龟蛋吗？我从没有听说过。我好不容易才从他剧烈翻滚的双腿的缝隙里插进手去，握住了尿壶被焐热的手柄。但是我无法把该死的尿壶扯出来，我用力又扯了几把，仍然纹丝未动，觉得这样扯下去只会把手柄扯断。那个满面红光的无须的老男人提醒了一句：小伙子，只能斗智不可斗勇。所以，我想来个突然袭击，打老李个措手不及。于是我故意放松，摆出一副不打算再抢的样子，眼睛转过去看着窗外，嘴里甚至还哼起了小夜曲。说时迟，那时快，我猛然一个转身，右手以迅雷不及掩耳之势往外拼命一拉。我只听到房间里一片惊呼。但是我只拉出了老李一阵咻咻怪笑，尿壶还牢牢地夹在他的胯下，他得意地左右晃动着脑袋，他早料到我会有这一手啦。说实话，我有点沮丧。这时，中间铺上那个上身很长的鱼干一样的病人冲我摇摇头，他说，我说一句心里话，这绝对是指导方针的错误，你根本不该和老李斗智，那肯定输，没什么好说的，俗话说，姜还是老的辣。年轻人，你应该坚决地扬己之长避己之短，也就是说，你应该坚决地和他斗勇！斗勇！还是斗勇！众人以为然。于是，我用左手把右手的袖子往上捋了捋，然后对那个鱼干一样的病人说，来吧，你发令。那个鱼干一样的病人不好意思地笑了笑，对第一张铺上的病人说，老处长，还是您发令比较合适，您请，您请。满面红光的无须男人也不谦让，清清嗓子，然后问道，双方准备好了吗？我点了点头，老李一头虚汗也非常庄重地点了点头。那好，预备起！一声令下，我和老李的拔河比赛就这么开始了，双方半斤八两，相持不下，谁一时也占不了上风，只听到床在嘎吱嘎吱地响个不停。房间里的人开始有节奏地大喊：加油！加油！运动员加油！他们这么喊使我觉得心烦，也就是说并不能帮上我的忙，而相反却使老李变得更加起劲。只见老李吭哧吭哧地喘着粗气，头上青筋直暴，虽然额前的头发已经被汗水淋湿，但是竞技状态越来越好。我喉咙发干，四肢发飘，我怀疑我挺不住了。那个眼睛很小的年轻人蹑手蹑脚地过来了，手里拿着他的大哥大，趁老李不注意，他用大哥大的天线突然搔了一下老人家的胯下。老李一哆嗦，钳子一样的双腿就奇迹般地松开了。我终于把尿壶夺了过来，众人一阵欢呼，如释重负。我盯着手里的那只已经严重变形的尿壶，用左手帮老李把被子盖上。很遗憾，只有壶底有很少的一点黄黄的液体。房间里的人没兴趣继续关心这件事了，他们纷纷上床，在床上躺好，还有人嚷着要求马上熄灯。我感觉到，十六号病房的夜晚这会儿真正来临了。

起初房间里还有那个一脸悲伤的乡下女人在墙边陪我坐着，后来她也脱了外衣和鞋，来到中间那张铺，在那个上身很长的病人的脚边蜷缩着躺了下来。房间里现在只剩下我一个人在那张坚硬的折叠椅上坐着。日光灯的光线使房间里的白被单显得更加惨白，他们全在白被单下面躺着，所有的颜色此刻都被白色所取代。我似乎闻到了白色的气味，具有一种令人眩晕的催眠作用。然而这会儿，我特别怕自己会睡着。我不断地调整坐姿，最后干脆站了起来，轻轻地在房间里剩下的一小块空地上走来走去。老李的白被单在剧烈地起伏，我知道他还在愤怒，但是他总会平息下来的，我相信。老李忽然说，我嘴干，我要喝水！他只是对着空气喊。我完全可以不予理睬，但是考虑到刚才自己可能存在的对老人家的不敬，我还是走了过去。他的嘴唇确实干裂得厉害，气都喘不过来的样子。我把茶缸里的水兑了一点热水，然后把茶缸端到了他的床头。老李迫不及待地扒着茶缸的边缘，想坐起来，当然他是坐不起来的。我不得不把茶缸提得高一点，让他不要着急。我觉得自己确实比刚才耐心多了，因为房间里的其他人虽然死到临头但是此刻都做他们的美梦去了，他们不再关注我的一举一动，我觉得放松多了。我想在床头柜上找到一根吸管，结果只找到一根汤勺，我准备用汤勺一口一口地喂他。没想到就在我转脸拿勺的时候，老李瞅准一个机会，像只受伤的猩猩蹦起来冷不丁地向茶缸扑了过来。虽然没能成功地抢去茶缸，但是把半茶缸的水打翻了。他的左爪湿漉漉的，眼睛还在随着我手里的茶缸紧张地来回晃动。我说，这又何必呢？老李，我一口一口地喂你不好吗？偷袭失败显然让老李有点恼羞成怒，再加上伤口不可避免的绞痛，他脸上的每一根胡子都刺猬般地竖了起来，咆哮道，啊，快把水给我！房间里有人冷冷地抱怨了一声：自觉点，大家都睡了。我尽可能耐心地压低了嗓音对他说，给你你也没法喝，你怎么想不通呢，我来喂你不好吗？他根本不在听我的话，他湿漉漉的左手一探一探的，一副跃跃欲试的德性。那么，我只好陪他玩一玩了。我集中精力，然后慢慢地把茶缸垂到了他可以够到的高度，然后左右晃动来撩拨他的性子。老李很狡猾，以左手做幌子，却以一直隐蔽着的右手来出击。但是我还是识破了他，及时地移开了茶杯。我们的老李又扑了个空。如此来了三个回合，老李连茶杯的边都没沾到，但是这并没有让我们的老李就此泄气。他闭上了眼睛，上气不接下气，感觉有点精力不济的样子。但是，我们绝不要被他的假象所迷惑。不出所料，老李忽然双目圆睁，大喊着猛然凭空跃起半截身体，鹰爪一样的双手在半空没命地乱抓一气，直到他的身体重新"嗵"地一声重重地摔倒在床上。唉，我们的老李痛得直叫唤。他抓到了什么呢？只抓到了我特意悬在他头上的茶缸盖子，而茶缸以及茶缸里的水早已经转移到了我的背后。老李咧着嘴，忍着巨大的伤痛翻来覆去地看了看手里的不锈钢盖子，用鼻子嗅了嗅，然后狠狠地把它扔到了水泥地上。只听到刺耳的"哐当"一声。中间铺上那位鱼干一样的病人慢吞吞地昂起了睡眼蒙眬的窄而长的脑袋，在日光灯下，他几乎睁不开他的眼睛，他对我说，地震了，是吗？我冲他很谨慎地摇了摇头。于是他又重新躺了下去。

老李，我觉得我们该好好谈一谈，你为什么要这样？我把茶缸放到了窗台上，把折叠椅向床头移了移，然后坐了下来。我还没有坐稳，老李就噌地转过脸去，把他丰硕的屁股对着我。我意外地发现他的臀部具有让人缄默的力量。尽管我很想和他说些什么，但是这会儿还是忍住了。我对着他的臀部发呆，只觉得他的臀部正在不可遏止地膨胀、膨胀。这也许不是我的幻觉，我伸出手去，摁了摁，觉得很像那么回事，温暖，色情，富有弹性。但是仍然不敢相信，我嘴里自言自语地说：我得找根针来试一试。谁知话音刚落，老李的臀部一下子就像泄了气似的小了下去，但是在我看来，还是丰硕得不可忍受。我说，不行，我还是要找根针来试一试，我不相信天底下竟然有这么大的屁股，告诉你，我不相信。于是老李的臀部又小了不大的一圈下去。我说，能不能再小一点下去？老李的臀部扭了几扭。但是我说，这样还是不行啊，真的，我情感上仍然不能接受一个男人拥有如此丰硕的一个大屁股！你等着，我说什么也要找根针来！我站了起来，只听到椅子发出"嘎"的一声。老李非常警觉地转过身来，有些慌张地质问我，喂，你讲不讲道理？啊？我说，我还想问你呢，你讲不讲道理，啊？老李急了眼，说，我怎么不讲道理了？啊，你说！我示意他小声点，嘘，然后我弯下身子说道，你要是讲道理的话，就不会长这么大的一个屁股，你说对不对？我们的老李无言以对，依我看，他心里好像默默地同意了我的看法。老李换了一种严肃有余、诚恳不足的语调对我说，我也没办法，确确实实就这么大，喏，这么大，你说怎么办呢？我很庄重地盯着老李的脸，陷入了沉思。是啊，能怎么办呢？过了一会儿，老李猛然一甩脑袋，像一只扭着肥臀刚刚爬上岸的鸭子甩落满头的水珠，再次瞪圆了眼睛一字一顿地厉声叫道，快把水拿来给我喝！一只老鸭子也会吹胡子瞪眼睛吗？从没听说过。我说，水嘛，肯定会给你喝的，没问题，但是我们说什么也该先找到一个解决问题的办法。少说废话，快把水拿来！老李用干燥无比的上唇摩擦着皲裂的下唇，发出砂纸打磨木器的声响，很有些意思。我转身拿过窗台上的茶缸，但是感觉里面的水又有些凉了，于是我弯腰把茶缸里的水倒进那只搪瓷便缸里，准备为老李换上一杯热水。这时老李咬牙切齿地说了一句：你不得好死！

　　我拿着空茶缸在床边站着，全身一阵发凉。愣了好长一会儿以后，我问他，哎，老李呀老李，你说什么？老李目光躲闪，没再吭声。问题是我已经听清楚了。在这样一种福尔马林的白色氛围中，我感觉到老李的话确实是一句诅咒。我好像是第一次领略到诅咒的力量。我感到四肢无力，眼睛发花。空茶缸从我脆弱的手中缓慢地掉了下去，在一连串刺耳的金属声响中，那只茶缸弹了几下，然后歪倒在水泥地上，并且就势滚了半圈，在便缸的旁边停了下来。原来，茶缸就像便缸的姐妹一样，在那么一刻我忽然这么认为。我伸手扶住了床头柜，这才稳定住那阵致命的昏眩。房间里其他四个人以各自不同的角度一起昂起他们半梦半醒的脑袋来，带着一脸痛苦不堪的表情，问道：地震了？我无力地冲他们摇了摇头。但是那四个小头还昂在那里，不放下去，这真让人不安。我不得不再次冲他们不厌其烦地摇头，直到那四颗昂起的头放平下去。但是长时间的摇头,使我再次陷入那阵难以克服的昏眩之中。我坐在那里,双目紧闭,身体禁不住左右来回摇晃。老李冷冷地说,不要装死!快把水拿给我喝!没想到老李的断喝居然一举治好了我的眩晕,我真的觉得一点也不昏了,我睁开眼睛朝他笑了笑。老李说,笑个屁!快把水拿来给我喝!现在我开始有了点情绪,一个人接二连三被骂怎么会没有一些情绪呢?我对他说,你再骂呀,我就是不给你水喝你又能怎么样?啊?我听到房间里有人说了一句话,此刻就像清晰的画外音:对,就是不给他喝,看他能怎样!老李和我都四处看了看,想证实到底是谁在说话,但是埋在一片白色之中的那四张脸不动声色,好像都睡着了一样。我对老李说,你看,大家都不想给你喝,我也没办法,你就忍一忍吧。这下该老李发急了,他嘴里不断地唠叨着,好!好!一边憋红了脸在床上笨拙地挣扎着想爬起来,或者想伸手把地上的茶缸捡起来,或者想过来狠狠地照我脸上来上那么一拳,或者想起来从窗口跳下去,这些都只是我在一边的猜测而已,他左挣右扎到底想干什么,我还看不出来。不管他想干什么,我觉得都是没有希望的。我站起身来,来到窗前,看着窗外的夜色。我是想避免面对那个不合时宜的老家伙,那副老而不尊的模样我看不下去。但是窗玻璃上此刻赫然在目的仍然是左挣右扎的老李,瞧瞧他的德性,咧着嘴,想从一片黑暗中爬出来,但那是不可能的,他应该属于这片黑暗,他应该留在那片黑暗中,这样对谁来说都是一件好事情。你为什么不留在黑暗中呢?现在我看到老李终于平息下来,用枕巾擦着额头上的汗。我想这会儿他应该学会老实了，了解自己了，了解自己应该遵守的本分了。那么，一个本分的老人如果需要什么的话，我一定会乐意去帮助他的。于是我转过身来。

老李已经掀开了他胸前的被子，一脸悲壮地用他粗短的食指指着缠满绷带的腹部。你看！你干的好事！我低头看了一眼，但是好像没看到什么特别的。老李吃力地昂起头来又指了一次，一指完他就倒下了。我不得不低头更为仔细地看了看。一个蚕头大的血斑借助毛细作用缓慢地扩散，就像一朵正在盛开的红花。我被它盛开的姿态迷住了，眼看着它从一朵小小的玫瑰，变成一朵碗口大的山茶。这朵花还要继续地开下去，我隐隐地有些紧张起来，也许出了麻烦啦。老李更为惨白的脸上却浮现出一丝得意的神色，不过在我看来非常狰狞。虽然不甚情愿，但是我还是迅速地冲出门去叫护士。值班室非常安静，只有一个护士正趴在桌上做梦。我径直过去拍了拍桌子。可爱的护士受了惊吓猛地抬起头来。现在该我受惊了。我没想到，竟然是一个脸色蜡黄皮肤松弛的足有三十五岁的老护士。我四下看了看，真是奇怪，原来那几个青春年少的小护士都到哪去了呢？难道半夜工夫就能老成这个样子吗？她还在目光直直地盯着我，她仿佛仍在她可怕的梦中。她问我，干吗？我没能克服住心里难言的失望，随口说道，不干吗。她忽然目光直直忽地站了起来，一把抓住我的手，然后一路拖拽着来到门口，用脚把值班室的门"哐"地踢上，紧接着把我扯到门左边的墙角。在这过程中我没能作出任何反应，像块木头，至多有一点迷惘而已。她凶猛地扑了上来，把我逼在墙角，在我身上乱搓一气。我觉得自己没有丝毫的还手之力，真的，我从没见过这样厉害的对手。但是，我转念一想忽然觉得有点不对劲，她的个头不到我的胸口，体积不及我的一半，我怎么会不是她的对手呢？于是我忍无可忍，抓住她的肩头用了五成到七成的力往后一搡。果然她被一下子搡出好远，腰撞到了办公桌上，办公桌也因此嘎地后退了几步。她头发凌乱，一脸红晕，左手托住自己不太走运的腰。这会儿我的头脑很清醒了，我对她说，十六号病房的病人刀口在出血！请你快去看看！她没有反应。我说，你干什么吃的，大出血！你还不去看，出了事谁负责？她不紧不慢地捋了一下额前的头发，说，可以，我可以去看，但是你必须让我再摸一把。说实话，碰到这样的情况，我一直以为是相当难办的。

我和护士刚出现在十六号病房的门口，老李立刻作出了不太恰当的反应，张开双臂热切地等待着别人的拥抱。护士在门口站了下来，不敢贸然向前。她小声地问我，他想干吗？他想干吗？我从后面轻轻地推了她一把，走吧，没关系，他能干吗！老李几乎是满眼热泪地叫道，哎呀，护士！护士！护士呀，你可来了！那个足有三十五岁的护士很厌烦地说，喊什么喊！别人都睡呢！老李伸出右手捞了几捞想拉住护士的手，但是被她让开了。这时老李才稍稍有了一些受挫感，他压低了嗓门用一种微颤的撒娇的语气说，快给我喝一口你的水好吗？就一口，就一口口！老护士禁不住后退了半步，把肩膀靠在了我的胸口上，她的右手由于紧张向后伸过来，迫切地想抓住点什么。最后她牢牢地抓住了我某个很易于把握的部分，嘴里还抱怨着，这个糟老头！只剩下半条命，怎么还这么下流！我感到很别扭，没有回答她。谁知护士的右手用力握了一握，你说，你老子怎么这么下流！我咬着牙用力一根一根地掰开了她该死的手指，并把她往前推了推，说道，他不是我老子，我老子要是这样，我早把他毙了。你快看看他的刀口吧。老李已急不可待，一个劲地喊着，水！水！护士说，什么水，不是说出血吗？我说，对，是出血。我上前撩开了老李上半身的被子。护士凑近看了看老李殷红的缠满绷带的腹部，老李在那嘿嘿地乐呢。老护士马上训斥道，请你严肃一点好不好？老同志，怎么会搞成这样的，你说一说。老李不吭声，只是在床上前弓后曲地比画。此刻老护士的脸想不到又红了。我对她说，是这样的，大概是由于剧烈的运动，他的刀口现在又绽开了。剧烈的运动？她转过头来问我，脸上洋溢着淫秽的亮色。是这样吗？她对老李再次问道。老李有点害羞地点了点头。老护士一跺脚，说道，那活该！谁叫你瞎动的！我不管！说完，她真的掉头就走。我伸手想拦住她，但是后者出其不意地对我胯下捅了那么一下，我只好闪到一边去了。这下可把老李急坏了，他不顾一切地想撑起来，一边哭丧似的叫道，护士！护士啊！你不管我的刀口是可以的，但是你总得给我口水喝，对吧？你就行行好，给我口水喝吧！直到这会儿，我才忽然意识到，妈的，我差点中了老李的圈套，他以出血来要挟我把护士叫来，然后以达到喝水的目的，好狡猾呀。我冲已经走到门口的护士摆了摆手，说道，你就放心走吧，他要喝水有我呢，没你的事，你就回去继续做梦去吧。

病房里重新安静下来，我冲老李赞许地频频点头。他应该很清楚自己的处境，我不会对喜欢耍手腕的老家伙有好感的。老李又在用他的上唇来摩擦他的下唇，那声响细微却愈发瘆人，这就是我们老李的报复手段？老李把被子一直拉过了头顶，他大概是想遮住日光灯的光线，或者是想遮住他的脸，在阴暗的角落里独自酝酿新的阴谋。我觉得我面对着一具死尸，原谅我这么说，我确实觉得自己面对着一具死而不僵的死尸。这时裹尸布的侧面开了一个小窗口，我能看到老李的一只手和手后面那双诡秘的眼睛。天啦，他在向我招手！过来，年轻人，过来。我有点不耐烦，有什么话就说嘛，神秘兮兮的干吗？老李仍然坚持在那里招手，我只好把脑袋凑了过去。他嘴里散发出的气味令人作呕，说话的语调和说出的话更加让人恶心。他说，再过来一点，别让他们听见，那些家伙都是王八蛋，我们不要和他们一般见识，来，来，叔叔跟你商量件事。我说，去你妈的，谁是我叔叔？老李拼命地挤了挤眼睛继续说道，别急嘛，真是，你还想不想跟我们家李萍在一起了？我说，我们在不在一起关你什么事？老李说，话可不能这么说，年轻人，我知道你的，你这家伙只想和李萍睡觉，但是不想负任何责任对吧？换一种不客气的说法，你在玩弄我女儿！知道吗？你在玩弄我女儿！唉，小萍的命怎么这么苦呢，以前那个丈夫是个畜生，她应该知道什么是畜生啦，怎么还是找了个畜生！再被你这么一折腾她就老了，老得一塌糊涂了，老得掐不动了！以后可怎么办啊！我觉得很不是滋味，我打断了老李的话，我说老李，根本就不是这么回事，你别在这胡扯！老李撩开了被子把整个脑袋露了出来，你说我胡扯？那你明天就和李萍去登记结婚啊，去啊！噢，怎么又不敢啦？你说我辛辛苦苦养了这么大一个女儿容易吗？啊？你说啊，我养这么大一个女儿是给你瞎搞的吗？我该怎么回答他呢？我觉得我没法回答他。老李认为他完全占了上风，停顿了片刻之后，他忽然脸上的神色一变，和颜悦色地对我说道，但是现在有一个办法可以帮助你，你只要答应我一个小小的条件，我就不再向你追究这件事，你就去搞吧，尽情搞吧。我被迫机械地问道，什么办法？老李示意我再靠近一点，然后低声说，只要给叔叔喝口水就行。我饶有趣味地盯着老李看了一会儿，禁不住嘿嘿地笑了起来。我没有低头，只是用脚把那只茶缸往床肚里又踢了踢，然后对老李说道，老李呀，不要枉费心机啦，你觉得自己挺有办法对不对？你今天就是反过来叫我一声叔叔我也不会把水给你喝的！你需要有人帮助你反省一下自己，到你这岁数说什么也应该学会唾弃你的智力和经验了，就是这样。话音刚落，没想到睡在门口那张钢丝床上的小眼睛的年轻人噌地坐了起来，他右手操起大哥大，然后用那破玩意远远地指着我的鼻子，这就是你的不对啦！说完，他就低头忙着找他的鞋。老李和我面面相觑，他想干吗？那个小眼睛的年轻人终于找齐了他的鞋，翻身下床，趿拉着皮鞋来到老李的床边。他用手里的大哥大指着胡子拉碴的老李，皱着眉头对我说，老李叫你一声叔叔，你说什么都该把水给他喝了，你总得有一点同情心吧。我对他说，你没听清楚，老李没说要叫我一声叔叔。我还想继续解释一点什么，谁知那个小眼睛的年轻人坚决地打断了我，听我说，我看今天就这样吧，我做个见证，老李你只要叫他一声叔叔，他就把水给你喝行吧，如果他不给，我就负责给，你说怎么样？老李用牙齿撕咬着下唇上一小块白色的皮，两只眼睛要喷出火来。小眼睛年轻人从床的那边绕到我身边来，拍了拍我的肩膀，怎么样？老弟，都是出来混的，谁没有倒霉的时候？得饶人处且饶人嘛。我未置可否地点了一下头。他马上说道，你看，他已经同意了，老李就看你的了，快叫吧，天时不早啦，叫完了喝水，喝完了睡觉。老李清了清嗓子，然后发音非常清晰地叫道：龟孙！我和那个小眼睛的年轻人相视而笑。他非常失望地摇着头回他的床上去了。在重新躺下以前，他伸手到门边熄掉了日光灯，嘴里还嚷嚷了一句：不识抬举的老李啊，你就熬吧，我们又能怎么办呢？

我一时还不能适应房间里的黑暗，甚至在黑暗中有些失去平衡，站立不稳。我向后摸索着，找到我的折叠椅，然后慢慢地坐了下来。在好几种频率的鼾声中，老李的喘气声显得尤为刺耳，我感觉他还处在一场莫名其妙的看不见的激烈的斗争之中。我听到黑暗中有人在叫：我要尿！我判断是第一张铺上的病人在叫，没我的事情。但是没人搭腔，很长时间内都没有人说话，只是鼾声奇迹般地都停止了。于是我怀疑是第一张铺的那个病人在说梦话，这样的梦话不算乏味。但是过了一会儿，那边又传来一声：我要尿！他仍然说得很平静，稍稍有点抒情的色彩，那语气类似于一个谨慎的人深思熟虑之后说：我爱你！我觉得说话的这个人要比老李活得有心得，我想如果再没人理他的话，我倒是愿意过去帮他一把。这时有人答话了，我说老爷子，能不能稍微忍一下，天亮再说，我眼睛都睁不开。是那个年轻人的声音，他不耐烦地在床上翻着身。一阵沉默之后，那个被称作老爷子的人一如既往地用沉稳的语调说道：我要尿！又是片刻的沉默之后，我听到门口传来一声叹息，紧接着是一连串琐碎的令人费解的声响。完了没有？完了。怎么是空的，你不是折腾人吗？完了。真的完了？完了。我又听到一声叹息，然后就是那个年轻人重新在床上倒下的声响。借着走廊里的光线，我已能隐约地看清房间里的景象。我对自己在这样一个地方就这么坐着直到天明实在缺乏信心。我站起身伸了个懒腰，然后来到墙角的一小块空当，想弯腰踢腿，做几节广播体操。我主要是想借此增加自己坚持待下去的勇气。但是马上有人说话了，请你不要这样好不好？在那晃来晃去的，我们还以为是鬼呢。又有好几人出来附和这个意见，我觉得也对，虽然心里很有情绪，但是我还是在折叠椅上坐了下来。我想，我也许可以到门外去走一走，对呀，干吗陷在这个鬼地方呢？到门外去走一走吧。在我刚要站起来的时候，又有人说了一声：我要尿！带着浓重的郊区口音，而且声音有点发颤，似乎他说话的时候也意识到这是一个过分的要求。我听出是第二张铺上的那个鱼干一样的病人。但是睡在他脚边的那个乡下老婆正打着鼾，整个房间里就数她的鼾声最响，像一头肥猪的鼾声。原谅我这么说，实在太像了，我找不到更恰当的比方。我听到第二张铺嘎吱一声，意识到是他粗暴地踹了她一脚。但是那波澜壮阔的鼾声只是中断了一下，随即又大作起来。我要尿！他又叫了一声，然后又是更重的一脚，仍然没有反应。她实在太累了，我为什么不过去帮她履行一下职责呢？

他已经发现我在向他走近，好像也意识到我的善意，有点受宠若惊地慌忙从床上坐了起来。我能看清他脸上努力堆出的笑意，闪着蓝色的荧光。如果他不对我这样笑的话，我会对他更友好一点。另外我觉得他的动作够利索的，这个鱼干一样的病人似乎完全有能力把困扰他的那一点问题解决掉。他轻轻地对我说，在床下。我弯腰把尿壶拿了出来。他还在冲我笑，他薄薄的笑容在黑暗中具有一种锐利无比的穿透力，让我脊梁骨一阵一阵地发凉。我只好开口对他说，请你不要笑，请你不要这样笑，不然我没法帮你。他的笑容一点点地退去，脸上的亮色也随之一点点地隐去，最终呈现在我面前的是一张毫无生机的脸，就像是蜡像的脸，我不能断定它是不是真的对着我。我连忙对他说，很抱歉，我也没法接受这样一张脸，真的，我不是个挑剔的人，但是我真的没法接受这样一张脸。于是那闪着荧光的笑容又开始一点一点地浮现出来。最后我只好把头低下，因为如果还看着那张脸的话，我将什么事也做不了。他两臂向两侧让开，以一个很古怪的姿势对我说，没有裤洞，必须解裤带才行。我就像是被人用枪顶着腰眼一样俯身向前不很顺利地解着他的裤带，在整个过程中，我尽了最大的努力避免碰到他的身体，因为我相信碰到那具干柴一样的身体一定会做噩梦的。我终于解开了他的裤带，并且帮他把那条黏糊糊的衬裤往下扒了扒，一股恶臭扑面而来。我只得屏住呼吸，把尿壶递给他，我想我的人道主义已经到了它的界限。谁知他向后一仰靠到了床架上对我说，继续啊，它又不会咬人，帮忙帮到底嘛。我迟疑了一下，然后硬着头皮伸手过去。真不知道是什么力量在驱使我。这时，他的上肢忽然恢复了功能，双手交叉挡住了我的手，也就是护住了他臭不可闻的下部。他说，可以了，我自己来吧，谢谢，谢谢。他很轻松地从我手上拿过尿壶，然后自己把问题解决了。我以为完事后他会把小半壶尿液像宝贝一样递给我，结果没有。在我一脸茫然地注视下，他翻身下床，绕过我，一手提着裤子，一手提着尿壶颤颤巍巍地出了门，把尿壶搁在了门口，然后又小心地关上门，再次绕过我，顺利地回到床上躺下。直到这会儿我还是缓不过劲来，在原地站着，呆若木鸡，这个鱼干一样的病人在搞什么名堂？是在耍弄我吗？我相信他没这胆量。他非常自然地冲我摆了摆手，休息吧，年轻人。还能干吗呢？总不能让我帮你把裤带再系好吧。我带着一肚子的无从宣泄的怒气回到我的折叠椅上。我越想越觉得窝火，这个夜晚我被迫和臭烘烘的尿液以及排出尿液的那个破玩意打交道，没完没了，这是一个什么样的夜晚！我对自己说，如果谁胆敢再以小便的名义来烦我，我就把他杀掉，绝不手软。

　　我要尿！说这话的当然是我们的老李，不会是别人。但是尿尿是一种流行性感冒吗？我对自己深更半夜没能控制住自己的无名怒火感到很失望。我几乎是从椅子上跳了起来，挥动着双臂对老李大喊道，你为什么要尿？你不是要喝水吗？怎么是撒尿？半天也没喝一口水，你哪来的尿！尿！尿！你怎么早不尿迟不尿，偏偏是这个时候要尿！关我屁事，你就尿吧！尿吧！尿个痛快吧！这时房间里的日光灯唰地亮了，这实在出乎我的预料，强烈的光线迫使我暂时闭上了眼睛。我觉得自己忽然被推到了舞台的镁光灯下，无处藏身。等我睁开眼的时候，我意外地发现我并没有观众，房间里其他四个人安睡如故，至少他们都装出睡着了的样子，谁也不想介入到我和老李的事情中来。那么，灯又是谁开的呢？肯定是那个小眼睛的年轻人，但是我现在没有精力理会他。双唇干裂喉咙冒烟的老李吃惊地盯着我，显然有了一点可贵的恐惧。我转脸通过窗玻璃审视了一下自己的脸，我觉得还好，没什么可怕的。老李鼓足勇气再次嘟囔了一句：我要尿。他那副哆哆嗦嗦的模样使我认识到，我也许过分了，我没必要对一个老人发这么大的火。过了一会儿，老李很委屈地继续说道，你只说不给我喝水，并没有说不让我撒尿，对不对？你用手捂住你的良心想一想，我说的对不对？我连忙说，对，对，我现在就来帮你尿。出于没有必要的歉意，这一次我的动作非常温柔。但是我的温柔反而使老李像受惊的小动物一样更加戒备，我靠近他的时候，他就浑身绷紧，我碰到他的时候，他就开始哆嗦。没一会儿，我又开始厌恶他了，也就不觉得有什么对不住了。老李又开始费力地在床上蠕动起来，我想他是完事了，正努力想把那只严重变形的尿壶弄出来，于是我俯身向前想帮他一把。老李神经质地往床的另一侧一缩，连说不用。我朝他赞许地点点头，对老人或者孩子这种提高自身独立性的努力，我从来都是支持的。老李终于够到了尿壶，并且把它拽出了被窝。我已经是在用一种近似于欣赏的目光在看他了，没想到他这时迅速地极其诡秘地瞥了我一眼。我马上反应过来，其中有诈！果然不出所料，只见老李如饥似渴地一举把尿壶凑到了嘴边。你想干吗！我大喊一声扑了上去，牢牢地把尿壶卡住，使它无法倾斜。老李和我较开了力气，双腿在床上乱蹬一气。应该说他不可能成为我的对手，我尽可能耐心地又问了一句，喂，你到底想干吗？老李义正辞严地答道，我要喝水！我说，这不是水，是尿！老李说，放手！我要喝！我怎么能答应呢，想喝就喝，想喝什么就喝什么，哪有这等好事。我双手一用力就把尿壶夺了过来，为了让他彻底死心，我马不停蹄地把尿壶弄到门外去了，把它挨着中间铺的那只尿壶靠墙放着。老李的这只奇形怪状，看一眼就让人心里有说不出的难受，而另一只就显得体面得多。我回到房间里，把门关好，抬头发现老李正用枕巾默默地擦着眼泪。这一幕我可不愿意看，于是我随手把日光灯熄了，然后慢慢地走回我的位置坐下。黑暗并不能帮助我平静下来，我越想就越气不打一处来。搞来搞去，我还是处在老李的阴谋之中，他想以撒尿为名想达到喝水的目的，不仅狡猾，而且卑劣。你就不能正常一点吗？想干什么跟我直说，一般我不会拒绝的。既然老李只相信阴谋的力量，那就让他向那个叫阴谋的家伙要水喝去吧，我可不管了。想到这，我觉得自己有些困了，主要是因为厌恶，此刻我不但想睡过去，而且想就此死过去。老李仍然不肯就此罢休，他用一种极为诚恳的语调说道，那是我的，我重申一遍，那是我的，你没有权利把它拿走。我对他说，你是指那几毫升尿吗？恐怕不能这么看吧，从你身体里过一过，你就认为是你的，老李，你太想当然了。

我把椅子向后移了移，以便能把我思绪混乱不堪的脑袋靠在窗台上。房间里的尿骚味已经渗透到了我的脑壳里，我觉得透不过气来。那个小眼睛的年轻人有磨牙的毛病，我一点也不奇怪。老李还在喃喃地念叨着，那是我的，那是我的。大半截已经入土的老李有说梦话的毛病，我一点也不奇怪。而我本人呢，我认为自己现在实际上在梦游，我如果有梦游的毛病，我一点也不奇怪。实在坚持不住了，我悄悄地把中间的那扇窗子开了一条小缝，然后侧过身去，把我的鼻孔冲着那条缝。我忽然觉得自己是一条吃得太多而无法从这条缝再游出去的鱼，一条来不及减肥就要死去的鱼，但是我到底吃了些什么呢？尿骚味的伦理，尿骚味的道德，还有其他一些我所憎恶而又无法摆脱的尿骚味的杂碎。真没想到此刻我的情绪会变得如此激动。但是我还是就此睡着了一会儿，还抓紧时间做了一个相当抒情的春梦。当我意识到那只是一个梦，而自己将无可回避地醒来在十六号病房里的时候，我的情绪是非常压抑的。很长时间内我都不想把眼睛睁开，我真的不愿意把眼睛睁开。最后当然还是把眼睛睁开了。就在紧挨着我的地方站着一个人吗？难以置信，确确实实站着一个人！瘦瘦长长的，穿着一身白衣服。他双手扒在那条窄窄的窗缝上，脸冲着窗外。此刻他如果是鬼，我也许更容易接受一点。我无力作出任何反应，我还保持着我的姿势，我的鼻子已经快凑到这个人的衣服上了。大概过了一分钟，我才缓过神来，霍地站起，向旁边让开了一步。他还扒在窗缝上，一动不动。你在干吗？他向我转过脸来，是中间铺的那个鱼干一样的病人，他对我一脸媚笑的时候，我不得不又向后退了一步。他一边颤颤巍巍地向他的床过去，一边像是自言自语地说道，我就知道这里有一条缝，我感觉到了，你看，这里确实有一条缝。他又动作迟缓地在他的床上躺下了，而我变得睡意全无。黎明时分，房间里的一切已经浮出了黑暗。我忽然发现老李那张床一点动静都没有，不免还是有点担心，如果他死了，就死在我的手上，那将是一件麻烦的事情。于是我走到近前伸手探了探他的鼻息，还好，就是呼出的气太热。年轻人，过来一下。第二张铺上的那个病人又在向我招手。现在应该说，我对这个老家伙已经相当反感了，所以我没有理他。但是他仍然坚持在那里招手，就像一个呛了一肚子的水并且就要被大水冲走的人一样。我非常冷淡地问道，你想干吗？他的话断断续续，我想，和你，说句话。我说，不会是又要尿吧？他说，不是。我说，那好，想说什么说就是了，就这样说。但是他说，不行，你过来，别吵醒别人。我绕过老李的床来到他面前，说吧。谁知那个鱼干一样的病人进一步要求我蹲下。我很想对他说，去你妈的，怎么这么烦人！但是最终没有骂出口，我很顺从地蹲下了，真不知道是什么力量在驱使我。他非常突然又非常准确地一把抓住了我的右手，并且用双手牢牢地握住。我感到浑身发冷。他由衷地感叹道，如今像你这样的年轻人真是太少了！我一听顿时就懵了，这个老家伙在讽刺我吗？我把我的右手坚决地抽了出来。他没有收回他的双手，而是让它们空空地张开在那里。他说，你知道吗，我有三个儿子，最大的也做爸爸了，最小的去年刚结婚，但是三个没一个好货，像蚂蟥一样叮在我脖子上，把我榨干，只剩下一张皮了，他们也就全没影了。平常就见不到人，这会儿就更看不到人啦，我真后悔没在三个畜生小的时候把他们全塞进马桶淹死！我对他说，我要是你就不会这么说，让你儿子听见了，他们会把你轻而易举地塞进马桶的。睡在他脚边的乡下老婆翻身换了一个睡姿，她的鼾声变得更加不可忍受。那个鱼干一样的病人狠狠地踹了她一脚，但是无济于事。于是他咬牙切齿地继续踹了几脚。那个倒霉的乡下女人滚到了床下，"扑通"一声，但是她好像没醒，没一会儿鼾声又从床下传来了。我在一边看着，觉得挺没趣，想站起来走开，但是他又及时地开口说话了，你知道吗？那一次我是考验你的。他的脸上浮现出一丝欣慰的神色。我更加摸不着头脑，我问他，什么考验我？他说，你不记得了？撒尿。虽然我浑身都疼痛难忍，胃这边就像被刀割过似的，但是我还是可以自己起来小便的，小便嘛，毕竟不算什么大事情。我对他说，这一点我能看出来。但是你知道我为什么又要那样做呢？他看起来兴致挺高。而我一点兴致也没有，你说为什么？他猛然提高了音量说道，我就是要看看你是不是有同情心，我就是要看看这个社会年轻人中到底还有没有个把好的，很高兴，你经受住了考验。他说完情不自禁地又想来拉我的手。我站了起来，对他说，行啦，行啦，我觉得你这个人挺无聊的。

　　天完全亮了，我看了一下手表，早晨六点二十。想到这个荒唐的夜晚就要结束，我心里一阵轻松。伸懒腰的时候，我发现地上有一本书，捡起来一看，竟是那本《反抗死亡》。我随手翻了几页，怎么觉得里面的每一句都很陌生，不但陌生而且奇怪，这是怎样的一本书啊，太荒唐了。我把它重新放回到窗台上。走廊里已经有人走动的声响，还有脸盆碰在水槽边发出的尖叫，但是十六号病房还是死一般的安静。我弯腰从床肚向门口方向看过去。那个乡下女人还躺在地上，身体在均匀地起伏。我看了一会儿，甚至有点羡慕她了，她怎么就能睡这么熟呢？我站起来把折叠椅收起来，靠墙边放好，然后蹑手蹑脚往门口走。我想出去撒尿，是的，撒尿。我好像是才刚刚意识到尿憋一样。真是有意思，我这一夜就忙着帮别人撒尿，就没想到自己小便已经憋了好久了吗？当我走到门边刚要开门的时候，身后忽然有人哇哇大哭起来。我回头一看，竟是老李。他的哭声此刻就像新生儿的哭声一样洪亮，正式宣告了十六号病房早晨的来临。房间里的所有人都醒了过来，揉揉被眼屎糊住的眼睛，一齐把目光投向窗口的那张铺。我连忙奔过去，扶住老李的双肩，怎么了？老李，冷静点，到底怎么啦？老李闭上了眼睛，冲着天花板，边哭边叫着，叔叔！叔叔！叔叔！我真不知道他怎么了，神志好像不太清楚。我使劲摇了摇他的肩膀，想让他安静下来，别喊，别喊，到底怎么了？老李还是一个劲地叫着叔叔，只是嗓音越来越嘶哑。太好啦！太好啦！这个老顽固终于屈服啦！那个小眼睛的年轻人穿着一条白色的三角裤，在门口那张钢丝床上欢呼雀跃。我不解地问他，怎么回事？他光着脚跑到我身边，一拍我的肩膀。噢，这会儿我才想起来昨晚这个小眼睛帮我们达成的约定，只要老李叫我一声叔叔，我就应该给他水喝，你看，我早把这事忘到脑后去了。我对老李说，快别叫了，我这就给你水喝，本来嘛，你只要好好跟我提出来，我肯定会帮你的，别叫啦，听到没有，再叫我就不给你喝啦！老李安静下来，双手扒住领口拼命地往下扯，好像那是套在他脖子上的绞索。没记错的话，现在那只茶缸还静静地躺在便缸的旁边呢。

我先用勺喂老李，但是后者那架势像是要连勺一起吞下去，所以我干脆让他把嘴张开，我把水直接往里倒。沙漠里来的老李现在就躺在一个小瀑布的下面，其愉悦的心情是不难想见的。一连串咕噜咕噜的声响悦耳极了，喉结快速地来回移动，优美极了。没一会儿，整整一大茶缸水就全倒完了。最后一口老李没有立刻咽下，而是含在嘴里反复地漱着，我想，老李是想充分地享受一下这最后一口甘露，可以理解。我取下挂在床头的毛巾，想帮满头白发的老李擦一擦嘴角。这时我看到老李的眼睛贼溜溜地一转，知道坏了，阴谋！又是阴谋！妈的，还是阴谋！但是已来不及作出反应。那口水带着老李积蓄了一夜的怒火汹涌无比地喷到了我的脸上。老李歇斯底里地大笑起来，天啦，我从没见过一个人这么笑。但是好景不长，他肚子上的刀口马上就让他闭上了嘴巴。现在我正好用手里的毛巾擦一擦自己的脸，不算太糟糕。经老李这一喷，我觉得不但头脑清醒，而且脾气也好多了。我对喘着粗气的老李笑了笑，说，没关系，省得我洗脸。现在我该撒尿去了，我已经憋了整整一夜了。房间里的人此刻已经看呆了，半天才想起来鼓掌。但是我不知道这掌声是献给顽强的老李，还是献给大度的我？或者都不是，这掌声也许是献给这个已经过去的寡廉鲜耻、无聊透顶的夜晚？

　　我从厕所回来的时候，那个小眼睛的年轻人已经穿戴整齐，耸着肩站在十六号病房的门口。他拦住我，说什么也要请我抽根烟。他满脸堆着笑，而且也没拿大哥大，看来我没有理由拒绝这根烟。但是我还是不想和他说话，我对他说，我要进去看看老李。他把烟坚决地塞到了我的手上，说，里面没事，不用烦，你越烦事情越多。怎么办呢？我只好点上了这根烟。我的脚边是并排的两个尿壶，我说过，其中的一只奇形怪状，只要看上一眼就会让你心里说不出的难受，而另一只则显得体面得多。那个眼睛依然很小的年轻人猛吸了两口烟以后对我说，我挺佩服你的，哥们，对他们就应该这样，往死里搞，不搞死他，你自己就要被搞死。我虽然不清楚他说的是什么意思，但是也不打算问，因为我真的不想和眼前这个人说话。眼睛小无所谓，问题是他实在也是一个只要看上一眼就会让你心里说不出的难受的角色。他更为激昂地继续说道，喏，就说我们家老爷子，什么病啊？告诉你，其实什么病也没有，但是动不动就往医院里一住，一住就是十天半个月，反正往里扔钱呗，大把大把地扔，好像医院是我们家银行似的，有什么办法，你说，有什么办法？医疗费、营养费先不说，来一次，上上下下要打点一次吧，哪样不是用钱？没钱哪个理你，你说，现在没钱哪个理你。老爷子他倒好，不用他烦神，住院住上瘾来了。有抽白粉上瘾的，天下哪有一个住医院上瘾的？你要摊到这么一个老爷子怎么办，你说怎么办？这个小眼睛的年轻人歪着头，向我煞有介事地平摊着双手。他的小眼睛盯着我，长时间地保持着这个造型。我又能对他说什么呢，他是不是要我同情他？我把脸转向那只老李精心创作的尿壶，顾自吸我的烟。再说那个老张，那个小眼睛的年轻人又开始了他的演说，那个老张，就是中间铺上的那个干巴猴，家是乡下的，他本人是个退休工人，胃癌！来开刀，医生给他打开一看，妈哎，已经严重扩散了，根本没救，只好帮他又缝上，让他回家等死。我不由打了个寒战，问道，医生是这样跟他讲的？他说，没有，当然不能当面讲，但是这种事谁还猜不到！现在医院每天都在赶他回家，他就是死活赖在医院不走，他说他回家没人管他，儿子不孝。不过话也说回来，久病无孝子，就算他上辈子积德能有个孝子，但是你说，没钱的孝子又有什么用？等早上医生来查房，你就会看到，都快要死的人了，还被人家赶来赶去的，真是没办法。小眼睛的年轻人陷入了沉默，低下头盯着自己的脚尖。忽然，他摇摇头由衷地笑起来，我跟你说，像我们家老爷子这样折腾，要是以前我们肯定也受不了，绝对受不了，幸亏这些年有了一点钱，不然，我们早就完蛋啦。他点着头又重复了一遍：幸亏这些年有了一点钱，幸亏了。

我把烟头扔到了地上，用脚把它碾灭。我觉得自己听眼前这个家伙唠叨这半天，已经对得起那支烟了。我不想再听他说下去，一句也不想再听。在他再次开口之前，我果断地推开十六号病房的门，走了进去。中间铺上的那个鱼干一样的病人披着一件衣服，坐在床上，慢慢地举起右手向我友善地微笑，并点头致意，那情形就像昨天我们第一次见面时一样。只是这一次我不觉得意外，我也向他点了点头。

小谢啊小谢

　　这个电站工程原先的预算是十个亿，而现在已经投入了十五个亿，预计还需要好几个亿才能最后完工。这里面有很多原因，其中重要的一条就是整套电站设备是从前苏联罗斯托夫省的塔甘罗克进口的，货供到一半，苏联解体了。作为国家重点工程，投资不是一个问题，已经投入的越多，要求追加投入的理由就越充分。而且电站一旦并网发电就旱涝保收，再多的贷款都有能力偿还。我们作为这个电站未来的主人，在工程结束以前唯一的职责就是接受各种技能的培训。厂长告诉我们，原先培训费用的预算是三百万，而现在已经花掉了五百万，预计还要三四百万。我们也就几十个人，居然能把这样大数目的钱给折腾掉，确实令人吃惊。当时我们已被送到四个不同的火力电站培训了四年，相当于大学毕业以后又松松散散地读了一遍大学，只是仍然无事可干。一个计算机专业的同事实在受不了这没完没了的培训，决定辞职。他叫谢伟刚，和我一年毕业的，而且是校友，只是专业不同。计算机日新月异，是这个时代最为敏感、错乱的一条神经，所以只有神经病才能成为这个行当的佼佼者。搞计算机软件设计也算是一碗青春饭，这四年几乎已经让小谢废了。但是厂方十分恼怒，不接受他的辞职。厂人事部陈主任脊椎有毛病，身体直不起来，只能侧向一边。坐着还好，但是走起来就特别明显，像一架疲惫的滑翔机。远远地看见小谢过来，这架滑翔机就飞走了。小谢只好去市人才交流中心咨询了一番，希望得到他们的帮助。但是得到的答复是，市人才交流中心也不能接受他的申请和档案，因为市政府对国家重点工程有保护政策，杜绝人才外流。小谢没有办法，只好泡起了病假。他泡病假有一个优势，他的肝确实有毛病，转氨酶指数一直偏高。虽然他不能和我们一起上班了，但是这不影响他在一家台资的电脑公司谨慎地开始新的事业。厂里很快听到了风声，通知谢伟刚回到厂医院接受复诊。这件事挺讨厌的，小谢隔一段时间就要回来一趟抽一次血。我碰见过两次，每次都见他在厂门口小吃铺的角落里就着一碗面汤吞咽着大盘油腻腻的猪头肉，据说这样可以确保不能通过肝功能测试。我觉得他活得很辛苦，在一边吃肉、抽血、说谎，在另一边还要拼命工作、表现。小谢很瘦，一口狂乱的暴牙，喉结异常突出，戴着一副断了一条腿用胶布黏着的眼镜，眼神狡黠，指甲肮脏，确实像是一位就要过气的电脑天才。

　　不知道是谁第一个叫他"小谢"的，但是很快大家都不约而同地叫他"小谢"了，谁也没有多想。"小谢"叫起来特别顺溜，可以脱口而出，有点亲切的味道，又不矫情、别扭。而且如果联系到具体的人，还会发现这个称谓还非常恰当，好像那么一个人就应该叫"小谢"。xiao-xie，xiao-xie。这两个音的色彩和谢伟刚这个人的长相、性格等方面有一种奇妙的吻合。有的人天生就应该叫"小谢"，或者说有一类人天生就应该叫"小谢"，而"谢伟刚"之类的名字显得太勉强，太大而无当了。就我所知，谢伟刚还有过三个称谓：伟刚、谢肝、涩巴Ｃ巴。这最后一个是俄语"谢谢"的音译，拗口一些，但是也流行过一段时间。但是最终这三个称谓连同他的原名还是被自然淘汰了。他只剩下一个名字，那就是"小谢"。

　　另有一位男同事叫王亚林，说起来也算是我校友，他是夜大生，脸白白的，倒不算什么过错，碰到谁都喜欢站下来拉呱上几句。他是靠关系分配进来的，领导见他都点头哈腰。到底是什么关系，我一直没搞清楚，但是肯定是有个很硬的靠山。他就在那段时间忽然调走了，一点先兆都没有，说走就走。当时有很多人都想走，因为我们还在培训，没有创造效益，所以工资被压得很低，和在其他单位的同学相比，多的一个月要少几百块。对于忙着攒钱结婚的一茬人来说，这是一个要考虑的问题。面对同样一个工程，市政府是用"几亿"来想问题的，厂长是用"几百万"来想问题的，而我们普通工作人员是用"几百"来衡量得失的，所以矛盾在所难免，一时间全厂人心浮动。再加上原来该电站如果能顺利投产的话，将是国内第一台超临界机组，想干事情的年轻人从中可以获得某种虚荣心的满足，但是现在这一拖，上海石洞口和河北石家庄都各有一台超临界机组率先投产了。而且他们进口的是三菱重工和瑞士苏尔寿的产品，非常先进，我们去参观过，大家普遍认为在那里工作是一种享受。而我们的机组呢，一次回路还凑合，集中体现苏联老大哥那种"笨、重、稳"的风格，但是二次回路就不行了，只相当于西方五十年代初的控制水平。也就是说我们的机组还没有投产就已经被淘汰。为什么要引进这样一台机组？从决策开始就是一个明摆着的错误，而我们现在正被纠缠在这个越来越大的错误中无法脱身。小谢风闻了王亚林的事情，从外面急匆匆地赶了回来，准备和厂领导就辞职一事再次理论。很多人鼓励他跟厂长闹，并且私下里把厂长一些不堪的事情统统倒给他，以增加小谢的战斗力。那些所谓的不堪的事情有些是事实，有些是传闻。比如有一个说法，说我们那位厂长其实是个苦闷的同性恋，谁操他屁眼，他就重用谁。这就是通常所说的走后门。尽管厂长看起来有点像是那么回事，我还是不敢相信，但是小谢都把它们当事实牢牢记住了。要见厂长先得通过办公室李主任这一关，但是后者见谢伟刚来者不善就说厂长出差了。小谢守在厂长办公室斜对面的男厕所里，守了三天，终于等到了机会。厂长刚解开皮带，小谢就扑了上去。这一仗据说干得很厉害，厂长气得咆哮如雷。小谢不但没能达到目的，反而被勒令即日回厂报到上班，连病假也被取消了，另外还挨了个行政记大过处分。我们想事情闹到这一步，小谢只好拍屁股走人，让厂里开除他。没有想到的是，小谢竟然就此回来了，带着一脸持不同政见者的表情和我们一道继续接受培训。大家都清楚，小谢往后可不愁没小鞋穿了。

下班以后我大多待在宿舍里，忙自己的事情或者睡觉。我们单位是筹建单位，单身宿舍楼刚刚破土动工，我们的临时宿舍租的是化工公司的，两个人一间，而我正好挂单，所以我鬼使神差地和化工公司设计院的一个小伙子住在一起。我的同事们都集中住在三楼，只有我住在四楼。我的同屋叫郝强，丹凤眼，高鼻梁，身材高挑，是单位里常说的那种比较便宜的白马王子。他是一个舞迷，舞跳得很一般，是那种开窍比较晚但是一开窍便不可收拾的舞迷，所以极少在宿舍待着。我很庆幸有这样一个同屋，经常有女孩来找他，而他不在，如果我心情好，我就接待她们。这使她们有机会认识到，其实我比我的同屋更有魅力。这节省了我不少时间，也使我更有耐心在屋里待下去。当然也有郝强和女孩一起回来的时候，那我就得在大街上游荡了。这种时候并不多，他除了宿舍好像还有其他地方可去。后来我发现上门来的货色有点不对劲了，尽是一些正当年的少妇，火烧火燎的，我为郝强的趣味感到不安。那段时间小谢极为好斗，和谁都搞不好。他的同屋是武汉人，毕业于西安交大，和我一个专业，叫夏宇清，经常拿辞职的事情讽刺小谢，说好狗不走回头路。他还喜欢四处用小谢的名字开玩笑，他说什么叫小谢？小谢的"谢"就是凋谢的"谢"，或者就是早泄的"泄"，一个叫"小谢"的人你说还能干成什么事情？小谢气得快疯了，但是又不敢和夏宇清动手，因为后者练过举重，一身的腱子肉。这时我向他建议，我们不妨换着住，小谢听了对我感激不尽。就在他搬过去的第二天晚上，小谢下楼去打了一瓶开水回来，用饭盒把方便面泡上，再用脸盆把脚泡上，然后拿过一本英文版的计算机杂志来用程序把他的脑袋泡上。忽然从门外进来两个人，问小谢，掉到楼下的那件衬衫是不是你晾的？小谢一时想不起来，便踏上拖鞋到窗口去张一眼。但是他什么都没看到，在哪？那两个人也不回答，很轻松地把小谢提起来头朝下从窗口扔了出去。

我一直无法对夏宇清这个人感到亲近。从第一次见面起，我就嗅出气味不对，他是典型的我所不喜欢的那类人。但是经过一段时间的同屋相处，我们却成了朋友，直到现在都是说得过去的朋友。我虽然和夏宇清没有同过学，但是我能估猜出他在学校里是个什么样子，他的家庭是个什么样子。只有一点稍有出入，那就是我猜他是学生党员，但是他眼睛一亮，说不是，不过他又不无遗憾地补充说，本来大四的时候就入了，就因为学潮给耽搁了一下，申请材料、学校党组意见什么的也转到厂里，本来进厂一两年之内肯定也就入了，谁知厂里忙于新厂筹建，焦头烂额，无暇顾及这一档子事，所以又给耽搁了，所以直到现在还不是。夏宇清因为没有心情继续举杠铃，肌肉的品质明显地下降了，隆起的胸大肌变得丰润、松弛，更像是填了硅胶的乳房。这个人还喜欢穿那种老式的白背心，领口松垮垮的，春光尽显。他只要这样在宿舍里一晃，我的精

力就无法集中。我非常认真地对他说，请你多穿一点。夏宇清低头
自己看了一眼，笑了，还用双手把他那对乳房往中间挤，挤出一道
无比幽深的沟来。那一天我失眠了，一直到凌晨才睡着一会儿，
并且做了一个极为荒诞的梦。我梦见自己在狠狠地操着夏宇清的肛
门，后来我发现不对，撅着屁股的那个人好像不是夏宇清，我拍了
拍他，说，起来，起来，你他妈是谁呀？那个男人转过脸，朝我很
妩媚地笑了笑。只见他的眼珠凸出，眼神乱走一气，不知道聚焦在
哪里。我还是想不起这个人是谁。那个男人擦了擦额上排列整齐的
虫卵似的汗珠，从旁边摸过一副眼镜来戴上，整张脸顿时严肃了下
来。我这下认出来了，是我们尊敬的厂长。他穿好衣服，临出门的
时候，留了一张名片在桌上，面带羞色地对我说，以后有事尽管来
找我。这个梦让我恶心了好几天。

　　一个年轻人初来乍到一个新单位，想要混，就得有点特殊才能
才行，不然你很难打开局面。夏宇清可谓有备而来。麻将和白酒使
他迅速地从我们这几十个同等资历的大学生中脱颖而出。麻将的武
汉打法和南京打法有一些差别，但是夏宇清很快克服了这一点。喜
欢摸两圈的都很欣赏夏宇清，因为据说他牌技精湛。也有人说他牌
风很差，不过这是正常的，麻将打久了牌风都很差。而白酒在哪都
是呼朋唤友的好办法，两杯酒下肚，不管老少，不管尊卑，全都称
兄道弟。夏宇清把全厂上下的大小头目几乎喝遍了。喝酒的那天，
夏宇清肯定会买上一包好烟，拆封拆得很仔细，锡纸只撕开方方正
正的一个口子。在酒桌上夏宇清总是从烟盒里弹出一根烟，递给某

位领导，然后一手拿着打火机，另一只手手指并拢严密地罩着火，就像在风中一样帮领导点上烟。俗话说，酒后吐真言。这些领导都向夏宇清吐了真言，而且吐了又吐，那就是许诺要提拔他。可惜他们的话都不管用，在提拔问题上我们厂只有厂长一人的话管用。说到这位厂长，他实在是一个很滑稽的人物。厂长责任制使一个快要退休的中年人尝到了大权独揽的滋味，他靠不断地撤换中层干部确立起自己的威信，然后他便变得行踪诡秘，没有人知道他在哪办公，没有人知道他住在哪，没有人知道他是不是喜欢吃辣，没有人知道他有没有老婆孩子，没有人知道他是不是喜欢唱卡拉OK。但是一到上级来人视察或者工程告一段落的仪式、七一、国庆等场合，他便像彗星一样出现了，前呼后拥，频频和下属握手，说几句高屋建瓴的话。厂电视台的任务和中央电视台有些类似，但是更为卓绝，要把一个全部投产以后也就几百号人的小厂的厂长拍出国家主席的风范来毕竟是一件有难度的事情。我估计他老人家临睡前也要翻一翻《容斋随笔》。这样一个厂长用麻将和白酒肯定抵达不了，夏宇清劝自己少安毋躁，慢慢来，一口吃不出个胖子。但是话说回来，四年了也没吃出胖子的意思，夏宇清就有点撑不住，他开始怨天尤人起来。有一天我回到宿舍，发现那张堆满杂物的桌子给腾了出来，上面放着几个熟菜和一瓶白酒，夏宇清躺在床上对着天花板吐着烟圈。我一看头就大了，因为平常我最烦这个家伙把酒席开到宿舍里来。但是这一次有些意外，那桌上的酒菜竟然是为我准备的，我是他那一天唯一的客人。虽然我难免有受宠若惊的感觉，但是还是注意到了两个细节：其一，那瓶"洋河"只剩大半瓶，显然是上一次酒宴剩下的；其二，桌上的那盒烟拆封是拆得很细致，和往常做的一样，但不是"红塔山"而是"红梅"，所以就显得他的拆封方式有些多余。夏宇清往两只漱口杯里把大半瓶白酒平分成两份，然后递给我一杯，像一个平易近人的领导一样对我说道，来，难得有机会在一起喝一次酒啊，我们还是第一次吧？他没有穿那件我所讨厌的松垮垮的大白背心，穿了一件黑色的紧身背心，但是我还是受不了，我对他说，喝酒可以，但是你必须多穿一点。夏宇清有些不悦，但是还是克制住了，从旁边拽过一件衬衫来套上。衬衫敞开着，使里面的黑背心更像是乳罩，使乳罩下那对乳房若隐若现，更为生动。我对他说，还是不行，你必须把扣子扣上。夏宇清把酒杯往桌上重重地一跺，眼睛勒成了三角形，刚要发作忽然又无奈地摇摇头，向我抱怨说，妈的，你有病啊，这么热的天！没错，我确实有病，想和一个病人面对面地喝酒受点罪是正常的。

夏宇清把扣子扣好之后感到很不自在，坐在那半天就是不看我，最后他去了一趟厕所。回来以后一切都好了，脸上所有的不愉快都被一扫而光，他举起杯碰了一下我的杯子，然后抿了一大口，放下杯子，扯过一只烧鹅腿来啃。我杯子刚举到嘴边忽然闻到一股浓重的牙膏味，而且是那种我最不习惯的"中华"牙膏的甜丝丝的气味，我皱着眉把杯子又放下了。这下夏宇清可再也忍耐不住了，"啪"地一拍桌子，指着我的鼻子骂了起来，你他妈的太过分啦！老子请你喝酒是看得起你，热脸贴你的冷屁股，你他妈的还不知趣！

我对他说，简直是笑话，谁叫你来贴我屁股的？我的屁股是随便可以贴的吗？夏宇清一时噎住了，无言以对，霍地一下把隔在我们之间的桌子移到了一边，然后攥紧双拳恶狠狠地瞪着我。这会儿我非常镇定，很多天以前我就认为我们迟早会干一架，如果有些问题只能通过干一架才能解决，那就干一架吧。我不喜欢打架，但是一旦打起来，下手特别黑。夏宇清最终没敢动手，又把桌子拉回来，然后坐下顾自喝酒。他并不是怕了我才没动手的，他是怕和同事打架的事传到领导那里影响不好，和同事搞不好关系的人又怎么能当领导呢？我这么说是有根据的，因为后来我见过夏宇清打架，非常生猛，一拳就蹦了对方三颗门牙。被打的那个人不是别人，正是化工公司的白马王子郝强。回到那天晚上，夏宇清愤愤地把衬衫的纽扣全部扯开，一个人埋头喝闷酒，我也没法在屋里再待下去，便出去瞎转。转到夜里十二点多才回，我估计夏宇清如果没出去打麻将也肯定在床上裹住毯子打麻雀了。但是他还在桌边安安静静地坐着，似乎在等我。他想干吗？这一次我倒是多少有点紧张，我怕他等我睡下了再有什么举动。夏宇清懒洋洋地抬起一双迷离的醉眼看了我一眼，拿起烟盒，想从中弹出一根烟来，但是他的动作很不利索了，弹了好几次才把烟弹出来，弹到了地上。他吃力地弯腰把烟捡起来，突然递给了我。那一夜的谈话我已记不太清楚，他显然已经醉了，舌头发硬，每句话都要重复上两三遍。他死沉死沉地压住我的肩头，和我套近乎，说我们都是外地人，没亲没故的，在这里混不容易，要互相帮助。我急于给他的第一个帮助就是把他挪到床上去，为此我还闪了腰，有一个星期只能歪着走路。看来我这个人不能随便帮助人，天生不适合干这类事。

把夏宇清安置好以后，我歪着身体去盥洗间刷牙。这牙也刷得很不爽，因为漱口杯里有一股酒味。我想人与人相处也是这么回事，气味不对就最好不要搅在一起。我可以接受饭香和粪臭混合，但是坚决反对酒和牙膏在一起。我回到宿舍刚准备躺下，夏宇清忽然从床上梦游一般地坐了起来。他先像傻子似的咧嘴笑了笑，然后说要问我一件事情。他语气非常神秘，像是在谈论鲜为人知的藏宝图，生怕隔墙有耳。但是我听后告诉他，这份藏宝图全厂上下人手一份，早就不是什么新闻了。他说的就是我们厂长身后的那个眼，那个飞黄腾达的秘密通道。夏宇清一本正经地问我，你说这是真是假？我有些不耐烦，回答他说，当然是真的。夏宇清想了半天，忍不住又问了我一句，那么，那么，那样干不是不太卫生吗？我说，为什么？夏宇清有些不好意思地说，不会碰到屎吗？我说，这我不知道，但是对想走秘密通道的人来说，屎是肯定挡不住的吧。夏宇清还在那里较真，他用手比画着说，还有，怎么塞得进去呢？不可能呀。我有点来火了，对他说，这个你不用担心，厂长的那条通道肯定已经扩容过，非常宽敞了，有句话怎么说的，世上本没有路，走的人多了便有了路。我说夏宇清，你不妨走一走秘密通道嘛，说不定一进门就能看见一级一级的台阶，往后就好混啦。我说完有点后悔，担心这个醉鬼注意到这是对他显然的侮辱，跟我翻脸。没想到夏宇清陷入了沉思，眼睛半开半闭的，天啦，他是真的动念了。

过了好长一会儿，夏宇清摇了摇头，自言自语道，不行，不行。我追问了一句，为什么不行？夏宇清愣了一下，然后又咧嘴笑了笑，什么也没说，就又躺下了，头刚沾枕头就打起呼噜来。

谢伟刚轻盈的身体被二楼的晾衣架格了一下，掉了个个，摔到了楼下的垃圾中。他晕过去了。我怀疑他在没落到地面以前就已经被吓得晕了过去。那一天正好是周末，整座单身楼没有多少人待在房间里，待在房间里的也没有一人注意到这次未遂的谋杀。谢伟刚在成群老鼠的监护下一直躺到后半夜才醒。他一醒来就感到疼痛难忍，动弹不了，于是乎不顾一切地哇哇大哭起来。他被送到了医院，检查的结果像是一个奇迹，全身除了几处软组织受伤以外，并无大碍。厂领导对这件事也非常重视，协助当地派出所进行了调查。但是调查的结果对谢伟刚很不利。因为房间里没有任何搏斗的迹象，门锁得好好的，大家再联想到谢伟刚这段时间精神压力比较大，平常又有点神神叨叨，所以较为令人信服的结论应该是自杀，而不是谋杀。为了不再刺激小谢那已经被证明是脆弱的神经，领导关照我们不要再提这件事情。厂长办公室的李主任代表厂长到医院看望了谢伟刚，转达了厂长的意思，人生的路还很长啊，你实在想走的话，再打一份报告上来嘛。小谢很敏感，嗅出了其中的意味，不堪其辱，死活赖在医院里，不肯出院。我自觉在这件事情中负有一定的责任，我去找郝强，只有他能提供有效的线索。但是郝强认为我的看法是无稽之谈。两天后他不这么看了，他的脑袋被角钢砸通了，不再有任何看法。满头是血的郝强被送进医院的时候，小谢这才肯从医院里出来。他一出来，就再次向厂领导递交了辞职申请。谢伟刚整个人处于虚脱状态，逢人便说这个地方说什么也不能再待下去了，再待下去还不知道要出什么事情。除了厂长，其他厂领导都对小谢抱同情态度。厂委专门开会研究了这件事，最后给了小谢一个明确答复。要走可以，但是必须赔偿这些年在他身上花去的培训费，具体数目有待财会部来具体核定。这是一笔烂账，而且这么算烂账极大地伤害了我们的自尊心，我们哪像什么国家干部，完全是包身工，是妓女！离开了还要交赎身钱。小谢据理力争，向厂方索要这些年的青春损失费。厂长像一个老练世故的老鸨，认为那个叫小谢的姑娘蹦跶不出什么名堂，仍然一如既往地采取高压政策，结果造成了一次不必要的人员危机。

以金志扬为首的四个人由于看不惯厂领导的作风先后递交了辞职书，他们不等厂里的答复就走了，最后是被厂里以累计旷工超限为由开除的。这四个人都是计算机专业的，肩膀上扛着的是一颗电脑而不是人脑，所以他们不愁找不到工作。而我们厂计算机专业老少算起来总共才八人，现在去了一半，再加上谢伟刚去意已决，所以这个专业实际上已经垮了。厂领导这时慌了手脚，一面打报告去局里再要人，一面拼命安抚。即使在这种时候，领导仍然势利得很，主要安抚计算机专业的人，对其他专业仍置之不理，因为他们清楚，比如像我所在的这个热能专业，专业性很强，适用面很窄，想跳也跳不到哪去。金志扬他们四个人后来混得怎么样，是厂里的一个热门话题。大部分人的心里并不希望他们好，我知道，他们最想看到这几个人四处碰壁最后像条狗似的爬回来。但是事与愿违，这四个人混得都还不错，于是大家就不再谈论他们了。我所了解的他们四人的情况大致如下。金志扬，在一家规模很大的香港人开的电脑公司工作，勤勤恳恳，终于得到了上司的赏识，升为该公司的业务主管，月薪上万，下面管着近百号人。据说他现在发福得厉害，说起话来和我们厂长一个味道，只是稍带香港口音。李明昊，先和几个朋友在珠江路合开了一家小电脑公司，经营得有些艰难，后来挂靠省政府下属的开发公司，事业开始转机，成功地承包了省证券公司等几家单位的网络系统，赚了大钱，买房买车。我们的副厂长还涎着脸求李明昊办过事，因为据说后者和省里的领导关系很不一般。余江，是四个当中和我最熟的一个，迅速地放弃了他的专业，成了一个投机商人，做过股票、期货，又卖过VCD、灶具、大米和聚乙烯，而且还开过饭店。都说这小子最发达，但是有多发达，谁也不清楚。今年年初我在街上碰到他一次，他一直看着我身后的某个地方，我们没有打招呼。最后一个，胡锦标，回到了老家江西，在九江的一家石化企业上班，还是捧铁饭碗，只是挪了个地方。

谢伟刚仍然坚持要以辞职的方式离开，相对于金志扬他们，大家都觉得他的做法有些委琐。就像一个人始终在跟你告别，但他就是不走，确实让人心烦。幸好小谢经过前面那些事，对别人怎么说已经不太在乎，他有自己的一套。厂方急于息事宁人，让谢伟刚早日交钱走人算了。财会部创造性地计算出了赔偿金的数目，人民币五万元整，扣除国家规定的应该发放给辞职人员的安置费一万元，剩下的就是小谢的赎金。同时也让我们明白了，谁如果想赎回自由之身的话，就必须攒足四万块。小谢听到这个数目差点被吓得当场昏厥。经过一番讨价还价，厂方主动把赎金的金额砍了一半下来，据称这已是跳楼价，无论如何不能再降了。但是小谢还是拿不出这笔钱，就是把他当老鹅剁了，也不值两万块。怎样在短时间内挣到两万块？大家都来给小谢出主意。小谢专门拿出一个小本子把众人的建议一一记下，他干得很顶真，一边记还一边问个详细。一、募捐。先在厂内搞一次小范围的募捐试试，在化工公司的男女单身楼各设一个募捐点。二、黑河。中俄边境贸易虽然已不像前两年那么火暴，但是仍然不妨一试，倒腾一车羽绒服给老毛子，再把老毛子的钢材倒腾一车回来，这一来一往两倒腾，说不定就发了。由于我们厂进口的是苏联的机组，所以我们都接受过俄语培训，这回正好可以派上用场。听说黑河已经不行了，绥芬河是眼下最热的贸易中转站。还有个问题，本钱从哪来呢？三、卖。什么东西能卖出钱来就卖什么。卖血？估计身体不合格。卖身？有些不合法，而且想卖不一定有人想买。厂长那里可能就有一笔生意可做，但是摸不清他到底想被操，还是想操，如果是前者可以考虑，如果是后者呢？四、偷。工地上有很多值钱的东西，仪器、电缆什么的，有的是，而且热工方面有些电接点都是铂金的，选个时机下手就成。既然单位对你不仁，你大可以不义，这不算什么。撬那些老职工的工具箱，他们大多背着老婆存了些私房钱，拿了这种钱不用亏心。五、征婚。在报纸上登一则征婚广告，把自己描述成一位风姿绰约的妙龄女郎，注明每位应征者必须交纳五十元应征费。这太像一个骗局，不行，广告中还是先不要提钱的事情。但是提肯定是要提的，关键是什么时候提最合适、最自然。还有联系地址落在什么地方？六、结婚。相邻的钢铁厂正好前不久有一位职工死于意外事故，他的遗孀刚得到几万块抚恤金。找人牵一下线准成。七、摸奖。把这个月工资统统拿去买福利奖券，像你这么自信的人，肯定有这个运气。八、自残。把左手无名指剁了，扔在厂长办公桌上。看他还敢跟你要钱……就在谢伟刚拿不定主意实施几号方案的时候，厂方又作出了惊人的让步。小谢可以立刻以辞职的名义离开，那两万块先欠着，什么时候补交上，什么时候来把档案转走。并且有个别同情小谢的领导暗示，欠公家钱你不用怕，又不是欠私人钱，过一段时间再来，可能那两万块就不收你的啦。我当时也为小谢感到高兴，别在这瞎混了，出去好好干，成不了中国的比尔·盖茨，做一个拔尖的软件设计师总是可以的吧。

但是小谢在这关口忽然又不走了，并且拒绝作任何解释。所有关注这件事情的人都感觉受了嘲弄。厂长没有那么好说话，他说我们厂又不是什么旅馆，想走就走，想留就留，你现在走也得走，不走也得走！僵持的双方眨眼间互换了一下角色，小谢赖着不走，厂方坚决撵他走。和想走的小谢相比，不想走的小谢显得更加可怜。计算机专业因为人数少，暂时划归发电部代管。发电部许主任按照厂长的旨意，停止了对谢伟刚同志的日常工作安排，连小谢的办公桌也收回，分给了新来的同事。人事部中止了谢伟刚的工资关系，连每个月劳保用品也没小谢的份了。在这样的情形下谢伟刚坚持坐在办公室的一角，既不迟到也不早退，像一盆造型奇特的仙人球。看不下去的又来给小谢出主意了，谢伟刚立刻采纳其中的一条。他写了一封措辞恳切的保证书交到厂长办公室，并用毛笔誊写了一份大的贴在办公楼的楼下。保证书中称呼厂长为"我们英明、伟大而又善良的厂长"，我看了差点吐出来。没有想到的是厂长本人看了也不高兴，他责令谢伟刚立刻把贴在楼下的那张揭掉，说，这是办公的地方，不允许随便乱贴乱画。谢伟刚和那张保证书一起从办公楼里消失了。他并没有离开，而是一头病倒在宿舍里。再接下来，他的父母从外地赶来了。我们有幸见到了这位电脑天才的父母，都是老实巴交的乡下人，各方面均很正常。他们什么也没有，只能哭哭啼啼去请求每一个他们认为是领导的人。最终厂长动了恻隐之心，让小谢留了下来。但是留下来的小谢反而给人一种彻底走掉了的印象。

　　如果简单地把小谢当做一个神经病来看待，这一切都很好解释。但是如果把他当做和自己大差不离的人的话，想解释他的行为就有一定的困难。他为什么忽然又不走啦？总结起来有三种不同的说法：其一，是厂里职工普遍的看法，大家认为谢伟刚见金志扬他们走了，计算机专业所剩无几，他留下就可以弄个计算机组小组长干干，以后计算机专业如果独立出来，成为计算机部的话，那他不就是部门主任啦，算起来也是一个副科级啊。其二，是郝强后来回忆起来的，他说谢伟刚正是在那段时间第一次在宿舍见到殷红霞的。后者是化工公司下属磷肥厂的一个操作工，圆脸，白胖，皮肤富有光泽。没有碰过她的人都说手感很好。小谢看到她就没魂了，还流口水，但是殷红霞对他不太在意。郝强答应帮小谢好好凑合凑合。就是说小谢是因为爱情而决定留下来的，这种解释特别圆满、堂皇。第三个说法来自谢伟刚自己。事情过去很久以后他才向我透露的，并且要求我为他保密。他说就在他收拾行囊准备离开的时候，他忽然发现自己大便带血，他的精神顿时就崩溃了。从四楼的高度被人掀下去，怎么会什么事都没有？小谢预感到自己的大限快要到来。便血现象持续了十多天，越焦躁，血量越大。他没有勇气声张，更没有勇气去医院检查，只是本能地感到这种时候继续缩在公费医疗制度中是十分必要的。现在的小谢还是经常便血，每个月总有那么几天，不过他已能泰然处之了，他知道肛裂不算什么大毛病。就像第一次来月经让一个小姑娘不知所措，第一次便血使我们的小谢失去了方寸，这就是谢伟刚想让我接受的解释。我点了点头，没说什么，但是心里将信将疑。

这时候夏宇清表现得非常活跃，他振振有词地说，看看，我说的没错吧？一个叫"小谢"的人能干成什么事情呢？他并且进一步发展了他的理论。他说，谢伟刚同志本来倒是可能有些勇气的，但是就是被"小谢小谢"地叫坏了。一天至少要听五十遍"小谢"吧？这是一种可怕的心理暗示，潜移默化地起着作用，再伟大、再刚强的汉子也经不住这样的消磨，长此以往不萎掉才怪呢。大家觉得夏宇清说得有一定道理，一时间"小谢"作为一种说法在厂里迅速风行起来。"小谢"这个词的词义和词性在运用中也得到了极大地丰富。有时是早泄的意思，有时是阳痿的意思，有时既不是阳痿也不是早泄，是正常的夫妻生活的意思。举个例子来说，看到一个有家室的同事早晨来上班时脸色不好，有人就会问他，昨天晚上是不是跟老婆"小谢"了一下？有时是在原初意义上运用的，有时又是在比喻或者各种延伸意义上运用的。真是天知道。后来这个词又衍生出一层半途而废、流产、失败的意思。最典型的例子就是，再这么下去，我们这个耗资巨大的电站工程肯定要"小谢"的。

昨晚上的球赛你看了吗？

看了一半，操，中国队看来要小谢到底了。

我看不一定，还有戏。

有个屁戏呀，你看那队员一个个的小谢样，看了就来气。

不能这么说嘛，要说小谢，上一届多小谢，还不就差一点就冲出去啦？

什么叫差一点？不差一点我们能说他小谢？这次你看着，还是差一点！

我看不一定，我就不信这个邪，就是小谢嘛也有翻身的时候。

你敢跟我打赌吗？我们不赌多，就赌一百块怎么样？

我不跟你赌。

看看，小谢了吧？

脱离说话时的语境，就无法把握"小谢"这个词的确切含义。

话又说回来，有时即使你深入到当时的语境中，也还是搞不懂"小谢"是什么意思。夜班的时候我曾经听到一个同事看着天上的星星没头没脑地发了一句感慨：小谢啊小谢。我完全懵了，就像听到有人对我说"生活啊生活"一样，我想，也许我永远也搞不明白这到底是什么意思。

在大概一个月的时间里，这个游戏在办公室里被玩到了极限，然后大家都厌倦了，都不爱这么说了。就像有人发口令一样，说不玩就全不玩了。"小谢"这个词就像一粒盐，在口水中完全地溶解了，偶尔想起来的时候，嘴里会觉得似乎还有一点点咸。

为了稳定涣散的军心，厂部决定让我们提前进入工程现场。整个电站工程分别承包给了省电建三公司和东北电建一公司。这两家公司又把工程分成若干个小工程承包给若干个很难接到活的小安装单位。省中心电力试验所的调试组也开始了他们的前期工作。当然还有大量灰头土面的农民工，像乌云似的盘旋在工地上。所以现场的人员非常庞杂。我们的任务是熟悉设备，检查缺陷，为下一步的工程验收乃至第一次冷态试验做准备。有十多个来自乌克兰的工程专家和我们一起工作，他们非常敬业，整天在工地上跑，对电建公司的安装质量极为不满。但是电建公司把他们的意见当耳边风，还经常嘲讽他们。一个国家沦落了，又乱又穷，来自这个国家的专家也难免被看做是难民。虽然他们在这里仍享受专家的待遇，有大把的美元可赚，但是他们平常生活俭朴，净买市场上那些没人买的便宜货，所以连当地的小市民也把他们当做便宜货来对待。我们被分成了四个组，和电建公司一起三班倒。就是没事也必须待在工地，因为那是正常上班，还要考勤。我和夏宇清在一组，他是我们这一组的小组长。终于当上官的夏宇清对我这个同屋特别照顾，尤其是在大夜班，他一个人在值班室顶着，让我们这些组员各自找地方睡觉。天气暖和的时候，睡觉的地方比较好找，随便找个平台什么的就可以倒下，但是进入十一月以后，睡觉的地方就很有限了。电建公司的值班室有一张床，但总是人满为患。没地可去的我们只好聚在值班室，趴在桌上打盹。有人带了一只小半导体来，收听电台的"午夜心桥"之类的节目成为大夜班的主要内容。但是听多了也就腻了，从这个城市的各个角落打电话去向主持人倾诉的人无外乎两大类，一类是婚姻变故的，一类是阳痿的，他们的开场白一样，都是"我有一个朋友……"值班室里有部电话，大家闲得无聊便轮流给电台打电话，冒充阳痿患者以博得主持人的安慰和广大听众的同情。为了避免打电话的人说一半忍不住笑起来，我们只留打电话的在值班室里，其余人都待在屋外围着半导体收听。最后大家一致认为，夏宇清说得最好，他把阳痿患者那种欲言又止的状态拿捏得恰到好处。甚至有人因此怀疑夏宇清本人说不定就是一个阳痿也未为可知。以后的每一个大夜班我们都要求夏宇清组长为我们表演一下，如果不答应，我们就集体罢工。终于有一次夏宇清给搞烦了，我们从半导体中清楚地听到他说着说着突然对主持人歇斯底里地吼了一句：我操你妈！我们被吓呆了，但是主持人处惊不乱，他说，刚才出了点技术故障，串线了，我们让导播再接一个电话进来。

喂，喂，你好……

　　到凌晨四五点，我出去撒尿，然后搓着手四处转了转，用寒冷的空气来抵抗难以遏止的困意。在四班三倒制中，一般来说这第二个大夜班最难将息。转到电建公司值班室时，我从窗口意外地看见里面那张床空着，值班室也空无一人。我二话没说，打开门进去就和衣躺下了。床上垫的还是草席，被子也不厚，而且有些板结，但是对我来说这已经比我的梦乡更接近天堂了。我躺下以后觉得被窝里似乎还有些热气，觉得有点蹊跷。果然没一会儿门被踢开了，一个卷毛的年轻人一路喊着冷冲了进来。他一直冲到床边才看到我，他惊叫了起来，哎呀，你是谁呀，可真有你的，我出去拉了一泡屎，窝就给占啦！他一口东北口音，下巴上有一个大瘊子，经常在工地上遇到，我记得他，相信他也觉得我面熟。我觉得很不好意思，但是懒得解释，立刻从床上爬了起来给他让窝。但是这个年轻人摩擦着膝盖说，算啦算啦，往里面去一点，躺得下两个人的。我犹豫了一下，同意了这个方案，身体往里侧挪了挪。卷毛一撩被子的另一头也躺了上来。经过一番细微的调整，两个人都找到了一个比较舒服的姿势，就不再动了。我听到卷毛说，好，好，刚才我一个人睡还有点冷，现在暖和多了。我把肩膀旁边的被子掖掖好，以便把他脚的臭气尽可能地闷在被子里。没一会儿卷毛就睡了过去，我的脚从他背部感觉到他的心脏收缩得很有力。我一直没能睡着，但是这么躺着就很满足了。躺到差不多吃早餐的时分，我悄悄地爬起来，回到了我们的值班室。看看同事们那一张张蜡黄的、幽灵般的脸，我觉得自己这一夜过得还不错。

两个大夜班之后有一天休息，然后接一个小夜班。我比较喜欢上小夜班，因为从下午四点到晚上十二点这段时间我本来就不知道干什么好。再加上工地上六点钟送晚饭，十一点送宵夜，伙食虽不算太好，但是对一个单身汉来说绝不差了。这一天的小夜班我刚到值班室还没摘下安全帽就听说东北电建公司前天上午死了个人，是在工地上那部临时电梯里摔死的。电梯门打开的时候，电梯并没有上来，这个不走运的小伙子一脚迈了进去。我马上条件反射般地想到那个卷毛，但是不敢说出来，更不敢去证实，生怕一语成谶。大家是把这件事当个喜讯来传播的。因为老安装工人有一个说法，一个大工程不死个把人、不见血是上不去的。这下好了，我们的工程有希望了，所有为这个工程工作的人似乎也有希望了。晚饭前同事们把这件事和小谢那件事不厌其烦地作比较，说两个人都是从差不多的高度摔下去的，怎么一个人没送到医院就死了，而另一个人可以自己走到医院又自己走出来？当然谈到最后，只能得出一个答案，这就是命啊，这就是命。晚饭后发电部许主任来了，他说发电部明天上午要派两名代表去参加追悼会，有谁愿意去？去的人今天可以早点回去休息，还可以挣到半天补休。结果报名想去的人非常多，因为大家都觉得与其在这上班空耗着，不如去参加追悼会。许主任让夏宇清负责这件事，关照他跟工程部联系一下，因为工程部明天也要去人，是一起买个大花圈还是各买一个小花圈什么的跟他们商量着办。许主任一走，大家一拥而上拉扯着夏宇清的衣角，去争取那个剩下的名额。夏宇清并不急着作决定，一副王顾左右而言他的样子。最后他被缠得没办法就指着桌上的饭盒说，谁把我的饭盒洗了我就让谁去。有几个一听这话就不乐意了，另外几个转脸扑向饭盒。夏宇清的饭盒就在我手边，我一把把它夺过来，再拿起我自己的饭盒便起身出了值班室。我也想去，不是想去参加追悼会，而是想得到那半天补休。洗完饭盒以后我就名正言顺地回宿舍去了。夏宇清到晚上十一点多才回宿舍，并且搬了一只大花圈回来，他说这么做是为了走的时候方便一点，明天一早工程部有车来接。花圈支起来，把房间里的空都撑满了，上面的挽联还空着没写。夏宇清要我帮他记着，明天一到地方就先打听一下死者的姓名，然后补写挽联，千万不能忘了。他刚躺到床上，忽然听到隔壁好像有打麻将的声响，便又把裤子重新套起来，兴冲冲地出去了。

　　那一天我睡得非常糟糕。窗外有风吹进来，把花圈上的挽联吹得沙沙响。我又从床上爬了起来，打开灯，把窗户推开又重关了一遍。大概到了两三点的时候，我终于睡着了。但是睡着没一会儿，就有人推我的肩膀，让我醒醒。是夏宇清，他好像刚从外面打牌回来。头顶上的日光灯刺得我睁不开眼。我问他，干吗？夏宇清压低了嗓门对我说，那个挽联怎么写上啦？我被吓得睡意全无，从床上跳了起来。我来到花圈前，把卷过去的挽联翻过来一看，没错，上面几个楷体字赫然在目：谢伟刚同志永垂不朽！夏宇清始终站在我的身后，让我总觉得脊梁骨发凉，我叫他他妈的给我站到前面来。夏宇清畏畏缩缩地上前用手摸了摸挽联上的墨迹。他低头看了看手指，对我说，是刚写上去的，我出去的时候有人进来过吗？我想了想说，没有。门锁得好好的，谁能进来？我们两个人越想越没头绪，越想心里越发瘆。夏宇清点上一支烟，忽然对我说，谁写的无所谓，但是那个小谢不会……我觉得有必要上楼去看一看。夏宇清一把把挽联扯了下来，揉成一团，扔到了墙角，他说，算啦，睡吧，明天还要早起呢。

夏宇清拗不过我，最后只得跟在我后面上了楼。我们沿着走廊一直走到最尽头那个房间的门口，然后轻轻地敲了两下门。没人答应。我又重重地敲了两下，还是没人答应。夏宇清叫了两声小谢的名字，又叫了两声郝强，仍然没人答应。我这时想起我的钥匙串上还保留着一把这个房间的钥匙，但是钥匙串落在屋里了。我让夏宇清在门口等一会儿，我下楼去取。等我拿了钥匙串再上来的时候，发现门已经开了。郝强睡眼惺忪从门缝探出一个头和半截裸露的上身，不停地打着哈欠，他问，干吗？深更半夜的，闹鬼啊？我说，对不起，对不起，小谢在吧？郝强很诧异，说，哪个小谢？我说，还有哪个小谢！谢伟刚呀。郝强说，不在，他有几天没回来住了。夏宇清质问道，几天没回来，你也不跟我们说一声！郝强有点不耐烦了，回了一句，怪我？我上我的班，你们上你们的班，他有什么事我怎么知道？夏宇清毫无必要地呛了起来，你怎么不知道？住一个屋的，你怎么不知道？郝强说，笑话，你不也跟他住过一个屋吗？我连忙打断了他们的话，别吵，别吵，小谢真的不在屋里吗？郝强摇了摇头，无奈地说，不在，还骗你不成？夏宇清说，让我们进去看看。郝强有些慌乱，说，那不行。跟我们说话的过程中，郝强一直留神堵在门口，不打算让我们进去。夏宇清说，有什么不行！他伸手猛地一搡，门就开了。郝强差点被门撞倒。我伸手在墙边摸到了电灯线，猛地一拉，日光灯闪了几下，亮了，但是开关线被我拉断了。郝强指着屋里愤怒地叫道，你们看！你们看！在哪！在哪！小谢确实不在屋里，他的床上没人，堆着被子、衣服和书，非常凌乱。这时郝强的床上一个白胖女人坐了起来，用被子裹住胸前。

　　我觉得很过意不去，赶快扒住郝强的双肩向他道歉。郝强气急败坏地把我的手格到一边。我对他说，我们马上就走，再耽搁两分钟，我们稍微找一下，看小谢有没有留下什么东西。夏宇清和我手忙脚乱地在小谢的床、办公桌和柜子里漫无目的地翻找起来。过了一会儿，还是那个床上的女人插了一句嘴，她说，那个枕头下面好像有个纸条。我们一看，果然有一张便条，是那种带孔的打印纸。不知道这能不能算是小谢的遗言，上面没头没脑地写着几句话：辞职算什么，现在我把生活也辞了，看你们还有什么说的。我和夏宇清看了心里都很难受。我把纸条递给郝强看。后者这会儿怒气已消了大半，看完后反过来安慰了我们两句，别那么悲伤，小谢这个人说不准的，说不定什么事也没有。临出门的时候，我想应该跟那个床上的女人也说一声对不起。但是我越过郝强的肩膀定睛一看那个女人，顿时就呆了，那不是殷红霞吗？我把郝强拉到了一边小声地对他说，你不是答应把殷红霞介绍给小谢了吗？郝强满不在乎地说，对呀。我有些着急地说，对你妈的头啊对！介绍给小谢的，你还睡！郝强说，是这样的，我答应小谢以前就已经睡过了。我说，那不管，答应以后就不能再睡啦！郝强回头看了一眼殷红霞，把我拉到了门外，并且把门虚掩上，然后说，你别跟我搅和啦，女人这东西睡一次是睡，睡一千次也是睡！反正已经睡过了，再睡一次又何妨？夏宇清凑上来，异常激动地说，这次睡和答应前的睡性质是完全不同的！郝强用胳膊肘把夏宇清不客气地往旁边一拱，没你事！我沉着脸没说话，大家都没再说话。郝强还光着膀子，被冻得有点受不了了，他语气软了下来，对我说，好吧，这里面是有点小问题，我承认，但是你知道的，自从上次头被砸了以后，这方面我特别小心，很多女人我都不敢沾了，能睡的女人实在寥寥无几，我也是给逼出来的。话说到这份儿上，你如果还要骂我，我也就没办法了。说完，他就想回到屋里。我的头脑清醒下来，觉得过分地指责郝强确实没什么道理。这时没想到旁边的夏宇清忽然大叫道，我操你妈！小谢现在生死未卜，你却在这里睡小谢的女人，我饶不了你！话音刚落，郝强便仰面倒在屋里了。他从地上艰难地爬了起来，左看看，右看看，然后低头把三颗门牙吐在自己的手心里。没有了门牙的郝强怎么看都像是在笑，一边笑，一边汩汩地往外流血。

第二天早晨，我们早早地就把花圈抬到楼下等着。我还特地换上了一套我平常最不爱穿的深蓝色的厂服，在我的家当中，这套衣服是最庄重的了。赶着上班的人好奇地看着我们。小谢也夹着包匆匆忙忙地从楼上下来，他问我，这是干吗？我还没想好怎么回答他，他就跨上自行车没命地蹬了起来。工程部的车说好八点到的，结果八点一刻才到。追悼会是九点开，从我们这到十字岗殡仪馆还有好远呢。车一到，麻烦也来了。工程部派了一辆桑塔纳来，根本没法拉花圈。夏宇清问他们，昨天不是说好派一辆依维柯的吗？坐在副驾驶位上的那个家伙说，没有啊，没人跟我讲啊。夏宇清急得团团转，他说，怎么没讲，我跟你们丁主任丁大头说好的呀！那个家伙还是坚持说，没有，没人跟他讲。平常我们最讨厌工程部的人。在这整个生产筹备过程中工程部的人认为只有他们在干事情，其他部都在吃干饭，所以他们总有那么一点优越感。当然工程部的家伙最让人不可忍受的缺点是，奖金太高，远远地高于其他部。夏宇清跟他们交涉了半天，没有结果，工程部的车顾自开走了，他们让我们自己想办法。夏宇清骂骂咧咧地向我走过来，他让我在原地等着，他去打电话。他蛮有把握地说，没关系，我让办公室李主任派辆车就是了。我也相信我的同屋有这个能耐。但是十分钟以后夏宇清坐在一辆马自达的后面"笃笃笃"地回来了。他说，真是不巧，李主任到局里开会去了。不能再等啦，我们还是坐这辆马自达先去吧。好像也没有其他选择，我们并排坐在马自达的后面，一人抓住一根花圈的支架，花圈把我们两个人完全覆盖上了。马自达一开起来，我们就知道今天非迟到不可。夏宇清还在抱怨工程部的那帮浑蛋，他可能觉得很没面子。我倒是觉得无所谓了，反正现在我们被花圈遮得严严实实，也没什么面子可言。马自达吃力地爬坡的时候他忽然转脸对我说，其实我可以直接给厂长打个电话，但是这么小的事就去麻烦他，有点不好意思。为了让我相信他的话，夏宇清用膝盖夹住花圈的支架，腾出手来在口袋里摸了半天，摸出一张名片来递给我。我看了看，是厂长的名片，名字前面有一大堆头衔，我总觉得这张名片在哪见过。到了九点半的时候，我们才刚跑下一半路，所以我向夏宇清建议，算啦，我们不去了吧，去了也不赶趟，人肯定已经烧成灰了，把花圈找个地方扔了，然后回去吧。夏宇清有些犹豫，他的顾虑在于这样做无法向厂里交代。不过他最后还是被我说服了。我们从马自达上下来，夏宇清付了车钱，向车主索要发票。马自达司机说，你真会开玩笑，坐马自达哪有什么发票，从来没人跟我要过！我四下里看了看，想发现一处可以扔花圈的地方。说扔好像很简单，但是真要你扔就没那么方便了。街上的人都用眼睛盯着，我和夏宇清扛着花圈足足走了三站路，也没能找到地方把它扔掉。

感谢扑克，感谢和我一起玩扑克的人

　　过了元旦，工程的进展果然变得顺利起来。厂门口树起了一块极为扎眼的倒计时牌，距一号机组并网发电还有两百天。二号机组按照计划也将在年底投产。这两台机组的装机容量均为三十万千瓦，总装机容量六十万千瓦，燃用的是山西长治矿出的贫煤。这座电站对缓解华东电网尤其是本市市民用电的缺乏将起到非常重要的作用。在揭牌仪式上，厂长当然要当仁不让地发表一番讲话。他说，全市人民正用充满期待的目光看着我们啦！这时下面有个女职工脆生生地说了一句：狗屁！她的声音不大，但是在会场上一圈一圈地漾开，引起了不小的骚动。厂长不知道发生了什么事，停顿了一小会儿，往下面看了看，推了一下眼镜，随即又继续讲了起来。

电视台正在录像，厂长具有丰富的面对镜头的经验，知道怎样去应付各种意外。但是发电部的许主任吓坏了，脸色煞白，恨恨地瞪了那个多嘴的丫头一眼，因为她是化水专业的，属于许主任的责任范围。这个丫头叫华蕾，中专生，单眼皮，高个，长得挺漂亮，她自己显然清楚这一点。但是她估计不清楚她最漂亮的地方就是那个单眼皮，我预感到不久她就会去开双眼皮，所以心里有些为那对单眼皮感到惋惜，很想找个机会提醒她一下。当然我不会冒昧地这么做，因为我根本不认识她。化水专业招了一批女中专生，像一群被网在工地上的麻雀，喊喊喳喳的，这样做一方面是因为化水的专业特点，另一方面也有平衡全厂男女比例的考虑，尤其对一个新建厂来说，年轻人多，比例失调了就不容易稳定。厂里很鼓励把这批女中专生内部消化掉，是所谓肥水不流外人田。事实最终也正是这样，一滴也没流出去。华蕾的男朋友是她中专的同班同学，也在化水专业，整天鞍前马后地不离左右，他干得很卖力，仿佛他不是代表他个人而是代表全体男同胞来服役的。他有时也一个人跑到我们宿舍楼去找人下棋，所以我们认识，我叫他小高，具体叫高什么我一直不知道。小高是附近郊县的，一对红红的招风耳，鼻子很尖，总是让我想起那个著名的木偶匹诺曹。他和我第一次见面时就相当坦率地告诉我，他和华蕾已经搞过了。听他的语气，好像搞跟下棋一样，很费脑筋。开始我以为小高把他的隐私告诉我是为了表达对我的信任，后来才知道完全不是这么回事。他对这座宿舍楼里的每一个单身汉都这么说了一遍。他知道在电厂这几十个大学生是他潜在的最具竞争力的情敌，所以必须把他们扼杀在萌芽状态。棋术算得上精湛的小高放出了一着大臭手，但是得承认这着臭手还是蛮管用的。

要是在往常，厂长在上面讲话，下面有人骂狗屁是大快人心的，骂的人会得到普遍的赞许，但是这一次却有些意外，大家都用一种不理解的、冷漠的，甚至是愤愤的眼神看着那个小丫头。因为厂长就要宣布奖金计划，这关系到每个人的切身利益。除了每个月的奖金以外，还有工程目标奖等一系列大块奖。有的奖是直接发给个人的，有的奖是发到部门的，有的奖是发到专业的，有的奖是发到班组的。发到部门的奖金要经部里分配然后发到该部的各专业，再由专业发到班组，最终由班组发到个人。发到专业的奖金当然就由专业负责人来分给各班组，再由班组到个人。发到班组的奖金就由班长看着办，给谁多一点，给谁少一点，由他一人说了算。有的奖是要乘奖金系数的，有的奖是不乘奖金系数的。我记得我的奖金系数是一点五，最低是零点九，最高的是二点零。另外各个部门、专业、班组制定的奖金分配方案又各不相同。所以要把这个奖金计划完全捋清楚十分困难，我把每一笔钱都当做来路不明的黑钱，这样就轻松许多，反正我和夏宇清拿的一样，发钱的时候，我问他，对吧？他说对，那我就把钱收下。起初大家把这个奖金计划当做厂长在台上讲话时嘴里溅出的唾液，溅到你脸上才算，溅不到你脸上就不能算。但是钱毕竟源源不断地到来了，很快洗去了众人的疑虑，全厂上下一片欢欣鼓舞。最多的时候一天要领三四次钱，像发疟疾似的。领导又及时地告诫我们，拿了钱不要出去乱说，哑巴吃饺子心里有数就行了，传出去影响不好，周围还有好多厂发不出工资呢，我们拿这么多钱会引起公愤的。于是大家都学着做一个哑巴，想不到成了哑巴以后心里就更快乐了。有时钱发得太猛了，就要停上一停，但是大家顿时就有些不习惯，怎么这么长时间都没有发钱？是不是被上面吞啦？厂里财会部的张会计被问烦了，只得反复说，肉烂在锅里，有什么好急的！于是大家都学着耐心一些，想不到肉炖烂了以后味道就更美了。老职工尤其感到满意，因为他们的小金库久旱逢雨，又开始满起来了，平常喝酒打麻将的次数也多了起来。好些同事的工具箱里都有一个小本子，专门用来记账，发一笔记一笔。我借过来看一眼，天啦，没想到，我完全是一个富人了呀。有奖就得有罚。这罚的一整套方案随后也出台了，比奖金计划还要复杂。举例来说，有一条规定，迟到一分钟罚款一百元。违纪者在二十四小时内必须将这一百元自觉地缴到所在的部里去，如果你以为交了钱就没事了，那就错到家了，惩罚才刚刚开始。首先你当月的奖金泡汤了，随后的双月奖、季度奖、年终奖以及所有与这个月有关的大块奖都要因此而打折扣。另外全厂的考核实行计分制，一个人违纪一次，他所在的班组就要被扣两分，这个班组所在的专业就要被扣一分，这个专业所在的部就要被扣零点五分。当然这分最终是要换算成钱来兑现的，有人算过，班组的一分是几百块的概念，专业的一分是几千块钱，而部的一分总在五万以上。是所谓牵一发而动全身，由于你一人的原因，全部门的人跟你一起遭殃，所以你只要迟到一分钟就会立刻沦落到千夫所指的境地。胆敢违纪两次的话，你肯定就万劫不复了。我这人天生动作慢，尽管已经很谨慎了，但是还是先后迟到了两次。夏宇清帮我算了一下账，别的不说，我个人的经济损失就高达八千多元。我一听就傻了，天啦，没想到，我完全是一个穷人了呀。

我到底是一个穷人，还是一个富人？当时我是没法搞清楚的。现在也还是搞不清楚。我更愿意说自己是一个富人，因为这样至多会遭到那些真正富得流油的富人们的讥笑，而我如果说自己是个穷人，我觉得我在侮辱千千万万依然食不果腹衣不蔽体的穷人，这是不对的。

揭牌仪式那一天发生的事情一直让许主任感到很不安，他想，即使厂长本人不太明了台下发生的事，但那些忠于厂长的耳目也会如实汇报上去，所以怎么处理这件事直接关系到他本人在厂长眼中的形象。他决定痛下杀手，好好地整一整华蕾。许主任一生勤勉，干过三十年运行，吃苦是他对过去生活的经验总结，再吃苦是他眼下对自己的要求，继续吃苦是他对未来的希望。在厂里他的口碑极好，所以尽管中层干部走马灯似的被撤换，而他却能始终在位置上坐稳，集发电部主任和书记于一身。但是对整人的事，许主任一直不太在行，如果不得已扣谁的钱，他自己会首先感到过意不去。不过这一次他必须有所改变了。他把华蕾叫到办公室，让她写检查，没想到这个丫头嘴还挺硬，就是不写。许主任深受刺激，他不相信自己教训不了这么一个毛丫头。一次谈不通，他就再谈一次，先后谈过三次。第一次谈话的第二天，厂长在调度会上点名批评了许主任，说他思想观念陈旧，工作方法老化，对厂里新规章制度领会不深、执行不力。第二次谈话以后，厂里把原汽机专业的负责人小蒯提上来，做了发电部的代主任，而许主任改叫许书记。第三次谈话以后，许书记不得不含泪离开了发电部，他被调到新成立的粉煤灰公司去管理农民工，大家还是叫他许书记，但是并没有书记这个职务。和他终日相伴的是从农村招募来专干脏活累活的临时工，抽秃头"雪峰"烟，用臭肥皂洗澡，每天除了吃下三大盆米饭外，还要吸进半斤粉尘。他们在最有害的岗位上工作，但是每年不用接受市职业病监测所的体检，因为他们没有公费医疗。和他们相比，许主任吃苦耐劳的品质就不太能显露出来了。他就像一滴水回到了大海中。而华蕾不但最终没有写检查，而且不久就被调到了厂资料室。那是一个让女工们羡慕不已的工作，不用倒班，不用穿工作服，每天只需穿着干净的裙子在办公室里坐着就可以了。但是对华蕾来说，这个美好的工作还仅仅是一个过渡，没干两个月，她就又被调到厂长办公室去了。

一时间厂里众说纷纭。普遍认为华蕾这个女孩除了身材长一点别无所长，胸脯是高一点，但志向并不高。这类女孩天生懂得怎样有效地用自己有的东西去兑换没的东西。与某位厂领导有染这是肯定的，问题是，究竟是哪一位？厂长被排除在外，因为大家都知道他是走后门的。厂办李主任最后成了最大的怀疑对象。他是厂长面前的红人，只有他才具有在厂里如此呼风唤雨的本领。大家没有指责李主任，相反对他给予极大的同情。他这个主任本来就当得很痛苦，是靠长期以来让厂长走后门换来的，肛裂、痔疮、血。如今他和华蕾偶尔走一走前门也算是一个补偿，一点都不过分。更有人非常形象地指出，就像羊肉串一样，这是一个肉体的连环，实际上操华蕾的还是厂长，而李主任只是一个中介而已，毫无快感可言。越来越密集的谣言凿穿了李主任平静的生活，他那位在建行上班的老婆气势汹汹地闹到厂里来了。她腰身浑圆，像一只空汽油桶，滚动起来，所到之处都充斥着那种沉闷的轰响。李主任不简单，他以一种坚忍的态度承受着老婆的谩骂和全厂职工的怀疑而始终不置一词。但是从他被老婆的手指甲深深划破的表情来看，他似乎有苦难言。于是大家想到了小高，除了当事人，他是厂里另一个可能知道真相的。小高很久没到我们宿舍楼下棋了，他也许已经认识到他的失策，他应该在到我们宿舍下棋之前先去厂部找人下上几盘才对。有时在厂里碰到，他也只是匆忙地和我们点个头、打个招呼，生怕别人问他什么。在食堂他还是捧着两只饭盒排队买饭，下班时还是从车棚里杂技般地推出两辆自行车，但是从他的表情来看，他似乎有苦难言。

而华蕾身处各种谣言的中心，在众多猜测越来越细的打磨下，她青春的身体愈发变得光彩照人。她头昂得更高了，胸脯挺得更高了，仿佛她天生具有一种把闲言碎语转化成口服液或者隆乳霜的特殊本领。她那几十个女同学更是嫉妒得发疯，她们彼此并不团结，五个一群三个一伙，但是在对待华蕾的问题上最后达成了共识并广而告之。她们一致认为华蕾在上学期间虽然学习成绩不错，但实际上是一个差生，那些成绩都是抄袭得来的，因为她写得一手好字，所以抄出来的成绩常常还比被抄的同学高；她们一致认为华蕾虽然住在城里，但是父母都是乡下人；她们一致认为华蕾虽然穿得干干净净，但是最不讲卫生，上学时她的铺是全班最脏的铺；她们一致认为华蕾并不漂亮，只是个子高点，因为她父母很丑，她妹妹也很丑，华蕾的长相应该和她妹妹差不多；她们一致认为华蕾跟小高其实没搞过，但是上学时和一个食堂工友搞过；她们一致认为华蕾品性极差，一直有小偷小摸的习惯。更为重要的是，她们一致认为华蕾是确定无疑的平胸、狐臭、灰指甲。我们这些终日在工地忙活的人不太指责华蕾，主要是对那位还没有浮出水面的厂领导感到愤慨。因为他没有浮出水面，所以他是一个叫"厂领导"的群体。我们在前线卖命，他们却在后方搞腐化，谁想起来都会心里不那么痛快。后来另一件与我们关系大一点的事把我们的注意力吸引了过去。大家原以为发电部代主任小蒯会顺理成章地成为发电部主任。我的同屋夏宇清更是这么认为，并且已经为此感到十分兴奋，因为他和小蒯是最好的麻友。但是夏宇清很快就有些失望了，他觉察到小蒯自从当上代主任以后就像换了个人似的，把麻将戒了，还有进一步把麻友也戒掉的意思。夏宇清跟我发过牢骚，他说小蒯这个狗日的看来还能再上一步，因为这个人一点都不念旧。但是夏宇清说错了，小蒯的问题就出在他还是有一点点念旧上。论资历，小蒯是许主任的徒弟，而且是嫡亲徒弟，小蒯的老婆都是许主任给介绍的。所以小蒯在代主任前对许主任毕恭毕敬，在工作上对许主任也非常支持。但是自从做了代主任以后，小蒯就作出了调整，显然他情感上最忠于的已不是许主任而是厂长了。当许书记被调离发电部并且什么职务也没保留时，小蒯惊呆了，考虑再三之后，他还是不顾老婆的反对，把沦落的许主任悄悄地请到家里喝了顿酒。事后大家都认为，正是这顿酒葬送了小蒯的前程。厂长从别的电厂调来了一个人担任全厂第一大部发电的主任兼书记，而小蒯被打发去仍旧干他的汽机专职。这个新调来的主任姓康，不到四十岁，人胖胖的，一脸的络腮胡，我们都叫他"康师傅"。康师傅这个人可不是方便面，他实在是一个难缠的家伙。

粉煤灰公司的许书记一下子就老了，而且老得不成样子。在不到一个月的时间里满头的黑发褪变成了匪夷所思的铁锈色，就像精心染出来的，这种土红的颜色出现在少男少女的头上那叫时髦，那叫酷，出现在省劳模许主任头上那简直是梦幻。厂里的老职工跟我说，许主任的头发本来是白的，做学徒工的时候就是白的，而且当时还有一个绰号叫"白头翁"。大概是从结婚以后开始，他的头发就变成黑的了，他老婆定期帮他染，染了几十年。现在不知道是许主任还是他老伴的心情坏了，不想费那个事了。可能是长期使用染发剂的缘故，许主任的发质发生了变化，成了眼下这种不伦不类的样子。但是厂里曾经风传一种说法，说许主任是故意把头发弄成这种颜色的，这是一种无声的抗议方式。从后果看确实也是这样，不管是谁看到红魔一般的许主任都会唏嘘不已，都会谴责一番厂长的独断专行、不近情理。听说后来厂长亲自把许主任找去推心地谈了一次话，证实了那头红发不是染的。但厂长劝许主任考虑影响，继续把头发染成黑的。后者坚决不答应，此刻的许主任头上连半顶乌纱也没有了，所以没有什么可忌惮的。厂长补充说，染发的费用可以由厂里报销。许主任还是不答应，这下厂长可火了。两个人据说吵得很厉害，厂长最后扔下一句话，如果你不把头发染成黑的，就不要来上班了。许主任就真的不来上班了。这事情竟然一直闹到了省局，具体怎么调停的我不太清楚，反正不久我又在厂浴室的门口碰到了许主任，他的头发又变成黑的了，甚至比当主任的时候更黑。听说厂里还是给许主任最终安排了一个粉煤灰公司"安全员"的职位，"安全员"什么级别我不知道，但是大小总算是个官吧。在发电部谁也不想多问其中的细节，谁也不想多谈这件事。每当我碰到许主任，看着那头稀疏却乌黑异常的头发，心里总涌起双倍的辛酸。

也许是出于对许主任的尊敬和同情，发电部的职工起初都对刚刚上任的康师傅很排斥。都说康师傅是厂长的亲信，好像还是厂长老婆的一个远房亲戚，大家就更不接受他了。康师傅从来没有接触过直流炉，更不要说超临界的直流炉，所以工作起来很被动，在现场指挥的时候经常出一些很低级的笑话。大家很乐于看他的笑话。后来他很少出笑话了，是因为他改掉了喜欢在现场指手画脚的习惯，在专业上他领会了"沉默是金"的道理，完全倚仗各个专业的专职。而这些专职又都是许主任的老部下，不那么好倚仗，所以康师傅在开始的一段时间内完全不像个主任，更像是发电部新来的实习生。尤其是小蒯，经常当面顶撞他，甚至是训斥他。而康师傅总是一脸笑容地听着，并不生气。当时一号机组的调试工作正紧锣密鼓地进行着，我们整天被机器拖着连轴转，每天都搞得很累。康师傅也整天在现场泡着，穿着一身干干净净的工作服，拎着安全帽远远地站着，他自我解嘲说，他这是陪公子读书。碰到联络或者后勤方面的问题，他立马就跑着去解决。有一次他看到集中控制室的工作台上扔着一大堆没洗的饭盒，实在是有碍观瞻，就一声不吭地把它们都洗了，然后整齐地码在一边。但是他越是这么做，大家越觉得他窝囊，越是瞧不起他。在集体气氛的制约下，现场上的人谁也不主动和他搭腔，似乎一说就丢了天大的分，只把他当做竖在那里的一台柜式空调。后来我们就听说康师傅向厂长提出了辞呈，他不想在发电部待了，想换到维修部去。大概是考虑到暂时没有合适的人选，厂长让康师傅再撑一段时间。谁又能想到呢，他一撑竟然撑出了感觉，于是就一直撑下去了。

我记得那天是锅炉第一次上水，现场来了很多人。水刚上一半，就发现给水阀泄漏严重，不得不暂停。现场无关的人都散去了，只留下我们守着，等待调试指挥部的下一步指示。大家都很无聊，坐在控制室里抽烟。忽然一个穿着暗红色连衣裙的女人找到现场来了，大家眼睛一亮，一起全方位地打量这个女人。这个女人也经得起打量，确实是一个看起来非常舒服的女人，成熟、性感而且庄重。尤其是在工地这样的女人实在是难得一见。她的眼睛在控制室里转了一圈，我们一个个蓬头垢面，都很珍惜和她眼睛对视的一瞬，但是显然我们都不是她要找的人。整个控制室没有一人开口问她找谁，只是憋足了劲盯着她看。她的眼睛又四处转了一圈，她发觉自己正被过于热烈地打量着，有些不自然，便退到门口站着。这时胡子拉碴的康师傅拎着安全帽从另外一个门埋头进来了。谁也没想到这个女人要找的是康师傅，她不是别人，正是康师傅的老婆。从那一天开始，大家对康师傅的印象有所改变了。看来康师傅不像我们以为的那样窝囊，能把那样的女人搞到手的男人肯定还是有两把刷子的。而且那个女人看起来那么舒服，层次挺高，很有教养，和她生活在一起的男人一定也差不到哪去。大家隐隐地觉得康师傅以前表现出来的窝囊其实不是窝囊，而是一种相对于粗俗的工厂生活而言过于奢侈的教养。

　　我和康师傅第一次当面打交道，是因为迟到，我不得不到部里去交罚款。说起我的第一次迟到实在有些冤，那天我准时到了，但是我没有立刻到控制室去点卯，而是先去更衣室了。等我换好工作服大摇大摆地往控制室晃时，迎面正撞上纪律检查组的人。这纪律检查组的家伙都是平时坐办公室的闲散人员，现在套着袖章，一个个人模狗样的。他们坚持认为我迟到了一分钟。我平常就很讨厌这些人，所以懒得理他们，径直走我的路。他们冲我喊了起来，站住！你这是什么态度！我还是没有理他们，就像没听到似的，提着安全帽不紧不慢地走进了控制室。要说明的是，我无意冒犯他们，只是缺少耐心。罚款的通知当天上午就贴了出来，就贴在控制室里，白纸黑字，就像讣告一样，所有进入控制室的人都要凑到近前看一看。厂里很重视这件事，因为自从新的罚款条例公布以来，还不曾罚过谁，所以大家潜意识里还是认为那是做做样子，因为它太严厉所以不像是真的，违纪的人和检查的人有一种默契，谁也不打算让谁过于难堪。现在我打破了这种默契。厂长有意加大推行罚款条例的力度，我无意中正好为他提供了一个绝好的机会。同事们有的在暗地里幸灾乐祸，有的当面没完没了地安慰我，最受不了的是他们开始不厌其烦地为我计算我的经济损失，每次算得还都不一样。这事情本身没什么，是钱使我那段时间在全厂职工的眼里变得过于突出，这让我有些不习惯。我的班长万佑平是工人出身，五年来一直不要郊区的房子，拖家带口租房住，等待着能分到一套市内的房子，按工龄算他早够格了，但是就是分不到，最近一次分房又没他的份，他憋了一肚子火正没处泄呢。他扯开嗓门在控制室里大骂了一通，说真他妈黑暗！干活的人累死累活什么也得不到，还要他妈的受气！不干活的人什么都得到啦，还要来找茬！他拍着桌子对我说，这钱不要交，看他妈能怎么样，有事我帮你顶着！不管怎样，班长的一通骂当时让我深感意外之余又有点感动，因为平常我们相处得实在一般。后来他又扳着指头历数厂里那些头头，谁谁谁有几套房子，房子在哪个地段，值他妈多少钱，讲得大家群情激愤。不断地有人把他们掌握的情况补充进来，你一嘴他一舌的，那场面简直成了一个声讨大会。我平常很少留意这方面的事情，在一边听得津津有味，渐渐地把自己迟到的事反而给忘了。这时听到外面"轰隆"一声，整个十二米平台都为之颤动，控制室的玻璃被震得"哐当哐当"直响。有运行经验的都知道出事了，而且还不像是小事。大家脸都吓白了，纷纷套上安全帽冲出去看个究竟。

各个专业的人分头在各自的责任范围迅速地检查了一遍，没有发现任何异常。在线试运行的设备本来就不多，从控制仪表看也一切正常。但是大家还是不敢把心放下，反而变得更加紧张，总觉得有某个重要的环节被漏掉了。控制室里的电话响个不停。连总工都打来电话询问发生了什么事情，他在距离机组五十米开外的办公楼里也清楚地听到了那一声巨响。我们又上上下下充分地检查了一遍，还是一无所获。这时一位老运行没好气地说了一句，怕个鸡巴！炉子都是冷的，能出什么大事情！他说得非常有道理，大家这才稍稍松了一口气。但是这时厂长本人在一干子基层领导的簇拥下神情严肃地走进了控制室。当班的值长连忙上前汇报情况。我听到值长末了有点抖抖曛曛地说，也许什么事也没有，说不定是一块角钢或者石头什么的从炉顶掉下来，虚惊一场……厂长很不耐烦地挥了一下手，大声斥责道，不可能！如此地动山摇的，怎么可能没事情！赶快查，就算是像你说的，也要把那块角钢那块石头给我找到！说完他摘下安全帽就在控制室后面的长条椅上坐下了，一副不弄个水落石出誓不罢休的样子。如果查出问题，那将是这个新建电厂历史上的第一个事故，所以厂长心血来潮决定亲自督阵的心情也可以理解。但是他手下那些基层干部，平常被颐指气使惯了，还没见过厂长这阵势，顿时慌了手脚，只知道一个劲地把我们往外撵。

当天的调试工作都被搁了下来，现场所有的工作人员都加入了巡检的行列，几十号人像没头苍蝇似的在七十多米高的机组里上上下下地乱蹿。我和夏宇清象征性地转了一圈就回去了，但是没等屁股坐热又被撵出了控制室。我们俩坐电梯上到三十米平台，然后找了个背风的地方蹲下吸烟。抽完一根以后，我们又点上一根。但是这第二根烟，我没能抽完就不得不把它掐了，因为肚子饿得直叫，烟让我眩晕。算算差不多到了吃午饭的时间，工地上的饭菜肯定已经送到了，隐约中我闻到了一股青菜烧肉的香气。夏宇清出去侦察了一圈，回来说，一个个还在外面瞎转呢，他妈的简直没完啦。他气愤地把安全帽摘下往地上一掼，又掏出烟来抽。我也把刚才剩下的半根烟抹抹直，点上。

远远看见我们的班长匆匆忙忙地从楼梯爬上来，爬最后一级时差点绊了个跟头。他脸色铁青，肩上还挎着一只电筒，像一条丧家之犬，在三十米平台上四处嗅了嗅，又转身顺着楼梯跌跌撞撞地向上爬。我们齐声招呼他别忙了，过来歇会儿，抽根烟吧。没想到万班长看到我们先是愣了一下，随后用手指着我们破口大骂起来：操你妈的！你们俩躲在这干吗！还不赶快给我去找！我们俩被骂懵了，不解地问，找什么？找什么？班长骂完可能自己也觉得有些过火，便没再说什么，埋头顾自继续向上爬了。夏宇清低声骂了一句，鸡巴人，拿根鸡巴毛还以为是令箭呢。我觉得夏宇清骂这话特别有意思，因为和我们一拨进厂的好多同事也经常在背后用同样的话骂夏宇清。稍微不同的是，他们说的是"拿根鸡毛当令箭"。我仔细一想，拿根鸡毛当令箭的瞧不上拿根鸡巴毛的似乎还有一定的道理。

那一天直到下午一点半我们才被允许吃午饭。饭菜早凉透了，结了一层白花花的油，就像是一饭盒猪食。很多人看一眼就倒了胃口，把饭菜倒了，从工具箱里拿出方便面、榨菜来吃。我没那么挑剔，把饭菜用开水泡一泡，泡软了，还是吃得很香。班长是最后一个回到控制室的，也不知道他从哪蹭了一身的灰土、煤粉，连牙缝都是黑的，而眉毛却是灰白的，反正没一个人样。大家看到他都直摇头，也不说什么，不说是因为实在懒得说。我心里有些难受，为班长感到难受，甚至希望厂长那一行人别那么早走，能多留一会儿看到班长这副模样再走。哪怕是看上一眼，都是对万班长莫大的安慰，但是也怪，一般看不到，看不到就是看不到。小蒯正坐在椅子上，又开两腿，"嘎嘣嘎嘣"地干嚼着一块方便面，不断有碎屑从嘴边迸下，落在他小腹或者腿上，他把它们拈起来又扔进嘴里。我注意到小蒯的那双眯缝眼闪亮着，一直在跟踪着我们那个满脸晦气的班长的一举一动，眼神中流露出越来越强烈的鄙夷、挑衅的色彩。有几次他想开口说点什么，大概是觉得时机不是很好，终于没有说出口。但是他的眼睛还是没有放过万佑平，还在滴溜溜地跟着转。万班长显然已经感觉到了控制室里苗头不对，整个人收得很紧，像一只没斗就已经铩羽的斗鸡。万佑平，四十五岁，五官紧凑，连心眉，骨架偏窄、偏长、偏细，有着一个异常突兀的、隆起的、被皮带勒成两截的肚子，确实像一只鸡，但不是斗鸡，而是一只十足的肉质过糙的肉鸡。他拿起肥皂盒，谨小慎微地贴着吸烟室的玻璃墙向外面走去，他实在不想引起控制室里这群正在饕餮的同事的注意。在他就要迈出门去的一刹那，小蒯还是没忍住，大声断喝了一句：洗什么洗！老万，还不赶快到厂长那先去报个到！万佑平愣了一下，转过脸来将信将疑地看着小蒯。后者装作非常着急地说，愣着干吗，厂长临走的时候问到啦，说万班长哪去啦，我们说还在外面忙呢，厂长点了点头，说让他回来以后到我办公室去一下。真的！不信你可以问他们。当即有好几个人附和小蒯，但是他们全都笑嘻嘻的，一点不像是真的。万班长没有答小蒯的茬，脸一沉，转身出去了。他是不敢答小蒯的茬，因为在和小蒯的口头交锋中他从来都是落败的，就像在麻将桌上他从来赢不了小蒯一样。多年来万佑平精神上一直默默承受着小蒯的践踏，而且每个月还要送点钱给小蒯花花。用小蒯的话来说，万佑平啊，我是吃定他了。

　　我吃完饭打着饱嗝到水槽那边去涮饭盒，迎面正撞上低头往回走的班长。我看他眉头紧锁，一副不打算和任何人啰唆的样子，我便也没有和他打招呼。两个人擦肩而过的时候，没想到肩头真的擦了一下，擦得还比较重，就像我们当中的一方故意造成的一样。此刻的班长神经高度紧张，他一定认为我是故意和他过不去，所以站定下来用凶巴巴的口吻质问我，干吗？我回头看看他那因为没洗干净而显得特别深邃的黑漆漆的耳朵眼，又看看他还在往下滴水的发梢，心里觉得十分委屈。我只得机械地说了一句，没事。说完我就继续向前，但是没走两步，班长又把我叫住了。他向我走近了一步，用毛巾抹了一把脸对我说，下班以后你还是把钱交一下吧，在风头上，还是避一避的好。我对他说，交给你啊？万班长眼睛瞪了起来，交给我干吗，交到部里去啊。见我没有马上吭声，班长又加了一句，已经被扣分啦，不要把娄子越捅越大，弄得全班人跟你倒霉，好吧？你先把它交了，以后我想办法从班费里补给你一些。话说到这份上，我似乎没有道理不认罚了。其实自始至终我也没有抗交罚款的打算，那样做太麻烦。

下班以后我没有去浴室，而是直接穿着一身油腻腻的工作服去了办公大楼。在电梯里碰到一个维修部的同事，他劈头对我说，你是来交罚款的吧？我说，他妈的你怎么知道？他说，楼下大厅里贴着呢，你进来时没有看到？我还真没有注意。那位同事临下电梯时跟我打趣说，没关系，花钱消灾嘛。经他这么一说，我的心情确实有所好转。不知道什么灾被我消掉了，因为已经如此轻松地消掉了，所以我再也不知道是什么灾。不知道什么灾被我消掉了。不是"被我消掉了"，而是"被消掉了"。不知道什么灾被消掉了。多么美好的感觉：不知道什么灾被消掉了。

康师傅停下手中的笔，非常热情地从办公桌后面站了起来，对我说，噢，来啦？我怀疑他搞错了，因为这个新来的主任可能还不知道我的名字，还不能把我从发电部几百号职工中区别出来。我有些矜持地说，我是来……康师傅打断了我的话，用手一指说，在对面交！说着，他已从办公桌后面绕了过来，和我一起来到了对面的办公室。发电部的吴干事是个两颊红扑扑的中年女人，是以前许主任信任的人，和我们也很熟，都说她和许主任的关系有些暧昧，这是否属实我不肯定，但我认为她是一个好人。吴干事接过我的一百元钱，瞥了我一眼，故意捏住两端扯了扯，又举起来对着光线看了看，然后笑着对我说，不会是假的吧？我被她逗乐了，没想到我身后的康师傅凑上前来冷不丁地数落了吴干事一句，你看你，怎么可能是假的！接着，他又用一种近乎粗暴的命令的语气说道，快一点，帮他开一张收据！吴干事显然是不高兴了，但是没有说什么，她埋头很快地把收据开好，撕下，递给我。我想我们的吴干事现在在康师傅手下干一定很压抑，这么想的时候我发现眼前的吴干事确实瘦了不少。我接过收据一看，吃惊地叫了起来：天啦，怎么给我开成一千块啦！吴干事一听顿时就有些慌张，脸色发白发粉，连忙把收据又拿了回去。她仔细地看了一眼，然后又如释重负地把收据很响亮地拍在我面前的玻璃台板上，说了声：讨厌！我们的吴干事又高兴起来了，她只要高兴起来，两颊就是红扑扑的。我把收据塞到裤兜里，向吴干事以及康师傅打了招呼，转身走了出去。康师傅随即跟了出来，还在追问到底写得对不对。

一件让我担心很久的事情还是发生了。在走廊里康师傅要求我到他办公室坐一下。他的语气模棱两可，既像是邀请，又像是行政命令。我指着身上的工作服说我还没洗澡浑身难受。康师傅说，没事，不耽误你多长时间。我没办法只好跟着他进了主任办公室。我心里非常沮丧，因为我是故意没洗澡没换工作服的，来之前我就预感到寂寞的康师傅会趁机找我谈话，我想我浑身脏兮兮的，一副刚从工地上下来的样子，他总不好意思拽住我长谈吧？现在我的心机白费了，而且自作自受，早知道这场谈话不可避免，我应该洗个澡换好衣服再来，这样我会耐心得多，不至于刚坐下一会儿就让对方觉得这个谈话没法再进行下去了。我对康师傅一口咬定：是人就会迟到，从来不迟到的不是人。还说了一些类似的话。康师傅反而对迟到的事不太感兴趣，而且顺着我的话说道，我同意你的看法，从来不迟到的不是人，确实不是人，是钟！对吧，就是钟也不能保证每只钟都不迟到，对吧，这个问题我们就不用谈了，我相信你以后会注意的。我大感意外，不谈迟到，那么我们能谈些什么呢？那天当我身心疲惫地离开发电部办公室的时候我意识到，康师傅是想和我谈一番人生。但在当时我并没有意识到。他提出了一些发生在我们身边的非常具体的现象，问我有什么看法。我总是回答没有什么看法，于是他也就不好进一步展开了。这是一次勉强的谈话，但是没有超过我能忍受的限度。我吃惊于康师傅对我各方面情况的了解，是哪儿的人、在哪读书等等，他知道得越多，我就越拘谨。为了调节不断冷场的气氛，康师傅为我倒了一杯水，后来又出去了一趟，可能是上厕所。我顺手拿起办公桌上那张压在钢笔下的白纸看了一眼。康师傅的字非常一般，但是还比较清楚：

"轰隆"一声巨响，有以下几种可能——

1. 磨煤机出口爆炸；

2. 锅炉的炉膛和烟道内的爆炸；

3. 安全门误操作；

4．蒸汽管道的吊杆或支架脱落；

5．重油系统爆炸；

6．六千伏开关柜爆炸；

7．有一块陨石从天而降，正好落在十二米平台上！

　　第七条还有一点修改，康师傅把"石"字划掉了，换上了一个"冰"字，所以这最后一条应该是"有一块陨冰从天而降，正好落在十二米平台上"。我听到走廊里康师傅的脚步声，连忙把白纸放回原处。但是我心里始终盘算着想再看上一眼，因为我还是觉得恍惚，还是不能肯定我所看到的。我当时脑袋里还闪过一个念头，那就是，康师傅把"陨石"改成"陨冰"是经过深思熟虑的，作为一种大胆的解释也合理、完满多了。

　　关于刚才提到的那个两颊红扑扑的吴干事，我还想多说上几句。吴干事是吃过苦的，从运行岗位上下来也就五年，从十八岁电校毕业以后她就一直在汽机运行，从司泵到司机，她都干过，还做过几年班长。她的丈夫听说是化肥厂的一个普通的操作工，我从没见过，她的儿子倒是经常碰到。她儿子正在附近读中学，经常在我们厂食堂吃饭以后到厂浴室再洗一把澡。我被多次提醒观察她那个胖胖的儿子，他们都说那是许主任的种。我个人觉得这种说法不太立得住，因为许主任是瘦小型的，而吴干事的儿子初中没毕业就长到一米八多。至于大家爱说的他们眉目之间的那点相似，我觉得有附会的成分，你认为像就越看越像，你认为不像就一点不像。许主任的头发风波之后，我倒是发现了一个确凿得多的共同点，那就是他们都有"少年白"的毛病，这年头有这毛病的孩子毕竟是少数。反正这是一条电厂的老谜语，历久弥新，谁闲得没事都可以猜上一猜，消磨消磨时光。至于谜底到底是什么，已经不重要了。年岁稍大一点的同事还经常当面跟吴干事开这个玩笑，吴干事也不生气，她很能说，说起来荤素得当，四十以上的职工绝对能从中获得极大的满足。相对而言，我们这一茬年轻的不太能从她的玩笑中得到满足了，而且对她出的谜语也不太感兴趣。吴干事觉得自己要"下岗"了。

以前许主任在任期间，中午在发电部的办公室里经常可以看到这样一幕，许主任、吴干事和她的儿子三个人围坐在一张办公桌旁共进午餐。桌上的饭菜是吴干事到食堂打来的，或者是她从家里烧好带来的，连许主任手边那瓶吃饭时少不了的辣酱也是吴干事亲手熬制的。而饭后洗碗、擦桌子、扫地这些事总是许主任去做。至于吴干事的胖儿子当然和这个时代的大多数独生子女一样，什么事也不用做。我碰见过两回这样的场景，确实觉得有那么一点温馨。吴干事还坚持让我尝了一点她熬的辣酱，味道很正、很过瘾，我认为像许主任每天都能吃上那样的辣酱真是一种幸福。不知情的人一定会以为那是一个和睦的三口之家，知情的人更会认为这个三口之家得之不易，值得珍惜。在一个两百四十米高的烟囱底下，在一个浑浑噩噩、噪音不绝的中午，在钢筋混凝土的缝隙里居然还有着这样一种安逸又日常的生活！被活生生地砸碎、剥夺之后，我们才意识到那原来是一个幻觉。这笔账记在谁的头上，谁都会觉得担当不起。现在，几乎全厂职工都把这笔账记到了厂长的头上，所以厂长死有余辜。

在一个早班终于传来消息说，前天晚上厂长的奔驰车在八化建一带遭到了一伙不明身份者的伏击。在砖块、啤酒瓶猛烈的进攻下，奔驰车慌忙掉头鼠窜。这是一个振奋人心的消息，大家谈论了一个白班，交接班之后，上中班的又继续谈论。遗憾的是，不仅厂长皮毛无损，而且那辆奔驰车也像坦克一样结实，皮毛无损。尤其是后一点让人想起来心里就不太舒服。大家在讨论究竟是谁干的，厂长的仇人太多了，实在说不准是谁干的。我极为意外地发现自己竟然也被列为怀疑对象之一。因为当时我正因为第一次迟到被重罚，心情十分压抑，为什么没有可能这样做呢？似乎大家早就在盼望这样的事情了，早应该有人出来为大家出这口恶气才是。所以当我被怀疑的时候，我自己还莫名其妙地感到一点荣幸，但是我很清楚，这种事情我干不来。后来我们确切地知道这件事是厂外的几个流氓干的。这几个流氓实在是电厂的一大祸害，人见人恨。是所谓靠山吃山靠水吃水，这几个流氓以前靠紧挨着的那个老热电厂吃饭，现在又开始吃我们这个新电厂了。他们想承包厂门口那个两层的属于我们厂服务公司的足有两百平米的门面房做餐馆，厂里不答应，于是他们就给厂长一点颜色看看。不久他们就如愿以偿地以一个很低的金额拿下了那处门面房，装修一新之后开始营业，生意还非常好。楼下是餐厅，面向大众，面向工薪阶层，楼上是包间，可以承办上点档次的酒席。这个店的名声很快就做出去了，远近都知道这家"鸿运来"，不少厂家单位的公费吃喝都集中到了这里。就是我们这些电厂的职工后来也变得愿意到"鸿运来"去吃，当然我们一般是在楼下吃，经济实惠，菜的味道也还真不错。

起初大家出于对厂长的不满，还真有点感激那几个流氓。因为也只有他们能让那个自以为是的厂长低头。后来想想又觉得更不痛快了。大家普遍认为，这个厂长也就会欺压老实巴交的人，尤其是那些拖家带口的小干部，今天扣谁的钱，明天让谁待岗乃至待业，搞得煞有介事，而真正碰到个稍微横一点的，他就服了软。这里面有个道理让人消受不了，但它是个硬道理。眼看着那几个流氓梳着油光水滑的大背头，腰上挎着大哥大，满面笑容地在餐馆门口送往迎来，眼看着那几个地痞每天忙着大把大把地数钱，腰围一天一天地粗起来，很多人心里都不平衡。要说电厂这一块有谁日子过得舒坦？有谁精神上像奔驰车跑起来那般放松和愉快？除了厂长本人就得数"鸿运来"的那几个流氓。有时我也会骂上一句，妈的个B，坏蛋睡得最香。

让我始终无法接受的是，那几个电厂害虫中为首的那个绰号叫吴大头的家伙就是吴干事的亲弟弟。这个一点都假不了，姐弟俩往那一站，你就会发现他们的五官就像是一个模子脱出来的。只是我搞不懂，为什么同样的一副五官在吴干事身上会显得是那样的善，而在吴大头那里怎么看都是恶？吴干事平常从来不提她弟弟，但是谁都清楚她有这么一个二进宫的弟弟，而且吴大头对他姐还特别尊敬，简直是唯命是从。实际上对上了岁数又没权没势的吴干事来说，吴大头还真是她一个很重要的社会关系，厂里如果有人不知深浅欺负到吴干事的头上，吴大头是绝不会答应的。厂长遭袭击那会儿大家就议论说，吴大头之所以要这么做，一方面是想盘下那个店面，另一方面也是为了给厂长一个警告，那个许主任你可以随便搞，但是吴干事你是不能随便碰的。你还别说，厂里倒确实有不少女职工觊觎着吴干事那个位置呢，不管是从维修还是运行岗位上下来的，在第一线干不动了以后能像吴干事那样坐几年办公室实在算是一个善终了。还有一个位置很多人也在抢，那就是在办公楼里管电梯，连一些正当年的年轻女工也想整天坐在电梯里上上下下。一切都很现实，有岗才能有钱，没岗连基本工资都拿不满，而岗又只有那么几个，所以竞争是免不了的，我同意竞争，但是觉得逼着一群已经忙了大半辈子的、浑身是病的中年妇女抖擞精神再次加入竞争的行列是说不过去的。现在吴大头干了那么一家伙之后，我们吴干事的位置总算暂时坐稳了，很多人都这么看，他们说吴大头这叫一石二鸟。我在一边听了，心里直纳闷，现在的流氓可真够厉害的，躲在路边的树丛里向奔驰车扔一块砖头就能砸下他妈的两只鸟，不简单就是不简单。

应该说我和吴干事比较投缘，从毕业后第一次到她那里领工资时起，我就对她有好感，觉得亲切。一般干过二十年或更长时间运行的人身体上都留下了不可磨灭的被奴役的烙印，不是什么勤勤恳恳辛劳过度造成的，只有被奴役才会留下那样的烙印，看了就让人心里难受，而她没有，她看起来仍很健康，皮肤富有光泽。在学校时我对工厂生活有一种后来被证明是完全错误的估计，那就是我以为在工厂里和人打交道都是像和吴干事打交道一样，特别随便，特别不用动脑筋。吴干事也说和我是"自来熟"，每次见面都要关心一下我的生活，问长问短的，就像家里人一样，那份感受对一个刚走入社会的外地青年来说是非常宝贵的。因为她不是什么领导，所以她的关心让我很放松，让我愿意接受。她多次公开地跟别人说，我们这批新分来的大学生中，她最喜欢我。夏宇清一直觉得他要比我出色，听到吴干事的话有些嫉妒，有一次他以他惯常的思路揶揄我说，吴干事要是厂长的话就好了，哪怕不是厂长，是厂长老婆，你小子也就好混了。而吴干事既不是厂长也不是厂长老婆，于是夏宇清觉得就没有必要去嫉妒我了。但还是有一些同龄的同事在嫉妒我，他们说兴许吴干事这么做是想把她女儿介绍给我，看吴干事现在的长相，虽然老了胖了，但还是可以看出年轻的时候是颇有几分姿色的，所以她女儿一定长得不错。遗憾的是后来我们都知道吴干事没有女儿，于是这些与我同龄的同事也不打算嫉妒我了。但是还是有个别年龄稍长、脑筋喜欢转弯的同事还在偏执地嫉妒我，他们说吴干事对我这么热情，是想吃我这只童子鸡。我看吴干事听到这话满不在乎，所以我觉得自己也没有必要恼火，每次听到别人对我这么说的时候，我总是非常顶真地告诉他，可惜我已经不是童子鸡了。

现在想起来当时在厂里，也就吴干事的话我能听进去一二。我们第一次见面，她就用两只手指拈着我 T 恤衫袖子的一小角把我拉到一边，很着急地劝我说，在单位头发不应该留这么长，而且不应该穿拖鞋。这两点我都听进去了，直到我辞职离开电厂，我再也没有留过长发，也没有在上班的时候穿过拖鞋。当听说我已经不是童子鸡了以后，她甚为惊讶，感叹了一句：你们这些年轻人！随即她又提醒我说，不要和本地的姑娘乱来，粘上了到时甩都甩不掉，听到没有？这一点我基本上也做到了。后来吴干事又致力于解决我的终身大事，不断地为我介绍对象。我很感激，但是我不能接受这样的方式。吴干事有些抱怨地对我说，为我儿子我也不会这么卖力！真的，相信我，我知道什么样的女孩对你最合适。她说的是实话，我能感觉到她是为我着想，希望我能找到一个好人家的好姑娘。我最终拗不过她，去了两次。但是那两次见面都让我别扭极了，而且对那一高一矮两个姑娘我都浑无感觉。其中那个矮的长得还挺好看，两只眼睛挺有风情，但是由于碍于吴干事这一层关系，除了谈对象，我又不能有其他想法，所以吴干事帮我再介绍的时候，我死活都不去了。吴干事有些生气，她觉得这种时候打击我一下是十分必要的。她打电话把我约到了她的办公室，然后把门一关，拉下脸来非常严肃地教训我，你听我说，你长得非常一般！只是有点气质，所以你不要这山看着那山高的，听到没有？大学生有什么了不起，大学生满大街都是！不要现在洋乎洋乎的，到时好女孩都跟了别人，你就只好干瞪眼，听到没有？我不说话，只是笑着看着她。吴干事说着说着，自己忍不住也笑了。她冲我一摆手说，讨厌！算啦，算啦，不跟你烦了，反正你现在岁数还不大，过阵子等你自己把脑筋理理顺再说吧。这一过就过了几年，其间吴干事虽然每次见面还免不了问到这档子事，但是我感觉她已经不像以前那么狂热，可能是因为她学会尊重我的意愿了，也有可能是她自己家的事情太忙，有点顾不过来。

直到我快要辞职的时候，有一天她很兴奋地打来电话，要我这两天抽空到她那里去一下，说有一件好事要告诉我。她还说，这一次你可千万不要错过！我估计吴干事又为我安排了好姻缘，但是当时我头绪很多，所以一直拖着没去。等我终于到她办公室去找她时，我已经办了辞职手续，我是专门去向她告别的。吴干事显然已经知道我的事，那段时间我辞职是厂里最大的新闻，没有人不知道。因为我走得很突然，而且走的时机在别人看来也有些违背常理。一、二号机组顺利投产了，我们厂最艰苦的阶段终于结束，各方面都在走向正规，工资、福利、住房以及工作环境都在大幅度提高和改善，这种时候为什么要走？同事们都觉得我脑壳进水了。吴干事看着我直摇头，半天也不说话。我还是和往常一样冲她笑。她忽然斥责了我一句，有什么好笑的！说完她把脸转向一边。又过了一会儿，她终于开口说话了，她说，你这个人真闷，闷啊闷，闷得要命，没见过你这么闷的！说走就走，连个招呼都不打！我看她是真的生气，连忙解释道，我现在不是来和你打招呼嘛。吴干事提高了嗓门，这算个屁招呼！事前我怎么什么都不知道，对我也保密，一点口风都不漏，说走就走，真有你的。我已经不知道怎么向她解释了，而且也不敢笑了，心里很不安。吴干事把桌上的几本台账垛垛齐，搁到一边，若有所悟地点着头，用一种自言自语的语气说道，我现在总算知道你了，从一开始你就没打算在这里长待，所以你对什么都不上心，对什么都不留恋，对吧？我说，不是这么回事，当然不是这么回事。吴干事舒了一口气，挺起腰来，忽然轻松地正视着我说道，是不是这么回事都无所谓了，反正到这一步了。树挪死，人挪活，走了也好。吴干事很快变得像平常一样正常，我们得以像平常一样正常地谈了一会儿，有说有笑的。我奇怪的是，她就是不问我辞职后的打算、安排，一句都不问，好像打定主意不再关心以后的我。我想起电话中她跟我说的事情，便问她到底是什么事。她愣了一下，说，已经跟你没关系了，还问它干吗。我问她是不是介绍对象的事。她点了点头。既然是介绍对象的事，我就不想再问下去了。吴干事见我不问了，反而想说什么，犹豫了半天，终于没忍住对我又多说了一句，可怜人家女孩每天守在车棚那里看你，已经看了一年啦。说到这，吴干事的眼圈忽然腾地红了。我有点懵，追问道，谁？车棚？我怎么从来没有注意到？吴干事不无讥讽地说，你当然注意不到啦，而且我告诉你，这个女孩你肯定见过。我说，怎么可能！如果真是那样，我说什么都要见上一见。吴干事摇了摇头，说，算了吧。我觉得她不在开玩笑，所以再三恳求能让我见上一面，或者告诉我那个女孩的名字也行，但是吴干事就是坚决不答应。我到现在也不知道那个女孩是谁，甚至不能肯定真的有这么一个女孩存在，不过我经常会想到她，想念她。

如果说我的第一次迟到还有点冤，那么我的第二次迟到则没什么可说的，连我自己都不好意思再为自己辩解。也是在白班，中班、夜班我是从来不会出问题的。说我思想上不够重视，我觉得那不是事实，我的问题恰恰可能是过于重视了。每逢第二天白班，整个夜里我的神经都高度紧张。以前夏宇清和我同屋住的时候，我没这个负担，这个王八蛋晚上搓麻将搓得再晚第二天都能准时起来，他可以叫醒我，但是他神不知鬼不觉地恋爱了，和当地一个什么建行行长的女儿，刚恋不久就搬过去吃住在未来的丈母娘家，这个人就是实在。他是省了钱啦，而我却因此无法避免被扣钱。那一天天还没亮，我就从床上惊醒过来，打开台灯，看了看对面的闹钟，才六点整，觉得太早，所以又眯了一会儿，谁知道一眯就眯过去了。再次醒来已是八点三刻，我怀疑闹钟不准，赶快又摸出我的手表来看，没错，确实是八点三刻。但是闹钟怎么能不响呢！我满怀仇恨地把闹钟拿过来，旋了旋背后的发条，发现发条完全松了，肯定已经闹过，只是我一点都没有听到。等我硬着头皮带着一种任凭宰割的心情走进集中控制室时，纪律检查组的人还没有离开现场，他们非常平静地看着我走进门，然后表情木然地齐刷刷地抬起手腕看了一下表。纪律检查组的人一走，班长就跳了起来，大声地冲我嚷嚷，你到底怎么回事啊！你他妈跟钱有仇是不是！你不想要钱，别人还要呢！我很想对他说，我跟钱没仇，跟闹钟有仇。但是在当时的情形下我一句话都说不出来。

　　这第二张罚款通知拖到当天下午才贴出来，因为之前还发生了一个小插曲。那份越来越有权威的罚款条例明文规定，迟到一分钟，罚款一百元。而我整整迟到了一个小时，所以我在二十四小时内应交到部里的罚款是人民币六千元整。这个数目一算出来，连纪律检查组的人也吓呆了。为了维护条例的严肃性就必须这么罚，而真的这么干，很多人认为，这无异于把一个不能算坏的年轻人往绝路上推，他毕竟没有犯什么大错，怎么能这样整他？厂里不得不临时召集会议专门商讨这个问题。同时全厂的职工也在密切地关注着这个问题的进展。在控制室里我一言不发，看着我的同事们各抒己见，他们全都像过节一样。和上一次比，我的负疚心理变得严重了，我觉得自己欠他们钱，我欠他们每一个人钱。所以他们怎么说，我似乎都不该生气。我的班长万佑平这会儿动了恻隐之心，他发表意见说，这"罚款一百元"应该像麻将"金元子"的打法一样，一百块封顶，输死了就输一百块，这样才能玩下去。小蒯马上说了他一句，你他妈就会玩个"金元子"！汽机班有一个瘦得只剩下一把筋的老运行，抱着茶缸凑到我跟前，主动关心了我几句。他问我要是真的罚我六千，我拿得出这笔钱吗？我无奈地摇了摇头。他忽然咬牙切齿地对我说，我给你出个主意，要是他们真的罚你六千，你就去卖血，然后把钱扔在他们面前，看他们有脸收下！我机械地点了点头，身上一阵阵地冒冷汗。我不得不被迫考虑自己在这个厂的前途了，因为此刻我必须自我折磨，只有自我折磨才能让我忘记自己正被无情地折磨着。当罚款通知终于张贴出来时，现场所有的人都围上去看，我完全挤不进去。我只听到人群里一阵炸锅似的欢呼，一百块！一百块！还是一百块！那情景很怪，大家都来向我祝贺，感觉我成了英雄或者得了什么大奖，其实我不就是迟到了一下。万佑平用饭盒盖敲着控制台喜形于色地对小蒯喊说，我说的吧，还是"金元子"！那情景真是太怪了。

据说这件事康师傅起了决定性的作用。当时发电部也就康师傅一人参加了那个厂长亲自主持的特别会议。如果康师傅不为我说话的话，就没有人为我说话了。参加会议的其他人要么是对我漠不关心，要么是想置我于死地而后快，是康师傅的一番慷慨陈词打动了那个很难打动的厂长，也使我避免了卖血的命运。康师傅雄辩地把"迟到一分钟，罚款一百元"解释成"迟到罚款一百元，迟到一分钟就算迟到"。先后有好几个人向我转述了这一幕，但康师傅本人从来没有跟我提起过。特别是后来我和康师傅进行过多次个别谈话，他大可以很自然地跟我提一提这件事，也让我有个机会好当面说几句感谢的话，但是他就是不提。我感觉他是故意不提的，所以我的感觉很坏，和他单独相处时我很压抑。"我很压抑"不是我的问题，"我很压抑"应该说也不是康师傅的问题，但是我就是很压抑。关于这件事我最后的想法是，我应该接受六千块的处罚，那样事情会简单些。作为对迟到的处罚，六千块确实过分了，但是只要我接受了它，事情就真的简单了。

那一天下班之后，我打了个电话给吴干事，让她帮我先垫一百块，把手续办好，我自己实在不想再去发电部了。吴干事说，这个后门我开得了，行，不过，你怎么回事啊？我有些神经质地对她叫了起来，我没怎么回事！吴干事被我叫愣住了，过了会儿，她和声细语地安慰了我几句，这不算什么事情，以前她做班长的时候，班上也有个小年轻经常迟到，最多说他两句吧，不像现在搞得这么兴师动众的，能睡是好事，说明年轻啊，上了年纪以后你就是给他睡，也睡不了多久的。经她这么一说，我的心情好多了，我对吴干事说，你要是我的班长就好了。吴干事鼻子哼了一声，然后莫辨真假地说，我要是你班长啊，非好好整整你不可。打完电话我依例去了浴室。我长时间地泡在大池里，设想着吴班长会怎样好好整我，越想越快乐。

我就知道还是躲不过康师傅的，果然没过两天他就让人带话给我，让我到他办公室去一趟。这一次我思想上充分地做好了持久战的准备，但是没想到见面时间却非常短，而且也没说几句话。他从抽屉里摸出一个小纸盒，当着我的面把纸盒拆了，从中拿出一只小巧的电子闹钟来放在我面前，然后随手把纸盒扔进了废纸篓。他对我说，我想把这个送给你。我全身顿时就惊悚了起来。我结结巴巴地对他说，不用，不用，我有，我已经有了一个闹钟。康师傅说，知道，但是这个管用。他拿起闹钟拨弄了一番，然后把它放回到桌上。闹钟立刻就响了，但是声音非常轻柔、悦耳，而且是间断的，就像是从很远的地方传来的一样。我觉得这样的铃声只会有助于睡眠。康师傅收拾着桌上的材料，头也不抬地对我说，你再听。说话间，铃声已经起了变化，变得急促了一些，音色也不像刚才那么轻柔了。又过了一会儿，铃声又换了一节奏，我得承认这会儿已经有点吵人了，而且它还在变化，变得越来越快，越来越响，最终就像救火铃一般。康师傅收拾好了他的材料，把文件夹扣上，然后伸手中止了闹铃。他抬头问我，怎么样？如果你不醒，它就闹下去，它可以一刻不停地闹半个小时。如果这样还闹不醒的话，我看，那肯定是个死人。我说，不错。康师傅说，不错就拿走吧。我非常为难，但又不知道怎么说好。康师傅见状又说道，你不要当回事情，我没有任何目的的，而且也不是我买的，开会发的，我家里已经有好几个钟了，搁那也没用。我还是愣站在那里。我很想对他说，要么这样，我付钱买下它。但是又担心对方觉得我庸俗，不对，我是不在乎他是不是觉得我庸俗的，也不知道我在担心什么，反正我最终没能把那句话说出口。康师傅拿起文件夹，催促我说，行啦，我正好还要去开会，我们一道走吧。

电梯里只有我们两个人，面对面地站着，我觉得特别尴尬，尤其是当我手里拿着那只闹钟的时候。康师傅当然很放松，他可能已经注意到了我的拘谨，所以主动地和我聊起一个轻松的话题。他问我，你喜欢打麻将吗？我完全缓不过劲来，什么？康师傅又说了一遍，我看这边人都特别喜欢打麻将，你喜欢吗？我连忙说，不喜欢，我不会打。康师傅点了点头，说，看得出来。我迟疑了一下，非常生硬地问道，你呢？康师傅摇了摇头说，不会，原来我喜欢打桥牌，但是调到这边以后找不到对子，也好久没打了，你会吗？我说，不会，我只会打扑克，拱猪、八十分、争上游什么的……电梯停在了三楼，康师傅说了一句，我到了。他把文件夹挪到腋下夹着，跟我笑着点了一下头，走出了电梯。电梯门快闭上的刹那，我听到有人喊，等一下，等一下！我迅速伸出握着闹钟的左手隔在了两扇门之间，电梯门又打开了。一个我从没见过的戴眼镜的女孩抱着一箱洗衣粉出现在电梯口，她问我，上还是下？我说，下。那个女孩没有上电梯。电梯门合上以后，电梯继续下降。

作者年表

1967年 12月生于福建省泉州市。后随父母到江苏。在江苏宝应县度过童年、少年时代。

1985年 中学毕业，考入东南大学动力工程系学习。

1989年 大学毕业，被分配至南京的一家火力电站工作。大学期间开始诗歌写作，和同学吴晨骏成为诗友。后结识诗人于小韦、韩东，参加"他们"文学社团。开始在刊物发表诗歌。

1991年 开始小说写作。第一篇小说"美国，美国"在《今天》杂志头条发表，北岛在编后评论称："显示了一个成熟小说家的才华。"

1994年 年底辞去公职，成为自由作家。

1995年 出版小说集《我爱美元》（作家出版社）。

1995年 写作电影剧本《巫山云雨》。电影《巫山云雨》获第14届意大利都灵国际电影节"最佳影片"、第11届瑞士弗里堡国际电影节"最佳影片"、第 1 届釜山国际电影节"新潮流"金奖等多项奖。

1996 年　出版小说集《因为孤独》(四川文艺出版社)。

1996 年　出版小说集《弟弟的演奏》(海天出版社)。

1997 年　出版诗文合集《大汗淋漓》(敦煌文艺出版社)。

1997 年　写作电影剧本《回家过年》,与余华、宁岱联合编剧。电影《回家过年》获第 56 届威尼斯国际电影节"最佳导演"、第 19 届伊朗国际电影节"最佳编剧"等多项奖。

1998 年　出版长篇小说《什么是垃圾,什么是爱》(江苏文艺出版社)。

1999 年　整理出版诗集《他们不得不从河堤上走回去》。繁体字版由台湾唐山出版社 1999 年出版。简体字版由河北教育出版社 2002 年出版。

2000 年　出版小说集《人民到底需不需要桑拿》(陕西师范大学出版社)。

2000 年　5 月,移居北京。

2001 年　编剧、导演电影《海鲜》。获第 58 届威尼斯国际电影节"评审团特别奖"、第 23 届南特三大洲电影节"最佳导演"、第 4 届马尼拉国际电影节"评审团大奖"等多项奖。

2004 年　编剧、导演电影《云的南方》。获第 54 届柏林国际电影节"亚洲电影促进网络奖"、第 28 届香港国际电影节"火鸟金奖"和"国际影评人联盟奖"、第 7 届上海国际电影节"亚洲新人奖最佳导演"等多项大奖。

2006 年　8 月，出版短篇小说集《达马的语气》（世纪出版集团上海人民出版社）。

2007 年　2 月，出版中篇小说集《看女人》（世纪出版集团上海人民出版社）。

2007 年　9 月，首次出版长篇小说《弟弟的演奏》单行本（世纪出版集团上海人民出版社）。

2009 年　1 月，再版长篇小说《什么是垃圾，什么是爱》（世纪出版集团上海人民出版社）。

2010 年　编剧、导演电影《小东西》。在第 13 届上海国际电影节全球首映。

图书在版编目（CIP）数据

看女人 / 朱文著. —重庆：重庆大学出版社，
2011.10
ISBN 978-7-5624-6389-4

Ⅰ. ①看… Ⅱ. ①朱… Ⅲ. ①中篇小说–小说集–中
国–当代 Ⅳ. ①I247.5

中国版本图书馆CIP数据核字（2011）第205289号

楚尘文化

看女人 kan nüren
朱文 著

责任编辑 韦桂之
装帧设计 陆智昌

重庆大学出版社出版发行
出版人 邓晓益
社址 （401331）重庆市沙坪坝区虎溪大学城重庆大学出版社有限公司
（虎溪重庆大学西门正对面）
网址 http://www.cqup.com.cn
印刷 北京鹏润伟业印刷有限公司

开本：880×1240 1/32 印张：11.5 字数：232千
2011年12月第1版 2011年12月第1次印刷
ISBN 978-7-5624-6389-4 定价：35.00元